LOCUS

LOCUS

LOCUS

LOCUS

to

fiction

to 135
獵女犯
台灣特別志願兵的回憶

作者：陳千武
編輯：林盈志
封面設計：簡廷昇
內頁排版：江宜蔚
校對：呂佳真
出版者：大塊文化出版股份有限公司
105022 台北市松山區南京東路四段25號11樓
www.locuspublishing.com
locus@locuspublishing.com
讀者服務專線：0800-006689
電話：02-87123898　傳真：02-87123897
郵撥帳號：18955675　戶名：大塊文化出版股份有限公司
法律顧問：董安丹律師、顧慕堯律師

總經銷：大和書報圖書股份有限公司
新北市新莊區五工五路2號
電 話：02-89902588　傳真：02-22901658

初版一刷：2023年5月
定價：新台幣450元
ISBN：978-626-7317-01-3

感謝台灣陳千武文學協會協助本書出版

Hunting Captive Women

Memories of a Taiwan Special Volunteer Force

獵女犯

台灣特別志願兵的回憶

陳千武

Chen QianWu

編輯說明：

本書內容以一九八四年版《獵女犯：台灣特別志願兵的回憶》與一九九九年版《活著回來：日治時期台灣特別志願兵的回憶》為藍本，重新修訂校對出版。

除了修改誤植的字詞，或者因印刷狀況的脫誤，以及換用當代慣用字（如「裏」改為「裡」），本書中的字詞盡可能保持原來的寫法。一九八四年版出現日治時期的年份以民國紀年標示，在一九九九年版則改為西元標示，兼之以每篇作品後註明的發表或創作日期皆以西元標示，因此本書將年份改為西元標示，符合小說背景當時的狀況。若有一九八四年版與一九九九年版差異較大的修改，編者會在該篇文末加以說明版本差異。其餘細微的字詞校對，在不影響文義的情況下，不另說明。

除了原本《獵女犯》的序文和十六篇小說（包括代後記）之外，陳千武也曾發表多篇以二戰時期為背景的小說，可視為《獵女犯》主題的相關創作。本書在附錄收入這幾篇作品，讓讀者可以同時閱讀陳千武先生關於這主題的所有小說創作。

目次

附錄：

新版序

我的父親・陳千武——那些相互重疊的人生時刻

陳明尹

我的父親陳千武是位文學家，家兄明台也是名詩人和評論家，而我則從事畜牧事業，看似和父親走上了不同的道路，但在這些年思念父親、閱讀父親作品間，卻也愈加覺得父親與自己的人生重疊在一起。

父親受日本教育長大，從南洋戰場回來後，與在日本出生成長的母親組成了家庭。在家裡父母用日語溝通，和子女講台語，公務則使用華語，在這樣的環境裡成長，特別能感受戰後語言轉換對父親深刻的衝擊。而父親始終沒有放棄他的文學理想。父親返台後，憑藉他在集中營等候遣返時學會背誦的國父遺囑，得到林場人事室的工作。而後他反覆抄寫華語版《少年維特之煩惱》，與深植腦海的日語版相互對照，一點一點重建自己的文學生命。

印象中，父親無論公務再繁忙，書案上永遠擺著正在閱讀的書籍，以及正在書寫中的稿件。比起宗教，文學更像是他至真至善的信仰。除了熱情地投入翻譯與創作，他更積極提攜後進，鼓勵許多人加入笠詩社，四處散播文學寫作的種子，家裡也常有文友們的聚會，形成氣氛熱烈的文學沙龍。父親在公務與文壇來回忙碌，生活方面則多由家母和祖母協助照料。年少時的我頗為叛逆，未如家兄承襲父親對學術與文藝的熱情，而是執意開闢屬於自己的人生道路，不知不覺也與信仰文學的父親各自走上殊途。

父親離開人世已十年有餘。隨著年歲增長，開始有人說我眉宇間越來越有父親的神情。有時在半夢半醒的恍惚間，彷彿會在人生不同時期的回憶裡，看見父親的身影：十三歲，就讀市立一中（今居仁國中）的我，放學後在省立圖書館等待回豐原的火車時刻。坐在大書桌前看書時，彷彿同樣十三歲，等待著回豐原火車的父親，就坐在桌子另一邊……在我就讀成大時，有天父親公務結束順道來探望我。他指著校舍說，在他與我同齡時，就是在這裡接受軍事訓練，等待出征去南洋……小時候，我曾經有一次隨父親到八仙山林場發薪，我們坐在運送林木的五分仔車上，兩腳懸空，一路晃啊晃地上山……半世紀後的某天，我才發現自己在新社的養雞場，就在當年舊鐵道的沿線上。如果思念能夠穿越時空，是否能看見火車上，與兒時自己並肩而坐的父親呢？

文學並非我人生的職志，但因為文學對父親十分重要，也因此成為了我人生重要的存在。誠摯感謝大塊文化，在《獵女犯》絕版近二十年後，全新出版這本父親的重要著作，期待這次出版能讓新時代的讀者重新認識父親的文學與時代。最後僅節錄拙作〈台灣梧桐〉（一九九二）一詩，獻給我的父親——永遠的文學者・陳千武。

樹向藍天堅持挺拔
枝朝破曉緩緩伸展
確定每片樹葉都擁有真實的陽光
才能屹立不拔
梧桐心裡十分明白
在叢草密林中勤覓
向陽

風總是在招惹
（刺骨的北風
或是西來的颱風）
無力抗拒的枝葉
以無奈的柔姿每每也能
化解摧殘的手
根依然緊緊纏盤大地

落葉又層層覆蓋在根
在重疊的生與死之上
走向未來
亞熱帶的春
殷盼中熱烈地展開

新版序

以時間，剪貼自己的影子
——寫於陳千武戰爭小說《獵女犯》新版

吳櫻（前台中教育大學實驗小學校長、陳千武傳記作者）

《獵女犯》為陳千武於日治時期，以台灣特別志願兵之名，於第二次世界大戰被日本軍隊徵召，前往東南亞戰場，參加一場不知為何而戰回憶的戰爭小說。

這部戰爭小說，改編成音樂劇《熱帶天使》，二〇二二年初夏在台中歌劇院首演。觀眾頻頻拭淚，紅著眼眶走出劇場。許多朋友場外相遇，握手，拭淚：「啊，我想起千武老師！」「我一聽到『我的死埋設在南洋，忘記帶回來……』想到在八仙山林場宿舍訪問千武老師，和他一起朗讀這首〈信鴿〉，眼淚就忍不住掉下來……」有朋友說。

陳千武是誰？有人好奇地問。

陳千武（一九二二—二〇一二），日治時代出生於南投名間，本名陳武雄，一筆名為「桓夫」，是詩人，也是小說家。

陳千武在十四歲那年考入台中一中（當時學制為五年制），寄宿於台中西區原子街附近的梅枝町母舅，漢詩人吳維岳的家。他經常進出圖書館，閱讀日本文學、世界文學作品，對外面廣闊的世界十分憧憬。一九三八年一月，陳千武身上帶著七十二圓日幣的註冊費，從台中火車站搭車到基隆，準備悄悄乘船到東京闖蕩，後來在船上被攔截送回。父親對他十分不放心，那年秋天，全家由南投名間遷居豐原，他便開始坐火車通學。

通學的火車班數不多，下課後，陳千武利用等車時間，跑到位於中正路的中央書局看書。在這裡他認識當時召開全島文藝大會的發起人之一，任《台灣文藝》的雜誌主編，也就是書局經理張星建先生。《台灣文藝》雜誌中，張文環、龍瑛宗、黃得時、葉步月等作家的名字，奇異地映入他的腦裡。台灣人創造屬於自己的文藝，使他感到非常新奇、親切。從那個時候，他才知道台灣也有作家，也有文學。

張星建語重心長地對他說：「我們要創造台灣自己的文學，把新的文化遺產留給後代。」與中央書局經理張星建這段結緣，造就了陳千武的文學志向——創造屬於台灣人自己的文學。翌年一九三九年，陳千武生平第一首詩創作〈夏深夜的一刻〉出現，刊登於《台灣新民報》學藝欄。接著〈上弦月〉、〈大肚溪〉……等詩作相繼發表，他一生漫長的文學行旅，正式宣告啟航。

陳千武從台中一中畢業後，進入台灣製麻會社豐原工場工作。接著太平洋戰爭爆發。日本殖民政府開始實施陸軍特別志願兵制度，陳千武被徵選為「陸軍特別志願兵」，投入南太平洋的戰場中。一九四五年八月十五日，日本無條件投降，戰爭結束，翌年七月搭乘美國軍艦V369號返回台灣。

陳千武回到豐原的家，迎接他的，除了溫暖的家人之外，還有政權轉換及語言轉換的時代鉅變。一九四六年年底，他進入豐原鎮郊的八仙山林場辦事處（後易名為林務局東勢林區管理處）工作。隔年年初結婚，新婚蜜月，爆發震驚各界的二二八事件，台灣菁英斲殤難以計數。不久，接著公布實施《動員戡亂臨時條款》，知識分子動輒得咎。思想言論全面箝制，語言的轉換，讓崇尚自由、善用文字的少年詩人陡然間全面歸零，失根，茫然，黑暗。

從日文轉換到中文的創作，是非常痛苦的。面對語言的障礙，亦即面臨人生的困境。他在詩集《不眠的眼》中有一首詩作〈壁〉，有這樣的表現：「壁阻之於前，絕之於後／壁如一面反射鏡，反射思念／多邊形的思念透不過壁啊／匿在壁後的，是誰，是甚麼？／就在清晨，走近陡壁／壁上照一身我的側影／我以時間，剪貼自己的影子／疊入死亡的里程碑——」

陳千武壓抑著極深極深的苦悶，經過十多年潛行密用，默默努力，終於，破繭而出，第一篇華文詩〈外景〉，在《公論報》「藍星週刊」刊出。那年，一九五八年，他三十七歲，已是聽雨客舟的壯年了。

除了創作詩，他開始譯介日本詩人的詩，並主編《民聲日報》的「文藝雙週刊」「詩展望」專頁。一九六四年四月與吳瀛濤、詹冰、林亨泰、錦連、趙天儀、白萩等，發起成立「笠」詩社，創設《笠》詩刊，同時開始與日本詩人高橋喜久晴及韓國詩人金光林等東亞詩人交流聯繫。陳千武以流暢的日文，將日、韓詩人詩作及詩論譯介到台灣，並將本地詩人作品，有計畫地推向日本、韓國詩壇。

陳千武於五十二歲（一九七三年）轉任台中市政府的機要人員。一九七六年文英基金會捐獻興建的文化活動機構完成，以「台中市立文化中心」為名啟用運作，陳千武榮膺文化中心主任。

他將興趣、專長、志業與職務全面結合，全力推展文化活動。當時擔任行政院長的蔣經國曾兩度蒞臨巡視，深受感動，於一九七八年將「全國各縣市設立文化中心」列為第十二項國家重要建設。台中市首創的文化中心扮演催生之功，極富意義。

陳千武積極推動台、日、韓等亞洲現代詩的交流活動，參與策畫亞洲詩人會議，東亞詩書展，主編《亞洲現代詩集》等，也擔任亞洲詩人會議台灣大會會長。他還曾任台灣筆會會長、台灣兒童文學協會理事長等，帶領民間文學團體，共同投入文學的推廣活動。

在忙碌的行政工作中，陳千武抓住各種可用的時間，創作不輟，現代詩、小說、文學評論、兒童文學與翻譯並行，在各報章雜誌間大量出現，發揮最大的影響力。著有詩集《不眠的眼》、《媽祖的纏足》等十多種，小說《獵女犯》、評論、兒童文學、翻譯多種。

陳千武的努力與長期累積的成就，受到很大的矚目與肯定。一九七七年〈獵女犯〉獲吳濁流文學獎，此外，也曾獲榮後台灣詩人獎、洪醒夫小說獎、笠詩社翻譯獎、國家文藝翻譯成就獎、日本翻譯家協會翻譯特別功勞獎、國家文藝獎等。二〇一二年四月三十日告別他所深愛的土地家園後，還獲國家頒發總統褒揚令的殊榮。而他對文學教育的推動及對後輩不遺餘力的提攜與呵護，即使遠行多年，仍留駐在許多人心中，成為記憶中最美好最溫暖的景致。

陳千武的創作，以現代詩在語言轉換的冷寒艱困環境中破冰，和喜愛文學的友伴並肩前進。一直到一九六七年十月，才以南洋特別志願兵經驗為背景，寫出第一篇戰爭小說〈輸送船〉，刊登於《台灣文藝》。一九七〇年十月，《作品》月刊轉載，介紹謂「係我國文壇年來不可多得的短篇小說」。一九七六年是陳千武非常忙碌的一年，籌設文英館，接任「台中市立文化中心」主任。看到他現代詩與兒童文學作品及評論陸續發表的同時，也看到他的南洋戰爭系列小說〈遺像〉、〈霧〉、〈獵女犯〉……在《台灣文藝》相繼發表。這系列作品立刻引起文壇的高度重視。台灣的戰爭文學十分少見，而作家親赴戰場而寫的戰爭小說，據了解，陳千武是第一人。〈獵女犯〉小說於一九七七年榮獲「吳濁流文學獎」，一九八五年榮獲洪醒夫小說獎。詩人之筆創作的戰爭小說，除了戰場叢林求生、人性面臨嚴苛考驗、遙遠難以想像的故事張力之外，詩人充滿畫面感的意象及生命的深思內省，非常迷人。《獵女犯》是陳千武最初短篇小說集。初版於一九八四年十一月。一九九九年八月底改題為《活著回來》，由晨星出版社出版。文學屬小眾市場，出版不易，二〇二三的今年，能得到大塊文化的重視與支持，重新出版，令人歡喜。

這本短篇集是陳千武在青春期，作為一位「特別志願兵」，參加太平洋戰爭，轉戰南洋的紀錄和回憶。情節、人物和事件糾葛極為複雜，極具戲劇性。文學進行的時間：一九四二年七月至一九四六年七月，空間從台南、新加坡、爪哇、帝汶島、雅加達、基隆等，時空大規模的變動與移動，呈現陳千武充滿悲壯的青春生命地圖和南洋戰爭經驗的殘酷切面。

《獵女犯》的各篇章雖皆具備獨立的要素和構成，但相互間大多有共通背景，有延伸發展可資連結起來的部分。各篇的主題和內容，從慘烈的戰爭描寫，種族間的愛憎情感、連帶與疏離，人性深層微妙變化的捕捉，異國生活和景觀的刻畫，到亂世中生死、愛情的主題等，極其多彩繁複，是台灣文學史難得一見的戰爭文學傑作。

新版序

成為完整的人

陳允元（國立台北教育大學台灣文化研究所助理教授）

一九四六年七月二十日，台籍青年陳武雄終於在基隆上岸，自南洋活著回來。二十一年後，作為詩人的他，以仍帶有一些日本味的異質中文，慢慢寫下第一篇小說〈輸送船〉。在書桌前，隨著波浪的搖晃，與引擎的爆音，再次回到戰火中的南洋。這一段記憶，彷若一個遲遲無法結束的夢境。十七年間，他陸續寫下十多篇角色、精神相通的戰爭系列小說。集結成冊時，他已是六十二歲的老人了。為什麼非得透過小說，回到南洋不可呢？他在〈輸送船〉的序詩〈信鴿〉寫道，他把死埋設在南洋。但直到戰爭結束、回到故鄉，他才想起，忘記把自己的死帶回來。

他活著回來了，卻成為只有一半的人。

他的語言只有一半。離開故鄉前，他接受的是日本教育，甚至通過日語口試，轉入以日本學生為主的小學校。早慧的他，也曾以「陳千武」為筆名，發表六十餘首日文詩作在報刊雜誌上，受到《台灣新民報》文藝欄主編黃得時、文壇領袖張文環的讚譽。然而南洋一去四年，「光復」後的故鄉，已成為使用陌生語言的冷酷異境。他有詩人的靈魂，卻找不到語言的形體。只能如孤魂般，暫且棲身於另一種「國語」，笨拙地以宛若義肢的舌頭自我表述，有時也必須委請嫻熟中文的年輕詩人替他改稿。南洋的砲火不曾傷害他。但作為一位詩人，回到故鄉後，卻遭遇了難治的傷殘。

他的記憶只配擁有一半。國民政府統治下的戰後初期，各種剷除「日本奴化象徵」的措施陸續展開。日本紀年的石碑事略塗改為民國紀年。朝日末廣大正的街町名稱由中華中正中山取代。神社轉型忠烈祠。刨去銅馬腹部的菊紋，覆上國徽或是黨徽。當然，他是不贊同日本帝國主義的。即便皇民化運動如火如荼，叛逆的陳武雄也決心不改姓名。但國民政府此舉，毋寧是宣告從前的記憶都是奴化，都不能算數。他赴南洋參戰的事，當然也不能夠提起。

他的存在，也只有一半。平安歸來這麼多年，他卻不時感覺自己仍在戰爭狀態：「睡時感到自己還活著，醒時感到自己沒有死去，這種深刻的感覺，一直到今天，有時會再無端地回想起，我也覺得它仍存在我底世界裡。」他的生，是介於「還活著」與「沒有死去」之間的微妙存在，因為他只帶回來半個自己。他的死，仍徘徊在南洋的密林裡沒有回來。失去了死的他的生，自然不能算是完整的活。

一九六三年，他寫下詩作〈鼓手之歌〉，談自己的寫作與人生。他說：時間遴選他做一名鼓手。他於是將自己的皮張成鼓面，拚命敲打自己痛愛的生命，以發出聲響、產生共鳴。如此的生命之歌，成為「詩人陳千武」的象徵。然而悲哀的是，其鼓聲的響亮，並非源於生命的豐饒、或生花的妙筆，而毋寧是高度緊繃的人生張力，以及內在的巨大空洞所致。

他們這一代人，是憑藉著殘缺與不足來寫作的。南洋歸來後，只以一半的狀態存在的他，努力要活成完整的人。

為此，他做了三件事。

首先是語言的跨越。一九四七年，他藉由手抄歌德《少年維特之煩惱》中譯本，開始自修中文。儘管在此之前，他已有兩部日文詩集《徬徨の草笛》與《花の詩集》出版，但此刻他必須把自己歸零，不能再惦念過去。然而語言的轉換不是一蹴可幾的。要到一九五八年，他以新筆名「桓夫」發表第一首中文詩〈外景〉於《公論報》「藍星週刊」，才終於以「跨語詩人」之姿重返文壇。不過他認為，一九六一年刊登於《台大青年》的〈雨中行〉，才是他真正寫詩的開始。這首詩以蜘蛛絲比喻垂直落下的驟雨。這座透明的檻柵，也象徵生命的困局。「被摔於地上的無數蜘蛛／都來一個翻筋斗，表示一次反抗的姿勢／而以悲哀的斑紋，印上我的衣服和臉／我已沾染苦鬪的痕跡於一身」。一九六四年三月六日，他與幾位同樣歷經語言苦鬪的詩人林亨泰、詹冰、錦連等，決議共同籌組「笠」詩社，從過往的單打獨鬥，往集團活動跨出重要一步。也許他們終其一生，還是很難將陌生的「國語」內化成為自己的語言，但即便如此，他們仍要設法突圍，不能辜負詩人的靈魂，與文友們的勉勵。

第二件事，是文學史的建構。他借用植物地下根莖的象徵，提出極具創意的「兩個球根論」，設法將被系統性抹除的日本時代台灣文學水脈，在文學史上延續下來。他說：「紀弦認為他帶來台灣新詩的火種那個時候，台灣並無所謂什麼詩壇，也談不到什麼文藝界的。而由於他帶來的火種，一手建立了這個詩壇」。但他認為，促成戰後台灣現代詩開花的，並非只有中國來台詩人的刺激。得到日本養分而在戰前台灣留下的近代新詩精神，也由林亨泰等跨語詩人所承繼，而與紀弦帶來的中國現代派融合，共同構成戰後台灣現代詩雙重構造、多音交響的獨特面貌。值得注意的是，一九七〇年代末，日本時代的新文學史料陸續出土之際，他也與同屬跨語世代的小說家鍾肇政等，擔負起分量極重的翻譯工作，企圖溝通、縫補這段被腰斬的文學史，讓日本時代的台灣球根，能以中文型態與戰後的讀者見面。

最後一件事：他花了十七年的時間，完成人生中唯一的一部小說集《獵女犯：台灣特別志願兵的回憶》。這部作品，不少人將之與現實混同，視為台灣人南洋參戰的歷史見證；但我想，他不得不寫的理由也許是：長年以一半的狀態活在戰後台灣的他，終於下定決心，要用自己的餘生，重新尋回被忘在南洋的死；或者說，失落在密林中另一半的自己。一九四三年九月三十日，甫完成訓練的新兵陳武雄抵達高雄港，乘上滿載「台灣陸軍特別志願兵」的三千噸輸送船，往南洋出發。此後幾年，他輾轉於赤道線南北的昭南、爪哇島、溫魯斯島、帝汶島之間參加作戰，也曾經做過俘虜。關於死，他曾經寫過，部隊出發前，士兵們要剪下指甲裝進信封，再填上部隊編號、軍階、姓名，交給人事官。萬一戰死無法收屍，就當作骨灰交還給遺族。指甲宛若替身。他活下來幾次，指甲便替他死了幾次。一九四六年七月十四日，他終於離開南洋，活著回來，卻留下半個自己，在異鄉南洋的密林裡。無人知曉，生死不明，沒有國籍，成為埋藏在陳武雄心底沉甸甸的心事。這些年來，一直沒有人來領他回去。說不定他不知道戰爭早已結束。

一九六七年，在出版兩冊中文詩集之後，他開始著手撰寫短篇小說。他虛構了一個角色林逸平兵長，與之共用一份兵歷表。大概所有的讀者都知道，林兵長的原型就是陳武雄，但為何他不以自傳或回憶錄的方式撰寫？在充滿禁忌的戒嚴時期，透過小說的虛構，也許能稍稍迴避自身經歷的直接指涉。但我想，這一段經歷對他而言，並非什麼值得拿來說嘴的事，而是創傷。每一次想起，也許就會讓他感到混亂，焦慮，喘不過氣。所以他將半個自己忘在南洋，不願輕易提起。小說中穿著軍裝的林兵長，並非英雄般的存在，而是帶著生而為「人」的軟弱，恐懼，良善，悲傷，醜惡，慾望，殘虐，認同的混亂與矛盾，無奈，愛，柔軟，苦痛，輾轉於島與島之間，潛伏在南洋的密林裡。他寫下林兵長這個角色時，也許也反覆地想著：我也是這樣的人嗎？我有沒有比他更正直，更良善？所以他需要漫長的時間，以及更多迴旋的餘裕，稍稍離開自己，也更加客觀地面對自己，從個人的傷口、台灣人集體精神的裂縫，重新探視這段艱難的過去。在各種層面上，他都必須很勉強自己。無論在語言上，或是在精神上。

因為唯有重新接回被忘卻在南洋的自己，他才能夠成為一個完整的人。回到自己的故鄉，用餘生完整地活著，再完整地死去。

新版序

一部小說可以負載的靈思：讀陳千武《獵女犯》

朱宥勳（作家）

「死神寬恕了我……」賴文欽說。

「不，死神遺棄了我……」林逸平說。

——陳千武〈死的預測〉

一直以來，我都認為陳千武是台灣最被低估的小說家之一。部分的原因，或許是他以詩人桓夫知名，在新詩方面的成就太過耀眼，蓋過了他的小說創作；也或許是因為他的小說數量較少，總共只有《獵女犯：台灣特別志願兵的回憶》和《情虜》兩本。而後者卻又體例不一，真正完整的作品恐怕只能算上《獵女犯》。

然而，就算只考慮《獵女犯》，陳千武也足以在台灣小說史上留名。正如同「台灣特別志願兵的回憶」的副題，這本書是以一名日治時期的志願兵林逸平為主軸，所撰寫的一系列短篇小說。陳千武以短篇連作的形式，用十六篇小說涵蓋了台灣人被迫參加二次世界大戰的經驗——從徵召受訓、搭船到東南亞、登陸之後轉戰各地，一直到日本戰敗，幾經波折才復員回鄉等過程，通通收攬在一部小說裡。

但《獵女犯》的珍貴之處，並不只在於記錄了歷史，更在陳千武以其敏銳、精微的感性，捕捉了戰時台灣人從未被正視的心靈狀態。平心而論，《獵女犯》的文字並不算「好」，當今讀者讀來甚至會有「卡卡的」之感，這是那一代「跨語世代」作家難以逃脫的印記。不過文學的微妙之處，就在於「美文」與「好的文學」未必全等。《獵女犯》在在證明了，即使文字時有鬆脫、句法時有怪異之處，但像陳千武這樣的一流作家，就是能夠用不太流利的文句，抓到文體大師也未必能及的心緒。比如開頭我們引述的那段非常簡樸，卻又寫出戰後餘生之荒謬感的對白，或者如〈旗語〉這個耐人咀嚼的場景：

田村京子以沉著的態度，輕輕擁抱著金城，把美麗的臉，靠近金城的右頰，吻了一下。然後，轉向林逸平，很敏捷的，以林逸平要逃避都來不及的快速，擁抱了林逸平。田村京子這樣大膽的舉止，使林逸平的反應更加快速，兩個人緊緊擁抱起來，且竟也意想不到的，交換了一次長吻——。這是相逢和分離連結在一起，最短最興奮的一個吻。也就是劃定生與死，天堂與地獄底神祕界限的一吻。

「我真心的祝福你武運長久……」吻後，田村京子依依不捨的望著林逸平說。

這個場景非常「不合邏輯」：田村京子在此之前，與主角林逸平認識不過幾分鐘；在此之後，也沒有什麼深深思念的愛戀——如果有，那就庸俗化了。並且，真正與京子有較深刻連結的，應該是旁邊那位「弟弟」金城才是。對最終有著「意想不到的長吻」的，卻是京子與林逸平。但這種不合邏輯的場景，反而是小說起飛的瞬間——你要怎麼用「邏輯」，去呈現上戰場前夕，人與人之間忽然超越國族立場的互相理解？不合理卻強烈的思緒、行動，正是人心的一瞬之光。在戰爭陰翳滿布的回憶裡，還有什麼比這更值得被記住的？

這種小說起飛之處，在《獵女犯》裡隨處可見，在在可以看到陳千武的機鋒。除此之外，陳千武也擅長營造「各種人、以各種超出想像的狀態交織」，這使得他的小說雖然沒有雄渾的大部隊交戰場面，卻更能看到戰爭如何把各式各樣本來無關的人生，通通絞纏成難以分離的亂線。我沒有正式統計，但在我的印象裡，台灣文學很少有如《獵女犯》一般，同時匯集了這麼多不同族群的作品。日本軍官、沖繩新兵、台籍志願兵、來自日本朝鮮菲律賓的慰安婦、印尼當地的原住民與娘惹、前殖民者荷蘭人、移民到東南亞的中國人……甚至還有士兵之間的同性性行為（但不是性愛）。戰爭使得人們離開了安居樂業之地，無論是侵入者還是被侵入者，都在此一殘暴的背景下，有了一重扭曲的「跨文化交流」。而恰恰是在諸族群交會衝擊的地帶，《獵女犯》把一個看似老掉牙的題目寫出了新境界：台灣人是什麼？「我」的內涵與邊界何在？

設想最精彩的一篇，自然是名作〈獵女犯〉了。主角林兵長奉命參與一場掠奪與押送任務：

從印尼人的村落裡，強擄婦女來當作日軍的慰安婦。然而在任務期間，林兵長卻在被俘虜的印尼婦女行列裡，聽到了「台灣話」，這讓離鄉萬里的林兵長大為興奮，忍不住向女主角賴莎琳搭話。但為什麼印尼女性會講「台灣話」？原來賴莎琳的母親是中國人（顯然是福建人）與荷蘭人的混血，然後母親又與印尼人結婚，然後用她操持的「福佬話」和林兵長溝通。如此層層疊疊的族群因緣，最終卻讓賴莎琳成了拷問台灣人心靈的角色——如果你是日本人，為什麼你會講「我們的話」；如果你不是日本人，你為什麼要幫日本人來掠奪我們？

賴莎琳（對林兵長）的靈魂拷問，逼出了台灣文學史上罕有的「戰爭倫理反省」。在歷史上，台灣人並不是可以出兵侵略他國的強權；甚至像林兵長這樣的台灣人，還必須被殖民者「強迫志願」，來打一場自己根本不想打的戰爭。然而陳千武並沒有自居受害者，而輕放了台灣人可能的戰爭責任。透過林兵長的處境，〈獵女犯〉通篇都在自我拷問：是嗎？我們真的沒有責任嗎？就算這不是一場自願的戰爭，消極配合的人，真的可以說一切都與我無關嗎？由此，小說最後的意象「無能的獵女犯」，就呈現了既矛盾又複雜的反省。「無能」也者，說的是台灣人在戰爭中身不由己；然而林兵長最終也承認了，他仍是「獵女犯」，並不是毫無嫌疑的。此中深度，幾乎可以說是台灣文學史上僅見的。

除此之外，《獵女犯》表面上是「日治時期的戰爭故事」，實際上卻也隱微呈現了陳千武對戰後國府時代的批判。（沒錯，這部小說集就是這麼千絲萬縷，什麼都能涉及）在本文最前面所引述的〈死的預測〉，以及〈輸送船〉內的詩作〈信鴿〉，都反覆描寫一種物理化的「死」。陳千武將「戰後餘生」改寫為「忘記在南洋的我底死」，這放在一本戰爭小說及裡面，似乎是題中應有之義。鎗林彈雨之中，怎麼可能不談死亡？然而若我們多問一句：最後，沒死的人死在了哪裡？整個詮釋圖景恐怕就要大翻轉了。

沒死的人，最後死在了〈遺像〉裡。〈遺像〉是唯一不以林逸平為主角的小說，他甚至根本沒有登場。隨著故事的進行，我們才發現這篇小說的敘事者，是賴文欽的戀人秀玉。秀玉上一次出現，是在〈死的預測〉當中，賴文欽講到自己不願耽誤女友的人生，而不願意在戰前結婚的那位女友。這麼說來，賴文欽活著回到台灣，秀玉也始終等待著他，兩人應當能有美滿的未來了吧？但小說是這樣結尾的：

> 然而，她正要去南部的時候，她卻接到了欽亡故的訃音。——那是在一次很短的動亂中，欽被治安的步兵誤殺了。欽的死是冤枉的，絕不是他有所預料的吧。

稍有台灣史敏感度的讀者，一看就會發現蹊蹺：二次大戰後、很短的動亂、治安的步兵——這不是二二八事件還能是什麼？

原來，在戰爭裡沒死的人，最後是死在了二二八裡。《獵女犯》全書沒有一字提到二二八，卻將這一樁「終於到來的死亡」，安排在舉重若輕的末尾，其暗示的意義已十分明顯。二次世界大戰自然是台灣史上一次強烈的苦難經驗，但雨過之後並沒有天青，反而是迎來下一陣暴雨。十數篇戰爭小說的鋪陳，卻在最後以一句話扭轉方向，如此輕靈的思路，恐怕也是台灣文學裡罕見的了。

最後，衷心感謝陳明尹先生的授權，與大塊文化的出版，讓這本絕版已久的小說集能重回讀者視野。可以提醒的是：您手上的這個版本，將是目前為止，最完整收集陳千武所有戰爭小說的集子。本書自附錄〈卡滅校長〉以下的五篇文章，都是原版《獵女犯》所無，幸賴編輯的費心搜羅，才將這些應該屬於同一脈絡的篇章集於一書，讓讀者能完整品味。也期盼新版《獵女犯》的出版，能成為文學界重新評價陳千武小說成就的契機，看見他那略微生硬的文辭底下，也無法埋沒的小說靈思。

獵女犯

台灣特別志願兵的回憶

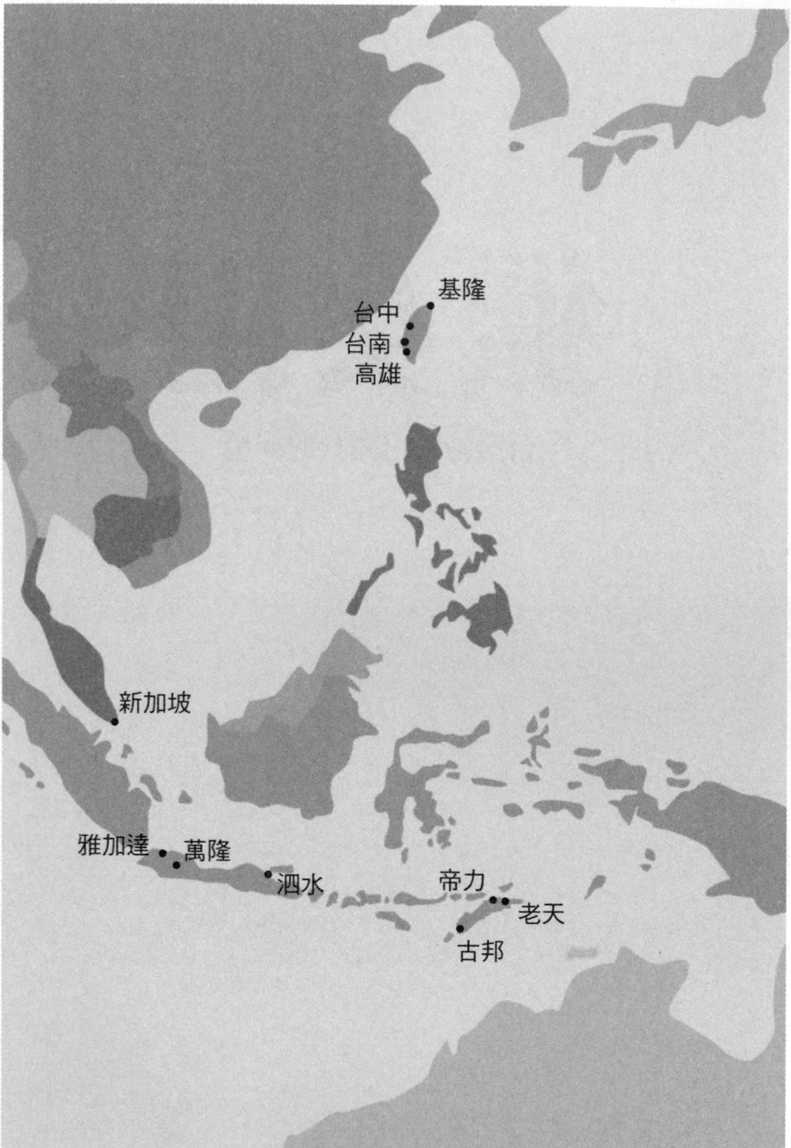
基隆
台中
台南
高雄
新加坡
雅加達
萬隆
泗水
帝力
老天
古邦

文學少年時（代序）

一九三五年三月以十五對一的比率，我考進專為台灣人子弟設立的台中一中。當時一般認為念台中一中的孩子都是天才，但我卻不是。入學那天第一節的「修身」，就被專制有名的卡滅校長（廣松良臣）叫出來罰站。理由是我聽不進去又不懂他給新生苦口婆心說過：「在廁所胡寫和關門關不緊，都是沒有出息的人。」這一格言的意義。他罵我「從來沒看過這樣一個笨豬新生」。於是，從一開始我便成為一百五十名新生知名度最高的一個。

不但是「修身課」，其他很多課程我都不喜歡，我喜歡念的是日本國語、作文、漢文，此外就是熱心於柔道、田徑和音樂。

一年級的有一個下午，我的表哥帶我去台中圖書館。他不管我的志趣，就自動地借了一本吉川英治的小說，叫我看。從此，我被吉川英治樸素、簡潔的文章，和耿直、豪爽帶有野性的禪味，以及貫徹求真理的故事內容迷惑了，便拚命地搜集吉川英治的著作來讀。

因我獨自寄宿於母舅的家，鄉愁與孤獨，不使我驅向學業功課，卻驅使我走入文藝的世界。讀過吉川英治的小說之後，從無賴的旅遊小說、時代武俠、現代愛情，看膩了開始亂讀純文藝小說，覺得純文藝深奧的思考力很魅人，於是又對世界文學名著感到興趣，愛不釋手，但都是「亂讀」，沒有「精讀」過，看過就忘了。

由於愛好小說，三年級的第一學期，每次作文的習題，我都很認真寫。甚至有一次作文習題，寫了四百字稿紙二十張左右的文章繳卷。一般學生頂多寫三張稿紙，已很了不起了。而我的二十張稿紙作文不論寫得好壞，也該獲得老師的精神鼓勵吧！卻不但沒有，卑鄙的前田老師給我學期末的作文成績是「丙」。日本人老師蔑視台灣人如此狂妄，使我氣惱在心。第二學期仍然上前田老師的國文和作文，但我決心連一篇作文習題都不寫，不繳卷。前田當然知道我這個問題學生不繳作文習題的原因，卻對我一句話都不講，然而我的第二學期末的作文成績是「乙」。這樣的老師怎能叫學生心服。於是第三學期每次上國文課的時候，我乾脆把課本豎立在課桌上遮掩著看小說，我看的小說比課本上的文章還有意思。前田老師知道我不在聽他的課，也裝著不理我。但有一天，真是鬼使神差，前田老師走到後排我的桌子邊，站了很久，俯視看我凝神耽讀著里見弴的小說《多情佛心》。我知道他站在身邊，仍不抬頭也不躊躇，繼續耽讀著。前田老師不得已遂走開，繞了教室一圈，回到教壇上，厲聲喊我到教壇前面來。我實在看不起他，早不認為他是一個老師了。前田等我走到他的面前，一句話不講，舉起右拳向我的臉頰打來。前田是矮子，而我練柔道手技好又敏捷，很快抓住前田的手臂，轉背把他摔倒在地上。全教室的學生「哇！」地站起來，前田卻「吁、吁！你敢，你敢！」咕噥著倒在地上講不出話來。瞬間，里見弴的《多情佛心》，閃過我的腦裡，一種憐憫的感覺壓住我的心，我用雙手拉著前田站起來。顯然露出憤怒與羞辱神情的前田，拿了教科書，踉蹌走出教室，回教官室去。我覺悟，前田回到教官室，必會報告校長召來家長罰我嚴重的處罰。停學、退學或監禁？然而，我的畏懼落空了，前田不願因此丟掉老師的尊嚴，終於放過了我。

漸漸地，我的欣賞興趣從小說轉移到詩。起自明治時期的新體詩、島崎藤村、川路柳虹、三木露風，以至大正、昭和期的西條八十、堀口大學、柳澤健、生田春月、佐藤春夫還有上田敏等人的詩和翻譯詩，不管遇到什麼便耽讀。有時一本詩集，天天拿在手裡看了好幾天，陶醉於優美的抒情裡。而我找書看的地方，也從台中圖書館移到中央書局，因為書局可以找到一些新書來讀。我買不起書，所以一俟下課就背著書包，站在中央書局的書架中間看書。看到回豐原家的火車時間迫近，才匆匆跑去車站。幸好那個時候火車的班車不多，有時可以在書局看了一個多鐘頭的書，真過癮。

因我不偏愛，所涉獵的文學作品較廣，而且是多方面的。不過，像最初沉迷於吉川英治的小說一樣，有一段時期，橫光利一、川端康成等一班人實踐追求的新感覺派作品也迷住了我；左派作家們，赤裸裸的表現苦悶的作品，也吸引了我一陣子。可是，我只愛好文學，而亂讀的習慣仍然不改變，一直到我接受現代主義的詩，才開始認識自己，有了一點批判自我的意識。

中央書局的經理張星建先生，常常看到我夾在書架中間看書，他的視線使我覺得很不好意思。因我不買書，誤為他的視線是監視的。有一個星期六下午，張星建先生走近我，叫我可以坐在他會客用的沙發上看；這種優厚的待遇使我嚇呆了。但一談起來才知道他是文藝聯盟的老將。他拿了《台灣文藝》雜誌給我看，張文環、龍瑛宗、黃得時等作家的名字，奇異的映入我的腦裡，台灣人創造自己的文藝，使我感到是神聖的行為。張星建先生說：「我們要創造新文藝，把新的文化遺產留給後代。」並把台灣文壇的情況告訴了我，又借給我一些書帶回家看。

創作自己的文藝，這一啟示，促使我意向寫作，從新體詩的嘗試，和歌的習作，以至自由詩，終於感到以詩的形式較適合於自我的表現的寫作。於是，一九三九年八月二十七日首次在黃得時先生主編的《台灣新民報》學藝欄，發表日文詩〈夏深夜的一刻〉，同月三十日發表〈上弦月〉，九月發表〈大肚溪〉，至十二月共發表過八首詩。

台灣文藝聯盟在台中醉月樓召開會員大會，已不記得是哪一天了。而在前一天黃得時先生打電話告訴我，我背著書包跑到車站前的中央旅社，在二樓見了黃得時、張文環、葉步月三位先生，雖然已不記得談過甚麼，但那天的興奮之情，仍很深刻地留在我的腦裡，尤其，張文環很親切地鼓勵了我。由於這一次見面的機會，導致三年後，我進入特別志願兵訓練所受訓六個月期間，差不多每個星期便帶著另一位同在受訓的詩友賴襄欽，到市內山水亭去見張文環先生，對文學創作的觀點、思想的運用，受了很大影響。

自從在報紙學藝欄發表詩作之後，我在學校裡的生活也改變了，不再跟一些卑鄙的老師搗蛋，而時常嚴肅地思考著人生與社會環境，以及被殖民的問題。這個時期，也常在下課後，背著書包，跑到梅枝町訪問經營花園的楊逵先生。先生和葉陶夫人都很歡迎我，楊逵先生實踐「晴耕雨讀」的生活。我喜歡他不拘泥規矩而樸素的生活方式，常跟他在花園裡邊拔草邊聽他的高論。我跟他接觸，知道他是一點都不陰險的人物，但他卻前後遭遇過幾次思想筆論的厄運而受罪，不無令人鼻酸。

一九四〇年五月，一中五年級的第一學期，我以柔道部的主將，聯合劍道部的主將陳嘉豐，策動全校學生，反對日本皇民化運動的改姓名政策，遭人密告我是主犯，遂受罰在校監禁一個多月，幸好遇到卡滅校長退休要換校長才解除處分，學期末的成績「操行丁」「軍訓丙」，失去了升學的條件。這種遭遇促使我愈執迷於詩的創作。把作品投於《台灣新民報》學藝欄及台中的《台灣新聞》文藝欄發表，另參加台中一批詩友們每月一次在「翼」咖啡廳召開的詩話會，會員七、八個人都是日本人的年輕男女，只有我一個台灣人，卻年紀最輕，因我念南投尋常小學校畢業，講日語寫日文跟他們一點不遜色，沒人敢看不起我。

因我在一中五年級的操行成績，第一學期「丁」，第二學期「丙」，第三學期是否准予畢業成了問題。但在教員會討論中，沒有一個老師願意讓我留級，而且據於思想引起的操行成績，難向一般社會大眾公開，於是我最後一學期的操行成績升為「乙」，把我踢出校門。

台中一中畢業後，我進入台灣製麻會社豐原工場做工，工場裡的總工頭是日本人。日本人喜歡仿效西方人從前指中國、印度、馬來西亞地方的勞動者稱「苦力」，而指稱台灣人勞動者為「苦力」。不管日人怎樣輕視與侮蔑，我仍願與苦力們一起在工場裡勞動。而從經驗裡，寫了幾首「工場詩」，以及工場為背景的勞動詩，在報紙上發表。又寫了一短篇小說〈老工人〉發表於《台灣新民報》。會社的船山主事知道我常常寫文章，就特別優待我，把我調入事務所辦事，但我不習慣坐辦公廳、辦公也辦得不合他的意，遂又調我去工場當監工，卻又嫌監工對待苦力太仁慈，我便提出辭職，到彰化一位族兄經營的製米工場去當教練。

一九四二年七月，我被徵入特別志願兵訓練所接受軍訓，到了翌年四月，正式到台南第四部隊入營，不再寫詩，不看文學作品，結束了我的「文學少年時」。

（發表於一九八一年一月三日《民眾日報》副刊）

旗語

一

「著正裝整套裝備，下午四時，全體集合在操練場。」

日本軍令的鞭條，抽打了背脊；入營剛滿六個月的新兵們，就感應了電似的，手腳又開始忙亂起來。

睡過午覺，便要處理一切內務，洗衣或縫補，特別把軍靴塗油，塗得像剛從油鍋裡拿出來一樣。之後，又要把配帶的三八式步兵鎗和短劍擦亮，鎗是軍人的靈魂，必須誠懇地侍奉。

今天是九月末，新兵們以為下午只要整頓內務，不必出去操練。卻突然又來一次抽打「整裝集合」的軍令，真叫人掃興。

「這算是緊急集合嗎？」

沖繩籍的金城二等兵說著，傻氣地回頭看林逸平。林逸平對於金城的這一問，覺得很意外似的說：「バカ！這比緊急集合還嚴重呢，我們就要離開這裡啦。」

「離開這裡？」

連整頓背囊也笨手笨腳的金城二等兵，一瞬，收斂了常顯出一副發呆的表情，吃驚似地，放出奇異的眼光，緊張起來。看金城這種狼狽相，林逸平反而感到好笑的說：「你還這麼遲鈍？——班長不是命令我們好好整理私物，把一些家信也要燒掉，把所有的衣服都要洗乾淨。而隊本部發給我們全新的整套裝備，還有這兩天幾頓飯，不也都加過菜了嗎？這種異常的款待，你想為的是甚麼？」

「換新裝，加菜有甚麼稀罕，還不是我們天天操練得這麼辛苦，才要慰勞……」

「辛苦，不稀罕？這不是過年，又不是營外的社會，軍隊裡的一舉一動，總有戰略上的目標。你不想想我們會被派出去野戰部隊？……」

「哎呀！那該怎麼辦？要去野戰部隊，我還沒通知我姊姊知道……」

金城想得很天真，使林逸平苦笑著，想自己住在台中的父母都來不及通知，怎能通知到他那沖繩的姊姊……但金城一邊捲著綁腿仍不甘心地說：

「如果，真的要出征野戰前線，部隊該事先讓我們知道。」

「バカ！這是軍事祕密啊。」

士兵們只是戰爭的工具，必須絕對服從命令；只准在其所屬圈內服盡義務，絕不准有思考與批評的行為；這是日本軍隊有如鐵的規則。像金城這樣傻傻的，很聽話的人，應該是最沒有問題的標準的兵吧。

對於各種不同的軍令，常感到癡獃的金城，聽過林逸平的話，幾乎得到了啟示似的說：

「嗯！也許你說得對，這幾天來，那個馬臉班長，忽然對我好起來了。到現在，還沒打過我一次，又沒罵過……」

六個月來差不多每天必被班長打罵，且早已習慣了的金城，不由得想起這幾天來的奇蹟而微笑起來。可是他的笑意忽又縮回肚子裡去，臉上現出恐懼與迷惑的神情。

「咦！金城，你怎麼啦？」

「不，沒甚麼，我只是想起入伍前去世的母親。」

金城遲鈍的臉，浮現了一絲難受的真情，電擊似地傳入林逸平的官能，使他也心酸起來。

二

想起母親，林逸平為自己的母親覺得驕傲。精通祖國歷史，而不懂日語的母親，遇到日本巡查來查戶口，僅能講一句「阿里卡多」而已。「我們是從福建遷移過來的唐山人」，這一句話成為母親的口頭語。「不要氣餒，必須勇敢的面對現實，認清環境，要自尊不自欺。」林逸平被選中特別志願兵一直到入伍那天，母親只講這些話鼓勵他，卻從沒看過母親流過一滴淚，但他知道母親的心，像錐子扎似地疼個不停。台灣青年沒有義務當日本兵，但可以特別志願，就是在巡查督促保正（今的里長）的監視之下，很「特別」的在志願書上蓋章申請，這種不是出自於自己意願的「志願」，成為「榮譽」的日本現役兵後，可獲得跟日本人一樣的義務與稍有不同的權利。而所謂權利卻是為日本天皇陛下「敢死」為光榮的權利，知道這種自己的兒子所遭遇的命運，林逸平的母親從沒有流過一滴淚，卻在街役場任農業技手的父親，流過了幾次淚，反而常受母親的譴責與安慰。

「為日本天皇盡忠報國」，溫和的保正和鼻子下留有鬍子的甲長，既然不會講流利的日語，但在送行林逸平的宴會席上，異口同聲的說過這一句話，以為是給林逸平最好的送辭。那些「八紘一宇」「皇民奉公」等語，聽起來十分肉麻，是林逸平感到最嫌惡的口號。然而，林逸平的雙親，對兒子也從沒說過那些口號，只是要他維持「唐山人」的骨氣。

三

林逸平忽然從回憶中清醒過來，說：

「咦！金城，動作快一點吧，集合喇叭就要響了，要不要我幫你忙？」

林逸平的動作很快，他早已準備好才催促金城加快動作。

「不，不必，我會來得及趕上的。」其實金城也把一切收拾妥當了，只要穿上外衣和掛佩短劍，便可出動了。

「林！」

「唷！」

金城穿起全新的軍服，緊身而整齊，和他細長的臉，配合得十分英俊。他手裡拿著一張已經褪了色的照片，顯在林逸平的面前說：

「我整理櫥箱找到了這一張照片，以為早已丟掉不見了，今天能找回這張照片，運氣真不錯。」

林逸平一看，他瞭解了金城的感觸，替他高興。「那不是你常說要拿給我看的你姊姊的照片嗎？」

金城早向林逸平說過好幾次，有關他姊姊的一些瑣事。他的姊姊很漂亮，但總是找不到入伍時帶來的照片。也許金城過分珍視，才把它匿藏得嚴密，而在新兵夠繁的訓練中，竟遺忘了匿藏的地方，很久找不出來。

「我沒說謊吧，我姊姊真的好看啊。在家鄉有很多男人喜歡她，只是我姊姊有一位情人出征到中國大陸去了，她好傷心。加之母親死了，又碰到我這個唯一的親人弟弟也出征，她的傷心，實在無法形容。啊，現在，不知道她在做甚麼。」

「很像你嘛。」林逸平拿著照片，和面前的金城對照看看。他發現金城這種不太起眼的臉，換個女人，竟會是這麼漂亮而有雅氣，不無感到奇怪。

「我們姊弟，大家都說很像，現在我很想把我們要轉赴戰場的事告訴她知道。」金城似乎很興奮，而林逸平卻很冷靜地說：

「如果讓她知道，她不是會更傷心嗎？」

「不會，不會，她早已傷心透了，戰爭很殘酷，不管再有甚麼事發生，她不會再傷心了。她說過，只要知道我在甚麼地方，做甚麼都好，活著或死，已經不是計較的問題……」

林逸平似乎深深觸及了處於軍政統治下的婦女們，無處依靠的耐性與痛苦的心境；瘋狂的日本軍閥，逼死了她們一切的生存希望。這也使林逸平聯想到自己的母親，遇到兒子的出征也不流淚是由於過度痛苦的結果。

忽而，集合喇叭響了。林逸平急忙提出照片說：

「還給你，這麼漂亮的姊姊的照片，應該好好帶著。」

「嗯！如果，你有機會看到她，她一定會很高興。」

今天的喇叭特別響亮，又長。士兵們對於軍隊的出征轉調特別敏感。因此吵雜的聲音，顯出不尋常的氣氛，越加使這些新兵們緊張。

「我們走吧！」說完，林逸平跑去重機鎗的位置，跟同時跑來的平塚，互相站在機鎗前後，雙手握著機鎗扛棍，提到中隊集合的營舍前，不到三分鐘，全員都到齊了，鈴木中尉出來發號令，四個小隊的鎗手們，各個扛著四支重機鎗，整隊向練兵場跑步去。

四

一個聯隊分三個大隊，大隊擁有三個步兵鎗中隊和一個重機鎗中隊，一個大砲中隊，在廣大的練兵場上依序排列，一個聯隊整裝兵備的陣容，看起來很堅強而壯觀。閱兵由聯隊長親自檢閱。值班軍官發號令，向聯隊長敬注目禮的時候，吹號兵便要奏兩次〈聯隊長敬禮曲〉。林逸平站在第二重機鎗隊的隊伍裡，也跟著全體的新兵一樣，一方面做著注目禮的動作，一方面和著喇叭聲的曲子在口裡哼著諧謔的歌詞：

聯隊長の奥さんは間抜けで，抜けても知らずに天井見て腰廻す。

（聯隊長夫人真糊塗，早已脫掉了也不知，凝視天花板，還在搖屁股。）

軍隊裡的兵，有學者、經理、農工商、詩人、畫家等，各種職業、階級的人都有。很多喇叭曲要配怎樣揶揄的歌詞都沒有困難。這種歌詞大都老兵傳給新兵，給新兵們嚴格規律的軍訓生活中，產生清涼劑的作用，也屬於一種自嘲的安慰。

聯隊長檢閱完了，依例宣布接受六個月訓練的新兵從二等兵升級為一等兵，這是例行升級，沒甚麼稀罕。但聯隊長仍要形式上說些道賀詞，接著開始訓話。對於出征赴戰地的訓話中，特別提到初次加入新兵裡五分之一的所謂「台灣特別志願兵」，到戰場必須與日本內地來的兵互相尊重與愛護而相處，那些慣例的注意事項，事實是多餘的。日本人常在口頭上說「一視同仁」強調天皇的「御稜威」，事實卻有「內地」、「琉球」、「台灣本島」人之分，在可以「一視」卻沒有辦法「同仁」的情況之下，大家心裡明白，不願多說會觸及軍國主義總動員條例的話，真是聰明。

林逸平聽到聯隊長最後說：「祝諸君武運長久，聖戰勝利」的口號時，想著這位後備部隊的聯隊長不知道曾經送行過多少批新兵到戰場，每一次都毫無感情的說過這一句口號，而根本就沒想到真正「武運長久」而能平安歸來的有幾個人，即興的說些虛偽的訓勉話，糊塗的不只是聯隊長的太太一個人吧。

送行新兵出征戰場的儀式，在值班軍官領唱「萬歲！萬歲」的吶喊聲裡結束。剛升級為陸軍一等兵的新兵隊伍，即由聯隊本部做先鋒，以第一、第二大隊的順序，莊嚴的步調走出台灣步兵第四聯隊的營門，一路行軍，走到台南車站。一隊隊進入虛寂的月台，已經是傍晚了。

五

軍用專車駛進夜的平原，這是慢車，聲音大又慢。擠在車廂裡的新兵們，只聽著轟隆轟隆的鐵輪聲，一個個無奈的閉著眼睛不講話。似乎每一個人都有一種覺悟，像滿載著被送去屠宰場的豬那樣，乖乖地坐著，任車廂的擺動搖晃著。

沖繩出身的金城，坐在林逸平的身旁，一下子閉著眼睛，一下子把姊姊的照片拿出來看，很不耐煩的樣子。想著台灣是日本的殖民地，台灣人要在很特別的情況下才能當日軍現役兵，現役兵與軍夫或軍囑不同，是正規的軍人，賦有日本傳統的武士道精神，日本人看精神上的榮譽，比甚麼都高貴。從這一觀點，琉球人雖也屬於日本內地的一部分，但仍然有其差別。有門第差別的觀念，才產生侮蔑與歧視。操練行動最遲鈍的金城和最敏捷的林逸平，不僅是同班同年兵，也由於這種差別，精神上比較接近，互有同情與諒解，才相處得很好。

日軍現役兵，具有高中畢業學歷者，可以申請「士官候補生」；被錄取，即進入軍官學校接受教育後當軍官。林逸平入營當時，是由在鄉軍人會推薦替他申請參加「士官候補生」，但入營不到一個月，中隊長就宣布說：「台灣特別志願兵尚不適合士官候補條例。」林逸平的「士官候補生」案，便被駁回。而金城呢？金城的士官候補生案，被駁回的理由只是「不採取」三個字而已。他們這一中隊被錄取的「士官候補生」兩個，都是日本內地兵，聽說是名門出身的書獃子。在士兵裡流行著一句話：「軍官做生意，士官在玩票，只有兵才是盡忠報國」。因為兵是戰爭的工具，無思想，不能講話，需要像賭注生命，聽從軍官的指揮，默默跟著玩票的士官的命令而行動，兵的生命是不值錢的，跟「一錢五厘」的郵票同等，不值錢。

六

不久，軍用專車到達了高雄車站。又是一陣騷雜聲音湧起，下車與排隊一陣紊亂過後再行軍。

行軍到高雄高等女學校，隊部便宣布，今晚要在校園草坪上露營，這個時間已經是家家戶戶吃過晚餐很久了。這一短暫的旅程，賭著生命要出征的旅程，除了他們自己，沒有一個人知道，根本就沒有人關心他們。

露營位置分定，林逸平的重機鎗隊，把二架重機鎗放置中間，兵分南北二排卸裝。沒有帳篷，以戰鬥態勢，睡在草坪上，要沾一個晚上的露，是真正的「露」營。

整個校園都被兵隊占滿了，小鎗中隊也把三八式步鎗交叉豎立在中間，長長的一排，士兵守在兩旁，戒備十分森嚴。

夜的操場一片黑暗，只有幾個星星在天空閃爍著。女學生們早下課了，她們不會知道有一批軍隊占據著她們神聖的校園，要過夜。

「上飯啊。」

隊本部的傳令，使每個隊的值班兵又慌忙起來。大家都餓了，所以大家自動幫忙領飯、分配、開動的動作都很快。一隊隊的兵圍坐在草坪上，吃的動作也很敏捷。一下子把今晚特別豐盛的菜都吃光了。為了洗飯具，來來往往的兵，在黑暗的校園裡走動著。

隊本部又傳令，要各隊派兵去本部，領取婦女會贈送的慰問品。

林逸平的重機鎗隊，有二、三個人志願去隊本部領慰問品，金城是其中一個。他勸林逸平也一起走。躺在草坪上的林逸平躊躇了一會，但隨之又說：

「看樣子，我也去散步散步吧。」便站起來跟著走。

隊本部占據學校玄關的內部走廊，有十幾位婦女會的會員，大都是二、三十歲的婦女，在光亮的電燈下正在配發「慰問品」。溫柔的姿態、誠懇的笑臉，從遠方也能看得到她們真心的表情，是給明天就要離開本土的士兵們的一份安慰。其實新兵們想要的安慰，「慰問品」並不重要，重要的是來慰問的婦女們那張誠摯的笑臉。

七

林逸平走到學校教員室前的走廊，忽而看到教員室裡，有一個穿著劍道衣般的上衣，緊身勞動褲子的女老師，站在書架前不知找尋著甚麼，後來她抬頭，在燈光下，美麗的臉亮了一下，一瞬，林逸平吃驚地喊著：

「那，那不是你的姊姊嗎？金城。」

金城莫名其妙的看了看林逸平。林逸平卻凝望著教員室裡女老師的側臉，越看越像下午金城拿給他看的那張照片裡的女人，很像，很像。

「你是說？……」金城依順林逸平的視線看到了教員室裡的優美身軀的女人。「她？……」

「她不是很像你姊姊嗎？」

金城本沒想著甚麼，但聽林逸平這麼一提，便仔細的看女老師，然後說：

「不，不像。不過，有一點……」

金城又開始想起他姊姊，幻想使他耽於甜蜜的回憶裡，一片迷濛。

女老師放下了書，察覺有人從窗外窺視裡面，便走過來把窗打開了。

「你們是剛剛跟著部隊來的？」

聽到清脆朗爽的女人聲音，林逸平和金城又高興又緊張，很久沒有跟異性講過話了。

「是的，老師。妳是？……」

「我、我是今夜的值班，值班到十點，時間快到了。」

對於講話沒一點顧慮的女老師，也沒有日本女孩子特有的驕傲的女老師，使林逸平感到舒暢快樂起來。

「我是林逸平，他是金城，我們都是今天升了一等兵的。我剛剛看到妳，覺得妳很像金城的姊姊，所以……」

「你是說，我像這位先生的姊姊？」女老師面向金城說：「像嗎？」

「嗯……有點，像。」金城吞吞吐吐，害羞得臉紅了。

女老師說：「金城先生是不是沖繩人？是吧，而你，林先生是？……」

「我是台灣人。」

「嗯，是特別志願兵？我向你表示『特別』的敬意……」女老師伸手示意跟林逸平握手，林逸平也毫不介意的伸手握了，好像早就認識了的感覺，溫暖了心。

「我叫田村京子，是這個學校的體育老師，在這裡，看過很多批軍隊出征去了，但第一次碰到特別志願兵，你卻看不出有甚麼特別的……」

田村京子輕輕微笑著，她背著教員室裡的燈光，臉被光線塑造出立體的陰翳美，很好看。

「妳的意思是，特別志願兵應該穿另一種顏色或形式的軍服？」林逸平輕逸的問，但田村京子搖著手說：

「不，不，我的意思是說你跟內地人，不，比內地人給我更好的印象。」

田村京子真摯的表情與話意，使林逸平取回了難得的自尊感受。從前他不相信一見鍾情那類的感情，但在將要犧牲生命出征的前夕，他卻經驗了剎那間可貴的一刻。林逸平的心忐忑地跳動起來。

「田村老師，謝謝妳，妳使我恢復到人的感覺。我們的家人，都不知道我們明天要離開到海外戰場去。這種被遺棄了的寂寞感，真難受。像金城他整個下午都在想著他的姊姊，想讓姊姊知道他要離開國土，但都沒有辦法。」

「這件事……」田村京子說：「金城先生，你把你姊姊的通訊地址給我，我替你寫信，把今晚碰面的事告訴她好了。還有，林先生……」

金城高興的插嘴說：「啊，這樣多好。林逸平說妳像我的姊姊，現在，真的，我想要叫妳姊姊了。」

金城的話逗著田村京子紅潮著臉，頻頻點頭表示樂意接受。

林逸平和金城借田村的筆記簿，把家裡的通訊處寫下來留給她。

「弟弟！」田村京子雙手抓住金城的肩膀說：「在戰場，你要特別小心！」

「姊姊，我知道……姊姊。」

田村京子以沉著的態度，輕輕擁抱著金城，把美麗的臉，靠近金城的右頰，吻了一下。然後，轉向林逸平，很敏捷的，以林逸平要逃避都來不及的快速，擁抱了林逸平。田村京子這樣大膽的舉止，使林逸平的反應更加快速，兩個人緊緊擁抱起來，且竟也意想不到的，交換了一次長吻——這是相逢和分離連結在一起，最短最興奮的一個吻。也就是劃定生與死，天堂與地獄底神祕界限的一吻。

「我真心的祝福你武運長久……」吻後，田村京子依依不捨的望著林逸平說。

八

九月底的星夜，沒有一點雲。士兵們仰著晴朗的天空，躺在露水濕了的草坪上。以背囊做枕頭，著正裝軍服，兩腿紮上綁腿，兩手套著長手套，頭部也套著圓形的蚊帳筒。這種裝備，睡在入秋帶有涼意的草坪上，仍然感到滿身大汗。然而，整天的勞累早已發酵，使士兵的全身痠軟，便呼呼入睡了。呼呼地，全面湧起的聲音，才證明被專權抑住著的那麼多年輕生命，還在跳動。

到了黎明，起床的喇叭聲，照常響透於清新的空氣中，早晨的行動，盥洗、上飯、點名、集合、「皇居遙拜」等例行事，行過了之後，就「出發」了。

昨晚進來的時候，看不出方向，今晨天亮，才看得清楚這一座高等女學校廣闊的校園，以及紅磚的校舍，堂皇而優美。出征的隊伍，以中隊為單位，一隊隊從校舍右側轉回至校門。校門前面的馬路，就是通至港口碼頭的大路。

太陽陽光還沒射到，但街景道路、田園已經亮了。路上還看不到營生來往的人，灰白的路面像被區畫出來的浮雕，顯得冷清。擔任重機鎗第一鎗手的林逸平，和其他鎗手，扛著重機鎗踏出校門，離校門不遠的地方，忽而聽到有人在背後，喊著金城和他的名字，於是回頭向聲音的那邊一看，哦，原來就是田村京子。

田村京子站在學校玄關的屋頂，二樓陽台上，穿著一身緊束的黑色運動裝，向逐漸離去的隊伍揮手。她底雙手拿著淺紅的小旗子，張開手臂把旗子上下互揮。林逸平知道她要打旗語信號，便告訴跟在後面的彈藥手金城說：

「金城，請你看讀她的旗語在說甚麼？」

金城便小心的背著路走，向學校二樓陽台上的京子揮著雙手，表示他要接受旗語通訊。田村京子的小旗子，左右大揮了一陣，便開始說話了。金城很高興地邊走邊大聲的開始唸旗語。重機鎗隊的戰友們，一面踏著步伐，一面聆聽著，臉上不時泛著輕爽的笑容。

「我——、要——、你——、們——、活——、著——、回——、來——。我——、等——、著——、永——、遠——、等——、著——、等——、著——、等……」

旗語一畫一筆，揮得很正確。金城有時也揮手，表示接受了旗語的意思。然而，隊伍的步子，仍一步一步地踏著不變的響聲，砸、砸、砸，不停地前進。距離越來越遠，原先顯明的田村京子的容姿和旗語，終於由立體變成線條，又逐漸縮小，就要變成點……直到接近碼頭，看到輸送他們的黑色船隻的影子的時候，金城說：「啊，田村京子還在揮著旗子，但已經看不清楚是甚麼字啦。」

金城的聲音，最後有點沙啞。林逸平察覺到金城脆弱的心靈，想要說一聲打氣的話，卻感到自己的咽喉，也被感動的旗語噎著，喊不出聲音。

事實，被脆弱的心思牽連著的，不只是金城一個人而已。全隊的戰友們，都比平常邁出更整齊更有勁的步伐、肅穆地行進著。很明顯的，每一個人都耽溺於「我、要、你、活、著、回、來」這一句深長的話意裡，強烈地感到離開故土瞬間無可言喻的哀愁感，而心酸酸。

（發表於一九八一年一月二十七日《台灣日報》副刊）

輸送船

信鴿（序詩）

埋設在南洋
我底死，我忘記帶回來
那裡有椰子樹繁茂的島嶼
蜿蜒的海濱，以及
海上，土人操櫓的獨木舟……
我瞞過土人的懷疑
穿過並列的椰子樹
深入蒼鬱的密林

終於把我底死隱藏在密林的一隅
於是
在第二次激烈的世界大戰中
我悠然地活著
雖然我任過重機鎗手
從這個島嶼轉戰到那個島嶼
沐浴過敵機十五糎的散彈
擔當過敵軍射擊的目標
聽過強敵動態的聲勢
但我仍未曾死去
因我底死早先隱藏在密林的一隅
一直到不義的軍閥投降
我回到了，祖國
我才想起
我底死，我忘記帶了回來
埋設在南洋島嶼的那唯一的我底死
我想總有一天，一定會像信鴿那樣

帶回一些南方的消息飛來——

一、海

「天皇陛下萬歲！船要沉落海喲，天皇陛下要沉落海喲。海呀，海呀，天皇陛下呀，我的祖母呀，船要沉落海喲。海很深很深，哦！碧藍的海，風這麼大，路這麼遠。前進！前進呵，打擊敵人去，打、打、打、打打打打。萬歲！萬歲！天皇陛下沉落海了喲……」

一個新兵不停地在叫嚷，卻沒人阻止他。

站在甲板的末端，仿效叱咤三軍的大將，叫嚷的聲音圈了幾個漩渦，驕傲地挺直胸脯，他已經如此地，叫嚷了三天。軍國主義的嚴格規律，以及天皇最高的尊嚴，都無法令他緘默——他想要叫嚷的話，確是充滿在肚子裡，像無盡藏的礦脈那麼多。於是，片斷無秩序的話語，閃出在他的唇舌。他是一個勇武的現役兵，九州男兒。

「立正……休息，立正、休息……」

他的軍令，尖銳的聲音震顫於沉寂的船上。聲音的微粒子又像連打的輕機鎗彈，穿過海浪，將向故鄉的鹿兒島漂回去似的。事實，他希望那些聲音，回到鹿兒島去告訴家人說：「岩田二等兵，出征直赴戰場途中的輸送船上，這樣健壯，這樣偉大。我沒瘋呀。我不怕敵人，不怕鎗彈，甚麼都不怕。只是……哦！媽媽呀。黑暗，我怕黑暗，黑暗的浪潮要吞噬我呵……」

晚上，他向著黑暗的大海哭泣。指揮官的中尉命令他的同年兵，保護他不要丟落海。

誰能同情他呢。在烈日的天空下，我橫臥在甲板的陰影裡——我很希望像他那樣瘋起來。盡痛快地像他那樣叫嚷無倫次的語言，讓大家知道知道鬱抑的心境多好。

我一直在鬱悶，忍著待宰的羔羊的悲哀。

輸送船三千噸引擎的爆音很穩定。我們這一群新兵，要被送到戰場第一線的部隊去。戰場，一切被蒙在軍事祕密裡，我們不知道那是甚麼地方的戰場。

岩田是鹿兒島出身的，正統的日本人。

金城是那霸出身的，異於日本人的日本人。

我，台灣出身，是日本殖民地的現地土民。

黑龍似的巨大輸送船離開爪哇，繞過巴里島，在渺茫的海上迂迴，逐漸駛進日本伸長戰線的最南端基地「帝汶島」去。像漂浮在海中的人魚形的原始島，我們遙望島的外景，海濱有很多並列的椰子樹繁茂著。椰子樹的海濱是南國情調的表徵。

赤道直下，強烈的光線氾濫在廣闊的天空，浸透入溫和浪潮的大海，使一片青藍的空和海，成為霧白的茫茫。

岩田瘋了，他具有瘋的基本因素。

金城不瘋嗎？也許因他傳統的氣質有些不同。

我很想要瘋，卻瘋不起來，我知道枷鎖我的是甚麼。

日本人有服兵役的義務。他們是被徵召的現役兵。而我們沒有，等於沒有權利。被剝奪了的權利的另一面，被賦有勞役的義務。是我們誕生就拖下來的一絲悲哀的命運。於是在一群新兵裡，我們的正名，被稱為「台灣陸軍特別志願兵」。

我是志願來的？是，確實我寫過志願書。在佩刀的警察和兵役官來家訪問的那一天，我寫過，我蓋章過。如果，我不寫志願書，他們就稱我非國民。事實，我本非他們的國民。但他們強要登錄我是他們的國民，是根據李鴻章賣給他們的奴隸契約。因此，我違背了他們時，他們可任意指責我是非國民，而把我埋沒掉。不但我的存在，生死之權，在他們的掌握裡，所有殖民地土民的命運，都是如此。這個時候，男人的生命只值「一錢五厘」的一張郵票。

二、神符

戰火席捲太平洋，而一身處於搖晃的海洋中，瘋與不瘋有何差別？死與不死有何差別？無數的螞蟻群裡一小點的黑黑，活著就蠕動，死了就橫臥在那兒。會蠕動的東西，瘋與不瘋都不是問題。然而我想，假使我在無意中突然瘋起來或受傷斷了右手，也許他們會把我送進野戰病院去。或只有紅十字的徽章下，才能過著稍微有人性的生活，再不必去戰場。但那是一種幻想，事情不會那麼巧妙。我想我不會像被踏死的蝗蟲那麼死得毫無意義。雖然死是安靜的，壓迫的鐵蹄是嚴重的，但我這一份生命會耐得住壓力的苦，忍得住穿過戰火的悲劇。

謝蜀是和我一起被徵來的特別志願兵。年齡比我大三歲，身材雖較我矮一點，但一樣是甲種合格，從二十萬志願人群中被選出來的五百名裡的一個壯漢。昨天晚上，我們幾個人圍坐在船艙裡，喝生水閒談時，他很興奮地說：

「我相信我不會死。在戰地不論三年、五年我是不會死的。我有那種『預感』。你們看，我這張豐原媽祖廟的護符很顯靈呀！這是我的太太去託神給我帶來的。我那新婚的太太，哦！新婚一個禮拜。在離別之前一個禮拜，多快樂呀……」謝蜀從口袋裡拿出他的新娘照片，緊緊貼在胸脯，茫然的眼神放在船艙的踏板上。看他那麼恍惚的神情，我竟不油然地吼叫起來。

「多殘忍的傢伙。明知道必須出征，為什麼還要結婚？為了一個禮拜洗不掉的懷念，留給一個女人無限的痛苦，你都未曾考慮過嗎？聰明一世，糊塗一時。你戰死了怎麼辦。你希望她為了你當一輩子的寡婦？豈有此理。」

「不要一開口就說不吉利的話。我不是說過，我絕不會死的。這一張媽祖的護符，多威嚴、多神祕。」

他把像頸項鍊掛在胸脯前的護符袋拿出來顯揚。我悄悄摸著自己的胸脯，我的護符袋裡的神符不是媽祖的。那是我家松柏坑玄天上帝廟二帝爺的護符。二帝爺是武神，在戰地該比媽祖神威顯赫可靠。但我不相信神符可解決我全盤的信心。我不敢像謝蜀那麼堅強地說我不會死。其實，死與不死有何差別？神的護符如何鎮壓心安？信不信由你，日本天皇在日本人心目中等於「活神」，卻被東條英機控制著。

「你那土神的護符有效嗎。我帶著明治神宮和熊本神社的護符……」吉本膝行前來，把身子一晃拿出胸前的兩個護符袋，高舉著說：「這才是真的護符呀！能保佑我的『武運長久』並殺死敵人，我這神符的威力才真大啊。」

吉本沒有瘋，他那呆頭呆腦的天真，可以使他不瘋，可以使他信任神威，相信日本會戰勝。其實，瘋與不瘋有何差別？土神與真神之間，如何鑑定顯靈的威力？如果，真神都隱居在日本神社，而能夠絕對的保佑武運長久，那麼，靖國神社那無數的靈魂從何而來？為甚麼要築成一堂皇的護國神社，祭祀戰死了的日本鬼魂？不可思議的是，殖民地土民戰死了被奉祀在護國神社就稱為無上的「光榮」。

「金城，你帶的護符是甚麼神的？」謝蜀說。

「噢！我，我這——只是那霸神社的護符啊。」

「你們琉球沒有土神嗎？」吉本說。

「甚麼土神，真神？我不知道。」

「那你為甚麼帶著護符袋？」

「他們要我帶來麼，我就帶來……」

他們？吉本，你知道他們是誰？欺騙青年人藉盡忠報國的榮譽而送給別人去死，以期滿足野心的一些權威者們。不是嗎，金城，我說，你的「純真」比那張護符還高貴，更可信任，死神一定不敢接近你的吧。

哦！玄天上帝，保佑我呵。

三、慰安婦

輪送船的引擎爆音很有規律地在浪波上雕刻時間，南國的太陽燒曬一群新兵的皮膚紅了。船底裡有一群被俘虜來的印度尼西亞女人，擠集在幽暗狹窄的船艙裡喘著息，吸吮她們自發蒸升的體臭。被俘來的女人們哭喪著臉，來陪榮譽的兵士們逍遙死的邊緣。誰會可憐她們？她們在船底裡不敢動盪，不敢爬上甲板來和一群野獸似的兵士們並肩坐坐，談談愛和死的問題。雖然她們跟他們的命運已走入無可制馭的平行線上，但她們卻把野獸似的兵士，俘虜她們的權威者們的傀儡視為仇敵。一種尷尬的感情，在此糾纏著，擴散著。

不過，感情當又是另一回事。正在踏上戰地的途中，一切感情都被抹殺。比如家庭的恩愛，情人的叮嚀，朋友的期待，社交的儀禮，一切的一切都被抹殺了。現在只有赤裸裸的一個死了感情的身軀，用同樣的草色軍裝包著。能蠕動就是意味著你是活著的人。我是活著的人嗎？是，不錯，如果時間逆轉過來，你那顆可愛的靈魂，會重新附上你的身軀，你就會恢復原來的一個人。

這是我們的期待，神的護符，能幫助我們增強這種期待。但這期待能夠顯現嗎？能得顯現嗎？可憐的女俘們。

南國的婦女們似乎對炎天的暑氣較強韌。在那船艙最下層，吸收悶熱的薄氧氣，已過了三晝夜，她們仍然耐心地忍著。

「你說，帶那些懦弱的婦女去戰地做甚麼？」

「哎！你還不知道。她們是當慰安婦來的呀。」吉本得意地，用眼光掃射船底裡的女人。

「你連最起碼的知識都沒有。」吉本一邊說一邊用左手拇指和食指做了一個圈，再把右手食指插串圈內抽出抽入說：「你是童貞嗎，嘿！金城，你也是？……你們以為童貞是寶貴的東西？喂！怎麼樣？……可憐的傢伙，不知道女人，能稱為戰場英雄嗎，如果戰死了，多傻瓜……」

「童貞死了，那不是最純潔的嗎？」

「哼！這個時代那兒有純潔的東西！『將校商賈，下士官道樂，盡忠報國は兵ばかり』（軍官的職業是做生意性的，當下士官是趣味性的，盡忠報國只屬兵的職責而已）這句話你沒聽過嗎。不要被那些空虛榮譽的形容詞騙倒呀，當兵來到戰地，不知甚麼時候會死去的。明天或是後天都不一定，寧可在未死以前盡量享福吧。你看看，在上層座位的那兩個朝鮮P——」

「朝鮮啤？」謝蜀驚叫說。

「那是從朝鮮北方徵來的慰安婦。這邊的兩個是菲律賓P，其餘都是印度尼西亞P啦。」

「有沒有台灣P？」

「台灣P倒沒聽過，可能台灣沒有北朝鮮那麼荒吧。」

「喂！吉本，你從那兒聽來那麼多消息？」

「傻瓜，是古川老兵告訴我的啊。」

他們老兵都是如此嗎。今天未死，今天盡量享福。把享福樹立在慰安婦身上，在被憲兵強迫擄來的婦女身上印些慾望的斑點，那可以說是享福嗎。在一短暫的關聯之間，可無一點感情的流露，而能得到享福嗎，哦！野獸似的兵仔們。

突然，天一黑，從南方一陣強烈的驟雨襲來了。像花豆那麼大的雨點傾瀉入甲板和船艙的露天板上。多涼快呀。歡騰的叫聲湧起在最下層的船艙，全船像開始在動盪。在滂沱的驟雨下，不但誰都不願避開，任其淋濕。忽而看見船艙裡的露天板上，一個又一個跳出來了的女俘們，欣喜雀躍地，在大雨下開始沐浴。長長的黑髮，薄絹的上衣和花紋的紗籠，都淋濕了，黏貼在她們的臉頰和肩膀，以及乳房和腰部，而露出女人本來的曲線美。兵仔們已很久很久沒看過這樣女性美了。現在，她們都不顧慮到野獸似的兵仔們的眼光，盡情地在享受天降的甘露。旱天裡能得到十分的潤濕，令人恢復人性原始的愉悅和快感。

站在甲板末端的岩田也驚叫起來。他似乎遺忘了天皇陛下沉落海，而張開著嘴，面向天空，笑嘻嘻地，哇——哇——邊叫邊承受雨滴，使水滴灌進嘴裡，就咕嚕咕嚕吞下去。

僅半個鐘頭的驟雨，洗淨了瀰漫在輸送船上的愁苦。

四、血肉悲劇

中午，陽光直射的熱度，可把溫度器的紅血噴出管外。油滑滑的海面也像懶得旋起浪波似地，悠悠且死靜。如果船上沒有船本身疾駛所捲起的海風，這些暴躁的兵仔們和悲運的女俘們，會被曬成魚干呢。巨大的輸送船便變成魚罐頭工廠啦。船艙裡的悶氣更迫人。因而兵仔們都赤裸著上半身，甚至有的連褲子都脫掉，只掛著一條下身圍布，爬上甲板上乘涼。風很大……

懷念故鄉的許多瑣事是快樂的。此刻，天下太平，哪兒有戰爭？

本田七美子，日本人。住在台中后里，豐榮水利會一位主管的女兒。右頰有一處令人討厭的痕痣，也許因那個痕痣，我不太喜歡親近她。但她愛我，愛我入骨。遂患了相當嚴重的相思病。深夜，她用刀片割破了無名指，任其流出來的鮮血染紅了白色的手帕，像一枚小日本國旗。贈給我染血的手帕，說：誠懇地祝我「武運長久」。我說：「我是台灣人。」她說：「我父母都知道我因愛你，愛得生病了。」她用全身的力氣握住我的手，好像在哀求「請帶著我的血出征去，而健壯歸來。我等著你」——軍隊裡的人事官看見我的身份調查簿，然後問我：

「你有一位情人，叫作本田七美子？」

「不，不是情人。那只是普通的朋友……」我說。

「你故鄉的警察課調查報來的。情人不情人都沒有關係。她有沒有寫信給你？她很愛你吧。以後她來信都要給我看。好嗎？」我知道檢查兵仔們來信，是人事官的職責。

我一個人留守在船艙裡。我的同伴「第三重機鎗隊」的新兵們，都為了值班到指令塔前當衛兵去了。留在船艙內的恐怕沒幾個人吧。

不是安靜，而是死靜的一個中午，除了回憶往事以外無事可做。回憶往事是快樂的。我就這麼躺在草蓆上，和那些不蠕動的背囊和排著整齊的軍用毛毯作伴。於是，想起染血的手帕。我把它包在本田七美子寄給我的花麗信箋裡燒掉了。我還記得那一陣旺盛的火發出異臭，燒紅了我的臉。那神祕的火，卻燒不掉思念的一陣火。

不久，火在我迷夢的思考中擴大了。此時，正是青天霹靂，有如特大的雨滴嘩啦嘩啦地，從青白的天空飛下來。「哇呀——呀！」突然，異狀的驚嘆聲，從全船的甲板上湧起。同時嘈雜的哭叫聲，以及莫名其妙的喊叫，震駭了南方的海上。非常的狀態使我驚跳起來。那不是驟雨，是飛機，敵軍的偵察機，飛疾的爆音接近了的時候，瞬間從機上打出來的十五糎機鎗散彈，像特大的雨滴灑落在鋼鐵的甲板上跳躍。有的穿串了船腹，把魚罐頭工廠改變為阿鼻地獄。赤裸著身子在甲板上的兵仔們爭先恐後，不經過樓梯，從船艙的天口邊緣一齊跳了下來。不，寧可說是墜落了下來。——「敵機來襲，被害慘重呀！」口口不知叫嚷著甚麼異怕的話，極端紛亂。真的，我們已被包圍在戰火圈內了？我想跑出外面，但抬頭一看，瞬即險而眼昏過去。站在我面前的，大砲隊一個台灣特別志願兵，我不知道他姓劉或姓張；直立站著的他那右臂和右腿，被自天空飛來的重機鎗彈打中了，所有的皮肉都剝開，露出白白的肢骨，和殘留的紅色肉塊，且附有斑點的白脂，難看極了。哦！怎麼辦？他那魁梧的身軀，像被釘死在那兒不動。只是從睜開的眼睛，眼淚不停地流落下來。怎麼辦？在如此危急的時候，我卻找不到急救繃帶包。事實，有繃帶包，我也無法營救他的。正在心裡非常慌張的時候，從聯隊部艙廂裡跳出來一位衛生老兵，隨即撕開了自己所帶的繃帶包，按了他的肩膀使他躺下，就從他的上膊開始包紮創口。我不忍看下去。——後來，那個衛生老兵叫了二個衛生兵把他抬去。使我永遠不能再看到他。

一場戰火過後的慘狀是夠令人嘔吐的。我們預期那架偵察機，會旋飛回來掃射，因而誰都不敢再爬上甲板。但我的夥伴，重機鎗隊的新兵們沒一個人跑回來。在船橋指令塔前立哨是最顯明的射擊目標，不知有無人受傷或死了。身為隊裡二十一個兵的先任，需負責帶隊的我，應該知道他們的死活，也許……

我不顧一切跳上甲板；海風馬上鑽進我的毛細孔，我深呼吸了一口含潮的空氣。而空氣裡有一股撲鼻的血腥味，一看，甲板上是一片血海——受傷的兵士被抬去醫務所之後，死了的尚無人來收拾。這邊一個、那邊一個橫臥在血泊中，臉與軀體的皮膚都變成黃白色可怕的樣相。我不願踐踏被無情的鎗彈挖出淌流在甲板上的鮮血，那是用生命犧牲的象徵。因此，我看準了甲板上沒染血的地方，一步一步跳過去。在死屍橫臥著的甲板上，只我一個人，像尋找東西的松鼠兒跳來跳去。跳到船橋下，我想攀上樓梯時，我怔住了。又一個台灣特別志願兵，不是我隊裡的，把頭插進樓梯最下層一格，睜開著白眼死在那兒。他的上身沒有傷痕，但是他的兩隻腿，從大腿中間被切斷了，而兩隻下腿都不知飛到哪兒去，露出被切斷處赤紅的肉塊，一點也不動。我不敢踏過他的屍體上樓去。除了浪聲之外，船上只是一片死寂，令人感到毛骨悚然。一想，我向上面喊叫。「喂！有沒有第三重機鎗隊的兵在上面呀！」沒有人回答……此時，船橋下面一個狹窄的艙門開了。金城探頭說：

「喲！我們都在這裡呵。」就把我拉進去。

「有沒有人受傷？」

「沒有，我們剛好交班下來。飛機就到了。劈哩吧啦劈哩吧啦……你看，這麼厚的鐵板都被穿過了。穿進去這邊洞口小，那邊洞口那麼大。十五糎機關鎗真厲害呀。」平野以奇妙的手勢一心地說明他的驚異。

「你們還要立哨嗎？」我問。

「要啊，你回船艙去吧。我們會小心立哨的……」

我退出艙門，轉了一個牆角，走入上層甲板的走廊時，看到廊上一個死屍俯伏著阻擋在那兒。他的左臂被解體與身軀脫離，棄在較遠的地方。臂上掛著一個嶄新金殼的手錶，沒染著血，顯得特別亮著。我伏下看了。錶針指示著慘劇發生的時間停了。喲！這不是吉本的手錶嗎。回頭一看，那俯伏著的死屍無疑就是吉本呵。吉本變了。他的外貌也變了。一切都變了。在死與不死的邊緣，吉本滑進了死的一邊去。吉本，喂！吉本，你胸前那兩張明治神宮和熊本神社的真神護符怎樣啦？可不是鎗彈都盲目？現在，你該答覆我呀，死與不死有何差別？你的死能說屬於純潔或不？唉！你先我們一步，已不蠕動了。

五、鎗彈的蹦跳

全體兵士穿著整裝禮服，舉鎗向被排在船橋下二十幾具戰死英雄的水葬，一一告別了以後，船上又恢復了平靜。為了預防萬一，輸送船極力靠近帝汶島的海濱，沿著島的海岸線駛行。另一隻輸送船，駛在我們的前面，在海面畫著迂迴的曲線，顯著慌張的狀態。那隻船一定也受過相當的打擊。

島的海濱很近。我們從船上肉眼可以看到蜿蜒的海濱，和海濱上繁茂著的椰子樹林，以及沿岸的海上，土人操划的獨木舟……那是一幅原始的風情畫，是天外天的生活。戰爭在哪兒？創造主賜與的命，因其所處的命運而懸殊。人造人的災禍，沉浸在自惹的苦悶與死滅的緊張循環裡，誰賦與誰有何種生的意義？

暑氣仍然，我們渴望上陸。好像在島上我們對生存可以較具信心。但船一直在前進，引擎的爆音仍很規律。我們不知道在何處能離開海。離開隨時可以吞沒我們存在的令人可怕的海。

飲水是寶貴的。我們發現生水槽的兩個水龍頭都有漏水。一滴又一滴雖漏得不多，但一滴生水等於一滴血。兵仔們都不放過這種漏洞。我拿著空水壺，在炎熱的甲板上排隊，排了半天才輪到我接水。我蹲在水槽前把水壺套在水龍頭，等著差不多三秒鐘才漏一滴的水，令人直感時間挪移的悠然，和附和時間發出的水滴聲音的寂寞。需要很久很久水壺的水才能裝滿的。而我的後面還有很多人在排隊。排！排隊等，等待就是最好的消遣。等甚麼？等水或等死都不是一樣嗎。等待就是目前唯一的任務。

我看到右邊另一個水龍頭，剛輪到一個女人在那兒蹲著接水。印度尼西亞女人特有的臉龐，使我想到吉本說過的印度尼西亞P。雖然是P，但她那個狀態，還不是一位楚楚純潔的少女嗎？

忽然，在島的上空聽到飛機細微的爆音。

「飛機來了！」不知誰尖叫了一聲。

「哇──呀！」隨即甲板上所有的人都動搖起來。飛奔，爭先恐後，欲鑽回船艙去。

「不要慌張，那是友軍的飛機。不要慌張──」一位中尉站在船橋上，揮著手大聲叫喊著。

「友軍護衛的飛機終於來了？」很多人才停住腳，泛出喜悅的表情，仰望站在天橋上的中尉。但同時立哨的衛兵卻一邊凝視望遠鏡一邊開始報告。

「敵軍來襲──」

兵仔們又慌張起來。一個老兵向船橋上的中尉嚷著。

「友軍機嗎，敵機嗎，怎麼弄不清楚？傻瓜！」

在此，我回頭一看，甲板上的人都已跑光了。誰都怕死的。有的人逃避在貨物的陰影下，窺探著情勢。水槽下面只留著我和印度尼西亞女人兩個人仍在接水，因這位置是很難得到的位置，怎能容易放棄？我急速喝了一口水再接。那個女人看我不逃跑，向我點頭微笑了，放心似地也不動。飲水是寶貴的。她也像我，水壺裡已經幾天沒裝過水吧。

「敵機──不錯！是敵機呀。」立哨兵的傳達聲還沒講完，飛機的爆音已覆蓋在頭上，瞬即掠過去。滲雜在飛爆聲音裡，無數的十五糎重機鎗彈，嘩啦嘩啦，撒豆似地被播在船的鋼鐵板上，發出另一種緊張的金屬聲音。

我位在水槽下，面對著飛機飛來的方向。鎗彈要打中我，就必先打穿了水槽。那堅固的障礙物掩護著我，於是我的位置是安全的。但我隔壁的那個女人，一聽到鎗聲，隨即變了臉色，放下水壺跳到我的身旁來。她緊緊抓住我，全身都在抖著。又轟了一聲爆音，隨之嘩啦嘩啦，無數顆鎗彈在甲板上蹦跳。那個女人怕得心臟已裂開了似地，倒入我的懷抱來。

「喂！不要怕呵。妳看，飛機都飛過去了。不要怕。」

我一面說一面看看飛機飛過的去向，剎那間，我覺得不妙。在那海上低飛的二架飛機，頭一架又向輸送船這邊回轉過來了。

這一次，從機上發射出來的鎗彈，毫無障礙物遮蓋我們，必定會射穿我們的背部呀。這使我不得不焦急了。我急忙搖動她，喊著說。「喂！起來，跑呀，跑回船艙裡去。」但她因害怕，全身軟軟地，連動都不動。對於生的意欲閃過我的腦際。不管如何，我要活下去。我一隻手抱起了她，像拖著似地，在極短的時間裡，把她拖進水槽對面一座高台放置上陸用舟艇的下面伏下。她才緊縮身子俯屈在我的身軀下摒著息，像在捉迷藏的女孩那樣不動。

一瞬，被撒播的鎗彈又開始在甲板上蹦跳。只有小小的舟艇阻擋鎗彈掩護我們。但在我們的周圍，一公尺的半徑外，鎗彈像嘲笑我們似地蹦跳著。我感到這些鎗彈多麼親近，又覺得鎗彈與我們之間，互不相干地存在著——一架飛機撒播鎗彈一陣過去，在另一架飛機未來到播下鎗彈以前，有幾十秒鐘的時間。因這裡不是安全地帶，不要失去機會，我又搖動了她，令她站起來。這一次她清醒了。經過二次鎗彈的洗禮之後，她不再是弱者了。她感到我的行動可很正確地度過生與死的界線，站在生這一邊保護她。她那盲目懼怕的意識已下沉。她的清醒可聽從我的指揮站了起來。我指示她向前面的小艙門跑過去。她拚命地跑到艙門。但艙內已塞滿了人，她擠不進去。被阻擋站在外面多危險啊。飛機飛近了。還只有幾秒鐘。於是我跑了過去，以一百米十三秒的紀錄，我跑，跑到艙門，便以全身的力氣，把她從後面推進人群裡面去。我不管裡面的人喊叫甚麼，謾罵甚麼。我必須脫開這一次危險。我的力氣真大，把自己也擠進到艙門的隙縫時，嘩啦嘩啦，鎗彈又在我的腳跟後一台尺的地方，有如驟雨的水滴跳躍著。

我們終於脫離了這一關。裡面是黑暗的，沒有陽光和鎗彈。黑暗解開了我們的緊張。我從緊貼著的她的體軀，和她那纏繞我頸部的頭髮，深深嗅到了女人野生的芳味。

六、難忘的回歸線

黃昏，輸送船到達帝汶島東部唯一的老天港。

老頑固的中佐指揮官，怕飛機的來襲和夜晚的危險，不准這些戰戰兢兢的新兵們馬上上陸。我們早已整裝並把攜帶的鎗械準備好，以隨時可以上陸的態勢等待命令。船一直在海上旋轉不停。像一停下來，就會被敵機炸毀似地。我們整整期待了一個晚上。到次晨拂曉前上陸命令才發出。而上陸作業是從聯隊部開始依序下船的。我們第三大隊的重機中隊該排在最後大砲隊的前面。海面仍被黑暗籠罩著，不准使用燈光。上陸作業緩慢慢地，大家都在黑暗中摸索。我們的船艙位在聯隊部的隔壁。聯隊部的兵仔們已經陸續上陸了。然而第三大隊毫無消息傳來。因期待了一整夜心身都疲倦了。無意中，我們排在聯隊部的後面上了甲板。指揮上陸作業的一位下士官，不知道我們是屬於第三大隊的，卻向我們大聲叫罵：

「混蛋！怎不趕快下船，慢吞吞做甚麼？空襲就要來了。混蛋！」

這一罵使我們覺醒留在船裡的危險性。於是，我們毫無思索地，踏上船腹的繩梯下了船，乘上舟艇上岸了。

舟艇輕快的爆音多愉快呀。天未明的海上，逐漸接近島的青綠，風景令人感到從死裡脫出的朗爽——在岸上我們回瞥輸送船黑大的影子，說一聲再見。另一隻輸送船不知甚麼時候被炸中了的，發火燃燒著。一束黑煙徐徐升天，瀰漫在拂曉前的天的一角。

老天港只有幾棟空屋。像長崎的「異人屋敷」那樣白壁的空屋。還有一片曠地和貫穿東西的一條道路以外沒有甚麼。這就是帝汶島三大港口之一的老天港。幾座塔棚是臨時有船進港，才被派來擔任搬運的士兵紮營的。

軍用卡車早在道路上等著。

卡車載我們進入椰子樹林，轉過密林裡一段高坡度的山路到達一丘陵的曠地。從樹林隙間我們可以看到海，海面已稍微亮了。一隻輸送船仍在燃燒。另一隻船上有如很多螞蟻的兵仔們忙著下船，目標向這邊奔來。軍用卡車一架又一架往來於丘陵和港口之間，新兵們一批又一批以輕快的氣氛從卡車跳下來，而散開在樹林下談論他們生存的希望。但此時，我們看到五架飛機，沿著山腹，從我們眼前平行線的海上翔過。

「敵機來了——」兵仔們口口說著那麼一句悲哀。我們察覺到載我們來的那隻輸送船，以及還在船上未至上陸的人的命運了。我們只在默送飛機……悠然飛來的飛機，像飛翔天空的小鳥，在未使人聯想慘劇發生以前，飛機投下的炸彈，好像是小鳥贈與的禮物——然而，這些禮物太殘忍了。

幾顆炸彈墜落海，使海水飛騰，浪波升起高高的水柱。

三顆炸彈命中了輸送船的前後和中間。隨之爆發的聲音不斷地響起，驚動了拂曉的海面，火花飛散人海裡，阿鼻地獄的悲劇展開在海上。從丘陵上看下去，像是一巢曾有秩序的螞蟻群，被火燒成一片混亂而慌張的狀態。輸送船的爆炸聲不停，而留在船裡無法逃命的人的情形，真無法想像了——

飛機的炸彈打中輸送船的前後，能跳入海的人都被獲救。除了由於爆炸的火氣灼傷而即死的人以外，由軍用卡車載上密林丘陵來的那些負傷者，都隨即被送進亞比雅陸軍野戰醫院去。野戰醫院離這裡不遠。

卡車載來的傷者起初都是士兵，後來，差不多都是女俘。負傷者痛苦的呻吟聲搖撼密林。尤其婦女們尖叫的高聲音回響在溪谷間，拖著不滅的悲劇的尾巴，令人感到在生與死的界線上，神故意安上了摧殘人心身的圈套兒，叫人在痛苦中必須回憶神而跪拜祈禱。

我祈禱謝蜀該活著。他說過他絕不會死的。但我請金城幫忙在每一卡車到達密林時，攀上了卡車尋找謝蜀。在很多很多負傷的兵士，以及婦女醜惡的慘狀中，我們竟找不到謝蜀那滿有信心的臉龐，也找不到叫嚷過真正愉快心聲的岩田。卻看到在船上和我一起藏入水槽下逃避鎗彈的那個印度尼西亞女人。她坐在卡車上，左臂灼傷得很厲害。她欲笑的臉容已消失。只看了看我點點頭說：

「謝謝你，我快要死了……」

「妳不會死的，妳的火傷不厲害。妳看，她們都比妳傷得重啊。馬上到了醫院，妳會醫好的。我希望再見到妳。」

我鼓勵了她。其實，她的灼傷是不致命的。但她的眼淚有如山澗的噴泉直流下來。卡車臨走的時候，她凝望著我有一種期待的表情，使我難忘。

最後一部卡車也駛往醫院去了。

謝蜀終於沒上陸來。岩田終於沒上陸來。還有很多很多新兵，以及可憐的女人終於沒上陸來。

謝蜀，你把你的死，沉藏於海底了？這樣，你永恆不會再死——你那豐原媽祖廟的神符，永伴著你，可使你具不屈的信心。是不？你在想你那結婚僅一個禮拜的美麗的新娘嗎。

一群帝汶島的土民經過我們隊伍的旁邊去。我嗅到另一種人種的怪異的體臭。天已亮了。光亮使我們站在南回歸線上的密林裡，重新發現了自己的存在。而此地，又有另一種人活著，同樣具有感情可以親近的人類。

從這山上，我們似可遙望北回歸線上的故鄉。但故鄉在茫茫的海的那邊，遙遠遙遠的那邊。只給我們溫存一則夢。

這裡是戰地。在戰地，我們不知將參加何種的戰鬥。事先，我該把我底死隱藏在密林的一隅。像謝蜀把他的死沉藏在海底裡一樣。密林。誰也發現不到埋藏我底死的——神祕的密林。

「前進！前——進！」

向未知的世界，我們出發了。

（發表於一九六七年十月《台灣文藝》第十七期。一九七〇年十月以〈輸送船〉為我國文壇近年來不可多得的短篇小說，轉載於《作品》雜誌）

死的預測

一

一九四三年十月一日早晨，載著「台灣陸軍特別志願兵」的輸送船，從高雄港出航，當晚在澎湖海面停泊了一夜，第二天未明，便一直躲避著澳洲空軍的襲擊，迂迴航線，經過十六天，好不容易才到達了新加坡。

新加坡的碼頭，從海上遠處就看到並列的倉庫，全蓋著水泥瓦的屋頂，漆著黑柏油的牆壁，蕭瑟整齊，輸送船越靠近碼頭，站在甲板上的士兵們，便看到倉庫的黑牆壁面，有很多白點，不停地移動著。初不知道那些會移動的白點是什麼，等到船隻真的靠近碼頭，才知道倉庫前，有很多穿黑裝束的黑人，露出牙齒，邊叫邊搬運貨物，白點就是那些勞動黑人的牙齒。

林逸平有生以來頭一次看到黑人，沒想到他們全身像黑炭。有人蹲在自來水邊洗手洗臂腕，拚命地洗也洗不掉黑，覺得很奇怪。其實奇怪的不是那些黑人，卻是林逸平自己；自從隨軍出征來到戰線的第一站新加坡，眼看黑人，想不到真正那麼黑的印象之外，對於自己的出身以及將來的命運，一點思想都沒有。這才奇怪，好像患了健忘症似的，腦子裡空空虛虛。是不是為了戰爭，軍隊嚴格的訓練，剝抽了思考的能力，使他的思想癱瘓了。

聽說，新加坡是清潔又風景優美的城市，而軍隊的卡車並不進入市街，很快把新補充的士兵們，輸送到城市背後的山崗上，在椰林繁茂的兵站裡安頓下來。

兵站是戰線與後備部隊之間，為了士兵的補充、交替、轉調，便於停留進退的轉運站。士兵們在這裡待命的期間，是最輕鬆、最安靜，也最無聊的一刻，但也給士兵們對於戰爭與死亡，得到心理上的準備，加上一些自覺和醒悟的一刻。

在同一時間，常有不同部隊的士兵，混合在一起停留著。林逸平的第四部隊到達這個兵站的時候，早有第三部隊的謝蜀，和第七部隊的賴文欽，已經到這裡停留數天了。

自從「特別志願兵」訓練所結業以後，林逸平和謝蜀、賴文欽他們就一直沒有見過面。在鄉三個月，正式入伍接受新兵最嚴格的訓練六個月，被派到戰線，沒想到會在調兵的第一個兵站，能夠重逢，這使他們三個人擁抱在一起，狂跳了一陣子，高興極了。

停留兵站的時間，當然不會很長，是短暫的，是溫存回憶的唯一機會。很自然的，他們三個人，常常不約而同的踱來，坐在山崗的傾斜面，癡呆地眺望著新加坡港灣的風景。

這裡是熱帶的南國，自然的風景充滿著優雅的抒情。從山崗的下坡，延續到對面的山麓，有一條清晰的柏油路；而沿著柏油路的邊緣，一排點點不斷的燈光，蜿蜒伸進綠色的背景裡，裝飾著好多豪華的宅第，顯出鮮豔的異國情調，十分蠱惑旅人的哀愁。

「我們，在這兒要停滯多久？」晚來的林逸平，想到沒幾天又要分離而傷感的說。

「謝蜀來這裡十天，我才來六天，你還不到二天，就想走了？」賴文欽的口吻帶著揶揄的意味。「當然，誰都希望在這裡逗留越久越好，但是……」

「但是什麼？」謝蜀插嘴說：「想到新兵的訓練，毫無人權和人格的待遇，我就要氣死呢。這幾天，雖然被關在鐵絲網內無法出去，可是好久沒有這樣輕鬆過；吃、住不煩惱，又不操練，生命安全且快樂才有點還活著的感覺，不是嗎？」

已經住這裡十天的謝蜀，似乎想要永久住下去，很不願意上戰場的樣子。三個人當中，謝蜀的年紀最大，社會經驗多，是最油條也最喜歡發牢騷的一個。

二

說起謝蜀，從農業學校畢業以後，就進入郡役所任囑託技手補。在郡役所附近有一家冰果店，謝蜀就租冰果店的樓上寄宿著。

冰果店的老闆娘有個女兒，由於謝蜀介紹她在公學校當代用教員，老闆娘很感激，而喜歡謝蜀，有意收他為女婿。

不久，冰果店的女兒，便被謝蜀占有了。

謝蜀從「特別志願兵」訓練所結業，回到郡役所，被派擔任青年團軍訓，並巡迴郡轄下的各學校演講。他演講的內容，是轉售訓練所的教育，強制拍賣的那一套。主要是說：「——皇民化是給台灣人特別的恩惠，天皇陛下一視同仁，使台灣青年得到了跟日本青年同等的待遇，於是，台灣青年被准許當兵，必須負起責任，把八紘一宇的精神，推展於全世界……」

謝蜀跟一些喜歡投機取巧的台灣人一樣，從來沒有思考過本身的生命源泉，只一貫地追隨著統治者為統治的權益所鼓吹的喧譁而行動，被愚民政策的殖民主義操縱著，羞辱了自己也不知道，在偏歪了的時局裡，當起木偶式的自以為的英雄人物。

入伍一星期前，謝蜀和冰果店的女兒舉行婚禮。郡役所的警察局長代表郡守來參加，可見婚禮的場面大而熱鬧，與戰時一般台灣青年的婚禮比較，他的婚禮很不尋常。謝蜀透露祕密說，他們舉行婚禮的時候，新娘已經懷孕兩個月了。

結婚一個禮拜，就和新娘分離，謝蜀沒有感到分離的痛苦，反而很得意的誇口說，他不怕沒有後代了。既愛國又盡了孝道，成為一個完美的人。

謝蜀主張要做一個完美的人，必須隨機應變，抓住機會，發揮才能，勇敢地生活，盡量享受。他不欣賞純潔、天真、誠實、溫和的想法，那些，在戰爭的大時代裡是落伍消極的觀念，太懦弱了。謝蜀說：「想想看，沒玩過女人就當兵戰死，不是太遺憾了嗎？」又說：「當然我是不怕死的，但是，像我這樣機敏的人，我有預感，我是不會受傷也不會戰死的。我的太太到媽祖廟拜拜抽籤，媽祖的籤很靈，所顯示的是我會平安凱旋回鄉呢。」

最後他說：「活下去，我們要堅強地活下去，美麗的命運，會給我們力量呵。」

林逸平和賴文欽聽謝蜀的話那麼充滿著信心，覺得十分羨慕，一個人能為自己的想法勇往直前，在總體裡一個小小的存在，而不迷失自己，聰明地混過這個危機的年代，當然會教人羨慕。

三

賴文欽的境遇不如謝蜀那麼優惠。

賴文欽從「特別志願兵」訓練所結訓，回鄉三個月期間，認識了秀玉，是女青年組織的桔梗俱樂部的幹部，也是區女青年團的團長。她的頭髮像一般女青年團員一樣剪得很短。由於賴文欽被派擔任青年活動的輔導，與秀玉接觸的機會較多，他倆很自然地生情相愛了。

瘋狂的戰爭熱症，瀰漫在各個角落的情況之下，即將出征的「英雄」，都成為被灌輸了武士道思想的女孩子們愛慕的對象，而那些愛慕之情大都是盲目的。秀玉愛賴文欽也是盲目追隨的嗎？不，賴文欽認為秀玉有個人的自覺，所以，她的愛不是英雄崇拜式的感情。他倆在一起，就從人生、文學，談到戰爭未來的命運，而進入愛情展翼的翳影裡。不過，每次談到愛的究極賴文欽便說：「我沒資格結婚。」

秀玉覺得很難過，她相信「愛情是犧牲」的道理，願為賴文欽犧牲自己的一生。於是她說：「我要等你凱旋回來，那個時候，我們就……」

賴文欽有點歇斯底里的笑了。比軍用狗（狼犬）還不被重視的現役兵，出征到鎗彈飛交的戰地，誰敢想「凱旋」回來？他望著掛在天空的雲端孤懸的上弦月，總覺得女人為什麼會那麼樂觀。

秀玉並不認為自己樂觀，她只是要相信，相信賴文欽會平安回歸。雖然未來是無法預測的，但如果連一點相信或夢想都沒有，在這種動亂毫無保障的時代，怎能活得下去？所以秀玉才強調：「我希望你說，說一句：我會無恙回來。希望你有這個堅強的信念，我只是要你留給我這一句話就好……」

秀玉緊緊偎倚著賴文欽，想要安定自己意亂急促的呼吸，抑壓著一直昂揚的情緒。賴文欽感覺到秀玉的脈搏在跳動，但反而很冷靜地只輕輕扶著他，他那沒有力量擁抱的手臂，卻使秀玉覺得好像他的神經麻木了。將要當兵去戰地，就深深覺悟著「死」似地，真是不可靠。於是，秀玉更要鼓勵賴文欽堅強，催促他：「你說呀。」

「說甚麼？」賴文欽是那麼冷靜。

「說一句：我會無恙回來……」

「不，妳不要逼我，假如我那麼說，妳也不會真正相信的，從戰爭聯想到死，是很自然的律則，怎能推翻它？我一點都不敢奢望。」

「那麼你……」

「妳應該顧慮妳自己，過幾天我出征走了，妳該忘了我，希望妳碰到理想的對象，必須抓住機會結婚，這樣我在心理上才沒有負擔，能輕鬆的出征去。知道嗎，請妳讓我的心靈自由吧。」

被殖民的人民，心靈上的負擔本來很重。對於被壓迫的精神上的反抗，不斷的反抗，在賴文欽的心胸裡，蘊藏著不單純的思想，必須放棄所有的思想，讓心靈自由，不怕死好像甚麼時候死都無所謂。

賴文欽就這樣離開了秀玉，不知秀玉會不會如賴文欽所希望的那樣忘了他。

四

想到入伍前的遭遇，林逸平卻碰到一則異數世界底花的羅曼史。

林逸平服務的製麻工場，場長的女兒叫作松澤京子。有一天林逸平站在工場辦公廳後的台階下癡呆著，京子偷偷地從後面撲上他的背緊緊抓住，長頭髮覆蓋他的眼睛。頑皮的京子要林逸平背著她走上台階。這一遊戲，淘氣的行動，使林逸平感到迷惑。他尷尬地說：「妳不怕別人看見？」

「咦？怕甚麼，我跟你的事，別人看見了又怎麼樣？走上去嘛，你想摔也摔不掉我。」林逸平把京子背在背後，全身癢癢的，想不到日本女孩子會撕下統治者的優越感，跟他撒嬌。林逸平怕別人看見，很快踏上階梯，進入辦公室左邊的休息室，把京子摔放在彈球檯的絨布上。

「哎唷！」京子誇張的喊了一聲，「怎麼這樣不體貼……」端坐起來，抓住林逸平的手不放。

京子應該也有日本內地人和台灣本島人之間的差別觀念，但看她對待林逸平這樣毫不拘泥的態度，表示了不一樣的某種愛意，使林逸平不無驚慌失措。而這種小小的祕密的行為，打消了內地人的優越感和台灣人的自卑感，從此他倆的愛情，便急促地發展開來。

最初，林逸平總不敢自動去接近京子，他不喜歡京子天生的驕傲，只被動的接受京子積極的表現，一直到感覺她的愛，是屬於少女純潔的氣質而來，才很自然地擁抱了她。

「我討厭戰爭……」這一句話從京子的口裡說出，似乎不會受到「非國民」的毀謗，但在戰時總動員的氣勢之下，弱小的日本女孩子也不應該講反戰的話。京子說：「我只是對你講……你和那些我所認識的日本男孩子不一樣，你是不應該出征的……」

「我也是男人呵，這個時候不出征，我要做甚麼？」

「你有很多事可以做啊，何必要去殺人，還要賭著生命去被殺？」京子的口吻，只想反對林逸平去當兵，並沒有反戰的思想，而反戰的思想是叛亂的思想，誰也不敢去提及。

「出征是無法避免的，不論是徵召或志願兵的名義，軍政當局絕對不放過你，既然如此，為什麼要躲避。命運是註定的，不限於戰場，死或不死是很平常的事，我根本不顧慮那些，我只是想……」

「想什麼？」

「想保持我自己身心的純潔，不要因為出征去參戰而被汙染。」

「哇——」京子又突然很天真的撲上林逸平，緊緊地抱住他，在他的耳邊說：「保持純潔，多麼美麗的想法啊，你在戰線，我在後方，我倆都有純潔的思想，將來，仍然以純潔的愛意相見……」

「嗯，將來不一定能夠相見。不能再見也無所謂，只要保持著純潔的思念，萬一戰死了，能純潔的死去不是很神聖而崇高的嗎？」林逸平只想著不失去詩心的美，求全自我。

「你要出征，我沒甚麼東西送給你，但是我，我卻要給你一顆純潔的心，你接受嗎？」京子從皮包裡拿出一個厚厚的資料袋交給林逸平。「等你回去，再打開看……」

「是，謝謝妳。」

林逸平詼諧的向京子做一個軍隊式的舉手禮，就這樣分離了。回到家，林逸平把資料袋打開一看，裡面裝有一封信和一條淨白的千人針布。信寫著：「你要上戰場，這會不會成為永久的分離？還不能預測，但我卻哭過幾個晚上，只是想不要和你成為永久的分離。於是，我站在街角，求路過的婦女們，在這白布上一人縫一針，數天，共有一千個人縫一千針了，就給你，希望你在戰場，把它圍在腰腹上，誓以一千顆婦女誠心的祈願可以防彈，祝你武運長久……」

白布上以縱橫很秩序的間隔，縫有紅線的千個結，沒有比這一塊布，更純潔更誠心的禮物了。林逸平很珍重地帶著它入營。

聽過林逸平回憶的故事，謝蜀嘲笑似地說：「多麼幼稚的故事唷！」但賴文欽卻不笑，有好多感慨似地，一句話也不講。

五

過不了幾天，林逸平、賴文欽、謝蜀他們都隨著部隊，分批離開了新加坡的椰林岡站。每一批組成二、三艘千噸級的大輪船團，迂迴新加坡港灣，駛向太平洋消逝了。船隻留下惆悵的黑煙，濃郁地旋捲在島上的天空，又很快地淡薄下來，終於什麼也看不見了。

分離總是令人鼻酸。士兵們蹲踞在輸送船的艙底，像喪失了智慧的動物，聽著船隻的機動不斷地震盪著聲音，感到死的威脅，篤篤的傳來。

林逸平的部隊，乘輸送船，從新加坡到達爪哇，便換了火車橫渡爪哇島，又從泗水乘輸送船，繞過松巴窪島海岸，遭受澳洲空軍的襲擊，死傷五十多人，不得不白天躲避在島的港灣，晚間航行，沿著帝汶島的古邦、帝利，最後在葡屬殖民地的老天港上岸。便被編入於帝汶島的海一九二三部隊第二聯隊，擔任東帝汶的防衛。雖說是防衛，但事實上那個時候帝汶島已經成為澳洲空軍管制下的天然俘虜島了。因此，除有空襲對抗之外，並沒有參與敵前的實際戰鬥。

看看林逸平的兵歷表如次寫著：

一九四三年十二月十五、六日參加帝汶、老天港海上戰鬥。十七日從老天港登陸，被編入台灣步兵第二聯隊第三機關鎗中隊。

一九四三年十二月十七日起至一九四五年七月十五日，參加濠北地區防衛作戰。在此期間，兵階從一等兵得第一選拔升為上等兵，再升為兵長。

一九四五年七月十六日從帝汶島帝利出發，參加「勢第三號」作戰。七月十九日於爪哇島不祿波林港登陸。

林逸平的部隊參加勢第三號作戰，暫駐軍於雅加達。將要啟航轉調印度戰場的前夕，八月十五日下午，遽然聽到了日本無條件投降的消息。

消息從廚房的老兵傳出，是供應青菜的華僑商人告訴他們的。受降停戰的消息傳得很快。聽到消息的士兵們都潮紅著臉，抑壓著不是悲哀又不是高興的莫名其妙的錯綜的感情，說不出興奮的理由，甚至在流淚。而且在心胸深處，感到「得救了」「沒死……」的聲音一直安慰著自己。

從日軍投降到翌年三月，林逸平仍然跟著原來的部隊，充當接收爪哇地區英軍的俘虜，雖然其間被派參加印度尼西亞獨立戰爭，替英軍與荷蘭軍防衛，但那是名義形式上的防衛戰，事實上，戰敗的日本軍在暗中幫助印尼獨立軍，讓獨立軍收回了很多荷蘭人占住的地區，於是每次遇到獨立軍勝利，他們就跟印尼獨立軍的士兵們一起高喊印尼領袖「蘇卡諾莫迪卡（萬歲）！」

一九四六年元月，林逸平脫離日本軍，結束了俘虜的生活，被遣送到新加坡的集中營。

集中營正是林逸平出征當時，最初到達的第一個兵站，被英軍接收後，改充專收容被日軍徵召的台灣人復員回鄉前的集中營。

進入台灣人復員的集中營，林逸平才知道日本軍徵召台灣人，除了「特別志願兵」有陸海軍之外，還有無數的軍伕、軍屬、商務代表團員、技術員工等等。和林逸平同一時期到達集中營的這一批，即有一千多人，是從爪哇、馬來西亞、泰國、越南、寮國、印度、蘇門答臘等地方，被遣送來到的，不知在此以前已被遣回了幾批，又不知還有多少批未被集中遣回。日本軍徵召台灣人來到南洋戰地的人數，實在驚人。

集中營在椰林岡上，那裡的景色，仍然和出征時一樣優美，林逸平來到集中營當天，就碰到了賴文欽。賴文欽仍然比他早到了幾天，真是奇異的命運。雖然，屬於不同的部隊，但在同一台灣步兵軍團的戰略命令系統之下，如果還活著，總有一天會再碰面的。這一次的碰面和出征當初碰面時的情緒，完全不一樣。他倆很輕鬆的談起了上次分離之後的遭遇。

林逸平的部隊衛戍帝汶島東部，那時他們所乘的輸送船駛到老天港才讓他們登陸。賴文欽的部隊卻駐軍於帝汶島西部，所以能在最前站的古邦港登陸了，沒有受到澳洲空軍的襲擊。聽說謝蜀的部隊所乘的輸送船，要把他們送到帝汶島中部，在帝利海上就遇到澳洲空軍來襲，兩艘輸送船都被打沉於海底，兵員死傷最多。謝蜀也從此失蹤，再沒有聽到過他的消息了。

「死神寬恕了我……」賴文欽說。

「不，死神遺棄了我……」林逸平說。

上次他們對於戰死或不戰死的預測，終於揭開謎底了。誓以保持自己的純潔，不論死或活，都要以純潔貫徹崇高理念的林逸平，仍然與出征當時一樣，健康的站在賴文欽的面前。賴文欽替他高興，也感到自己的幸運。不敢奢望保全生命回鄉的賴文欽，雖然在一次印尼兵補蒞起叛亂的戰鬥中，左腿受了貫穿鎗傷，而住了幾個月野戰病院醫治，但還好，不至於殘廢，不至於像謝蜀那樣，遇到澳洲空軍的轟炸而死亡，還算幸運。

「可憐的謝蜀，把年輕的軀體，沉埋在帝汶島的帝利海深處，不回來……」賴文欽說。

「謝蜀真的死了嗎？」林逸平似乎不敢相信謝蜀的死亡。

誰會想到，當時媽祖婆的神籤顯示謝蜀會平安凱旋，而謝蜀又有那麼堅強的意慾活下去，相信自己不會死的人，卻在到達戰線瞬間，就葬身於海底。可見「死」誰都無法預測。

（發表於一九八一年二月十八日《台灣日報》副刊）

戰地新兵

一

昭和十八（一九四三）年十二月十七日黎明，補充第三重機鎗隊的新兵們，在帝汶島東方的老天港，很幸運地能提早一刻離開巨大的輸送船，轉搭登陸艇，駛入索然冷清的港埠登岸了。

接著轉運的軍用卡車排著隊，一部部駛近來，把登岸的新兵載往港後的丘陵凹處去。那裡是新兵們的集合地點，有戰地的軍官在現場指揮，命令剛到達的新兵們跳下卡車，好讓軍用卡車轉回港口去再接運。

離港口約一公里多的路程，丘陵被夾在四周密林繁茂的山峽裡，從上空也很難偵察到如此隱蔽的地方。新兵們跳下卡車，便覺得脫離了死的黑命運，大大鬆了一口氣。

自從前天上午被囿於輸送船上，遭遇澳洲空軍偵察機的空中掃射以來，成為老鷹襲擊的雛雞，在船上逃也逃不掉，一直戰戰兢兢，只感到日本皇軍無力，似乎唯有認命待斃而已。

擠在輸送船裡二千多的士兵，有日本和琉球人的現役兵，現地徵召的印度尼西亞兵補與年輕的女人，還有不到總人數十分之一的台灣特別志願兵，都雜亂在一起，由於恐怖而喧擾不停。有些台灣志願兵們卻默默祈求媽祖保佑，保佑輸送船安全抵達目的地的港口。

現在，真的把雙腳踏在溫暖的土地上，回想在輸送船上前後兩次沐浴過機鎗掃射的恐懼，心悸仍未安定呢。

然而，突然又有人大聲喊：「敵機來了！」

轉頭一看，果然澳洲空軍編隊的轟炸機五架，悠悠飛翔過對面峽谷上，一眨眼，飛機齊首轉舵，直向停泊在港灣海上的兩艘輸送船飛去。輸送船上還有很多士兵，正忙著下船作業。

「啊！完了。輸送船完了。」

一個戰場經驗豐富的老兵喊叫。那尖銳的喊聲回響在峽谷還沒有乾，第一次爆炸響，就震撼了天空。繼之，三五次催命的爆炸響，振顫在海面與島的起伏之間旋迴不停。

從密林枝椏間透視海面，能很清楚地看到巨大的黑色船體，跟著一次又一次的爆炸響，把赤紅的火柱衝上天空。這樣不到三十分鐘，同時中彈的兩艘輸送船便急促地傾斜，震動海水捲起浪濤大漩渦，把冒煙的船軀吞進去。

龐大軀體的輸送船沉沒，在待機卸船的好多士兵和乘務員，也來不及脫離黑命運，跟著輸送船消逝了。

——稍後，汪洋怒吼的海面，連一塊燒毀的木板都不留，很快恢復了冷冰冰的本來面目；海的無情，增深了新兵們的恐怖，甚至破膽了。

輸送船沉沒瞬間被爆風彈出來，還有，看到飛機來襲就不顧一切跳進海的士兵們，漂流在海上，幸好未被漩渦的大浪濤捲入海底，終被工兵大隊的救生兵營救，爬上登陸艇。但大都遭受嚴重的灼傷，到港口碼頭上岸，又被抬進軍用卡車，送往亞比雅陸軍野戰醫院去。

滿載傷兵的軍用卡車，都要繞過新兵集合的丘陵凹地；在車上受傷的士兵和女人們的慘叫聲，刺入避過災難的新兵們的耳膜裡，令人覺得無限的心痛和哀傷，心裡一直忐忑不安，不安地有點癡呆了。

輸送船被擊沉，大約三分之一的新兵失蹤傷亡，削減了日本皇軍加強濠北作戰的新血輪；雖然任何人也不允許有「敗北」的想法，但這顯然就是日本軍閥野心崩潰的前兆。

「重機鎗隊的新兵集合！」

一看就知道野戰部隊的人事官准尉，站在大岩石上喊著。接著別中隊的軍官也開始點收新兵，頻頻喊起號令，叫心悸未靜的新兵們騷動起來，開始排隊去。

「我是松永准尉，是重機鎗隊的松永准尉。你們要記著，今後在隊裡，有關你們的生活內務和人事的問題，都要向我報告。首先，我要表示歡迎你們來到戰地。你們之中，負責帶隊的林一等兵，林逸平一等兵在嗎？」

「有！」

林逸平站在前頭習慣性地喊了一聲又舉手。因他是同班新兵成績最優，負有關照同年兵的責任，上級長官有事都要找他。

「從後備部隊，你帶來的新兵有幾個？」

「是，共有二十二名。」

「好，立正，號數！」

松永准尉背著樹林繁茂的山站著，像一尊巨人的塑像。山很高，從樹林間的丘陵，當然看不到山嶺。這裡是原始未開的島嶼，含蓄神祕的新鮮空氣，瀰漫在新兵們站著的曠地上。新兵們活潑的號數聲，一陣陣回響在未開的山腹，又被鬱積在密林裡清爽的濕氣吸收去。

「不錯，補充本中隊的新兵一個都沒有失落，太好啦，太好啦。」

松永准尉很高興，好像收到國內寄來的禮物，毫無損失的犒勞物品那樣，顯出快樂的眼神，滔滔地說些歡迎話。

這比相鄰的大砲中隊，有三個新兵傷亡在輸送船上沒來報到幸運多了。林逸平知道那三個失落的新兵，一個是改姓名為廣田的台灣特別志願兵，在輸送船裡，被敵機十五糎機鎗砲彈炸開了右臂和大腿。

——身體魁梧的廣田一等兵，原姓黃，是漁村出身的篤實青年，在輸送船上遇到第一次空襲，就中彈受傷。由於傷口大、流血過多，船上的軍醫沒有救活他。前天傍晚，跟二十幾個同一戰役陣亡的士兵，一起舉行海葬。

全體士兵排隊在甲板上，看著只值一錢五厘的軍人生命的軀殼，一個個被投入海裡去。每一次把屍體投海瞬間，全體士兵都要舉行最崇高的「舉鎗禮」，表示哀悼。

二十幾次的舉鎗禮，使林逸平的手臂瘦了，眼淚也流乾了。廣田的死訊，不久會傳到台灣中部的海濱，他的父母兄妹們聽到他陣亡的消息，不知會多麼傷心喲！志願兵的生命，被假正義的口號哄出來的時候多麼崇高，一旦來到戰地，卻比一隻蟋蟀還脆弱。

海葬儀式當中，大家還要合唱〈軍人敢死歌〉弔喪。

海ゆかば水漬く屍（征海不怕水漬）
山ゆかば草むす屍（征山不怕草蒸屍）
大君の辺にこそ死なめ（為天皇殉身本所願）
かえりみはせじ（好不後悔）

軍國主義的思想真奇怪，用專制鼓勵並強迫士兵為了日本天皇殉身，把活人白白供獻犧牲的無人道，頌為崇高精神的行為。這種錯誤的尚武精神，當也拖累了台灣人，不僅是廣田一等兵，跟林逸平同鄉的謝一等兵也剛陪著輸送船葬身在海底，沒有海葬儀式，也沒有同年兵的舉鎗禮。想到死神的魔手，早晚必會來扼殺每一個新兵；悲壯哀韻的〈軍人敢死歌〉，是令人可恨的詛咒歌曲，不知甚麼時候會輪到哪一個新兵的頭上來。

「立正！」

松永准尉發出的號令，尖銳地刺入林逸平的心，好像戰地新兵，都持有潛意識的恐怖，覺得特別緊張。

「從這裡，要行軍到新兵訓練營去。起步走！向右轉！」

松永准尉得意地要搶在別中隊之前出發了。

說起別的中隊，失落的新兵較多，令人傷心。像大砲中隊僅失落三個還算不錯。有的小鎗中隊即剩下了一半或三分之一的新兵；其中第三大隊第四中隊，連一個活的新兵都沒有到達。部隊派來的人事官點不到新兵，有點失神的癡呆著，看別中隊的新兵在蠕動。

新兵們行軍經過老天港後的山腹，遙望剛才涉險過來的港灣，那麼紛亂喧鬧一陣的灣內，已經沒有一艘船隻。碼頭上的工兵、軍用卡車、吉普車都已散開不知去向。而海上的浪濤依然呼嘯著。唯一連接東方與西方的港口街道，冷清清地連一個人影都看不到。並列在街道旁邊的葡萄牙式白堊房屋，以及結著黑紅果實的麵包樹，都很寂寞地被遺棄在那兒。這個平常無人居住的老天港，是台灣軍步兵第二聯隊與外界、後方部隊聯繫的唯一港口。遇有補給的船隻進港，才會熱鬧了一陣子，由工兵隊負責運輸補給品，才逗留碼頭作業數天。然而，自從林逸平他們一批新兵進港，兩艘輸送船毫無抵抗地被打擊沉沒之後，港口的出入，便被澳洲空軍封鎖了；日本皇軍的補給路線，也因此斷絕了。

帝汶島的防衛作戰，成為斷了線的風箏。難怪，有人說這裡是「天然俘虜島」，一點都不錯。到戰地充當俘虜，也是所謂聖戰的任務嗎？

二

野戰部隊的新兵訓練。沒有國內後備部隊的訓練那麼嚴格。第二聯隊近百名的新兵，被集中在老天港山後的低窪盆地，開始集訓。

訓練營的椰子葉房舍，用檳榔樹幹做支柱，利用到處可以採集的椰子葉編織牆壁，修葺屋頂。每一棟長形的房舍內部，分兩邊搭建床鋪當寢室，中央留有一條通路，前後沒有門扇也沒有窗格子，可以暢通無阻，完全是開放式的，很涼快。具有濃厚的南國情調，但一點羅曼蒂克的氣氛都沒有。

並列的幾棟房舍外面，有操練場和升旗閱兵用的曠地。曠地滿是雜草、芒茅和石頭，長有很多比人還高的仙人掌。

訓練營附近跑到很遠的地方，也看不到現地住民和民房。很像是一個曠荒的無人島嶼，又不像是戰地，自己是日本皇軍的現役兵，也不知道戰爭在哪兒？

不過，他們上陸那天，有一群黑褐色皮膚的土人男女，繞過新兵們集合地點二百多公尺遠的山坡，新兵們都嗅到了一種異種的動物體臭，顯然就是風從那些土人身上吹來的異味，令人感到嘔吐。就這麼一次，新兵們看到島上的原始住民，卻不知道他們從哪兒來，到哪兒去，像風一樣飄著，好像沒有固定居住的地方一般，從山岳這邊飄到山岳那邊，自由地流浪著。

野戰部隊的新兵訓練，注重個人體力的持久耐苦。是為了配合實際戰鬥，能在非常疲勞不堪的情況下，徬徨於生與死的邊緣，仍有體力撐持下去。據於保存生命的條件與目標，在受訓期間，新兵們天天被趕出營房奔跑山岳，穿越密林，做馬拉松奔跑。有時配帶整套裝備，有時只佩短劍，奔跑幾十公里，跑到精疲力盡才回營。

「怎麼啦，村井，你又跑不動啦？」

村井一等兵常在馬拉松中落伍，體力比別的新兵較差。每次馬拉松都有五、六個落伍的士兵當中，必定有他在內，成為習慣了。村井是新兵裡唯一的日本人少年志願兵，年僅十七歲，跟一般年滿二十歲以上的現役兵相差三、四歲。他是真正的志願兵，跟林逸平他們台灣人受政策特別徵召的志願兵不同。

「你為什麼志願當兵？」

在輸送船上，村井和林逸平是同一船艙裡睡在隔壁的。船裡沒事做，有漫長的時間讓他們無所不談。

「我本想要升學念書，但看學校的學生們，都被徵召去當學徒兵，接受敢死隊員的訓練。反正書也念不成，寧可志願當兵，就申請適齡前入營，被錄取了，也因此隊長和班長都對我好，很照顧……」

村井有點孩子氣地說。他很瞭解時局，對於「生」沒有奢望。他希望早一點當兵，也盼望早一點服役期滿回家。他沒想到同年兵裡，有台灣人的志願兵。同為志願兵的身分，他喜歡林逸平，常把身軀依靠著林逸平比他健壯的軀體，感到心安舒適。輸送船受到敵機空襲遭殃的那天夜半，村井一等兵做了恐怖的夢，緊緊抱住林逸平，像被擁抱在情人的懷裡那樣，接受林逸平甜蜜的愛撫……

不只是營外操練，班裡的內務生活也不像後備部隊那麼死板、重形式或亂打罵。譬如在後備部隊，老兵不做事，把所有內務的打掃、洗衣、準備餐桌餐具、以至擦拭兵器等工作，不但推給新兵做，有些看不順眼就要處罰。譬如，擦皮鞋稍有不乾淨，便叫你用舌頭舔，舔到乾淨為止；不然就叫你綁起鞋帶，把一雙靴像掛項鍊那麼吊在脖子，再仿效狗在地板上爬，爬三步喊一聲「汪！汪！」。或有時罰你模仿野鶯飛越山峰溪谷，要你爬穿床鋪底下，從床鋪底下探出頭就鳴叫一聲「佛——佛圭果！」，是說野鶯叫異性的哀聲。如此，後備部隊裡的罰則花樣很多。又譬如，叫你站在兩個桌子中間，雙臂直直地頂著桌子，雙腳要浮起來不准踏地，而做騎腳踏車踩腳蹬子的姿勢，一直踩到手腳都痠軟了。老兵還要罵你「踩快一點，敵人從後面追來了，你該死！」便拿起揉平毛毯的藤條，痛打背脊。有些新兵痛苦地流淚哭了，「呸！你這是甚麼男子漢？被小小一打就要哭？怎能當起日本軍人啊？」會又被打罵得更厲害。

這麼多班裡內務的罰則，首先不知是誰發明的，凡是日本軍新兵都要經過這一段任人侮辱、欺負、打罵也不生氣、不反抗的體驗，認為這樣才能培養忍耐的柔性，表現絕對服從，成為有所勇為的正規兵。

經過那麼一次嚴格的折磨之後，來到戰地的士兵，不必再受到那樣無聊的處罰。戰鬥是戰地新兵的實際任務，若不互相重視人格，或會引起私恨不解的怨，容易鬧出不可收拾的自相摧殘。因此，必須鼓勵士兵發揮「戰友」的互助精神，讓私情超越嚴格的軍規得到和睦。

「肚子餓了……」

自從新兵訓練開始，村井一等兵每次碰到林逸平，就只說這一句話。好像把其他的話都留在輸送船裡，被炸壞了似地。

「不是剛吃過飯嗎？」

「嗯！剛吃過。但是，還覺得肚子餓啊。」

「沒吃飽？」

不是沒吃飽。是因為體力的消耗過分厲害，供應不及消化，吃飽還想要吃，一直覺得肚子餓。還好，如此年輕力壯的身體，肚子會餓，才會勉強適應激烈的訓練呀。

訓練快結束的時候，新兵們對帝汶島的氣候、環境稍微習慣了。位在赤道南方，南回歸線上的濠北，好像跟台灣的氣候相反。一、二月很熱，七、八月較涼快，四季分得不太清楚。

訓練營靠近山壁的地方，有個小小的山洞，可當作天然的防空壕。山洞的周圍不斷有泉水，從洞壁的一邊細細地流出來。人站在山洞前面會感到涼爽。林逸平時常吃過晚飯之後，喜歡獨自走到山洞前去徘徊而沉思。

山洞附近向來很安靜。但有個黃昏時，在山洞對面一塊乾燥的沙地，林逸平聽到十幾個新兵喧鬧的聲音。不知發生了甚麼？走過去看看，噢！原來就是一群新兵們，在等身高的木叢裡，發現了可吃的果子，爭先恐後，伸手向木叢裡，尋找小小的果實摘來吃。

「從來沒有吃過這麼好吃的果實。」

新兵們口口嚷著，吃得好快樂。從日本內地和沖繩來的新兵們，好像都沒有看過這種亞熱帶常有的小樹木。

林逸平在樹枝裡，也找到一粒果實，像落花生那麼大；剝開已乾了的殼子，把白粒子放入嘴裡，一試也很像落花生的味道。顯然，這是蓖麻種子麼。林逸平還在台灣未當兵以前，日本政府就在台灣拚命獎勵老百姓種植蓖麻，聽說，蓖麻油可以代用戰鬥飛機的機油。老百姓種植的蓖麻油，都由軍政當局徵收去了。

然而，蓖麻油又是最好的瀉藥。雖然味道好，但不能吃。新兵們卻拚命地找來瀉藥大吃著，後果會怎樣？林逸平想制止他們。

「喂！喂！這是蓖麻，蓖麻是不能吃的，會瀉肚子啊！」

「不要嚇唬人，是不是你想占便宜，自己要多吃？」藤田一等兵反駁林逸平。

林逸平苦笑著說：「我摘給你多吃一點好了。過一會你就知道……」

新兵們都不相信，認為林逸平胡說。

可是，後果很快見效了。消燈之後一切都睡靜，星光閃爍滿天。本是平安優美的夜晚，怎奈因吃過蓖麻果實的新兵，一個接一個，開始跑廁所去了。肚子瀉得很厲害，剛從廁所回來，腹部覺得舒服一點，也過不了幾分鐘，肚子又開始抽痛，又要跑廁所。一排長長的好多間廁所，擠滿了人進進出出沒有空隙。每個人繼續跑廁所七、八次，不但瀉完了肚子裡的東西，連腸壁的血絲也瀉出來，還想要跑廁所。肚子抽痛得很厲害，竟有些人痛得呻吟不停，騷音越來越大。這一騷動氣壞了班長和值班的軍官，又使軍醫和兩個衛生兵忙死了一整晚。

次晨，集合在練兵場接受點閱的新兵，聽到值班軍官的訓詞說：「你們這些傻瓜，要吃野生的東西，為甚麼不去請教猴子。距離營舍不到十公尺的那棵大樹上，約有一百隻那麼多猴子，為甚麼不去請教請教。沒有毒、不損壞身體的野生果實，猴子會先吃給你們看的。你們該學習猴子，在這未開化的密林裡，才能生存下去。知道了嗎?真是バカな……」

瀉過肚子已經毫無力氣的新兵們，呆若木雞地站著，想想自己真像飢餓的雛雞，不如猴子那麼聰明，心裡苦笑不停。

三

訓練結束前夜，新兵們忙了一陣子，整理背囊、行李和兵器，之後又像在後備部隊要出發的前夕一樣，各自剪一次手腳的指甲，裝入指定的紙袋裡，寫清楚部隊號碼和兵階、姓名，交給人事官。指甲是萬一陣亡無法收拾骨灰時，當作骨灰交還遺族，或送去東京九段坂的靖國神社奉祀用的。這一作業給新兵們，又加強一次對「死」的覺悟和心理準備，也就是日本武士道精神「不怕死」底麻木心理的表現。

台灣特別志願兵戰死了，能否跟日本兵一樣進入靖國神社呢？誰也不知道，軍政當局也沒有提到這些。或許瘋狂於戰爭的日本人，誰也不會想到台灣志願兵戰死了，應該怎樣處理的問題。雖然日本軍官常常說：「現役軍人戰死了，就成為靖國神社的神。」但這只是跟「祝福武運長久」同性質的口頭禪而已。無論哪一個地方，喜歡戰爭的軍官，都會想出對自己有利的口號，來欺騙自己和安慰別人；這樣才能煽動群眾會瘋狂地參與戰爭。其實，林逸平對於軍部的各種宣撫，都不太加以思考，只嘲笑自己碰到歹運，不得不認命而已。假如自己真的戰死了，能自由飛翔的靈魂，必會拒絕到靖國神社去的。日本人排外心很重，加之生前被殖民的羞辱已經夠煩了。死後，當然要回到祖先的靈位在一起，這是自然的法則麼。

林逸平把指甲袋子，拿到軍官室去繳給人事官。人事官松永准尉特別溫和地說：

「林一等兵，從後備部隊的報告以及我的觀察，認為你的能力很強，且有統御的才能，我想推薦你申報『下士官候補』，你願意嗎？」

准尉這一則突然的要求，使林逸平癡呆了，一時想不出該怎麼回答。當了下士官，必須多服務幾年，這怎麼行。久久，林逸平才開口說：「能不能讓我考慮考慮……」

雖說要考慮，但他的表情顯出堅強的不願意。松永准尉也看得出來他的意向。

「當然，你可以考慮，這種事不必勉強。」

其實在戰地，下士官和下級兵，沒有多大的差異。林逸平的下士官候補，就只這麼一次，松永准尉再也沒有提過。

次日，新兵們的部隊分發，訓練營的新兵都分散了，被帶到自己所屬的中隊去。

第三重機鎗中隊的營地在克西亞。從老天港乘軍用卡車駛入東方的山區，經過大隊本部駐守的山坡，距離五百多公尺的密林中，有一塊廣闊平坦的盆地，在繁茂的大樹下，蓋有稀疏的幾棟椰子葉房舍，大白熱天也直接曬不到陽光的天然防空營地。澳洲空軍的偵察機，不論多麼精明，終不會發現到日本皇軍的動靜。

戰爭早已變成捉迷藏，要盡量把士兵的動態和軍械裝備隱藏起來，不被敵人識破，卻還要偵察敵人不備時偷襲攻擊。

日本皇軍預防澳洲空軍的偷襲，必須加強海岸地帶的封鎖線，在敵軍可能登陸的海濱構築陣地，準備海防作戰。

新兵們配來部隊的第一件事，也就是要構築海岸地帶的托其卡，防衛的據點。

「我以為在戰地，會碰到敵人交戰，沒想到來得這麼遠，要做苦工。」

中隊裡的台灣特別志願兵丸山一等兵和城一等兵，自從昨天分配去小隊之後，就難得見面。同為台灣兵，一有機會就湊在一起，跟日本、沖繩的現役兵，總有不同的親密感，可以吐露一些心內共通的鬱悶。尤其丸山一等兵特別愛發牢騷。

「把我們當工兵來使役啦，當初我應該志願衛生兵……」

衛生兵大都由身體較弱的兵擔任，平常跟隨在兵隊裡，不直接參戰或做勞役工作，是令人看不起的兵職，沒有人敢志願的。

「以你的體格和成績，怎能當衛生兵……」

城一等兵說。假使丸山志願衛生兵，不但不會被錄取，反而會被嘲笑，永遠在軍中抬不起頭呢。

「算了算了，發牢騷沒有用。日本兵能做，我們也能做，其實台灣兵都比他們做得好，明知道衛生兵沒有你的份，還要說甚麼。丸山算了吧，如果真的能自己挑選兵職，炊事兵不是比衛生兵要好嗎？炊事兵可以像豬一樣吃飽又睡飽……」

林逸平的話還沒說完，哨音響了。躲在樹蔭下休息的士兵們，一個個抬起懶腰，以半跑步的姿勢，散開到充滿陽光游絲的海濱工地去。

在海邊一層沙灘之後，就是數不清的石頭滾落的平原。

工兵部隊派來的軍官，配在每個中隊指揮士兵們，距離五十步左右，就築造一座托其卡。交叉的托其卡在長長的海邊連起來，確實是一條堅牢的海岸防衛線，增加日本軍濠北防衛作戰的力量不少。

構築托其卡的唯一材料是石頭。滾落在幅度寬闊的長形海灘上，髑髏般無數的大小石頭，可以就地取材真方便。也許石材太方便，才使軍官們想到在此海灘構築防塞。

士兵們挑石頭的工具用網籃。因工具不多，分不到工具的士兵，必須空手抱起比人頭還大的石頭，從周邊搜集，搬到構築托其卡的據點堆積起來。

陽光熱烘烘的海濱，沒有樹影的海濱，石頭們吸收光熱又吐出光的游絲，使士兵們身受太陽的親暱，必須加倍付出精力和汗水，在石原上像夢遊般搖晃著來回。沒戴手套的雙手，搬運粗硬的石頭，一不小心就會擦破皮膚流血，不然就是內鬱血。

搬運石頭的士兵們，每天到接近中午的時候，就變成像搓過鹽的白菜那麼萎嫩下來。石頭又越來越死硬笨重，比當頭碰到敵人還令人害怕、惶恐。

「怎麼啦，大男子漢，還搬不動小石頭？」

督工軍官的叫罵，狠狠敲打石頭的鞭條聲，同時降落在林逸平身邊，使他嚇得全身血液逆流，像從頭上傾盆下熱水般眩昏了一陣，之後林逸平才看清楚督工軍官的鞭條，打在沖繩的金城一等兵身上。

「看來，你不愛搬石頭啦。好，命令你到沙灘上跑步。把軍靴脫下來，快脫下來！」

欺負人的罰則又要開始了，可憐的金城一等兵蹲下來脫鞋，感電似的痠痛傳到全身，行動緩慢地抖著。

「好，拿著軍靴到沙灘上跑步，起步跑！」

裸著腳，只穿著白色軍襪的金城一等兵，一步步閃過石頭，走到沙灘上，參入先前就被處罰跑步的五、六個士兵裡，跟著一起跑。

沙灘上早被跑成一大圓圈的亂腳印，順著亂腳印的軌道慢跑，熱燙燙的沙礫，透過白色軍襪，燙燒了腳底，跑不到幾圈，腳底就紅腫起來。這比搬石頭還辛苦，還要忍耐腳底的腫傷，直到流血跑不動。跑不動就能跪下來嗎，不，砂礫的燙熱和軍官的鞭條，絕不允許你跪在地上哀叫。

林逸平一直擔心金城一等兵會跑不動，很快跪下來哀叫受鞭打。但看金城一等兵慢跑的姿勢還相當健壯，似乎能跑到下工都沒問題。他高興金城一等兵的體力比平常強壯耐苦，雖然他的慢跑逐漸失去力氣，但總是沒有昏倒。

「金城，你今天被罰跑步，能跑到最後，沒倒下來，真不錯啊。」

回營路上，林逸平對金城一等兵說。

「嗯，你不知道，我今天早晨一起床就預感會被受罰，所以事先穿了兩雙襪子……」

「噢！原來如此。」

林逸平想笑，卻連笑的力氣也沒有。

經過一天過度的勞動，下工回營，不管老兵或新兵，全都懶倦地不愛說話，只默默整頓內務，默默吃飯，默默上廁所。唯一能使腫痛的身體得到慰藉的是洗熱水澡。在露天下，排著幾個盛過汽油的圓形廢鐵桶，當作浴槽燒熱水。桶裡放有圓形木條架板，士兵們輪流踏在板上，全身浸沉在鐵桶熱水裡，熱水促使體內的血流暢通，同時加以按摩，過勞鬱血的筋肉，會柔軟起來感到舒服。

洗過澡後就大睡，睡前的點名是例行的，坐在床上點過了名就倒下來，由於疲勞過度，睡得像豬，倘若有敵人來襲，被殺死也不會清醒過來。

在海濱構築托其卡的工程繼續了一個月，新兵們慢慢地也習慣了激烈的勞動。還好，澳洲空軍編隊的轟炸機，每天早晚必會來空襲。一有空襲警報，搬石頭的士兵們必須跑進密林裡，挖開山腹的防空洞避難。一天兩次，至少半個小時到一個小時的警報，是最舒服的休息時間。

澳洲空軍編隊的轟炸機，每天要飛去菲律賓或婆羅洲等島嶼，轟炸日本軍基地。每次回航必把剩餘的幾顆炸彈，投擲帝汶島的海岸，破壞日本軍的侵略軍事設備，阻止日本軍力的蔓延。澳洲空軍這種每天固定時間的空襲，雖是君子協定式的作戰，仍使日本軍無法在島上做任何戰鬥攻勢；必須要全力防衛，能防衛不致損失太多就很不錯了。因為帝汶是名不虛傳的天然俘虜島。

誰都知道士兵們在海岸構築陣地，是多餘的掙扎，僅為磨損了兵力，酷使士兵們在烈陽下曬得萎黃，力盡筋疲而已。成為捉迷藏的戰爭，真是好玩。

四

剛好在海濱勞役滿一個月，那天下工後，林逸平接到新的命令。

中隊派來小型吉普車，接他回到中隊營地，要他當人事官准尉的值班兵。在部隊裡，中隊長和准尉的值班兵是專任的。為了處理准尉身邊的雜務、用餐、洗衣、辦公室和寢室的整理，有時做些事務性祕書的工作，才設置值班兵，大都選定成績較優的新兵擔任。

前任的平田上等兵已經充當值班兵很久，因為成績好，即將提升為兵長，同時調換工作，才派林逸平接任。

平田上等兵是一個性格溫和的日本鄉下人。同年的新兵們都羨慕林逸平脫離了地獄般的勞營，說他運氣好，不必再做苦工。但平田上等兵卻同情林逸平，勸他要勤慎做事。因為值班兵不但要自動自發把自己的工作處理好，還要替准尉接受士兵們的怨言與嫉妒，尤其老兵們遭遇准尉的責罵，都要拿他來發洩。夾在准尉與士兵之間當緩衝板，准尉的值班兵是很難討好的苦差。

平田上等兵把一切值班工作的內容和要領，教給林逸平之後說：「你做做看，有甚麼困難就來問我，我會很樂意幫你忙……」

林逸平對平田上等兵周到的關照十分感激，軍隊裡好多壞心眼的老兵當中，像平田上等兵那麼善良的人也不少，確實令人敬愛。

以林逸平機智敏捷的性格，擔起准尉值班兵的工作並沒有甚麼困難。老兵們也不敢看不起他，他又是台灣最初的志願兵，具有政策上特別的意義，使老兵們有點另眼看待。有些老兵說松永准尉是用兵苛酷、殘忍、無情的軍官，不過，經過林逸平值班接觸之後，覺得松永准尉並沒有老兵們批評的那麼殘忍；可以看得出他有帶兵已久的人特殊的性格，冷中帶暖的一面。

昭和十九（一九四四）年二月末日晚上，林逸平把准尉私人房間的雜事收拾好，已經快到消燈前點名的時間，於是走下石階，去兵房接受點名。點完了名，正要布床睡覺的時候，藤田上等兵跑來，以命令的口吻，要林逸平到外面去。藤田是比林逸平早一期補充入營的老兵。

「要去甚麼地方？」

「跟著我來就知道。」

林逸平直感事情不妙，但仍然跟著藤田的背後走。

經過下士官營舍右側，走過小小的曠地，到了很多樹林之間的廁所後面，有五、六個人坐在椰子樹根的石頭上。夜空晴朗，滿天的星星閃亮著，有微微的光線，讓林逸平隱約看到那幾個老兵是黑澤、柳田、山中、堺、古川和佐藤，都是前一屆的現役兵。

林逸平被帶進中間站著。身體肥矮的古川最先怒吼似地說：「林一等兵，你知道為甚麼被帶到這裡來的嗎？」

古川一等兵激動的聲音，聽起來十分狼狽。

「喂！古川，何必那麼激動，慢慢說吧，你也不是不知道他是台灣志願兵……」

坐在後面的佐藤插嘴制止古川，古川回頭說：「你的意思是對象不一樣？」

「當然啦，上一次打的小坂是台灣召集的日本人補充兵，但林一等兵是台灣人，又跟我們一樣是現役兵啊，情況不一樣。」

「那麼，你認為不該打？」

「打，可以打。但你不覺得台灣志願兵比台灣召集的日本人補充兵可愛一點嗎？」

「不，我覺得都是一樣……」

古川是九州海邊出身，只是小學畢業的土包子，自卑感很重。也許由於自卑感作祟和他本身的愚鈍，成為永久一等兵的份兒，非常激烈地嫉妒人家升等比他高。

古川恨怒的神情很難看。他站在林逸平面前，裝著神氣的姿勢說：「欺撒媽（這個傢伙）明天就升上等兵啦，依照軍隊的慣例，我要打你，打你到我能過癮為止——知道嗎？命令！立正！雙腳張開，牙根咬緊，好了嗎？」

古川一等兵一氣呵成地說完，看著林逸平的反應。林逸平瞭解這是怎麼回事啦。新兵中獲得第一選拔晉升上等兵的前夜，會受到老兵的制裁，這是軍隊的慣例。老兵都知道明天會發布升等命令，新兵林逸平要升為上等兵，高於他們的階級，今夜不打，明天以後就永無機會打他了。

「準備好了嗎？」

「是，林一等兵準備完畢！」

林逸平挺直地站著，把全身的力氣集中在上下牙齒之間，準備接受毆打。

古川狠毒的一拳，打在林逸平的左頰，剎那從雙眼跳出碎散的星光一閃，隨之第二拳打到右頰來。耐過古川的打擊，林逸平心裡的悸動反而沉著安靜下來。以古川的臂力絕對打不倒他，不，六個老兵也打不倒他吧，林逸平忽而相信自己的堅強，具有這些卑鄙的老兵敵不過的力量，於是林逸平像巨人般地站著，任他們去輪流完成制裁的儀式。

佐藤一等兵的學歷比他們較高，他知道自己在他們同年兵裡，會獲得第二選拔升上等兵，等明天的人事命令發布，他也就是上等兵啦。佐藤站在林逸平面前，做了一次飛拳的姿勢，但沒有打上來，一瞬伸張了雙臂，雙手壓在林逸平的肩膀上。佐藤微笑著說：

「辛苦了，林一等兵，制裁完了，可以回去睡一等兵的最後一個晚上吧。明天你就是上等兵，恭喜你，好！回去吧。」

「是！謝謝您們的指導，林一等兵要回房去！」

軍隊裡奇怪的規矩是被打了以後還要道謝，受到命令馬上要複誦。或許有這種奇怪的規矩，才使日本軍隊能推行武士道精神，實踐盲目的服從。軍隊裡的軍官們，蠻橫的軍閥頭目，都需要小兵們的盲目服從，才容易推展自己的野心。

一場微妙的制裁儀式完了，林逸平的臉頰紅腫而燙熱，心裡卻空虛的，一步步踱著，回營房去睡覺。上等兵和一等兵有甚麼不同？不也一樣像勞蟻般，在團隊裡蠕動的生物而已嗎。

五

林逸平升上等兵、平田升兵長之後不久，平田兵長卻病倒了。臉色蒼白，肚子絞痛，本以為一般性的腹痛，但一天比一天惡化，痛苦地終於撐不住了。松永准尉聽到消息，馬上把他送到亞比雅野戰醫院去住院。

第二天上午，松永准尉從醫院回來，急問林逸平說：「林上等兵，你是甚麼血型？」

「是O型。」

「好啊，你馬上準備跟我到醫院去，隊裡有幾位戰友也志願去。軍醫說需要充分的輸血，看看能不能把平田兵長救回來。」

從准尉的口氣，知道平田兵長的病情嚴重。

林逸平從來沒有為人輸過血，但是平田兵長是一位心地善良的好人，林逸平很想救活他。去亞比雅野戰醫院要經過老天港，向西邊另一支山嶺進去。

位於山峽盆地裡的醫院，像配上自然風景的畫框那麼幽靜而美，背景有綠油油的山林，邊境有冷清清的溪水流著。椰子葉病房分散在山坡的傾斜面，是一處十分廣闊的療養地方。

平田兵長是先進內科診斷之後，因需開刀才移至外科病棟，正在手術室等候開刀。松永准尉帶來的六個大兵，無法進入手術室看平田兵長，只在病患休息室接受衛生兵護士，從耳朵抽血檢驗。衛生兵粗暴的動作，使林逸平有點心慌。他的O型血液，可以輸入任何人的血管裡，產生救助的作用。被抽完了一五〇CC的血液瞬間，林逸平感到一陣寒冷輾流過全身，但隨又恢復了意識。

對於捐血的人，醫院贈與一個雞蛋補給營養；雞蛋在戰地是非常珍貴的補品，算是受到最好的優待了。然後，六個大兵被命令強迫睡在空閒的病房，靜養三個小時，才乘卡車回中隊營地去。

平田兵長的病，開刀了結果知道是腸扭轉。這種外科手術，不是難醫的病症。可是在缺乏物資醫藥的戰地原始島上，由於病患本身的營養失調，毫無抗力，軍醫竟也無法挽回病勢，在開刀後第三天，平田兵長終於停止呼吸，喪失了生命。

聽到消息，林逸平覺得那天輸血時感到的一陣寒冷，又再一次輾流過全身的血管。

幾個老兵卻說，平田兵長是被松永准尉害死的，平田當准尉的值班兵近九個月的時間，准尉待他苛刻，工作多，晚上又要服侍准尉按摩到很晚，最後積勞成疾病倒了，還是醫不好。

林逸平親自經歷過，知道那些批評准尉的老兵，比准尉還苛刻，對於風評聽而不聞，毫不介意。事實，松永准尉對待平田兵長，還是比別的士兵特別關心。

而平田兵長的死，確實也使全體士兵痛心。雖然在亞比雅野戰醫院裡，聽說每天死亡的士兵平均有六個人之多，一旦看到自己隊裡的兵死亡，當有切身的感覺。在野戰醫院死亡的士兵，大都患了瘧疾，營養不良，引起腳氣病併發，加之糧食藥品的缺乏，無法使血氣旺盛的年輕士兵恢復健康，一直耐著任其強壯的身軀枯萎而死。

在戰地，遺體是用火燒的。

離營地不遠的曠地上，把撿來的枯樹枝疊積到椰子房屋頂那麼高，用軍毯捆包的屍體放在柴堆上，潑上軍用汽油，準備點火。

故平田兵長的火葬，火是松永准尉點的。

中隊的官兵排隊在離五十公尺遠的樹蔭下，由值班軍官發號令舉行告別「舉鎗禮」。喇叭手吹響〈軍人敢死歌〉曲，悲愴的歌曲傳遍了山澗，回響在濕氣沉悶的密林裡。

松永准尉走進柴堆點火，要首先點燃火把，再把火把擲去潑上汽油的柴堆。火把在山澗濕潤的空氣裡，火很難點著。一次二次，松永准尉有點不耐煩，又怕點上火的火把擲不到柴堆，便向柴堆走近了幾步，再用打火機點火。這一次打火機噴出來的火，點著了火把，正要擲出火把瞬間，晃地一聲，瀰漫在柴堆周圍的汽油，爆發似地全面燃燒了起來，松永准尉被包在火焰裡看不見了。

「哇——」

中隊長和排隊的士兵們，驚喊了一聲，癡呆地站著不知如何是好。過一會兒，松永准尉才悄悄地從火焰裡，像幽魂般搖晃出來。

「咦！」

士兵們一齊跑了過去，圍著松永准尉，趕快把他軍服上燃燒的火撲滅了，可是松永准尉的臉部和手套掩不住的手腕，皮膚都被燒焦了。更令人看到難過的是，因為火燒的臉部奇異的發癢，松永准尉難耐地用手摸了一下臉，被燒焦的一層皮膚隨著剝脫下來，臉上現露了血紅的肌肉，流出血液滴下來。一定很疼痛。

有人通知醫務室，衛生兵攜帶藥箱擔架跑來，先注一些維他命、強心劑、止血的針藥。幾個人跳上吉普車，忙著把松永准尉護送到亞比雅野戰醫院去。

值班兵林上等兵該是最忙的，他回營準備了准尉的衣服、日常用品，搭乘另一部吉普車也趕到野戰醫院去，預備在准尉住院期間，隨侍照顧他。

為故平田兵長火葬點火而受傷，這一下子，那幾個怨恨准尉的老兵們，更有藉口攻訐准尉說壞話了。「准尉害死了平田兵長，平田為了報仇，把准尉拖進燒他屍體的火焰裡，意圖同命而盡……」

然而，攻訐歸攻訐，風評歸風評，在帝汶天然俘虜島上，見「死」毫不稀罕。今天和明天都有「死神」，隱藏在椰子葉房舍，或密林裡的某個角落，窺探著看不見敵人卻還要為戰爭忙著活下去的士兵們，一有機會，就會抓住其中一個，輪流似的，讓其脫離鐵蹄摧殘的痛苦哩。

（發表於一九八二年十月《文學界》第四期）

霧

幽冷的峽谷，霧茫茫。

日本軍隊黑色的行列，背負著悲劇的前兆，向霧的發源深處前進。

山勢險峻，左邊一面斷崖，右邊望著深谿，路是沿著斷崖，刻上階梯形的斜坡，蜿蜒攀上去的。

被麻醉了思想的士兵們，一個接著一個，在飛騰的霧雨中，只能看到前面一個朦朧的背脊，默默地踏著霧白的命運，走上坡。

黑亮的重機鎗身，無情的嵌入他的肩膀。鋼鐵和筋肉本來是不親近的，互相要反離，卻被無形的壓力壓偏了，便無可奈何地密接在一起，叫他忍受著恨勝於愛的痛苦。

前面一個掮著鎗架，後面一個背著彈藥箱，有如螞蟻的行列，但不像螞蟻般點頭或打招呼，那是遺忘了語言的異鄉人，拖著沉重的步伐，踏著數不清的悲哀的碎片，把流不盡的汗和霧混合的水滴，一珠一珠丟落在砂礫上。如能把丟落的水珠貫串一聯，便會成為軍規的鞭條，抽打士兵們思鄉的心，他們原有脆弱的鄉愁，可也開始變質了。

「休息！」

潤濕在濃霧中的口令，發出混濁的破音。這種聲音最刺激敏銳的知覺，士兵們便停在假死狀態的空間，向黑泥土上倒下去。而濕冷的地上傳來一陣冰寒侵入脊骨，使他顫抖著；他用力抱緊了重機鎗身，像抱著冷感的女人，卻無動於衷地，讓全身的筋肉柔軟下來。他願這一瞬間的安樂，永恆繼續不停。

可是霧裡的行軍，好像沒有終點，從每次休息的起點瞭望頂峰，艱苦而狹窄的路，仍然那麼遙遠。

帝汶是個原始的島嶼；島上的住民過活，還停留在原始遊牧的階段，距離文明的社會，隔著一段很長的人類進化的歷史。他們跟自然的永恆，共享了生與死、自由與純樸，和文明社會的生活不同。席捲全世界的第二次大戰，禍及到這個比台灣兩倍大的島嶼，侵擾了他們的安寧；這是他們不知原因的災禍，以為是從天下降的。日本軍駐在此地，有他們未曾見過的裝備。那些鎗砲子彈的威力，由他們看來該是屬於神話裡的天兵，認為那是在霧裡進進出出的神兵。因此他們看到日本軍的行列，便匆匆走進密林裡躲避，而蹲在遠處，用奇異的眼光，含蓄著恐怖和嫌惡的情緒，凝視士兵們的行動。那種眼光不表示敵視也不表示友善，只是好奇，似乎表示著外來的軍事行動，顯然與他們無關；事實，戰爭和他們的實存，毫無關聯。

「前進！」

從前方，命令一傳到，並列著倒臥在地上的士兵們，又像軟體動物，徐徐開始蠕動。嘈雜的鎗械刀鞘聲音，又在霧裡響起，而雨沫有時也滲在濃霧裡射飛，擊打士兵們的臉和胸部。

時間在惡劣又鬱悶的天候中，停滯下來。這一停滯，阻礙著士兵們的希望，以及開朗的前途，使士兵們被麻醉了的心思，在霧中更混沌。像日本天皇元祖，天照大神引領著諸神，站在「高天原」底混沌的神話故事圖，雲霧飄飄然；不斷地展開濕冷的羽翼，一陣又一陣，從溪谷深處升上來，圍繞著士兵們的黑影，之後，旋轉成一種朦朧的幻想，飛向人所觸不及的遙遠去。

攀越過最後一段急激斜坡，踏進馬蹄比央高原的時候，小林兵長便開始落伍。小林是比他早半年入伍的補充兵，在戰地部隊，補充兵雖不能和現役兵堅實的體能相比，但由於小林是早一點入伍的，又是在台灣生長的日本人，跟在日本本地生長的日本人，對待台灣本島人的兵，其觀念和態度都不一樣。在台灣殖民地生長的，像小林這般人，養成了高度的優越感，習慣於蔑視異民族，經常虛張威勢，欺壓弱小，非常驕傲。卻另一方面，沒有勇氣和耐心面對事實，克服困難，小林兵長就有這種特徵。

一身受霧雨淋濕的小林兵長垂頭喪氣，顯得軟弱的腳步，好像就會仆倒似的，走得慢吞吞，被後來的士兵一個接一個超過去。直到他正要閃過小林兵長的瞬間，小林兵長忽然察覺了是他，便急速地挽住他的背囊說：

「喂！林上等兵，替我，把我的背囊，帶上山頂，我實在不行了，你還可以……」

話沒說完，便全身依靠著他，想讓他扶上去。小林並非不知道他所揹著的重機鎗身，比小林本身所帶的步鎗多重幾倍。小林只顧到自己的階級以及出身，比他高而優越。站在統治者這一邊的立場，可以毫不顧情理來使役他。小林知道如此蠻橫，他也不敢反抗，因為他是台灣人，他是背負著日本政府賦與的志願兵的榮譽，來到戰地的。在部隊中成績特別優異的他，為了台灣六百萬島民的榮譽，絕不會對老兵以及日本人的小林兵長，採取任何不服從的行動。小林認為這是他們一等國民統治階級的特權，當然，他對小林這種過分的想法和無恥的行為，感到非常驚訝。然而，他卻以很和氣的口吻說：

「我揹的鎗身，已經夠重了，請不要再勞累我麼！」

他的聲音濕透在霧裡沙啞著，他的和氣反使小林兵長傲慢。由於霧裡的行列很長，每一個士兵都必須堅苦自持，無心去管人家的閒事，這使小林無恥而更大膽地尖叫。

「把我的背囊帶到山頂，怎麼樣？不肯的話，我絕不放手。」

他不能跟小林在險峻的山路上掙扎，他必須保持體力，必須防止無謂的體力消耗。如果要讓小林這樣糾纏，這樣掙扎而消耗體力，會比多帶一個背囊的體力消耗還大呢。他估計自己配帶的兵器和背囊的重量，再預料攀登山坡的時間和自己體力的持久力，之後才說：

「不要拉了，小林兵長，我給你帶去不就行了嗎？」

「哦！這才是榮耀的台灣志願兵呢！」

小林放了手，同時把背囊擲過來，在一段漫長的艱難行軍中，小林的傲慢又獲得了一次貪小的勝利。

不知裡面放著甚麼，小林的背囊很重。他的左手抓住重機鎗身保持平衡，右手拿著小林的背囊背在右肩上，加重的負擔，越使他走路艱難。他必須操作所帶的器具穩定，以平衡身體，留心滑倒。

險峻的山路上，濕潤的砂礫容易滑倒，萬一不小心滑倒了，便有可能滾進深谷裡，而消逝於濃霧中，找不到痕跡。於是，他很謹慎的，一步一步踏穩，才登上去。他的堅毅，有點粗笨的樣子，好像台灣的水牛；他的背部，廣闊的背部，背著笨重的背囊，好像背著整個山岳似的，在霧裡搖搖擺擺。但他的腳步，是真正腳踏實地，一步又一步，讓小林那卑鄙的軟弱兵長，一直落伍到後方去。

海一九二三部隊是台灣軍的另一個名稱，這一部隊的士兵是來自日本九州和四國，以及琉球、沖繩等地方被徵召的現役兵。台灣特別志願兵摻雜在這一野戰部隊中，雖有一年多的時間，但仍然被視為是一群新兵。因為自從他們被輸送到這個島嶼之後，激烈的戰爭，斷絕了日本軍補給路線，再也沒有新兵補充了。因此最後進來的士兵，不管階級升到一等兵或上等兵，仍然就是新兵。由於海空雙方的補給路線均被斷絕，帝汶島的日本軍不但無法進來，也脫離不出去，形成孤立的天然俘虜島。

於是，首先發生問題的是糧食的缺乏。幸好帝汶島的地勢雖然山岳連接於海岸，沒有平地，但山中有好多可以耕作的盆地。部隊便通知地方部落酋長，提供土地，讓成為天然俘虜的士兵們去開墾，從事「現地自活」作業。他的部隊占據了巴奇亞高原，很像台灣橫貫公路山邊的氣候，最適宜農耕的地方。現地的原住民稀稀疏疏，雖有從事農耕的，畢竟人少地廣，很多肥沃的山地都任其荒廢。一片草生地，在很短的時間，便被士兵們墾成數十甲的旱田和水田。

巴奇亞城，鎮座在這一帶高原的中央，原來是葡萄牙國殖民帝汶島的行政中心。淨白而堂皇的牆壁厚達一公尺寬，城內裝有舊式的砲台，令人聯想到葡萄牙人總督君臨於這座城內的威嚴，能威脅那些過著原始生活的土著住民，戰戰兢兢。

巴奇亞城，峻立在高原的中央，睥睨一片廣闊而肥沃的山地平野。在那平野裡，包括十多個小王國，如黎利卡、阿羅哈、阿羅哈布布亞、拉加等等。王國裡的酋長，都握著自己小國家人民的生死權。很多民房仍搭在大樹枝上，像大鳥巢一樣，過著原始的生活。但自日本軍占領之後，巴奇亞城便隸屬於海一九二三部隊，由第二重機鎗隊隊長坂野大尉所統轄。坂野隊長等於就是黎利卡平原十多個小王國的總督，就是這一高山地帶的軍政執行官。而軍政命令的直接發布人是人事官的松永准尉。

那個卑鄙的小林兵長，就是坂野隊長的隨從兵，而他——林上等兵卻是松永准尉的隨從兵。小林兵長敢對他橫蠻，可謂小林具有比他許多優越的條件。追隨隊長和追隨其部屬的准尉，同樣是隨從兵，但隊長的隨從兵當較優越，小林比他年資老半年，也是老兵較優越。像這些優越的條件，小林就可以在許多公開的場合指揮他、奴役他。但是行軍中，各自帶著應攜帶的鎗彈和背囊，那是自應負起的責任；怎能把自己的背囊賴給他人帶呢？除非自己受傷生病了，遇到不可抗力的事情以外，像小林這種橫蠻，是違規的，被上級知道了會被處罰的。小林明知而故犯，完全是由於自己是日本人的錯誤優越感作祟；或可以說小林以為自己應該站在上方的，卻在隊裡很多作業都不如他做的那麼優異，因此潛意識的自卑感，加上空虛的優越感，成為另一種小人的型態出現。

巴奇亞城是霧的城堡，從軍政野心發動的戰爭，造成了朦朧的霧雨，瀰漫在巴奇亞高原。霧的戰爭，霧的軍政，霧的統治，霧的城堡；城堡裡並有霧型的小人物，策動著一些非人性的陰謀。

長窄的霧的峽谷，越過之後，進入馬蹄比央高原，路是平坦的泥沙路。他喘了幾次深呼吸，覺得輕鬆多了。走過這一次行軍最艱難的一關，以後，雖還要踏越無路的草原，和下坡的小路，但總是比霧的峽谷好得多。不知小林已經落伍多遠？早看不見影子了，或許還在峽谷中的急坡上忙著喘氣也說不定。霧又是浮雲，一陣陣，飄來又飄去。聽說，馬蹄比央是霧的發祥地，一年四季，都有霧飄茫著，比倫敦的霧還厲害。這一平原如果沒有霧籠罩著，倒可以做很好的飛機場呢。

走在前面的士兵們都躺在地上，等待後方的人趕到。這是行軍中一次最長的休息，也是重整隊伍的機會。走在後方的一個個，到達了休息地，便把鎗身安放在鎗架上，解下背囊，伸長雙腿躺下來。

他把小林的背囊扔在地上。他躺著，期待小林早一點趕到，好把背囊還給小林，免得再拖累。但是小林落伍得那麼遠，或許還沒到達之前，出發的軍令下了，那怎麼辦？是不是要把背囊帶回到巴奇亞城去？嗯，也許這就是小林事先預謀的詭計。

正在此時，他看到民兵蘇達，頭上頂著隊長的行李，哼著民歌，要繼續向前走。蘇達是阿羅哈酋長的侄兒，徵召在巴奇亞城當差役，而大部分的時間都受小林的指揮，做些雜工，對於日本士兵——頭安（依據這地方的方言把先生或大人叫頭安），他們倒很服從。

「蘇達，蘇達，你過來。」

他想到小林的背囊應有所交代了，便大聲叫住蘇達。

「是，頭安。」

蘇達的天真無邪是屬於未開化的無知，叫他做甚麼他就做甚麼，不會意圖其他而有所轉變。但是這只限於他們的能耐範圍，超過了能耐範圍，他們就放棄任何命令或規則而不顧。他們這種原始的蠻橫，和小林的蠻橫是異型同質的。

他叫蘇達把頭上的行李放下，叫蘇達也應該休息，之後告訴蘇達說：

「這是頭安小林的背囊，我替他從峽谷的斜坡帶上來的，現在應該還給他。你看到頭安小林沒有？」

「我看到他，他還在很遠很遠的後方啊。」

「那，我不能等他了，我把頭安小林的背囊交給你，你就在這兒等他來把背囊還給他，知道嗎？我帶重機鎗，出發命令一下，我必須先走。」

「是，頭安林，我等頭安小林把背囊還給他。」

蘇達便蹲在地上，開始履行他的任務。不一會兒，出發命令下來，他又揹起鎗身，跟著隊伍向新飄來的霧裡前進。

先前未乾的汗使他感到寒冷，是休息後的弛緩引起的；他知道再走幾步，就會恢復行軍的情況而不再感到寒冷。他回顧蘇達，看見一陣霧雲飄來，停在蘇達裸體的黑褐色肩膀上。稍後，蘇達便被霧包裹著而看不見了。

士兵們在最後一站整頓了隊伍，之後回到巴奇亞城。點名的時候，小林兵長還沒歸隊，值星官以有點形式化的口吻說：

「小林兵長怎麼啦？這個傢伙又落伍了？林上等兵，等小林回來告訴他向我報到。」

「是！」

誰都知道小林是行軍落伍的常犯，不再令人感到稀奇了。

一直到晚飯的時候，小林和蘇達都沒有回來。他已習慣性的把隊長和准尉的晚飯準備好，送去居室，並且等他們吃完了飯，把餐具收拾好，也收拾自己身邊的東西，和濕透了的衣服。

天快黑了，他由於蘇達沒回來，而有點焦急，於是報告准尉得到許可，向守衛城門的現地兵借了一匹黑馬，跑出去。

城堡到山坡盡頭的地方，走捷徑約有六公里。雖然馬跑得快，但馬蹄比央的霧，還是籠罩在平原上一片灰濛濛。還好，他熟悉這條路，不然會受到霧的飄流作祟而迷路的。驅策著馬，奔跑到午後休息的地點，他看到蘇達仍然不動地蹲在那兒，像被遺落了的一個石菩薩，在霧中現出迷濛的影子。

「蘇達，蘇達，你怎麼還蹲在這裡？甚麼？頭安小林還沒來？」

蘇達站起來，只是點點頭，恰似一具木偶，不講話。他感到蘇達以不講話表示抵抗，是自然而應該的，被置於弱者地位的強者，往往以忍耐和沉默對抗站在優勢的弱者，而他卻被夾在表面上和實質上的弱者和強者之間，同情實質上的強者。

「蘇達，你全身淋濕了，一定很冷吧！你先走。我到山坡去看看頭安小林在不在，就馬上回來追到你。」

蘇達裸露著上身的灰褐色皮膚，留有很多的雨滴。光滑的皮膚是適於原始生活，能耐寒耐熱的強韌的皮革，看起來十分英偉。

他又策馬，奔到山坡的盡頭。但因天快黑了，峽谷以及黎利卡河沿岸的平野，全被霧覆蓋著，一片灰茫茫，甚麼都看不見。

「小林兵長——小林兵——長——」

他向峽谷叫喊幾聲，聲音似乎被霧溶解掉了，連一點回響都沒有。他下馬，蹲下來透視午後攀登過的峽谷，那險峻的峽谷山路，在這一時刻，已經無法行走了。

他不得不回頭，追到了蘇達。

「路已經看不見了，我們回去報告值星官。來，把行李和背囊放在馬鞍上，我們該走快一點。」

「是！頭安。我以為頭安小林馬上會來，我等在這裡都沒動，如果他不死，總會經過這裡麼。」

哼，如果小林不死，應該經過這裡，總不會被霧吞去了啊。

蘇達是無憂無慮的，蘇達沒有想過自己屬於怎樣一個人。像很多台灣的愚直婦人根本就不思考一樣，蘇達是不需要思考的野人。生或死任由天運，只要吃得飽，到處不怕沒有睡的地方，裸露的身體適應自然而活著，「自然」又很寬容地讓這些人或動物或植物自由成長。

蘇達一邊唱著民歌，一邊以那輕瘦的裸足跑得很快。

離開馬蹄比央高原，等於就是脫離了灰茫茫的霧圈。海拔相差有千餘公尺低的巴奇亞高原，經常是晴朗的好天氣；東方且露出了潔白的月亮，看到月亮心也爽了。

他命令蘇達把馬牽回守衛隊，匆匆走進值星官室報告情況說：他帶了蘇達回來，但看不到小林兵長。

值星官聽完了他的報告，卻反以譏諷的口吻說：

「林上等兵，天已經這麼晚，還在胡鬧甚麼？小林兵長早就回來報到了哩，看你這麼踉蹌，怎能打仗……」

「是！」

他被澆了一盆冷水，莫名其妙地退了出來。

小林兵長是什麼時候回營的？從霧的峽谷上馬蹄比央高原，沒有第二條路，怎麼能逃過蘇達的眼光呢？蘇達的眼像野貓那麼銳利，小林兵長竟能乘其瞬間的疏忽，逃過了蘇達的注意力，那種狡猾卑鄙的程度，實在高明。

第二天早晨，太陽還沒上升，天氣已經很晴朗，只有淨白的雲，靉靆於黎利卡平野的河岸。從巴奇亞城俯瞰下去，陽光已經盈溢過山峰，充滿在平野上，一幅神話般的水墨畫，令人感到自然神祕的優美。他被喇叭聲吵醒，起床之後，隨即做了一大堆工作。當人事官准尉的隨從兵，他的行動雖不像營裡的士兵們那麼受到嚴格的拘束，但本身應做的工作很多，必須把官長身邊的一切瑣事整理完妥。而隊長和准尉同住在城堡裡，很多有其共通的工作；尤其小林兵長經常拿著老兵的架子，驕傲又懶惰，無形中加重了他的工作。他一邊指揮民兵，清掃廣大的院子，一邊準備准尉的早飯。但今天，行軍後的第二天，小林還在睡懶覺，沒有起床，要不要替他準備隊長的早飯呢？他想到小林，對他卑鄙的作為和蔑視，越想越不服氣。然而，他叫蘇達去看小林，有沒有特別為隊長的早飯留下甚麼的。蘇達跑去小林的房間，不一會兒，卻哭喪著臉回來說：

「他罵我土蕃，罵我竟敢吵醒他。我只是叫他兩聲頭安而已，嗯！他不該那麼兇！」

「別哭了蘇達，他不要人家打擾，就算了。」

於是，他把準備好的早飯，送去准尉的居室，而給隊長的一份，他想了很久，終於放棄不管。過了許久，他在火爐旁邊燒開水，聽到坂野隊長在大廳大聲叫喊：

「小林，小林兵長，早飯還沒弄好嗎？快拿來。軍靴也沒擦好，喂！小林，小林。」

隊長的聲音響徹了整個巴奇亞城。小林聽了隊長的喊聲，便匆匆忙忙從床上跳出來，穿好軍服，跑到隊長那兒去。不知道說了甚麼，隨即轉到廚房來；小林看他蹲在火爐旁邊，就以厲聲吼叫：

「林，齊撒媽（日語：你這傢伙）還沒送早飯給隊長？」

「沒有！」

「准尉呢？」

「准尉早吃過飯，出去了。」

「怎麼不送隊長的？隊長還沒吃飯呀！」

「……」

「喂！齊撒媽，為什麼不講話？」

「我不是隊長的隨從兵啊！」

「哼！齊撒媽，造反了？」

話沒說完，小林便用腳踢過來。他事先預防著他的這一套，馬上跳開。小林踢不中，改用拳頭打過來。他很快又站起來，把小林的拳頭閃開了，二次打不中他，小林氣噴噴的又罵：

「齊、齊撒媽，敢反抗？」

平常他是像一隻溫柔的羔羊，日本軍隊強迫的服從規律，使他變成了軟弱聽話的奴隸；而像這樣不聽老兵的話，是小林做夢也想不到的。小林脹紅了臉，一看就知道憤怒爆發了，威嚇的聲音又大又急激，這使外面的民兵們都圍攏過來。民兵們還是頭一次看到頭安的吵架，而非常吃驚，呆然不知所措地站在一邊看熱鬧。民兵們看見頭安小林要打頭安林，頭安林卻一直在避開不讓他打。於是，開始喧嚷，好像看拳擊比賽似的，用手勢指示加油，要他反攻打倒小林。民兵們的聲援，越使小林瘋狂了，好像打不到他，不使他屈服，是最大的恥辱，會失去以往的威嚴。小林臉一陣紅一陣青，終於，用雙手的拳頭開始亂打起來。但都被他閃避了。具有柔道初段實力的他，容忍著不理也不想反打，一直向後退。服從，不能反抗老兵，這種日本軍隊的鐵的規律；不論只差一日先入伍就是老兵，而不管老兵的道理對不對，或有私刑的體罰也一概不得反抗。小林當然仗了這一鐵的規律發揮狐狸假借虎威，要占便宜呢。好久，小林打出去的拳頭都被躲避過，這使小林越覺得焦急，便抓住有如匕首的菜刀作勢，瞄準著他的胸部刺進去。這一擊可不是開玩笑，看到這種情形，民兵們越鬧得更厲害，激起了小林不管前後，把鋒利的菜刀向他開始亂刺，他很敏捷地左右閃開，捩轉身子，最後一擊，針對著他的胸部刺進來的時候，他一閃，刀沒有刺進胸脯，卻割破了他的左上膊，而這瞬間，他打出去的右拳擊中了小林的頸顎。小林狼狽地反退，碰到牆壁，他跳過去又擊打小林拿菜刀的右手，打落了菜刀，便把菜刀拾起拋去外院子，血從他的左上膊流出來。小林站起來，右拳又狠狠地打過來。他很快抓住小林的右臂，轉過身，背負小林，剎那間應用柔道的手勢，把小林摔掉在地上。小林轉了三百六十度翻一個大觔斗，倒進火堆上面，火堆的熱氣雖不太旺盛，但還會燒爛屁股的，小林發出痛苦的哀叫聲，只用雙手在地上爬，但一時要爬也爬不動。他伸手抓住小林的肩膀，像貓抓著老鼠那樣，把小林吊上來。小林像被砍斷了尾巴的狐狸，吼著不成聲音的哭叫聲，向屋外跑出去。蘇達才走過來，幫助他包紮左上膊的創口。

他不覺得創口很痛，他感到痛苦的是不應該打架，而後悔。出手依靠武力解決問題，是最愚笨的。訴於武力，不論勝敗，表面上問題似乎解決了，事情的本質是解決不了的。他嫌惡打架，除了非不得已之外，他誓不出手打人。因此，演完了這一次爭鬥，他內心覺得十分痛苦。當然他也覺悟這種後果，必定受到軍法處分。

然而民兵班長和蘇達，把一切經過報告了隊長和准尉；結果，小林兵長卑鄙而無恥的行為，遭受隊長的譴責。命令發表，指派小林前往布魯巴農場去做工了。意外地，他卻沒有受到任何處分。這使他感到非常尷尬，也許，他是台灣特別志願兵，平常的勤務成績卓著，隊長和人事官准尉都知道小林兵長和他的為人，比較瞭解誰是誰非。

不久，他反而晉升了兵長。迷茫的霧把一個人的悲哀覆蓋在原始的島上，讓卑鄙下賤的人格，深深地埋沒在迷茫的霧裡。

而迷茫的霧，從馬蹄比央高原發祥，逐漸瀰漫到巴奇亞城，終於淹沒了黎利卡平原，封閉了日本軍政野心的暴行，並把整個南方的戰事隱蔽起來。

在霧裡，一群士兵們常常夢見清淨的百合花一束希望，希望即將到來的和平，並希望愛的團圞的火，使一切模糊昇華；希望早一點能揮起褪色的帽子，向霧別離——

霧的煩憊淹沒山澗
散布諸多模糊的形象　徐徐
昇上綠色的峯嶺
變成雲　於我觸不及的遙遠裡
雲的羽翼閃著美麗的幻想

我非霧　也不能變成雲
但我乃生長在霧裡
——遍地朦朧的世界
以冷酷女人的手指撫摸我的臉
　　恨勝于愛——
我孤獨　我寂寞
誰不知霧的彼面有清醒的境遇
誰不知　恨又倍加愛的濃度

因霧的故事很俗　該以真善
托清淨的百合花以一束希望

讓愛團圓的火，使一切模糊昇華
揮起褪色的帽子
向霧別離……

這是一首「霧」的詩，寫在他的當兵日記裡的。他把這一本日記簿，留在蘇達的家。搭在阿羅哈山峻，那枝最大一棵櫸樹枝上，有如大鳥巢的蘇達的家。

（發表於一九七六年四月《台灣文藝》第五十一期）

獵女犯

他們個個都是敢死隊裡的小角色。

「死」還沒輪到以前，他們在睡眠中，仍然擁有今天。今天這個空虛又寶貴的時間，表示著生命存續於未來還有一脈希望。不論這一天，是像預言者說的世界末日那麼鬱悶又不快樂：但是活著，總比枉死在異國的土地，還有些安慰。

他們天天被迫仰望太陽，而那張太陽，只是白地中央一個紅色圓球的日章旗，翩翻在旗杆上，代表著軍政專權的威嚴。戰爭只是為了推廣那張太陽的黑點而已，但太陽的黑點越蔓延，越使他們患上精神分裂症。他們必須每天嘟喃著「天皇陛下萬歲」。「萬歲」是一萬歲數，假如日本天皇真的能活到一萬年，那不變成妖魔才怪哩。其實，說「萬歲」，只是祝福的口號，一句奉承話，一種無意義的空虛的讚美而已。明知道是空虛的讚美，但是在軍隊裡的士兵們，都是皇軍的一分子，如不隨從喊著口號，便難保自己的舉動安然無恙。

昨天的天，和今天的天，是同一個不太深藍的天，卻早被區畫成幾片空間了哩。其中僅有幾分之一，才屬於一群台灣特別志願兵的天，其他龐大的天空，都被日本軍官和士兵們的優越感占據著，反映極權的陽光，而在僅有的幾分之一的席地，從天空灑下的淚雨，沾潤了他們個個的鄉愁；有時懸於山際，現出彎曲的彩虹。綺麗的彩虹，使他們看不清世界的明和暗。

這裡有如軍艦般的帝汶島，整個島嶼，好像陷落在惡夢的睡眠中，模糊又昏暗。而模糊的戰爭且在濃濃的暮靄中進行著。怎樣的戰爭，怎樣進行著，他們都不知道。他們只能默默地等待今天的來臨，和今天的終了，卻很久未曾想到有明天了。但明天在這種重重的暮靄中，也不見得會轉晴吧。如果，致命的一絲悲哀永不轉晴，被遺落在南回歸線上的天然俘虜島，處於逆境的他們該怎麼辦？

日軍占領荷蘭和葡萄牙各屬一半的帝汶島不久，島的周圍，海與空的控制權，便落入澳洲聯軍的掌握，完全使這個島變成了天然俘虜島，失去實際戰鬥的機能，連自衛的能力，恐怕還成問題呢。為了準備敵軍來襲登陸反攻，敢死隊的訓練越來越緊張，那是發揮大和魂唯一的精華作戰法，又不使士兵們頹喪志氣的防禦法。

俘虜島上雖仍充滿著戰鬥的潛在力，但是守備隊的戰鬥機飛不出去，補給的船隻又駛不進來，被凍結在島上的海一九二三精銳部隊，竟無用武之地了。

澳洲聯軍攻擊菲律賓群島的飛機，天天經過這個島的上空。早晨，他們仰望編隊的飛機閃著銀翼，像候鳥飛往北方；到了下午，他們已習慣性地，可以聽見從北方飛回澳洲的飛機三三五五經過島上。那些回航的飛機，如有在菲律賓投擲剩下來的炸彈，便像飛鳥脫糞似地投向海岸港口的設施建築物。有時轟炸的聲音震動了島上的密林；他們不需要聽到警報才逃避，一聽到遠方的飛機聲，便進入山壁的防空洞，從山洞裡探首看飛機，而數數今天共有幾架飛機回航，以及投擲幾顆炸彈。這些已經成為他們的日常課程，毫不稀奇。

但不稀奇的生活臨於死亡的邊緣，有如鋁質遇到酸性腐蝕時那麼無情，影響了自立的信心，和哀愁的命運。他們的哀愁，只能以一次犧牲，換來一次懷念的哀愁。例如蒙受敵機的轟炸，被炸斷了兩條大腿的羅二等兵，或者隨著沉沒的輸送船，被埋葬在海底的謝一等兵，像這些數不清的災禍，忽視個人生命的犧牲，僅能換來一次輕易的懷念而已。

應該稀奇的，但已使他們不感到稀奇的事情太多了。因為他們不再思考，把思考的機能，收藏在軍隊人事官的資料櫃裡去了。不管這是為誰的戰爭，屬於誰的榮譽，或是誰的權益，他們早已不再思考了。

補給的船隻駛不進來，就沒有新兵補充到這個島嶼來。在沒有新兵到達以前，他們就是兵歷最淺的新兵。尤其被殖民的異質分子，未曾志願而被徵來稱為特別志願兵的台灣兵，只能睜開黑眸的疑惑，春天花開也不說話，在腐蝕的鋼鐵的抑壓下，永遠屈膝在下層，在一絲致命的悲哀不轉晴的天候裡，麻木著，終於也不感到悲哀或孤獨了。

哀愁的上弦月罩著暈圈，好像女人頸項掛著項鍊，胸脯上有南十字星的珠寶，在深夜的椰子樹上踱著，把細長的樹影映印在地上。而大自然睡熟了的三更，寂靜又寒冷，貓頭鷹不敢飛翔，蜥蜴爬停在樹上也睡著。只有站崗的衛兵握緊著三八式步兵鎗，披著無可奈何的孤獨感，數數自己的步子，一步又一步在椰子林裡徘徊。椰子樹的影子卻像死了的野獸，俯伏在地面，成一堆堆的大斑點。

衛兵站崗在夜裡，並不覺得很討厭；因為安靜的大自然，沒有白天的嘈雜和煩擾，使人感到朗爽，似可恢復生命的活力，在夜的呼吸裡才獲得一點點人性和自由。這是林兵長進級升兵長之後頭一次輪到站崗——在夜裡巡邏更使他感到愉快。

他轉一圈廣大的營地，走近兵舍，走近用椰子葉鋪蓋的茅屋；忽然，聽到低微而斷斷續續的嘆息，滲雜著女人的嗚咽，從椰子葉的壁縫洩出來。

他悄悄地走過去……

茅屋裡的人察覺了衛兵的腳步聲，隨即湧起的一種憤怒，壓住了聲音，很機警地，連呼吸都摒住。茅屋裡二十幾個女人，是昨天從北海岸的拉卡部落徵召帶來的。說是徵召，等於就是強迫搶人。為了安撫部隊的士兵，為了餓狼似的士兵們發洩淫慾，部隊卻公然出動去獵女人，要把無辜的女人們帶到巴奇亞城去，拖進地獄。

他探悉茅屋裡的動靜，許久……

茅屋裡一片漆黑，只從椰子葉壁縫，射進來微微的星光，保留一絲生命的光線。但那絲光線也隨著時間，逐漸挪移位置。明天或許後天，到了巴奇亞城之後，在她們的身上不知道會發生什麼。如此一想，女人纖弱的感情便抑不住悲哀，淚水頻頻溢出，拖著低聲的哽咽。

——阿母，唔唔……

女人在哽咽中哭叫的語言，好像是他熟悉的話語，是屬於閩南語音。「阿母」必定是指母親吧，母親是一切懷念的根源，如果沒有錯，那個哭叫「阿母」的女人，也許就是華裔的女人啊。

他竟沒有想到離開台灣那麼久，在遙遠的原始島上，會聽到故鄉的話語。這一句話和軍隊裡所用的日本語，對於他來說，具有完全不同的感受，給他帶來濃厚的鄉愁。

被獵來的年輕女人，離開了家，她們是無依無靠的軟弱女人，可不要使無依的女人驚駭，也不要擾亂她們的哀愁吧。於是他又悄悄地離開了茅屋，心裡抱著思鄉，難能解開的結，鬱悶地，躲在椰子樹下，踱過長長的夜。

黎明一到，喇叭聲便搖撼椰子樹林的枝葉。不久，匆忙的鎗械聲音，又開始騷擾清新的大氣。

——把女俘們帶出來。

留有鬍鬚的隊長，站在茅屋前發出命令。隊長的命令賦有絕對的權力，絕對的生殺權。

——兩個人一對對，排好，前進！

巴奇亞城位於中央山脈的高嶺地帶，是海一九二三部隊的統率中心。大隊部之下的各中隊，便分散在巴奇亞城四周的密林中。砍下椰子樹枝葉，搭建營舍，匿藏在從上空看不清的樹林裡，似一種保護色，可以預防飛機的空襲。

把俘虜過來的女人帶去巴奇亞城，在密林中新闢一處軍中樂園，把女人們關進「慰安所」

裡，供很多士兵們有去處得到安慰；這是日本軍隊經理部門的計畫與業務，但司令部卻把護送俘虜們的任務，派敢死隊訓練中的士兵們擔任。

雖然這不是像作戰那樣艱鉅的任務，但面對哭過了一長夜，用淚水洗過臉的女人們，心理上的打擊是相當難過的。搶人家的女人，拆散了溫暖的家庭。僅想到他們自己收到一張召集令便不得不服從當兵，被送到戰地來的苦楚，已經夠悲哀了。何況這些，家有父母，或也有丈夫、孩子的女人，怎能忍受這種強迫劫奪的打擊？難怪女人們褐色皮膚的臉龐，失去了溫雅的柔性，似乎連羞恥的感情也都凝固了，使他感到要容忍脆弱的感情，卻比賭命作戰的操勞還痛苦。

金城上等兵當前鋒，林兵長守備殿後。到目的地還有兩天的路程，在炎天下攀登山徑是夠辛苦的；尤其纖弱的女人們，從紗籠裙裾露出的赤腳，踏著砂礫，看起來十分可憐。

不管隊長有無顧慮到人性，但他那嚴肅而絕對的權勢，使他成為軍閥的魔爪。他騎著黑灰的現地馬，一會兒跑到前方，一會兒到後方，做機動的巡邏和監視，沒有一點憐憫和寬容的笑臉，只一味地執行他的職責。

日正當中，女人們的步伐越來越慢。

這叫隊長不斷地揮起馬鞭，一邊謾罵，一邊驅策女人們走快一點。他卻不敢用馬鞭抽打女人，似乎害怕損毀女人們柔嫩的皮膚。因為那是商品呀。當然，在叢林裡的小徑，是不怕纖弱的女人們逃跑的。這是一種奇異的任務，敢死隊的士兵們被派充獵人，徵召「慰安所」的女人，剝奪女人們的母愛，撕裂了他們夫妻恩愛，糟蹋了兒女私情，像押送女囚，把沒有犯過罪、沒有任何過錯的女人押走；士兵們藉著軍權的威力擔任獵人，這真是一件奇異的任務啊。

林兵長在殿後，跟前一名士兵保持適當的距離，而以同情的眼光看護女人們走路。他想，這不是押送囚犯，應該要想盡辦法保護她們的安全，解開她們委屈的結。然而，女人們看他好像是劊子手，是討厭的搶劫者，是軍閥盜匪的一分子，這一事實，使他感到毫無辯解的餘地。

林兵長回憶昨晚站崗時，無意中聽到的嗚咽聲，不知道是哪一個女人的哀叫；在穿著同樣的衣服的女人群裡，他想知道那個哀叫「阿母……」而哭泣的女人，很希望認識那個華裔的女人。

拉卡是位於東北海岸的一個小港口，比山地部落的島民，接觸海外文明的機會多。因此，這些女人們，不像山地部落的女人們，只在腰部圍著一條短短的紗籠裙，裸露上身，在男人面前誇耀似地，擺動著豐盈而天然褐色的乳房。她們穿的衣服像印度尼西亞女人，披著淡薄而輕妙的麻紗上衣，腰部的紗籠也長到腳踝，比起山地部落的女人較美，又有魅力，且顯示出女人特殊的羞恥感。

林兵長僅想到在這一群女人中，有一個華裔的女人，便像感到在死的陣地撿拾一顆遺失已久的寶石那麼興奮。

——走呀，走呀，妳想挨打嗎？

突然，前面的士兵大聲喊起來。

有個女人似乎走不動，而蹲在路旁，士兵用鎗柄輕敲她的肩膀，催她趕路。她不得不站起來，搖搖擺擺，拖著步子，慢慢地，慢慢地踏著砂礫的憤恨，踏著時間的逆流，慢慢地，又開始走路。

——妳走不動嗎？

林兵長走過來，以溫柔的口吻問她。林兵長講土語「帝屯話」是班內頂好的，但那女人卻聽不懂似地，默默不回答。

——妳不能走快一點嗎？

林兵長伸手想扶她走，但女人卻狠狠地，把他的手撥開，顯示憎恨的態度說：

——不要碰我！

當然，站在敵對的立場，要獲得互相的瞭解和善意的認識，確實不那麼簡單。在這種場合，誰都不願意被誰同情，也不值得被誰同情。同時，行軍在艱難的山徑，不論是被押的人有如俘虜，或者是執行守備押送任務的士兵，甚至能任意揮霍權勢的隊長，也都被無形的怒火驅策著，演成曚矓的霧的世界，看不清的無情的火花在燃燒，燃燒得使女人的臉更紅。

林兵長指示旁邊的兩位女人說：

——妳們二位去扶著她走吧！幫助她。

兩個比較活潑的女人很聽話，走過去便分開左右，把走不動的女人，挽著臂膀而走，且嘴巴不知在講甚麼，講話的聲音，像鎗彈那麼快，快的速度跟腳步的速度，卻成反比例。

她們低聲嘟喃著，講個不停，但一察覺士兵走近，便隨即沉默起來，而顯示鬱鬱不樂的神情。

沉默是最嚴肅的反抗。

由於身體纖弱而走不動，於是被扶著跛著腳慢慢走的那個女人，性格好像很倔強，看來滿有理智而優雅。但在看不出美和醜、好和壞的異民族的體態中，異性本能的好感或討厭，也都會分不清楚。只有勝過於愛的當中，林兵長卻想從有意同甘共苦的憐憫裡，希望能逐漸親近她，而得到人與人之間的互相瞭解，不管是異民族或異性之間，人與人之間的互相瞭解，總是令人得到溫暖的。

不久，林兵長看跛著腳的女人，獨自走進密林裡，在草叢邊蹲下來。林兵長知道她離開隊伍的原因，是為了生理上小小的需要。現地土人的女孩子，解決生理上小小的欲求的姿勢，都是習慣在路邊用雙手掀起紗籠，並稍微張開雙腳，站著施行的。但是，現在看她那樣連小小的欲求都要蹲下來的姿勢，顯然不像外地的習俗，這一發現，使林兵長猜測跛著腳的女人，一定是華裔的女孩子。

這是個祕密，她的祕密，也正是林兵長的祕密，持有同民族、同血統的祕密，多麼令人興奮呀。

——小姐，妳的……妳的母親，還在嗎？

已經很久，林兵長沒講過台灣話了。

混在日本兵的隊伍裡，做夢也沒想到，仍會有祖國的語言講話的機會，這不是很唐突嗎?!現在林兵長竟然向一個不知名的女孩子，用祖國的語言問話了，而他講祖國的語言，卻是這樣稚拙。但是，不管講話的技巧多麼稚拙，語言總有微妙的機能打動人心。果然，意料之外的驚異，打擊了她，使她啞然，使她只睜大了眼瞳，凝望著林兵長，時間也隨著停滯了許久。

許久，她才半信半疑地說：

——你——你會講……福佬話？……

語言的魔術，具有不可思議的媒介意義，竟能叫一個陷在悲哀深坑裡的女人開口講話，同時叫一個寂寞的士兵感到非常興奮。

嗯！她只知道他是日本兵，怎能知道他跟她一樣，屬於同一民族分流出來的一分子。

——在日本南方北回歸線上，有一個島嶼叫作「台灣」，妳知不知道？中國海那邊被最初發現的西班牙人稱為華麗島的那個島嶼？

——？……

——也許妳沒聽過而不知道……我告訴妳，台灣是一個島嶼，差不多有帝汶島的三分之一大。住在台灣的人，很多是從福建移民過去的。在台灣我們的家鄉，也跟妳一樣講福佬話呢。

——？……你別騙我！

——我不會騙妳，因為我也是福佬人。

那個女人，忽然發瘋似地，卻很謹慎地壓低聲音喊起來。

——你不是，你不是，你是日本鬼，是日本鬼。

充滿著憎恨，含著輕蔑和憤怒的情緒，她卻能顧慮前後，忍著衝動，而睥睨他。

穿著日本正規軍服的林兵長，是搶人家婦女的幫手。現在，面對著一顆難能解開的結，難以釋義的痛苦，而無可奈何地，向一個被搶來的女孩子低頭，顯出溫和且尷尬的神情，只搖頭，只傻笑。

然而，女人倔強的態度，觸及到林兵長的溫和，似乎也逐漸軟化了。

——如果，如果你真的是福佬人，那為什麼要當他們的兵？

她那明晰的眸子轉滾著，向林兵長表示疑惑和好奇。

哎！這該怎麼說明，才能使她瞭解呢。台灣原先是中國的土地，現在是日本的殖民地，日本統治台灣快五十年了。日本的軍國政府，雖然不會相信台灣人能對日本天皇忠誠，但政府有意以持久的努力，改造台灣人為「次日本人」，企圖增加龐大的國家人力，便於管轄新占領的土地。如滿洲、菲律賓、爪哇等廣大的地域，以「次日本人」管理占領地的「新平民」，是一舉兩得的政策。

然而，把這些事情說明給一個離島生長的女人，怎麼能夠瞭解？在一個原始島上長大的女孩子，沒有地理的常識。儘管林兵長講了國家之間的關係，她只是搖頭；她的眼神只顯出不可解的疑惑，似乎在說：

——不管台灣怎麼樣，你為什麼要跟隨著他們當兵？

問題就在這裡。林兵長說：

——像妳被擄來的一樣，我也被強迫送到這裡來當兵的，誰真正願意當兵呢？

這是一絲掙脫不掉的悲哀。這種有關被殖民的弱者互相切實的問題，她卻是會瞭解，也使他覺得處於同樣遭遇的一種親近感。畢竟她是女人，重感情的女人，親近感容易增長而產生同情。

——他們，對待你怎麼樣？

——他們認為我也是日本人，說日本國民是一視同仁的，而誇耀日本是太陽國，天皇是活人神，人民都屬於天皇的赤子。

日本帝國軍人是災禍的根源，自稱為皇軍，以其權勢把世界拖進戰爭的漩渦裡，意圖侵略。但她對於這些世局的問題不感興趣，只以冷酷的臉孔，望了望林兵長說：

——如果，你真的是福佬人；你，能不能救我，放我回家？

就說救她脫離魔掌吧。這是多麼冒險呀。對於被擄來的女孩子來說，是多麼切實的願望。但這使林兵長沉默起來。要怎樣向她說明白，才能讓她瞭解這種事情的冒險和困難？這是不可能的，不應該做這種生命的冒險。林兵長想轉變話題，講一些無關緊要，而能引起鄉愁的一些有詩意的話題；因為，詩的哀愁可以沖淡攀涉崎嶇的山路的痛苦。

——妳叫甚麼名字？

——賴莎琳。

賴莎琳，很像葡萄牙女孩子的名字，據說，是她父親的一位荷蘭人朋友，給她取的名字。她的父親和祖父，都是中國人和印度尼西亞女人生的混血兒，而她的母親卻是荷蘭人和中國女人生的混血兒，有混血兒特殊的美，帶有異國情緒的美。但是賴莎琳並不像她的母親那樣的美，也許，因為她承受了印度尼西亞血統較濃的緣故吧。

他們一家住在拉卡，她的父親是做收買牛皮生意的。在帝汶島各地收集牛皮，轉送去爪哇賣。因此在拉卡港口擁有幾棟儲藏牛皮的倉庫，算是稍有盤底的華裔。不過，自從日本軍占領了帝汶島，她的父親就一直沒有回到拉卡來。

——妳的母親呢？

——她，還在拉卡。前天，三個日本鬼到我家去抓人，強迫把我拉上吉普車，我阿母緊抓住一個日本鬼不放，卻被腳踢倒進水溝裡，不知道她傷得厲害不厲害？那天，你是不是也在那兒？

——沒有，我是昨天才來換班的，我沒看到妳被劫獵的場面……

或許看到了又能怎麼樣？不是也會瞄準著鎗口，恐嚇著她，做作示威的姿勢？讓士兵們好容易抓住她，俘虜她，而成為凶手共犯？

——我恨透了日本鬼，也恨你。

——我知道妳恨我，不用妳說，我也恨我自己……

——你會恨你自己，為什麼還要跟著他們做壞事？

——軍隊裡的規律和命令，不得不服從。拉卡部落的酋長不也會發施命令嗎？

——酋長的命令不會破壞我們的家，只有日本鬼的野人，才會破壞我們的幸福。

哦！野人喪失人性的軍隊，就是野人的集團，成為一群盜匪，只會破壞人家的幸福，這可稱為戰爭嗎？不重視人的生命，算是戰爭的本質嗎？

——你能不能救我，脫離這個魔掌？

這是多麼冒險的計畫啊。要穿過軍隊的鋼鐵，多麼不容易呀。

——離開拉卡已經這麼遠，妳還想逃跑？或許能從這裡逃跑出去，也會被他族部落劫去做人質的啦。妳是回不到拉卡的，妳是個軟弱的小婦人，怎能回到拉卡去呢？

——不管怎樣，一有機會，你必須幫助我。

——當然，有機會，我願意幫助妳，但這是不可能成功的。倘若命運造成了機會，一切還需要靠妳自己的機智，和敏捷的行動，是十分冒險的行動。

她點了點頭。表示一次極度機密的默契。說起命運，在這種無可奈何的動亂環境下，只有忍苦，沒有奢望，人的行動全部受魔鬼的力量控制著，而很多無辜的生命，遭受種種的折磨，這就是戰爭。仿著軍政專制的口吻說，這就是聖戰，然而聖戰的旗幟，究竟意味著甚麼？

貫穿南北海岸的公路，蜿蜒繼續著。公路的兩旁，都是原始的密林。鬱蒼的樹叢，隱藏著恐怖的陰謀，讓驚醒的烏鴉嘎嘎叫。押送女人們的隊伍，進入公路一段險峻的峽谷的時候，從一棵大榕樹，嘎嘎叫的烏鴉群，一起飛翔起來，向密林的中央拍著翅膀突飛而去。女人們仰看不吉的烏鴉飛遠的影子，感到一陣寒顫。但仍跛著腳，不停地，被魔力拖著似地，繼續走上去。

度過水牛撒尿式的時間，跛著腳走過血淚的一天路程，終於在緩慢的山坡兵站，士兵們卸下了武裝，準備過夜。高大的麻栗樹林，掩蔽著分散在山坡的兵舍，遮攔空襲的威脅，使夜暗更瀰漫，昏黑得很快。

營舍內，士兵們點燃起植物做的蠟燭，在搖搖欲熄的火光下，各自尋找孤獨的夢。營舍外，士兵們做活，只好依靠著亮在山陵上，那南十字星的微光，認清方向，行走上下坡。許久，騷亂了一陣之後，夜便安靜下來。

衛兵又開始站崗了。

被囚的女人們，仍然擠在一個屋子裡。屋子旁有一條溪水竹筧，供她們盥洗之外，沒有寢臥用具等其他設備。她們必須躺在椰子葉上，度一長夜的孤獨和耐寒。

林兵長本是人事官准尉的專任隨兵，外出時跟隨准尉參與作戰。在內務，必須做一切准尉的身邊瑣事，例如洗衣啦、供應餐食啦、鋪床啦、掃除啦，還有替長官脫長筒鞋，等於就是「下男」的任務。但有時也替長官抄寫報告，整理文書等，兼任祕書的任務。甚至有時，也跟准尉同衾，那是任務外的夫妻遊戲。在戰地，沒有作戰行動的時候，男人們起居在一起，偶爾發生同性愛，發洩青春被咒縛的鬱積，企圖取回慾望的自由，確實有時很需要。

籠罩著女人體臭的屋子裡，有一個女人想念著林兵長，想著白天跟她講過話的那個衛兵，今夜，她便不再哭叫「阿母」，而哽咽了。

她想著，將有脫離被囚的生活一絲希望。以哭乾了淚水的命運，女人們擠在一室等待，等待夜將給她們新的露水。

她等待林兵長站衛兵的時刻，能到她的身邊來。然而等待的心情，有時候只成為一種幻想，是無法實現的夢。她不知道今晚林兵長不輪值衛兵，更不知道林兵長到准尉的營房去了。

此時准尉躺在床上，發出著怪異的鼻哼聲。

——嗯！嗯！換過來揉左腿吧，好，好。

林兵長抓著准尉的大腿按摩著，按摩的技術是平田上等兵傳給他的。那個可憐的平田上等兵，早幾個月前由於工作過勞而死了。在野戰醫院，帶著林兵長輸給他五百CC血液，死了。按摩的工作才輪到林兵長來擔任。士兵們說，平田上等兵是准尉害死的。白天工作，晚上又要按摩到很晚，准尉酷使了他，他才工作過勞而死了。現在，輪到林兵長，准尉會不會再害死他？

准尉的營房，配在山坡最高處。右邊距離三十公尺的地方，有一棵老榕樹。鬱蒼的枝葉間，棲有無數隻山猴子；每天晚上向著營房的火光，吱吱叫個不停。那騷音像原始島上的現代爵士音樂，奏著自然的安寧被冒瀆又是抗議的樂章，經過一個晚上。

林兵長緊緊抓住准尉的大腿在按摩，准尉喜歡這個年輕的新兵，尤其他是優異的台灣特別志願兵。任他撫摸軀體，享受著溫柔的快感，隨之便發睏而入睡了。睡眠引誘睡眠，使林兵長也倦睏。他邊按摩邊打瞌睡，終於也伏在准尉的身上睡著。

記得去年，那天是紀念明治天皇誕辰的「明治節」。

隊裡舉行盛大的酒會。強烈的椰子酒，先灌醉了老兵們，老兵們又灌醉了新兵們，使林兵長也醉昏昏地，回到准尉的營房。首先，他習慣性地把床鋪好，再吊好蚊帳，而想著要回自己的營房去休息，但他只是那麼想，他那醉昏了的意識，卻不支撐他的軀體動作，便不知不覺地睡倒在吊好的蚊帳旁邊，失去了知覺。

不知經過多久，林兵長迷糊的知覺，忽然察覺自己懶靠在准尉的擁抱裡，舌尖受到強烈的吸吮，撩撥出性的慾望，感電似的衝擊導至全身，發出異常的火花，並有著柔美和快感，提升了一陣青春異質的歡樂。

從此笨重的靈魂，經過性的陶醉洗涮之後，林兵長便常常被約睡在准尉的床上，以狂歡後的熟睡，挽回一天的疲憊。

今晚，林兵長不斷地懷念著跟華裔女人賴莎琳交換過的語言，以及她的行動，想得很興奮。但是由於他太累了，就倒在准尉的身邊，睡得很甜。

在一陣甜睡當中，他夢見賴莎琳清晰的眸子，似乎變成了藍又美的無數眼瞳，在飛舞。飛在天空，像蜻蜓的複眼，難以捉摸的小小螢光，忽然又飛回來。似乎要飛回來責難，責難他是凶手，是日本鬼。但跟他無限親近，親近得有如自己人，而開始在哀求，哀求他救出被囚的無辜的女孩子。哀求的聲音變成了「阿母」的哭叫聲，好像從很長很長的葬列奏出來的哀叫聲，好像披著白麻紗的送葬女人哭著，哀求他脫離一副重量的刑架。然而他卻在哀嚎聲音裡睡著，全身麻木地睡著。

他們將一起前往巴奇亞城，夢一樣的巴奇亞城，他們將到達巴奇亞城之後，准尉說：

——將來我會帶你去慰安所。

這句話是給他對於工作辛勞的安慰，同時對於新兵的未婚男人，一種「性」的啟示。

——不，我不想去，不想碰到那些從送葬隊裡溜出來的巫婆。

林兵長的潔癖，表現了一些無關重要的反感，他認為慰安所是不健全的、骯髒的地方。

——嘿！你害怕女人？

——不是害怕，只是不喜歡接近。

——傻瓜，沒有不喜歡女人的男人呀，一個月後我帶你去，你就會喜歡。

——一個月後？為什麼說一個月後？

——把搶來的現地女人集訓，叫她們把身體洗乾淨，需要一個月，由軍醫檢查合格之後，拉卡部落的美人兒，就可以飛舞起來。

——怎麼集訓？

——每天用香皀洗淨灰褐色的皮膚幾次，檢查皮膚病和性病，教練她們接待男人的方法和禮節。

——誰去教練？

——從內地來的兩個妞兒，神氣十足而又漂亮的妞兒，你沒看過她們多可愛？

——我看過了她們，但有點害怕。

——你是個小孩子。

林兵長是個小孩子，在軍隊裡不知道女人的，就是小孩子。但這個小孩子卻關心著一個帶有泥土味的小婦人，他感到那個華裔女人賴莎琳，又藍又美的一雙眸子，在夜裡一直凝望著他，而他卻睡得很甜……

太陽一出來，就照到面向東方的山坡兵站。早晨的空氣很冷。在透徹的空氣中，匆忙的喇叭聲響起，又催促士兵們整頓隊伍，開始行軍。

陽光的微粒子散亂在霧白的空間，浮游在女人軟弱的步子的周圍，有人想拭去光的微粒子，企圖逃跑，有人害怕刀鎗的閃光，願意咬斷自由。陽光卻不分善惡，照射著複雜奇異的各種思維，因此，人的思維在陽光下，容易開花。

而女人們在衛兵的監視下，思維未曾開花；只有沉默，以沉默表示弱者的抗議。

動員民眾開闢的這條橫貫公路，士兵們走入鬱蒼的密林不久，林兵長便發現一個土人男子，跟隨在隊伍的後方，若隱若現地出沒不定。察其行動，顯然不是一般的過路人。

那是誰？這使林兵長暗地裡提起了戒心，但裝著未甚介意的樣子。

走在前面的賴莎琳，此時又開始遲慢了步速，逐漸落後，而接近林兵長的時候，便靠近來急速地說：

——昨晚，你有沒有站崗？

——沒有，妳怎麼問起這個？

——我本期待你，到我們屋子裡來看我。

——昨晚我沒輪到值衛，但假使我輪到值衛，也不會進入妳們屋子裡看妳啊！

——所以，你在那個軍官的屋子裡睡覺？

——妳怎麼知道？

——有人告訴我……你看，後面不是有個人跟隨我們來了嗎。

——妳是說，那個拿著竹標的男人？

距離隊伍約有一百公尺吧，那個土人，仍然緊緊地跟隨著隊伍。看他那種輕妙的步法，神出鬼沒的狀況，可以察覺是一位身體健康、很有功夫的勇士。

——那是誰？

——那是拉卡部落的一位勇士，是他告訴我昨晚你跟軍官在一起的。

——妳認識他？他跟蹤我們？究竟要做甚麼呢？

——他要救出他的太太。

——他？他一個人怎能救出？哪一個是他的太太？

在敵對的立場上當然誰也不願意洩漏祕密，這是戰爭的原則。有意脫離拘束，是人為了生存而自然賦與的慾望，也是正當的權利。不管任何軍權或政權，都不應該劫奪人自由的權利。她們雖知道力量纖弱，但仍不顧生命，意圖爭取應享的自由，使林兵長感到意外而反顧自己，更為當了日本兵的立場覺得羞恥。因此，被劫來的女人們，常以沉默反抗，他是十分瞭解的。

林兵長環視周圍，這裡鬱蒼的密林，彎曲的山澗公路，他知道是襲擊敵人埋伏兵力的最佳隱藏處。

護衛女人的隊伍警戒非常嚴密，沒有一點漏洞。女人們受集體看管，在沒有一個人能脫離隊伍的情況之下，林兵長想不出那個土人勇士，計畫怎樣救出他的太太？

忽而，那個土人勇士看不見了。是不是放棄跟隨的欲念，而折回去了呢？

不，那個土人勇士走入密林，抄捷徑路衝出前方去，便像猴子，攀登上一棵大樹高處，握緊竹標期待著，企圖給騎馬的隊長，投一次致命的標槍。

土人勇士簡單的腦筋，充滿了報復的意念。

然而，只要給領隊的准尉一次致命的打擊，就能算報復成功嗎？主要為了達成救出妻子的目的，他那弱小民族的勇敢的反抗，雖能說是精神可嘉，但事實上，想法過分幼稚而莽動。

隊長走在前面，幸好那時他的馬跑得很快，他聽到竹標「咻」的一聲；瞬間，正好隊長順著馬要跳躍而俯下身子，竹標才掠過隊長的背脊而過，沒有刺中。不然，那準確的一標，會使隊長的胸膛開花的。

看到竹標丟落，一個衛兵隨即向樹上的土人勇士狙擊一鎗。彈丸只穿破了土人勇士的左肩皮膚，未致傷重。

女人的隊伍譁然，紛亂起來。

——下來，快下來。

狙擊的衛兵向樹上的土人勇士叫喊。

——不要慌張，把隊伍排好。

樹上的土人，才沿著樹枝徐徐滑下來。站在衛兵的鎗口前面，灰褐色的臉色變成蒼白。一個衛兵走過去把土人的雙臂用繩子捆起來。隊長策馬從前方轉回，看了恢復秩序的隊伍，便命令衛兵說：

——把他押回部隊去！

隊長遇險瞬間的餘悸尚未穩定，卻裝著不怕死的驕傲，顯示軍官的本能意識，恢復他底指揮的地位。

天然俘虜島的俘虜們，又增加了一個另一種俘虜。

巴奇亞城位於馬蹄比央高原東邊懸崖下面；一座突出的山陵，好像用過挖土機削平了一樣，廣場是平坦的一面草坪。在廣場東邊，便有城堡屹立著。城堡的白色牆壁，浮出在淺綠的自然彩色當中，反照陽光，維繫著這一帶最高統治官衙的莊嚴。

城堡的院子，有天竺牡丹和許多絢爛的原色花卉。一棵朱色的石榴樹，含著南國情調，孤寂地佇立在石階上層的一旁。繞過石榴樹，登上眺望台，站在樓台上可眺望一片廣漠的平原；而且能看到阿羅哈、阿羅哈布布亞、阿羅哈巴奇亞、得其卡、其其爾等綠色鮮麗的山河，由小酋長統轄的國家，沿著得其卡河流分布在河流流域的平原上。這些小酋長之上，擁有一位大酋長。大酋長住在馬蹄比央高原的王宮裡。巴奇亞城，係葡萄牙人統治帝汶島的總督府。瘋狂的日本皇軍驅逐了葡萄牙人，篡奪了政治中心，因而殖民政治的體制也改變了。但巴奇亞城仍然是淨白美麗的歐式宮殿，是土人最懼怕不敢親近的法術城堡。大小酋長偶爾被召集在城堡裡的大廳開會，而這些緊急會議差不多都是為了糧食和勞力的徵收等等問題。且日本軍官的命令，是絕對的權力，軍律仍適用於老百姓的法律，使這些大小酋長有口難言，不得不供出大量的糧食；如玉蜀黍啦、米啦、椰子粉啦，甚至牛、馬、雞等等，都得聽從，苦於沒有力量為之反抗。

林兵長住在城堡裡後院一個房間，連接在准尉的居室。經過准尉的居室，前面有個大廳，是重機鎗隊長安井大尉的房間，以及辦公廳和地方酋長們的會客室，亦即是地方行政統帥部。發布的命令，均交由蘇達兒（土人兵）隊長拉里諾轉達傳令。土人傳令兵的聲音很響亮；第一站從城堡階樓大聲地拖著有韻律的語音叫喊，離第一站幾百公尺遠周圍的土人們，一聽到第一站傳令兵的喊聲，不管是男女或在做甚麼，就得站起來複誦所聽到的命令，成為第二站傳令。如此傳至第三站再至第四站，一直繼續傳到目的地為止。這種原始的無線電傳達方式，把話傳得很快又正確。

平常，十幾個土人兵，駐在城堡牆內的守衛室。守衛室裡沒有步兵鎗，但有竹標和土人們用的長刀。表面上由這些土人兵守衛城堡，但事實上，土人兵只是推行統帥部的命令，和酋長們的聯繫，做緩衝的工作而已。

守衛室旁邊的老木麻黃樹，有一個土人大漢被繫住著，雙手被捆在樹幹，失去了自由。那是昨晚跟女俘們一起被押送來的拉卡勇士。

誰也不敢想像甚麼幸福，也不敢猜想明天的享受。每一個人所擁有的是今天的現在，只能忍耐著今天的現在而度過一刻又一刻，拖下去。如果，在這一刻又一刻的現在，難耐過去，那麼忍耐的紀錄，便會造成生的榮譽。

土人勇士的忍耐，記錄在他那赤裸的胸脯、肩膀和背脊，他那灰褐色的肌膚早已浮腫了一條條的花紋，因他對於射殺隊長的意圖和計謀的原因守口如瓶，才被打得幾度昏過去。蘇達兒潑水叫醒了他，但隊長的鞭條，又催他昏過去。如此，已不知循環幾次，他終於蹲在樹頭下，像是一尊血淋淋的肉塊，失神地呻吟著。

——派蘇達兒監視他，不要讓他逃跑。

隊長命令拉里諾嚴密的監視囚犯，讓他沾一整夜的露水。好像甘美的露水，可使自然人復活，星星的閃光，可給人重鼓希望。

土人勇士張開嘴唇，仰望天空，接受星星給他的生命充電。吸吮露水的營養，夢寐了一個長夜，他那裸體的肩膀和背脊，滾流的水滴亮著。

第二天早晨林兵長很早起來，走到院子裡木麻黃樹下，看到被囚的土人勇士，他仍然睜開著很大的眼睛在看天空。

擔任看守的兩個蘇達兒看林兵長走來，隨即向他敬禮。他回舉手禮之後，便走近土人勇士說：

——你從拉卡跑到這裡來，白費了一切，何必要這樣受苦？

土人勇士睜開著浮顯紅絲的眼睛，看他一眼，且不講話。

——賴莎琳告訴我，你要搶回你的妻子，是不是？但是你有沒有想過應該怎麼樣才能搶回妻子，現在，災禍也落到你身上來了。

土人勇士又睥睨他，且把憤怒聚集在全身，顯出侮蔑的神情，凝視林兵長。

——最好不要莽動，你的企圖是毫無實現的可能呢，也不必憤恨，「恨」會毀滅自己啊。

土人勇士頻頻轉動著身子，他的臂膀隆起豐盈的肉瘤。但，無法揮起反抗的手拳，使他咬緊牙根，只在怒視著。經過了很久，他才開口說：

——我恨，恨自己前天晚上，怎麼沒有把你們殺死！恨會毀滅自己啊。劫奪大家的婦女，當然會叫人憎恨呀，恨那一群人，那一群盲從戰爭，而採取野人的暴力行為，排斥和輕視異民族的，不自覺的、沒意識的，那些士兵們的行為，是不可原諒的。

——我瞭解你的恨怒，不過，只有恨怒，是不能糾正醜惡的姿態啊。

林兵長這一句話一半是講給自己聽的，他似乎照著鏡子看了自己醜惡的姿態，而感到悲哀。

——你放我走吧。

——除了隊長的命令之外，誰也不敢放你走。不過，等一下准尉會來詢問你，那個時候，你該坦白而老老實實地告訴他，而向他認錯，他會寬恕你回拉卡去的。如果你肯聽話，我將會替你向准尉求情……

土人勇士垂下了頭，又緘默著，他察覺了一種權力，不可反抗的——屬於日本軍自稱的太陽神，向神低頭似地，垂下了頭。

准尉負責調查間諜，這個土人勇士是不是間諜？就是他調查的範圍。

但是由於林兵長的報告，准尉知道了土人勇士只是為了要自己的妻子獲得自由，而冒險來救美，於是他笑了，有點嫉妒地笑了。

——這個傢伙要討回女人？哈哈，多麼魯莽呀。

帝汶島的現地人都不知道戰爭，不知道日本皇軍的威力，更不認識「為政者」的存在。他們遇見軍隊，看到騷擾安寧的裝甲車輛和各種奇異的兵器，只覺得那是神和魔鬼的混合體，來到了他們的土地上，而感到十分詫異。也沒想到那些異教徒的軍隊，突然會襲來踐踏自然的聖境，會欺凌住民的自由和利益。他們對於那些外界的侵入，本來毫無感覺似的，以為跟他們無關。

目前軍政政策的第一要件是宣撫，宣撫當地住民完全服從統治者的所謂德政。要他們多面鏡反射似的服從，照射無智的阿諛和諂媚，才能在這個土地上建立「占領戰爭」的另一個基地。當地人都無歧異的「思想」，是屬於無智的自然人。

如果沒有間諜的嫌疑，應該把土人勇士釋放回去，回到不牽涉戰爭的地方，回到統治者的野心擾亂不到的地方去才對。

從拉卡部落搶來的女人們，早被送進野戰慰安所去受訓。受訓期間最少一個月，未結訓以前是不准接待任何客人的。

野戰慰安所是位於巴奇亞高台的南方凹地，在麻栗樹繁茂著的樹蔭間，有葡萄牙人留下來的噴泉水池和小溪流。噴泉的水，是人造的陶器獅子頭口腔流出來。處於清雅的風景裡，令人感到很有異國情調。慰安所的周圍，用鐵絲網圍牆隔分內外；部隊派有衛兵不斷地巡邏監視內外的動靜。而衛兵室邊的大門，卻像隱藏春色似的緊閉著，不准任何閒人進去。慰安婦住宿的營舍通道外邊，都有椰子葉編織成的屏障，高高地遮攔著從營外來的視線，使外人從圍牆外看不見營內女人們的活動。

聽說，慰安所裡有兩個從內地來的女人，擔任這一群被搶來的女人們的教官。在一個月當中，要每天教練她們接待男人的方法等一些課程。接待男人的方法，不過就是讓粗魯的士兵解決容易鬱積的「性」的問題而已。這種任務，說起來並沒有甚麼困難。但事實上，處理男人的「性」，必須要同時鎮定年輕血氣旺盛而暴躁的感情。所以，有時碰到粗魯蠻野的士兵，要使他們馴柔，就會感到十分棘手。

從內地來的女人，都是藝妓出身的。其中有個日本人，能用日本女人特有的溫柔，教示她們操縱男人而融化他們的感情。另一個是從北韓徵來的阿里郎女人，她所教授的課程，是屬於做愛的技巧等類。要使這一群未受過訓練的女人們，在短期間內，能適應粗野的男人不斷的摧殘，而應付裕如，就必須每天教她們得躺在草蓆上，做激烈的腰部運動，這種有點像軍隊式的操練，使女人們感到名副其實的腰痠背痛呢。

慰安所的二棟房子互相面對著，而每一棟房子都分隔成許多小房間，可供一個女人配一個小房間住著。房間中央只有一張眠床，用軍用白床單覆蓋起來，一看很清潔。眠床的兩端，即放有薄薄的粉紅色荷蘭軍用毛毯和兩個人用的圓長形枕頭。除了眠床，在這小房間內，沒有其他家具和衣服。

林兵長跟隨著准尉來到慰安所，主要是希望能看到賴莎琳。

他們進入辦公廳，辦公廳卻沒有人在。只聽到從辦公廳後面一棟大房子，傳來女人喊號令的聲音：「一，二，三，四——一，二，三，四——」

正是體操的時間吧，那稍微高音的女人的號令，像飛越在溪澗裡的鶯鳥溫柔而尖銳的叫聲，多好聽啊！准尉想跟著女人號令的聲音一直進去，卻忽然被從側門跳出來的一個女人挽住了手臂。

——不行呀！那邊不能進去喲。

濃厚的粉膏香味和女人的聲音，差不多同時撲來，刺激了神經，使林兵長全身像通了電似的，湧起異樣的感覺。他一看，多美麗的女人啊，由於很久很久沒看到日本女孩子，忽然出現在他眼前的女人，好像是仙女下凡，特別覺得漂亮。

——啊，安子。

准尉知道她的名字。他叫了一聲，並舉起右手抓住她的肩膀說：

——我以為你在那邊教練體操。

——不，那是淑姬在教練特別體操呢，是男人禁地，不准進去。

叫作安子的女人，穿著簡便的和服，稍微細長的臉頰，十分可愛。但並不屬於美人形，身長不高，腿和臀部都很豐盈，是一種標準的藝妓身材吧。

安子只和准尉聊談，連看隨在准尉後面的林兵長一眼都沒有。當然，像她這樣有來歷的女人，對象都是軍官。而下級的士兵，不值得她一顧。林兵長對於這種女人，持有畏懼的心理，只喜歡欣賞她們勇於閃露淫靡的神情，但不敢接近她，且持有羨慕和輕蔑的一種矛盾的心理，從遠處凝望她。

——聽說，這一次徵來的女人之中，有一個叫作賴莎琳的女孩子？

准尉根據林兵長的報告，來打聽那個土人勇士所要找回的妻子是怎樣一個女孩，跟賴莎琳一起被徵來的那個女人，不知是甚麼名字，只有問賴莎琳才能知道。

——您要找賴莎琳？

才來了二天的女人，在安子的記憶裡好像有這麼一個名字，她翻開名冊，認出賴莎琳是六號的女孩子；在這裡，房間的號碼代表著女人的名字，也就是士兵們要找「慰安」的對象時，要指定的目標字號。

准尉說：

——事實上，不是要找賴莎琳，是要知道跟賴莎琳在一起的另一個女孩子，我要賴莎琳一起帶她來。

——您喜歡她？

安子撒嬌的高聲音像含有嫉妒似地，笑著追問准尉。

——咦！有你在，我怎麼會喜歡那些野女孩！

林兵長知道准尉也是安子的顧客之一，在野戰軍隊裡開設慰安所，雖然是為了安撫男人「性」的暴躁而設，但在男女交往之間，總難免產生感情，而互有妒意。像安子這種女人，敢到戰地來賭性命做活，顯然不是單純的妓女所能做到的。不論甚麼時候，「死」都跟隨在身邊的戰地，像士兵們的生活一樣，需要對人生持有超然的諦念，因此她沒有真正使心靈感電似的愛，只有在必要時發洩那關不住的慾望，使早已麻木了的感情，抖落了幾片樹葉而已。她是一棵女人樹。

安子對准尉說：

——您喜歡她，誰也不會嫉妒您，但是現在不行，那些野女孩的性病檢查還沒有結果，軍醫昨天才來過。您不知道，昨天軍醫來檢查的時候，還大騷大鬧過呢。

准尉一聽到性病，便覺得全身抖索。因為他玩過一次酋長招待他的山地女人，就被傳染了。幸好跟他同學的一位軍醫在野戰醫院，繼續不斷地送最新的藥來，才能醫好。

現地的女人們，對貞操觀念雖然很淡薄，但是軍醫檢查她們的身體，沒有醫學知識的她們當然會大騷大鬧哩。聽很多人說，現地的女人百分之九十以上持有性病，所以被軍隊獵來的女人，必須經過最少一個月以上的檢查和治療之後，才能開放給士兵們「慰安、慰安」。

——安子，不瞞妳說，我是為了查一個案子，來要偵訊那個女孩的，請妳快一點把她帶來。

聽起任務，誰都不敢有所怠忽。尤其日本女孩子，對於軍隊嚴格的規律，很尊重、很服從。那是跟尊重男人和服從丈夫一樣，造成了「大和撫子（日本女人）」的美德，安子隨即站起來說：

——是，我先去把六號帶來，體操大概也完了，您先問問六號，跟她一起的是哪一個女孩，我再去帶來。

安子伸長手臂，拍一拍准尉的肩膀，很甜蜜地笑一笑，便走出去。她那種婀娜的姿態，不知道有多少軍官銷魂過了。但是由林兵長看來，那是多麼下賤啊。

稍後，安子帶著賴莎琳進來。賴莎琳看到准尉和林兵長，好像嚇了一跳似的，低垂了頭，慢慢走進來。她已不像前天他們從拉卡獵來的女孩子，穿著印尼女人紫黑色的薄衫和長長的紗籠。她所穿的是慰安所分配給她的白色緊身女襯衫，長袖長到膝蓋上，只裸露著肩膀，而胸部和腰部的曲線造形，苗條又優美。由於適應原始的生活，平常過著野性的行動，現地女人的身材，都很苗條。讓這樣的身材，穿起現代式的白色襯衫，顯露出來的線條，是相當豔麗而魅惑男人的。准尉看了賴莎琳，那樣可愛的少女姿態，看得眼睛都呆鬆了。林兵長卻緊張起來。

——啊，賴莎琳。

——你們是日本鬼，又要來抓人？

賴莎琳仰首瞟睨他一眼，又裝著不理他。兩天不見，林兵長對賴莎琳的感情，互有微妙的相應；但在這種場面相逢的瞬間，心情覺得十分僵硬。只聽到心臟跳動的聲音，話卻講不出來。

在天然俘虜島上，戰爭被凍結。沒有實際的戰鬥展開的期間，軍隊裡的士兵們閒著。因此想恢復一點人性，過著習慣了的婆娑生活，這是難免的慾望。

人間的文明，總會叫人羨慕嚮往。從較文明的社會，被徵召，來到原始的島上，過著野戰軍隊生活的林兵長，當然常會懷念並意欲早日回到文明社會的生活去。這對於從沒有經歷過文明生活的賴莎琳來說，目前她所接觸的軍隊裡的生活、住、衣、食的不同，雖不像自由的文明社會那麼舒服，但已經夠使她感到奇異又羡慕了，遠較她們現地的原始生活舒服得多。像鄉村的少女羡慕都市繁華的生活一樣，這裡慰安所的生活已經夠魅惑現地的野女孩了。她們被迫天天洗澡，她們雖不太喜歡每天用熱水洗澡，但洗澡時所用的香皂的香味，會洗淨了她們苗條身材的骯髒，和現地女人特殊的臭味，使她們感到舒適、美麗，而得到文明生活的好處。晚上睡在特製的木床，離地高高，有軍用毛毯蓋著很溫暖。不像在自己家，睡在樹枝上像鳥巢的竹籠裡，不然就敷椰子葉睡在泥土上，用焚火或用薄薄而髒的紗籠蓋著取暖，簡直不像人的生活。每餐吃的是米飯和玉米並有紅燒野鹿肉，和許多不同種類的菜和熱燙燙的魚肉，盛在鐵質的碗盤，放在簡陋的桌子上，坐椅子，很規矩的吃。她們對這些種種的規矩雖然不習慣，但她們知道總是比原來的生活得到很多的享受，而十分愉快。這是生活上新鮮的變化，在被搶來的當初，無法想像的變化，當時她們以為被搶來要做苦工呢。而僅經過兩天的生活，賴莎琳的姿態，便有新的變化了，變成一位新的女人。看到賴莎琳變了，林兵長有點驚奇地說：

——賴莎琳，妳記不記得，從你們拉卡部落進來，要救出自己太太的那個勇士嗎？

賴莎琳的眼神忽然發出閃光，凝望林兵長，並向准尉瞟了一眼。

——他，他怎麼樣，還活著？

或許賴莎琳以為那個勇士早被打死了，在這個人和禽獸的生命，被視為差不多價值的原始島上，尤其戰爭的亂世，人被打死的事實，並沒有甚麼稀奇。

——他被綁在隊部院子的大樹下。

——噢，他還活著？你們要把他怎麼樣？

賴莎琳對於那個勇士未被打死，似乎難以相信。她看了林兵長，又瞟望准尉，想從他倆的表情探察事實。

——我們要知道那個勇士的太太是哪一個？請妳把她帶來，准尉想要對質一下呢。

——對質甚麼？你們既不打死他，為甚麼不放他走？

——就是為了要放他走，才要對質一下麼，不然，他早就被鎗斃了呢。

賴莎琳顯示感激的神情，但不講一句話，轉回身子就跑出去。

不久，賴莎琳帶回來一個同伴，指給林兵長說，她就是那個勇士的妻子卡特琳。卡特琳不像賴莎琳那麼帶點憂愁，表情十分朗爽快活。也許她的性格屬於樂觀，或者被劫來軍隊慰安所之後，瞭解了被劫來的用意是甚麼，才開心。而要盡量享受這裡比她們現地人較文明的生活似的，跟前幾天從拉卡被押來途中那種垂頭喪氣的神情，完全兩樣。她看到林兵長和准尉，像看到久違的知己一樣，也沒覺得驚異，顯出活潑可愛的女郎姿態，向他倆微笑。這使准尉對她的印象很好，准尉要林兵長詢問她，那個土人勇士是不是她的丈夫，她對於丈夫冒險來救她回去，有何感想，她知不知道她的丈夫參加甚麼敵人的活動等等。

經過賴莎琳的翻譯，卡特琳毫無顧忌的一一回答了問題。賴莎琳有意幫她，救助她的丈夫能獲釋回去。談話之後一切事情似乎很明朗。林兵長把詢問的結果報告准尉，正和安子談笑的准尉，餘興未盡似的聽了報告之後，馬上答應了賴莎琳的要求。

准尉回看了一下安子，又看了看卡特琳。然後，對著她倆有點命令的口吻說：

——好，好，我要考慮放他走，不過……

准尉的手指著卡特琳，眼看著安子，安子隨即搶著說：

——我要帶你六號和她……

——五號。

——對，我要妳們，六號和五號兩個到隊部來一下。妳們兩個人，最好勸勸那個傻勇士，乖乖回部落去。不准輕舉妄動，在這裡惹禍。再不聽話，我就下令鎗斃他。

准尉看了手錶，又面對著安子要她開一張她倆的外出證，讓林兵長負責，帶她倆出去兩個鐘頭。

被綁在木麻黃樹下的土人勇士——馬卡洛尼——真不想哭。但是他的眼淚，像瀑布的水，竟不油然地滴落下來。他看到他的愛妻卡特琳和賴莎琳一起走近來，只看到她倆的影子，眼睛就模糊了，好像是一場夢。在被囚的這個時刻，怎能會看到她倆變成了另一種有如仙女的姿態出現呢。淨白的緊身女襯衫，從沒有看過的裝飾，使他感到不可侵犯的神聖，附在她倆的身上，在伸手觸不及的地方，距離他們原始的現地生活意識很遠。於是他似乎一瞬昏了過去。直到卡特琳蹲在地上，跪著膝蓋爬近他的身邊，張開手臂按住他肩膀，叫了一聲丈夫的名字，他才從夢中醒過來，睜開眼瞳看了卡特琳，又看了看周圍的賴莎琳和林兵長以及准尉。為甚麼他們都來了？離別了幾天之後，一場痛苦的邂逅，使土人勇士馬卡洛尼，莫名其妙地說不出話來。這種場面，使林兵長感到一陣鼻酸，松永准尉卻裝著嚴肅的臉，用冷淡的眼光，注視著他們。

賴莎琳紅著眼眶，站在卡特琳的旁邊，向卡特琳私語著。

——妳啊，妳怎麼不講話呀！

卡特琳把哭濕了的臉轉過來，看賴莎琳，又瞧了准尉；碰到准尉冷澈的眼光，畏縮了一下，才把臉貼緊土人勇士，向他開始講話。

講話的聲音很低，而且是土語，一般講土語的速度很快，外人只能聽到沽魯沽魯的聲音以外，無法瞭解他們在交換甚麼意見。

然而在目前他們講話的內容，並沒有甚麼重要。准尉有意放走那個意圖搶回妻子的勇士，那土人盲目的勇氣，實在令人好笑。准尉認為這種單純的搶劫動機，既沒有惹出災禍，應該可以原諒的。如果卡特琳能勸她的丈夫，不再輕舉妄動而乖乖回到部落去，就要把這個案子結束了。在戰地的軍官握有這麼奇妙的人民生殺權，只要你聽或不聽從他的命令，死或活便很簡單地被裁決。那是十分含糊，有時會失去原則的，極為危險的命令。

依據賴莎琳的翻譯，林兵長大約知道卡特琳和土人勇士之間的交談了。首先土人勇士馬卡洛尼很倔強地說：

——我不回去，我要留在這裡看住妳，被殺死，也不後悔。

卡特琳卻很冷靜地說：

──你會破壞我們二十幾個女人全體的安全啊，如果你不回部落去，我們都為了你會被打罵受苦的。日本鬼很狠毒，聽從他們，他們認為你是友人，不聽從就是敵人。所以只要聽從他們，他們才會對我們好。我們來了兩三天，穿的、吃的、住的都很不錯，你應該放心回家。你先回去，到了時候，我們也會被釋放回家啊……酋長一定每天在盼你回家的，你不趕快回家幫忙他，他會怎麼辦，你該想一想，不要老被綁在這棵大樹下受難呀。

他倆夫妻在爭執了一段時間之後，土人勇士馬卡洛尼終於也答應服從了。准尉毫無表情的叫土人守衛蘇達兒，放開了土人勇士的綁索，恢復他的自由。

林兵長護送賴莎琳和卡特琳回慰安所，又一次當衛兵和女囚的地位，走了一段路，誰也不說一句話。林兵長把她倆交還給安子，銷假之後，便轉回頭離開了賴莎琳。卡特琳向他說了一聲再見，「再見」這一句話是代表她最誠懇的謝意說出來的。由於卡特琳的眼神，他感受到了她的謝意。

賴莎琳卻十分消沉，她把細長的身軀倚靠在六號房的門框，默默凝望著他離去。一直到林兵長走入拐彎處，回頭看她，她仍然不動地望著。似乎被釘在門框裡的一隻蝴蝶標本那麼不移動。

敢死隊的訓練越來越厲害，越叫隊員緊張。每天的演習不論白天或晚上，不管甚麼時間，任由敢死隊教官的興趣，便會被臨時召集出動。營舍附近的山岳、密林、草原都強迫行軍越過或爬過了。採取游擊戰術、機動性出沒自在的戰鬥，確實，不眠不休的活動，使這一群敢死隊隊員，個個力盡筋疲。經過敢死隊的訓練，到第四週週末晚上，就寢前，班長特地來寢室宣布說：

──明天是星期日，全隊休息准予外出。

——哇……

這是敢死隊再度開始訓練以來的第一次放假，難怪隊員們都跳起來高興。但是，班長說「准予外出」，究竟在這種原始島的山中要出去哪兒玩？去密林看樹？或者到海邊去看海？不管海或密林，他們都跑倦了。夜間演習、白天操練，已經累死了他們，哪兒還有精神去遊山玩水？已經很久，林兵長在晚上或黎明前，沒有感到由於睡眠的恢復而得來的體力。自己的男性象徵，很久沒有強壯的站起來過了。可見，敢死隊訓練激烈的程度，使他們的體力消耗殆盡。第四週才來一次放假，這一天，該好好睡一大覺，沒有人希望外出吧。然而，班長卻接著說：

——這兒有外出證，每個人都發一張，明天早餐吃完後，可以各自行動。隊長命令每個人都要到慰安所去，把這幾個禮拜來的緊張，解放下來輕鬆輕鬆一下，這是唯一的新陳代謝啊！如果沒去慰安所的，一查到，會被罰站衛兵三天，知道嗎？

隊員們一聽到隊長強迫他們去慰安所，覺得喜憂參半。喜的是久未接近異性，能看看她們，跟她們談談話，接觸一下細軟的身體，多麼快樂啊。憂的是男性的象徵，已經好幾天都一直畏縮著，未曾抬頭站起來，接近了那些慰安婦，如果不能發生作用，多羞恥啊。那些女人們一定會覺得這些士兵，外觀強硬，內裡軟弱得令人唾棄呢。

林兵長當然很喜歡到慰安所去，他喜歡去慰安所，不是像其他士兵們那樣為了去買女人，他的目的，只要看看賴莎琳。一個月過了，從拉卡獵來的女人們在慰安所裡，不知過著怎樣的生活？

那天早晨，林兵長到了慰安所去排隊買票。每一張入場券的價錢，是象徵性的，只收一元錢，等於免費一樣。林兵長指定買六號的票；但買六號票的人，在林兵長之前，已經有三個人，林兵長是排在第四位。每一個所占的時間，最長不得超過二十分。如果他前面三個人都以占滿二十分計算，林兵長得要等待一個鐘頭以後，才能夠見到賴莎琳。

但實際上，林兵長在走廊的長椅上，只坐了不到三十分鐘，就輪到了。很顯然的這些年輕小夥子，由於操練過勞，都成了早漏性，在女人房間不敢待長，紅著鼻尖，匆匆退卻出來。於是林兵長很快站起來，進房子裡去。他的後面還有幾個人也是指定六號的，但林兵長決心要花費全部二十分的時間才退出。林兵長看到賴莎琳洗手完了站在那兒，穿著淨白的女人緊身襯衫，林兵長差一點就錯覺，她是女醫生，等著為他開刀似的，使他有奇異的感覺。他眨了眨眼，看清楚她，確實就是賴莎琳。賴莎琳面向著他，看他進來也沒有一點笑意。房間中央的眠床上，淨白的床巾有點縐亂著。林兵長一瞬，想像了剛才賴莎琳在床上的姿態，但隨即把那些邪念打消。他繞過眠床，走近對面一張凳子上坐下來。

賴莎琳看他進來不講話，也不像其他士兵那麼一進來就要伸出怪手摟抱她。她默默地站在一邊，兩個互相瞧著。賴莎琳說：

——你不是也來狩獵？

——我？

林兵長覺得心臟跳動得很快，他知道賴莎琳的話意。

狩獵！是多麼一句美妙的語言，其實，獵者和被獵者之間，有甚麼分別？真正的獵者是誰？賴莎琳以為林兵長是抑壓著性的慾動，而不講話。但是，林兵長確實沒有那種念頭。他的男性，由於連日來的操練，非常疲憊地還在睡著。

——我只是來看妳，我是不會狩獵的。

林兵長雖這麼說，但是賴莎琳好像不相信。

——你來看我？要我怎麼樣？

——我不要求妳甚麼，我只想在這兒，看看妳，度過我的二十分鐘時間就好了。

二十分鐘，不是很長的時間。但是，如果在僵硬的氣氛中，也會覺得時間很長。

賴莎琳看林兵長那麼誠摯不欺的神情，隨即收回了女性特有的警戒心，在床邊坐下來。

——你怎麼那麼久沒來？

當然，賴莎琳不知道他們正在接受敢死隊的訓練，林兵長把天天接受操練，疲憊辛勞的情形告訴了她。她感到很奇怪的說：

——你們日本軍為甚麼也要虐待自己的人？

——不是虐待，這是作戰所必需的訓練。

——還不是一樣，把我們獵來這裡，說是訓練，事實卻在虐待我們，為了你們這些無聊的人，迫我們當奴役……

——不要那麼講，我們，比妳們還苦呀！

——苦嗎?你會覺得苦嗎?為的是甚麼,是為了獵人的罪惡而感到痛苦嗎?

賴莎琳很激動地說完,臉都紅了。林兵長只以苦笑對待她,使她急焦的情緒緩和下來。此時,門外有人叫:

——喂!還沒完嗎?快一點麼。

林兵長看看錶,時間還沒到。但是,他覺得無需再留戀在這兒,於是站起來。

——再見,我希望妳保重自己。

賴莎琳看他要走,一瞬躊躇了一下之後,卻像雌豹的眼光看著他,突然撲地跳進他的胸懷裡,手挽住他說:

——不要出去,我要你多待一會兒。

——妳不是討厭我嗎。

——我討厭你,但是我要你狩獵我。

賴莎琳說著,緊緊擁抱住林兵長。

林兵長受了女人的髮香味噎著,半被動地也緊緊擁抱著她,在心裡想:

——我這個無能的獵女犯,該怎麼辦?……

(發表於一九七六年七月《台灣文藝》第五十二期及同年十月《台灣文藝》第五十三期。獲得一九七七年吳濁流文學獎)

迷惘的季節

一

「你參加過老兵們的馬士塔貝頌（Masturbation）比賽？」

話還沒說完，松永准尉便伸長手臂，把林上等兵緊緊擁抱起來。准尉的臂力很強，掙扎也沒用。林上等兵放鬆全身的力氣，安逸地靠在准尉的胸脯裡，靜聽准尉急促的呼吸，心裡怦怦跳。

日本的建國紀念日叫作紀元節，慶祝紀元節的酒宴剛完。

松永准尉一定喝過不少酒，林上等兵知道自己的酒量比松永准尉強；不過，新兵總不能像老兵那樣旁若無人地大喝，喝到酩酊大醉。因而林上等兵雖然有點迷惘，但是意識還相當清晰。

「唷！林上等兵，你不是參加過老兵們的馬士塔貝頌嗎……」

由下士官候補，一步步升級的松永准尉，真是露骨的鄉下粗人，不像受過高等教育的實習士官那樣，雅致地常說些摩登的外來語。然而，他覺得馬士塔貝頌這一句話，還是用外來語講得比較自然而不尷尬。

松永准尉和林上等兵呼吸的爛蘋果味，互相揉合，流蕩而瀰漫在掛上的四角蚊帳裡。

「唷！林，怎麼不講話？怎麼啦？」

「沒有啊！你說——」

「我說老兵們的馬士塔貝頌比賽……」

「那也算比賽嗎？我沒參加過，無聊得很，我覺得老兵們玩得太離譜。這種事在大家面前，我會很害羞，沒事做也不會參加……」

兵和軍官的階級差距很大，如果在白天，林上等兵是不會用這種口吻向松永准尉講話的。林上等兵擔任准尉的值班兵，每天只處理准尉的私人內務。而今晚，從紀元節的慶祝酒宴提早退席，回到准尉官舍，為准尉準備睡床。把軍毯鋪好，掛上綠色蚊帳，忽而覺得頭昏。也許很久沒喝過酒，醉得特別快，才糊里糊塗地不像以往在睡前想故鄉的家，想得很酸心，他一時躺在蚊帳外，不知不覺中睡著了。不知睡了多久，卻被壓在身上的准尉的體重，和嘴唇溫柔的接吻感觸，吵醒了。

「林上等兵，你這樣睡，會感冒啊！」

松永准尉把他抱進蚊帳裡，而兩個人蓋上特大的軍毯，緊緊擁抱著。

從荷蘭軍沒收過來的軍毯，比日本軍毯溫柔而暖得多。位於南回歸線上的帝汶島，比台灣更近於赤道，氣候跟台灣相反，二月應該是夏天，只因為紮營在山中密林裡，氣溫涼冷，把纖柔的軍毯蓋在全裸的身上，才感到暖和而舒適；好像也能把殺氣騰騰的軍兵的緊張情緒融化掉，誘人進入愛慾的夢境。

士兵們的愛情，早被套上朦朧的暈圈，眼晃而刺目，早已想不出女人美麗的姿態是怎樣扭轉的啦。男人充沛的精力，無法只在激烈的戰鬥喊殺中消耗，或在疲憊不堪的夢精中脫胎，就能恢復自我聖潔的人性。卻在潛意識中，會不斷而迫切地冀求對象，偎倚人群的習性，才能拯救自己。有時候，士兵們會想，被囚在沒有女人團隊裡的男人，如果變成像下等動物那樣，在同一軀體裡擁有雌雄雙性性器的話，就可以避免不必要的焦躁，而得到無憂慮的生存啦！但上帝沒有這樣造人……

松永准尉的性的慾望，趁著酒勢，溫柔地顫抖著；渴望對象的刺激，得到身心的解放，也用模擬的動作，刺激林上等兵半醉半醒的慾求，想同時達到夢境的高潮。而肌膚接觸的快感，由舌尖的糾纏促進得一直升高。

「嗯，林，林上等兵，你說不參加老兵們的玩意，但總是看過他們的比賽吧？……」

「是，看過啊！五、六個人一排，坐在浴池邊緣，玩弄自己硬直的象徵，從開始，能耐到最後跳出精液，越耐久又跳得越遠的才算勝利，獲得煙和酒的獎品。吉川兵長最強，他差不多每次都會得到勝利。」

「吉川嗎？嗯！他是個魯笨的傢伙，你認為你會不會贏他？」

「咦！我會害羞地站不起來喲！」

「你這傢伙，真的沒那種膽量嗎？」

剝開兵階的外殼，在裸露的肌膚接觸裡，兩個大漢互相吸收異質體臭的諧和，沒有假裝的威嚴，僅有共通的慾望，以柔美的動作，達到鬱結的憤怒完全溶化。真正把鬱結的憤怒溶化掉了，殺氣騰騰的士兵癖性，自然就柔軟下來。這樣，誰也會成為聽話的小白狗。

密林裡的鳥獸都睡靜了。偶爾，會聽到猴子吱吱的尖叫聲，蟲鳴卻不眠不休地歌頌深夜的安詳。一天的勞累和酒氣的循環，使恢復原始的兩個人，得到溫存的愉悅，手握著愛的和平，昏昏入睡了。一入睡便像睡死的豬，片刻或有敵人來襲，舉起鎗劍刺殺，也不會驚醒。

自從太平洋戰爭於一九四一年十二月八日開火，到翌年五月僅半年之間，日本陸海空軍即以閃電的行動，占領了西太平洋的大小島嶼與東南亞全域。當時還是荷蘭殖民地的印度尼西亞以至帝汶島，是於開戰後第四個月，一九四二年三月間即被日本軍攻破了。

然而，日本軍所準備的戰爭計畫，只到第一階段作戰為止，之後僅企圖藉剩餘勢力試行戰局的擴大而已。此種缺乏周密計畫的破綻，很快出現。於一九四二年六月以後，日本所獲得的領土，大都沒有戰略價值的幾個孤島，帝汶島是其中鄰近澳洲的較大一個島嶼。不但如此，美英聯合軍開始反攻，首先在米特威海戰，日本軍就失去了主力的航空母艦，在卡達爾加納島戰役又損失了海軍第一線的士兵多數，和陸軍二個師團的戰兵力，受到很大的打擊。然後，日本軍所占領的太平洋群島，一個個被精銳武器裝備的美國陸海空軍攻破。

一九四三年二月一日日本軍從卡達爾加納島撤退，十一月二十一日美軍登陸於吉耳貝特群島的馬金、達拉哇兩個島，二十五日這兩個島的日本軍玉碎。到了一九四四年二月一日美軍又登陸於馬紹爾群島的克耶杰林、魯奧特兩個島，六日兩個島的日本守備隊玉碎。繼之美國機動部隊於二月十七日空襲托拉克島，三月三十一日又襲擊帛琉島，五月二十八日帛琉島最後一艘輸送船大阪丸被擊沉，六月十五日美軍登陸賽邦島，七月七日賽邦島的日本守備隊玉碎。時局越來越不利，但帝汶島的士兵們，誰也不知道這消息。

每天早晨，林上等兵起床，就看到幾隻野雞在竹林裡啄尋食物。要抓野雞需要一點工夫，不那麼容易抓得到。在台灣，養雞的鄉村，都把雞的家族放牧在屋子周圍院子裡。而這裡的野雞，看不到帶雛的母雞，只有長大能飛的野雞，才敢跑到營舍附近來啄食。野雞個子較小，但動作敏捷，察覺有人走近，就展翅低低地飛走。在竹叢裡架設圈套，偶爾會套上。林上等兵小時候看過母親殺雞的手法，但那種溫和的手法在戰地軍中不適用。士兵們都把套來的野雞，用最粗魯的方法，一氣打碎雞頭，連雞毛也不拔乾淨，就放入火上烤。

帝汶俘虜島的糧食，因後方補給的輸送船，航路被澳洲聯合軍弄斷，失去補給，餘量不多，必須就地採糧。野雞無法供應全體士兵，只有派兵到密林空間的草原去尋找野鹿或野豬，有時一天獵到二、三頭，可供全體士兵加菜，得到豐富的食物享受。聽說，吉本伍長今朝天未亮，又帶二個兵出營打獵去了。

透過密林枝椏洩漏的陽光，在地面散放許多白點；枝椏上面的天空很晴朗，在晴朗的天空下，士兵們沒受到俘虜的行動限制，雖有嚴格的軍隊組織與戰鬥裝備，卻沒有實際戰爭；而濠北防衛作戰繼續在進行，不知什麼時候，美英聯合軍要來奪取這一個美麗的原始島，打起激烈的戰鬥也說不定。

太平洋島嶼的戰鬥越來越激烈。帝汶島被列為天然俘虜島，由於完全沒有重要的戰略價值，並接近於澳洲，受澳洲美英聯合軍的監視甚嚴。日本軍輸送船無法駛進來，倘使能駛進來也無法出去。自從林上等兵他們最後一批新兵登陸之後，二艘巨大的輸送船被擊沉，消弭於海底，一直就沒有任何船隻進來過。這樣一來，島內的日本士兵得不到補給，一旦遇到聯合軍登陸來襲，必以現存攜帶的武器、彈藥與兵力應付，根本無法奢望後方的補給與援軍啦！

或者敵軍不來襲擊，採持久戰，日本軍也會自滅。那麼多的兵力每日要吃，有限的糧食能夠維持多久？而熱帶島上的士兵們遇到的困境，不只是糧食的問題。令人害怕的卻是瘧疾的蔓延，在醫藥不足的情況下，瘧疾病患一直激增，致使亞比雅陸軍野戰病院收容的患者人數，超出了容量病床的五、六倍。

住院的士兵大都經過同樣的病狀，患了瘧疾就帶來嚴重的腳氣病。大家都說：腳氣病是營養不良引起的；然而，連正餐的米都不夠吃，有什麼方法解除營養不良的厄運呢。軍醫投藥也醫不好營養不良，於是住院一久，就只留下一層瘦了不能再瘦的皮膚和骨頭，撒手升天去了。這樣餓死的士兵，每日平均六個人，任你怎麼想像，也不會瞭解野戰醫院的軍醫們，怎麼督促護士處理那麼多的餓死鬼吧！

二

兵補造反了。從印度尼西亞爪哇島召募帶來的，一個中隊的爪哇土人兵造反了。

被派駐克西亞密林低窪地帶，當勞役工作的兵補中隊，卡洛斯隊長是一位茶黃色頭髮的矮胖子。一看就知道他那混血系統的臉，狡猾的眼神，給人的印象不很好。

在一次開路勤勞工作的休憩時間，林上等兵偶然聽到坐在旁邊的卡洛斯隊長，向幾個兵補公然地發囉唆：

「安田曹長那個傢伙，真是殘忍的狗，有一天我不把他打死才怪哩……」

不知道什麼事情，安田曹長觸怒了卡洛斯隊長。卡洛斯隊長內心的不服，實在也不得不令人同情，因為兵補的待遇真的太差。兵補沒有階級，比最下級的二等兵還低。雖說兵補隊長只負責率領兵補，有時連日本人二等兵都要管他。安田曹長和山村兵長，是直接指揮兵補中隊的一切行動。從爪哇來到這個俘虜島上，沒有實際的戰鬥，也沒有正規的任務，只有臨時派兵補去構築陣地，或參加開路工作。這種勞役，兵補們必須搶在日本兵之前去做。但是三頓吃飯，兵補們要在日本兵分配完了食物之後，才能領到飯菜。而他們住的地方，還要離日本兵營舍遠一點，在多濕氣的密林低窪地帶，自蓋椰子葉營房住下來；形成與日本兵團不同的下級集團，一切聽從日本下士官的命令而行動。這種差別待遇，逐漸使兵補們感到不滿與厭煩，是順情的道理。

起初在印度尼西亞區域召募兵補的時候，跟在台灣發動青年參加特別志願兵一樣，軍政當局採取全面動員，大聲疾呼，激發青年的榮譽感，以優利的條件為誘餌，大肆宣傳，施行強制手段脅迫青年們不得不志願。也因此，林上等兵瞭解日本軍召募兵補的手段，以及應徵入伍之後經過訓練受苦的兵補們的感受。

天氣晴朗的禮拜天早晨，在密林濃蔭下，仍然很悶熱。因為沒有風，死靜的風景重疊著蔭影，抑壓著人心悶悶不樂。假日，士兵們不必去開路勤勞，能悠閒整頓內務，洗濯衣服裝備，擦淨鎗械，處理身邊的瑣事。然而，一週來的苦工勞動，使他們感到懶散，想早一點做完雜務，躲進窩室裡去貪睡。

「喂！第三中隊的小坂准尉，今天這麼早就帶著兩個P來了——」

佐竹上等兵從屋外跑進來，大聲報導號外新聞。他們把軍中慰安所的女孩子叫作P，這一報導，使所有士兵都好奇地停下動作。

「甚麼？帶著兩個P來了？是哪裡來的P？」

管理兵補的山村兵長，好像對女人很有把握，急躁起來有點結巴地說：

「是印度尼西亞P啊！上次跟新兵們的運輸船一起來的印度尼西亞P，好可愛喲！她們被收容在亞比雅聯隊本部附近的慰安所……」

亞比雅離這裡駛車要一個多小時。自從來到戰地之後，林上等兵為了看護松永准尉因火傷住進野戰醫院，才在亞比雅陸軍醫院住了一段時期，卻也沒到過慰安所。不只是林上等兵，第三大隊營地離亞比雅那麼遠，每天做工勞動已經十分狼狽，哪裡有閒工夫到慰安所去？這裡連大隊裡的官兵，都沒有人到過慰安所，事實，好久好久沒看過女人了。

難怪，聽說有軍官帶著P來，每一個士兵的眼睛都布滿了紅絲，心胸忐忑跳動不停。他們都想馬上跳出去，看看那兩個P生得怎麼樣？不管醜美，只要是女人，就能夠引起這些過著長久野戰生活的士兵們感到珍奇了。

最先從營舍溜出去的是山村兵長，繼之是佐竹上等兵，再來是藤田，還有古川，一個個接著跑出營房。他們跑出去的目的不必說，是要把女人的姿容，恢復在眼膜裡映像出來，追尋早已模糊了的鄉愁……而女人是鄉愁的源泉。

不知怎麼尋到的，山村兵長跑到兵補營附近的大櫸木旁邊，發現了兵補莫洛那和一個印度尼西亞P，靠著大櫸木擁抱在一起。熱情的場面使山村兵長不油然地燃起了妒火，毫無思索地跑過去，把印度尼西亞P拉開了，閃電似地給兵補莫洛那狠狠的一拳。

「咦！你這是做什麼？野番人！」

女人突然喊叫，罵山村兵長一聲。

兵補莫洛那毫無防備，突然受到山村兵長的拳打，搖晃著身體倒在地上坐下來，並從被打破的左嘴角流出一條血絲。

看到血紅的女人很痛心地走來，抱住莫洛那兵補，歇斯底里地叫著：「為什麼？為什麼要打莫洛那？可憐的莫洛那，是我們鄉里的鄉長的少爺。被召來當兵已經夠慘啦！日本鬼！野番人！為什麼還要打人？」

山村兵長沒想到女人會那麼歇斯底里的面對著他吼叫，一時不知所措，只癡癡地凝望著女人。其實，他自己也不知道為什麼那樣衝動、狠心地打倒了莫洛那兵補。

聽到女人尖銳的叫聲，從兵補營舍裡，閒著無事的兵補跑出來十幾個。兵補隊長卡洛斯且帶著另一個印度尼西亞女人，被眾多兵補包圍著跑過來。兵補們來到未知的戰地近半年，初次受到兩個同族女人的來訪，全員都覺得激昂興奮。

卡洛斯隊長聽到女人歇斯底里的罵聲，同時看到莫洛那坐在地上嘴角流著血，略知情況，很不高興地怒視著山村兵長，不敬禮也不講話。

同樣聽到女人尖銳的叫聲，從營房跑出來要看P的十幾個士兵們，也全員跑過來圍著山村兵長，形成日本士兵與兵補們面面相對的形勢，口口嚷著：「怎麼啦？發生了甚麼事？……」

實際上，士兵們對於發生的事情並不關心，所關心的是蹲在莫洛那兵補身邊的女人，和莫名其妙地站在卡洛斯隊長旁邊的女人。兩個女人身長都不高，具印度尼西亞民族特色的褐色皮膚，露出肩膀，穿著長裙的紗籠，把紗籠上端纏繞在胸脯乳房上。離得很遠，也能嗅到女人特異的體臭，士兵們真是太久沒看過異性了，才對女人那麼敏感。

混雜在士兵們這一邊的林上等兵，一看就認出印度尼西亞女人和兵補，是跟他們補充的新兵，搭乘同一艘輸送船來到帝汶的一批，尤其站在卡洛斯隊長旁邊的那個女人，顯然就是在船上遭遇澳洲空軍突擊的時候，林上等兵保護她躲閃過彈雨的危險沒死去的女孩，脫離輸送船上的厄運後分離了數月。好快呀！女孩豔麗的姿容成熟得多了，彷彿變成了另一個女人。

日本士兵和兵補，為了女人而形成奇異的對峙，一種不尋常的氣氛，籠罩在陰鬱的密林裡，令人緊張而焦慮。

「卡洛斯隊長，命令兵補們回營去，這裡沒有你們的事，快回去！」

山村兵長怕自己無理引起的爭端擴大，終於藉管理兵補的職權發出命令，想趕走兵補們打開這一窒息的場面。

卡洛斯隊長顯出很不服氣的神情，但仍然習慣性的立正、行個舉手禮，應了一聲：「是！」之後，面對著兵補們說：「大家回營去！」他自己卻走到莫洛那兵補旁邊，伸手把莫洛那拉起來，和照顧莫洛那的女人，一起扶著莫洛那兵補，走向營房去。站在這邊看戲的士兵們還不盡興的，開始騷鬧起來。

「那兩個P，為什麼跟兵補們一起走？」

「P也是印度尼西亞人嗎？」

士兵們埋怨山村兵長不應該命令兵補們回營去，眼看兩個P跟著兵補們要走而十分不甘心。

「喂！等一下……」

吉川上等兵跟山村兵長是同年老兵，露出老兵的頑性很不耐煩地大聲喊：「把兩個P留下來，兵補都滾開！」

聲音衝破了密林鬱結的空氣，很響亮。但卡洛斯隊長裝著聽不見似地，仍然督促兵補們，用印度尼西亞語叫他們不要回頭，擁著兩個女人繼續走，這使古川上等兵急躁而冒火了，把火焰的尖頭指向山村兵長說：「喂！山村，你管理的兵補都是聾子嗎？為什麼不叫那兩個P留下來，給我們大家賞個面子……」

山村兵長只要打開因自己粗魯惹起的場面，而命令兵補們退場，一旦場面改觀，已無懸念，可以順應士兵們的意向，同意古川上等兵的要求，再次發出命令：「卡洛斯隊長，把那兩個P留下來！」

這叫卡洛斯隊長進退維谷了。也許，這是卡洛斯隊長預先料到的結果，從來無條件服從聽話的卡洛斯隊長回過頭來，站在離十幾公尺遠的地方，以陰險的眼神，輪流睨望山村兵長和古川上等兵，沉默了一陣子，才慢條斯理地開口：「瑪莉莎和瑪蘭娜是來訪我們兵補中隊，是我們的客人——」

不錯，來訪的印度尼西亞女人是印度尼西亞兵補的客人。但是從蠻橫的日本兵來說，她們是印度尼西亞P，軍隊徵來的專用妓女。九州鄉下出生的粗人古川上等兵，既然敢出風頭要求把P留下，就不能讓步，很生氣地說：「卡洛斯，キサマ（你這個傢伙），不聽命令啦！想死嗎？」

卡洛斯隊長的臉偏歪了，抑壓著憤怒的表情很難看。古川上等兵認為卡洛斯隊長不聽話，要大步走過去，瞬間被山村兵長挽住著：「讓我來，你不要去。」

山村兵長想發揮直接管理權，但古川上等兵也不認輸，兩個人一起走到卡洛斯隊長面前，粗暴地一個人抓住一個女人的手臂，擺出強迫性的行動，要把女人拖過來。

他倆的行動，惹起了十幾個兵補回過頭，隨即把他倆包圍起來。誰也看得清楚，兵補們要保護自己的客人，不，是自己的族人，意志很堅強，似乎不怕任何犧牲。

險惡的局面正要爆發的時候，推開日本士兵們站立的界線，小坂准尉打響著佩劍的金屬聲，急忙走過來，大喝一聲：「等一下！」

有個士兵從小坂准尉背後喊一聲「敬禮」，引起雜亂圍著的士兵們和兵補們，全員立正起來不動。

「甚麼事？你們在這裡鬧什麼？」

小坂准尉是第三大隊資格最老、令人敬畏的鬼准尉。他把眼光掃瞄一周，大概知道了發生的經過，以諧謔的口吻說：「哈哈！一群野狼想吞噬小羊，你們該規矩一點，兩個女人是我帶來讓她們和同族人溫故的。卡洛斯隊長，現在，我要帶她們回去，走吧！」

兩個女人的紗籠一搖動，便跟著小坂准尉走到停在上坡的吉普車邊，跳上吉普車後座，等小坂准尉坐上前座，車立即開走。

全體士兵目瞪口呆，默送吉普車帶走小羚羊；為了騷動的慾望跑來爭看異性，兩個P是看到了，但根本無法撿回早已失落了的鄉愁。而鄉愁連結於生，連生命都保不住的現況，慾望尋找的目標消失，當然衝動的根源也消了。然而，出過鋒頭的古川上等兵，不但氣勢未消，反而變本加厲，以為跟山村兵長一起抓到翅膀的鴨子，被飛走了，更不甘心。

「林逸平上等兵，來，到這邊來！」

古川上等兵真是異想天開，把惡德的後果，要推到旁觀者的身上。在專制極權下的軍隊裡，林上等兵是非常想開的一個，一個小兵必須盲目聽從、愚蠢的聽從；而在不違反人道的原則下，聽從並不是弱者，具知性的盲目、愚蠢的聽從，畢竟會使無智的司令者狼狽。林上等兵走到古川上等兵面前，心裡做好突發襲來的防備而站著。

「林上等兵，卡洛斯隊長侮辱長官，我要你制裁他。你看過了他對長官的命令怠慢，侮辱了長官，是不是？」

「？……」

「怎麼？你敢說沒看過？」

「是，不敢。」

「那麼，卡洛斯隊長不對，我要你制裁他，打呀！」

「……」

「怎麼不打？林逸平上等兵，キサマ不知道制裁的方法嗎？來！」

古川上等兵揮起右拳，狼狽地打來了。林上等兵如不事先咬緊牙根防備他，左頰遇到突然的打擊，必會脫臼的；但只覺得發熱了一陣。

「是這樣制裁的呀，不會嗎？……開始吧。不聽話，還要示範一次嗎？」

林上等兵轉向卡洛斯隊長，小聲向卡洛斯隊長說：「對不起，請你站好預備……」

「バカ，制裁的人怎能說對不起，不要擺出臭女人的姿態，打呀！」

林上等兵握著右拳，向卡洛斯隊長的左頰打上去。

「力量不夠，不揮出全力怎能打仗！再來一次。」

林上等兵覺得非常難過，不用力打，古川老兵必不罷休。但毫無理由，為甚麼要打人？此時，卡洛斯隊長裝著不在乎的表情說：「上等兵ドノ你盡最大力量打來好了，我沒問題的，不然……」

不然，這一場戲是不會落幕。

林上等兵真的用力打過去，卡洛斯隊長矮胖的軀體，左右搖晃了一下，把毫無理由體罰的冤枉與委屈，搖落下來。

「好，記得以後要絕對聽話服從，知道嗎？」

古川上等兵的鬱憤，算是已經發洩了，雖然他也知道自己一點道理都沒有，卻自以取回了面子似地，得意地走了。戲也隨著散了。

兵補造反，就在次日中午發生。

日本士兵誰也不知道兵補們在半夜過後，偷偷地把所有的鎗械，搬移到山後開路的工地附近叢林裡，隱藏起來。早晨，勤勞服務的點閱集合，兵補們跟平常一樣，穿著勞動的輕快服裝，乘上卡車笑嘻嘻地出發去了。誰也不會料到他們會叛變。

整個上午的勤勞工作，兵補們做得特別起勁，日本士兵們都趕不到他們。到了中午，離兵補中隊約五公里遠的日本士兵中隊的古川上等兵，有個兵補跑來傳達他說，山村兵長請他到兵補中隊來喝索啤（椰子酒）。

平日，山村兵長和安田曹長都在河邊石原的大樹下，吃過便當後休息。今天也不例外，且加了一個古川上等兵，圍著大石頭當桌子，打開了便當邊吃邊喝椰子酒。椰子酒是兵補們奉送的，他們輕蔑被奴役的人民習慣了，毫無預感兵補們變異的行動，以為他們只會奉承。

平常中午的休息時間，兵補都躲入山坡的叢林裡去睡午覺，若沒有特別有事，是看不到他們的影子，等到安田曹長發出命令，才開始行動。而今午，兵補們躲入叢林裡之後特別安靜。到了午班工作將要開始的時候，安田曹長和山村、古川三個人，喝完了兩支桂竹筒裝的索啤，有點迷糊地靠在大樹根，正在打瞌睡。

他們三個人淺薄的夢境，忽然被從山坡叢林跑下來的五個兵補吵醒了。

「安田曹長ドノ，報告！兵補中隊的卡洛斯隊長把兵補們帶走，跑掉了！」

「甚麼？」

三個日本士兵同時驚醒，一看，兵補莫洛那和其他四個兵補，著正裝配備，站著，舉起輕機關鎗和步兵鎗，瞄準著他們三個人的胸膛，這使他們三個人直感事情不妙。

「你們瘋了？要做甚麼！」

「卡洛斯隊長說，我們兵補都受你們照顧得很好，尤其昨天，山村兵長和古川上等兵，特別關照了我們，今天派我們來道謝，要你們三個人先死，免得你們看到日本軍戰敗……」

「等一下，喂！你們不要做出傻事，你們聽我說……」

安田曹長舉起雙手，急躁地站起來，想挺身制止，但聽到碰的一聲，一個步兵鎗趕緊發射小鎗彈，打中了對方的胸脯。「哇！」安田曹長用左手支撐著樹根，隨即倒了下去。

「バカ野郎！你們敢……」

山村兵長使出全身的力氣喊著，卻又一聲「碰！」，另一個步兵鎗手發射的鎗彈，也打中了他的胸脯，搖晃著身軀俯伏下來。看這種情景，古川上等兵跳退一步，向後拔腿就跑。兵補們看古川上等兵要跑，也慌張焦急地「碰！碰！」，打出兩鎗步兵鎗彈，古川上等兵被打中背部，立刻俯伏在石頭上，四肢抽筋了幾下，便不動了。莫洛那拿著輕機關鎗，卻沒有射擊，眼看著三個日本士兵，連喊一聲「天皇陛下萬歲！」也沒有，就歸天飛回靖國神社去了。履行卡洛斯隊長的命令已達成，五個兵補立刻離開了現場，而不知去向。

在沉寂的原始叢林發生的幾顆鎗聲，很快傳到第三大隊本部，驚動了日本士兵。

兵補造反了。討伐叛軍的軍事行動，當晚就出兵，沿著東西山谷的雙邊，把叛變逃逸的四十幾個兵補，追蹤包圍起來。

當准尉值班兵的林上等兵，奉命留守營舍，沒有隨軍出征。到第二天傍晚，松永准尉引領三個兵回營來。每個兵捧著一個白布包紮的四角骨灰箱，放在准尉個人營房的門口桌子上。骨灰箱正面各貼上白紙寫著：「故陸軍曹長安田……」等字樣。三個士兵死了，「死」並沒有使林上等兵感到悲哀，因為在戰地製造「死」是司空見慣，已沒有哀悼傷感。

三個白木箱的靈前，點上樹脂蠟燭，火必須燃燒二十四小時不斷，要守護蠟燭的火連續幾天不熄，這成為林上等兵的任務之一。松永准尉早晚站在靈前叩頭鞠躬一次，對亡者表示最虔誠的敬意。大約經過了十天，三個白木箱才被移靈到聯隊本部去。不知道聯隊本部的人事官，怎樣把這三個士兵的死因，報回國內後方去。

討伐兵補的士兵們，只出動了兩夜三天，就回歸營舍。而對四十幾個兵補的死活，並沒有人再提起。是否全員被消滅？或像謠言說，他們三三五五分散，跑到南海岸，被澳洲空軍接走了。然而，在戰地謠言不但不可靠，誰也不會相信，不超過三天，謠言就自然消弭了。

三

從北海岸通行南海岸的橫貫公路，築造完成的時候，第三大隊奉令轉移了。收拾克西亞的營地，除了官兵糧食和重量器具用卡車載運外，那天一大早士兵們就背著鎗械行軍。從山中的密林走出來，經過老天港，再沿著海岸線和山林的狹路，走到拉卡。拉卡位於老天港與帝汶中部最大港口帝力之間，在山麓密林裡設有第二聯隊的野戰倉庫，派駐一個小隊的衛兵，配屬於經理部的軍官管理著。糧食和軍用日常物品，儲藏在土結建造的倉庫裡，衛兵看守十分勤嚴。這個野戰倉庫，僱用有不少的現地男女土人工。

林上等兵自從來到帝汶島，頭一次就近看到現地土人，不論男女，他們的褐色皮膚，被陽光曬黑亮著。男人只穿一條丁字褲，包著重要且最難看的地方；女人穿短短的紗籠裙圍在腰部，大腿下和肚臍上都自然裸露著，而大部分的女人的乳房都下垂著，很難看。更難看的是不論男女，嘴裡含著檳榔，嘴唇紅紅地突出，很不衛生的感覺。原始的生活，以裸體表現野性的自由奔放，染有野獸的體臭，發散著一種難聞的味道。士兵們初聞到這種體臭，都差一點嘔吐，只一直忍耐著。

大隊士兵在倉庫營地，住過漫長的一夜。夜晚不准士兵點火，在一片黑暗裡，士兵們都早睡，而晚上的氣溫降低得很快，天空的星星整晚眨著眼睛在叫冷。

睡眠又使士兵們恢復力氣，第二天一大早，士兵們就出發，走進密林裡新開的公路，到東南邊的溪谷，才看到初升的太陽，稀疏的陽光從樹葉間洩漏下來。誰都喜歡太陽，喜歡照著自己同時照著故鄉的太陽。

沿著溪谷一層又一層攀上，山路一直向上而走不完似地，卻有些路段和架橋還沒完工。開路工作隊仍在整修路面，另一方面溪谷底的密林裡，有一陣陣原始粗魯的歌聲傳過來。歌曲是單純的土人勞動歌，工兵隊動用很多現地土人，在山坡密林裡砍樹搬運。徵召的土人人數多，而土人們慢吞吞的性格，習慣邊唱歌邊工作，不講求效率，歌唱比勞動工作還起勁。單調的野性歌聲，傳遍山谷回響著，士兵們都覺得進入了神祕的仙境。

穿過密林地帶，展現在眼前的是一片緩慢的山坡地，林上等兵初次看到帝汶島的田地，階梯式的水田，開在面向南方的山坡，濃黑的泥土看起來非常肥沃。原來這裡的土地肥沃，植物才成長得那麼高大繁茂、翠綠鮮美。

林上等兵把扛在右肩的重機鎗身換到左肩，仰頭一看，在山坡區畫正四角形的水田，放上滿盈的水，田裡十幾頭水牛，由一個十四、五歲的少年，拿著一支藤條，指揮那群牛。從水田的角落趕牛走到另一個角落，循環趕來趕去，不知在做什麼。是趕牛遊戲？不是吧！從遠處看，也看得清楚少年趕牛的心情，嚴肅而認真。

過了好久，林上等兵才知道，現地土人沒有鋤犁可以從事農耕，才把水灌進田裡，追趕牛群在田裡走動，踐踏田裡的土，達成與耕耘土地同樣的效果，而利播種，確實是原始的農耕方法。

從北海岸沿著溪谷邊的公路，一直爬上坡到海拔一千公尺左右，有一處廣闊的平地，叫作巴奇亞台地，連接於馬蹄比央高原。長約一千多公尺、寬約八百公尺的台地，三面的周圍是緩慢的下坡，下去黎利卡平原，以及通行南北海岸去，從台上可以瞭望黎利卡平原的河川與濃綠的田園。曾經屬於葡萄牙殖民地的東部帝汶島，只有這個地區是土地肥沃、農產物豐富、人煙稠密的地方，也略具行政制度的地方，形成一個大王國，大王國之下有十個小王國，分布於黎利卡河流域的山岳與平原。

海一九二三部隊第三大隊以及幾個小鎗中隊，駐營在巴奇亞台地西邊上坡密林地，因為有持久戰的計畫，把營房蓋堅牢一點住下來。

林上等兵所屬的第三重機鎗隊，奉令防衛於巴奇亞台地南側密林裡，蓋營房開始紮營。巴奇亞台地東端崖壁上，有一座葡萄牙總督留下來的白堊城。城牆高十公尺厚一公尺，從城門台階登入城堡，約有一百公尺長的鋪石子路，再上台階便有廣大的院子，正面一棟大廳是殖民巴奇亞台地區的前葡萄牙總督公廳，而左廂和後院子各有一棟住屋，城牆的四個角度及重要的地點，各有砲台的裝備。從這座白堊城能夠想像到葡萄牙總督昔日的威風，不知他們鎮坐在這裡，榨取了多少民脂民膏，送回母國去了？

巴奇亞台地區的防衛，同時意味著巴奇亞台地區的軍政統治。因此第三重機鎗隊野田中隊長，住進白堊城公廳側面的大房間，是從前葡萄牙總督官邸，取代總督的職權。聽說，葡萄牙總督平常執政，從官邸出來，即坐在公廳正面的高背椅子，接見巴奇亞地域的大小蕃王，蕃王必須離總督座位十幾步遠的前面跪下來，顯然採取帝王專制的殖民制度。日本軍驅逐了葡萄牙總督，隨即廢止了那些形式上的規矩，蕃王們都高興日本軍統領，比葡萄牙總督較民主。

野田軍政官援照葡萄牙總督，定期召見蕃王們，聽取民情與宣布政令。每次召集會議，野田中隊長必帶著准尉和小隊長，在城門迎接蕃王們，在公廳圍著會議桌，以平等的立場商洽政策。開會完了必有歡宴，日本軍官和蕃王們，都稱兄道弟一起喝椰子酒，喝到醉昏昏，蕃王們才騎馬回到白堊城外圍的個人別墅去休息。

松永准尉輔佐軍政官，住在白堊城內左廂的住屋。林上等兵也跟隨著松永准尉，住在城內角落的傭人房，松永准尉有事就大聲喊，才能聽得見而跑出去伺候。

從後方國內來的補給早已完全斷絕，必須加強採取就地求生的措施；否則，天然俘虜島的幾千幾萬士兵會餓死。在野戰醫院每日平均餓死六個人，是相當驚人的數字。像克西亞與亞比雅地方，日日減少米食，增加椰子莖粉為主食的情況來看，餓死的人數，只有像傳染病般的蔓延不休止。亞比雅地區除了岩石與密林之外，又找不到適當可以種植的土地，也因此，第三大隊才採取大移動，轉到巴奇亞高原來。

巴奇亞地區出產稻米、蕃薯、玉米、椰子、波羅蜜、芒果、煙草、咖啡、金瓜、牛、雞、羊、馬等，產品種類多而豐富，是相當富裕的地方。

以馬蹄比央山脈為源流的黎利卡河，蜿蜒流過廣大的阿羅哈盆地，一直流到南海岸的阿涼巴達而進入海。黎利卡河流域的土地，因河水搬來馬蹄比央高原紅黑的泥沙，形成了肥沃的土地。於是，人口密集在這個地方，是自然的現象。葡萄牙總督才築城於巴奇亞台地，睥睨阿羅哈盆地與黎利卡河流域，執行他們的統治。

現地土人性格溫和，喜歡到處流浪。有些小蕃王施政善良，督勵人民從事拓墾工作頗為成功，經濟富裕。而一般來說，蕃王的命令就是法律，必須絕對服從。除了幾百頭牛和馬、柴刀、田地、布疋、鹽等，是蕃王的直接財產之外，在其領地內的蘇達兒（蕃王近衛兵）以及人民，也都是蕃王的財產，因而人民的生死權總是被蕃王掌握著。不過他們是極為樂觀的民族。只要不搶劫殺人、不損害人家的權益、不偷別人的老婆，就不至於犯罪，不會有事。

土人們的生活很自由，在巴奇亞台地上，約半個月舉辦一次市集。從附近各小國家趕來的民眾，頭上頂著自家出產的物品，稻穀、蕃薯、布疋、煙草、竹籃、陶瓷，或有豬、羊等日常用品、糧食，帶來排在廣場出賣。

雖說出賣，土人們的小蕃王國家不發行貨幣，只用物物交換；用多餘的來交換缺乏的必需品而已。而這種市集，趕集的人很多，也有老幼男女趕來看熱鬧的，巴奇亞台地集滿了人潮。市集的熱鬧，平常經過三、四個鐘頭就解散，因為土人們都要在黃昏以前趕回家。

近於赤道的熱帶季節，帝汶島的農作物，年收穫二至三期。而每期收成後，便是土人們的過年，舉辦一次華士達年歡會。

年歡會在巴奇亞台地東側的椰子葉大會堂舉行。大蕃王率領小蕃王和貴族們，邀請駐衛部隊軍政官兵，聚集大會堂，舉行雞尾酒會和跳舞。幾十個舞女是大小蕃王國選定派來的美妙女郎，穿著爪哇式最時髦的薄衣紗籠，個個活潑嬌美，舞跳得輕快。大蕃王從拉卡請來的八人組樂隊，輪流吹奏各種最新歌曲，讓參加的男女們跳舞跳得快樂無比。舞會要白晝連夜繼續一個禮拜，讓土人們跳到精疲力倦才結束。

當然，土人們會選擇自已的時間，適當的休息和睡覺，自由地進進出出大會堂，循環交錯地聯歡尋找刺激。尤其情人們都趁這個機會，跳過一陣舞之後，便雙雙牽著手，跑進台地下坡的密林去幽會做愛。土人們的行動自由無羈，原始而幼稚，浪漫而無人拘束。把瘋狂的愛情表現，提升到極點。

林上等兵跟著松永准尉參加華士達舞會，不感興趣地，只坐在檯前喝些椰子酒，吃些烤肉，看著舞女們的纖腰，揮著紗籠在搖動。

「你不請我跳舞？」

突然有人拍他的肩膀。回頭一看，是長得清秀比一般現地女人較高的拉卡女人，面對他神祕地微笑著。

「我不會跳舞。」

「不會？來，我教你跳！」

拉卡女人強把林上等兵拖進舞池，開始教他華爾滋的基本舞步。一、二、三，一步步跟著音樂，慢慢地走了一圈。林上等兵好久沒有跟女人這樣親近過，從舞步的轉移當中，聞到女人野性的異味，興奮的情緒使他好幾次險而踏上女人的腳，緊張極了。

「妳為什麼拖我跳舞？」

「一進來，我就看上你，你跟別的官兵不一樣。我喜歡你，再跳一圈，我們到外面去！」

「不，我不能出去。」

「你害怕？……你們的長官，我都很熟，不必害怕。」

說完，拉卡女人又拖他走出舞池，從邊門走出場外的斜坡地。林上等兵不敢不禮貌地拒絕她，在那麼多官兵面前，至少他要舉動得很自然。但兩個人因跑得不穩定，在斜坡草原上跌倒了。兩個人混在一起滾落了二、三轉，拉卡女人緊挽著林上等兵，奇異地笑著，十分高興的樣子。

「妳看，差一點滾落到溪谷裡去，好危險！起來，我該回營去工作啦。」

林上等兵用力把拉卡女人拉上來，趁著女人在整理偏歪的紗籠時，一瞬轉頭就走了。

這多麼可笑，堂堂大男子漢，竟怕一個女人的求愛。林上等兵回營後，想起剛才自己的狼狽狀，感到好笑。

那天晚上，十五夜月高懸在黎利卡山峰上，放出蒼白的光，氾濫於阿羅哈盆地和巴奇亞台地，照亮了自然的景色。而大會堂的舞會，仍然很熱鬧，點有無數支蠟燭，燦爛地射光到外面，加之羅曼蒂克的音樂很響亮。林上等兵的腦裡有很多過去的鏡頭，顯現又消失，夜已晚了也睡不著，乾脆跑出房外，獨自坐在城垣砲台上去賞月。忽然看到通往城門的鋪石子路上，有個影子細長的女人，穿著覆蓋到乳房的長紗籠，踏著姍姍腳步，走向城門來。每走一步，紗籠的下袍翩翩閃開著，好像看到月光下的一幅美人圖，而那個美人兒，又像下午在大會堂舞池裡，教他跳過舞的拉卡女郎。這麼晚要來做甚麼？林上等兵好奇地走近城門邊的衛兵室，蕃王派十幾個蘇達兒（土人兵）駐守在衛兵室。林上等兵站在衛兵室外，聽到土人兵在報告：「大頭安要的女郎來了。」

土人們叫松永准尉為大頭安，叫野田中隊長為大大頭安。蘇達兒隊長觀察一下被帶來站在面前的女郎說：「妳叫甚麼名字？」

「沙莉娜……」好嬌柔的聲音。

「好，妳跟我來！」

蘇達兒隊長親自把女人帶到松永准尉的房間去。原來如此，林上等兵走回城垣砲台邊，不久，看到蘇達兒隊長回衛兵室去。

先前還看到松永准尉的房間點亮的蠟燭火，被吹熄了。在一片黑暗的房間裡，林上等兵可以想像得到，松永准尉和剛才進去的女人，忙著互換奇異的動作，急促吞食愛慾，自從部隊遷移來巴奇亞，松永准尉就沒有要求過林上等兵與之共睡一床。林上等兵不喜歡無聊的自慰，消耗體力，因為白天的工作已經夠使他勞累了。對於松永准尉喜歡射精的遊戲，終於找個現地女人來玩，林上等兵並不覺得稀奇。

然而，松永准尉就這麼玩過一次現地女人，經過三、四天的一個早晨，他發現自己染患了性病，隨即大聲喊叫林上等兵來。

「噢！林，我要你現在就到亞比雅野戰醫院去。有一部糧食車，今朝送貨去亞比雅，傍晚就回來。我已經安排好，你坐車去把這封信交給安本軍醫，他會給你我要的藥，你要馬上帶回來，知道了嗎？」

「是，我知道了，馬上準備外出……」

亞比雅與巴奇亞之間，乘軍用卡車來回大約八個小時。安本軍醫是松永准尉上次住院的時候，林上等兵也常常接觸過的軍醫，是一位善良的外科醫生，他看了林上等兵提給他的信之後，大聲笑著說：「松永准尉真笨，他要玩女人前後怎麼不做預防？還好，看來是輕度的淋病。林上等兵，你回去告訴准尉，我給他十五天的藥，要早晚吃一次，不能斷，繼續吃十天以上，好嗎？告訴他，准尉這個傻瓜，還是以馬士塔貝頌忍耐忍耐算了。」

林上等兵想起了那天晚上，浮現在月光下的那幅美人圖，帶有性病菌毒的玫瑰，松永准尉只摸過一次，就被刺傷了。真可怕！

「安本軍醫怎麼講？」

松永准尉接到藥，高興地問林上等兵。

「軍醫ドノ說，還好，你患的是輕度的淋病，要繼續吃十天以上的藥不能斷，不然，你的那個會融掉，像滴落白液的蠟燭，慢慢地融掉。」

「你知道了？這種事絕對不要傳出去喲。」

「是，你放心，我不會傳出去的。」

幸好，松永准尉的不潔病，吃過十天藥之後痊癒了。從此，林上等兵就不再看過女人在夜間走進城門來了。

四

一九四四年十二月一日，部隊發布命令，林逸平由上等兵晉升兵長，並加一級精勤獎。這一次晉升，林逸平沒受到老兵們循例成規的制裁，是因為他跟隨准尉住在巴奇亞城堡裡，離中隊營舍有一段距離，而且，自從移動來巴奇亞地區以後，士兵們從事就地求生的工作，與原在老天港克西亞，只參與防衛工作的情況不同。士兵們必須常與小蕃王國的土人們接觸，向外發展，不太有時間看顧內務的秩序。

林逸平把兵長肩章掛上，心情覺得輕鬆愉快，因為晉升兵長，當准尉值班兵的工作要換，做過九個月的值班兵，也夠厭煩了。接替的人選，是有希望第二選拔晉升兵長的丸山上等兵。丸山當然很高興來接任，事實，當准尉值班兵有時也能沾到一些特別待遇的好處，丸山早就羨慕著。

丸山也是台灣特別志願兵，是小學老師被召來的。他愛抽煙，平常向土人買來裝在竹筒裡的煙草，用乾燥的玉米皮包捲起來抽，或把煙草裝入竹製的煙斗，用打火石點火抽，煙草很香，丸山上等兵喜歡陶醉在煙草香味裡，看他抽煙抽得真過癮。

林兵長把准尉值班兵的一切工作，交給丸山上等兵之後，以為要恢復一般士兵的勤務，但部隊急需施行的就地採糧政策，派他擔任小蕃王國的農產調查員。

林兵長隨著准尉住在城堡期間，平常與駐衛的土人兵生活在一起，很快就學到了帝屯語，跟土人們日常會話講得通，才被派任黎利卡河流域一個阿羅哈布布亞小蕃王國的農產調查員。

調查員要調查小蕃王國全地域的農地生產情況，不論旱田或水田，一插秧完了就開始調查其種植面積，凡屬於五穀類，都要調查登記，報告大隊部。大隊部將按照種植面積百分之七十計算收穫率，從收穫中抽百分之三十實物，繳納野戰倉庫，獻給軍部。

依據軍令通知，各小蕃王國必須派蕃王的祕書帶通譯與兵馬，於調查員出發前日，來到巴奇亞城迎接。

林兵長準備好寢具和日常用品一大包，交給土人兵頂在頭上走。國王的祕書羅曼尼和林兵長各自騎馬，由土人兵牽著馬繩，另外五、六個土人們護衛著羅曼尼和林兵長，隨在隊伍前後走。這是非常奇妙的隊伍，使林兵長感到尷尬，他根本就沒想到自己會在這樣原始的殖民地，扮演統治者的角色來。

騎馬旅行並不舒服，走不到幾個小時，股間便覺得痛疼。但總比走路好，如此山區的崎嶇曲折的小徑，土人們習慣了走得很快，如果不是騎馬，林兵長會追不及他們。在中午之前，便跨進阿羅哈布布亞國境，他們在密林空間處，布置了一處休息所。用檳榔樹做支柱，用椰子葉蓋屋頂，沒有牆壁，能遮太陽而通風；地上鋪有厚厚的椰子葉，可以當沙發坐。國王的祕書羅曼尼請林兵長進裡面坐，土人女郎立刻端著切開上口的椰子果實來，剛摘下的椰子汁，甜又涼爽，正是可口的飲料。

休息所前面的院子，有幾個土人廚師在準備午餐。把米裝入細長的桂竹筒裡，米和竹筒之間隔一張香蕉葉，米裝六、七分，水裝滿，把竹筒靠在篝火上的架子燒。竹筒是剛砍下來的青綠皮竹子，外皮被火燒到變黑的時候，裡面的飯大都熟了，再用軟火烤。烤完拿給客人用柴刀把竹筒劈開，香蕉葉包著圓筒的一條飯，像日本的捲壽司一樣，用小刀切一塊塊吃。林兵長從來沒吃過這麼好吃的飯，有清淡的香蕉味很不錯。雞是一隻隻串在木枝烤，烤好裁開雞腿來吃。也有火烤的玉米和金瓜，雖然林兵長的食慾強，但也吃不了那麼多，為了表示誠意，每一樣吃一點點，喝些椰子酒就飽了。休息之後再上路，必須於傍晚以前到達國王宮殿的所在地。

國王出宮到廣場外來迎接，臉容笑嘻嘻地說些歡迎話，和藹而親善。國王戴的披肩是新的，穿新的披肩，表示迎接國賓的誠意。尤其，他看到來賓是在巴奇亞城見過幾次的林兵長，更親切地表示歡迎。

林兵長被安排在離宮殿不遠的廣場對角，一軒椰子葉房為休息的地方，那是為了招待國賓才新蓋的招待所，房前已派有兩個土人兵守衛著。國王的祕書羅曼尼，引導林兵長進招待所，兩個衛兵拿起標鎗立正敬禮。屋裡的布置簡潔，有竹子製的桌椅，鋪有椰子葉草蓆的眠床，在原始生活的蕃王國，這該算是最高級的賓館了。

土人兵帶來裝有寢具和日常用品的大包袱，放在桌子上，羅曼尼示意土人們幫忙林兵長解開包袱，卻被林兵長拒絕了。林兵長不喜歡土人兵的手觸摸自己的私物。

阿羅哈布布亞是一片廣大的低窪盆地，太陽很快下山了。天空雖然還很亮，但土人們就要開始晚間的節目。羅曼尼看林兵長把東西安頓好，便催促似地說：「頭安，舞會快要開始了，國王請你光臨……」

「噢！謝謝，但是我還沒洗澡呢！」

「對！對！你要先洗澡，我馬上叫奴婢們拿水來。」

羅曼尼又慌慌張張跑出去。不久，兩個八、九歲左右的土人女孩子，頭上頂著大麻竹筒來。

有五、六節長的大麻竹筒，裝的水量不少。

林兵長脫光衣服，只留下日本兵穿的十字丁褲，走出屋子後院，叫兩個女孩子站在高高的大石頭上，洗淋浴。女孩子輪流把大麻竹筒的水，慢慢淋在林兵長身上。林兵長用肥皂塗滿全身，產生白色泡沫。從沒用過肥皂的兩個女孩子，看到白色泡沫，驚訝又奇異地發出叫聲說：「頭安，頭安，你的身體會溶掉喲！」

「不會，不會，再把水淋下來。」

林兵長回頭看兩個女孩笑著，兩個女孩子趕忙向他兩邊肩膀淋水，果然，水沖散了白色泡沫，他的裸體又恢復原有的黃色皮膚。

「頭安，你會魔術？」

「嗯！魔術很好玩吧！」

兩筒水剛好讓林兵長洗過快樂的淋浴。

羅曼尼實在等得不耐煩，趕快遣走兩個女孩子，再一次請林兵長早一點去參加御前舞會，因為國王和王后已經在等候他。

舞會在宮殿前面的大廣場舉行，廣場外圍幾個角落，點燃著盛大的篝火，照亮了廣場中央的舞池。羅曼尼陪著林兵長，坐在觀台上，在國王和王后的旁邊，林兵長向國王和王后點頭送個默禮，國王高興地舉手表示歡迎，王后即嫣然一笑，就近送給林兵長一個十分好感的媚眼。她那短短的頭髮捲起自然的波紋，透過薄紗的披肩，她的胸脯褐色的乳房仍然很豐盈。聽說，國王在國內土地上一共有十個別墅，每一個別墅都有一個美姬，國王喜歡巡迴那些別墅去住宿。王姬王后之間沒有來往，因為國王不允許她們離開自己的王宮別墅，王宮別墅的女主人假若擅自離開了窩，便有可能廢除降下為平民。平民不能享受榮華富貴，於是王后、王姬都不敢……

座位前桌子上排有烤雞、烤牛肉、玉米等等和椰子原汁酒。裝這些食物的器皿，一看就知道是葡萄牙人留下來的銀盤、銀匙、銀叉、銀酒杯，真是高貴。椰子原汁酒叫作啤爾，甜而有點酸，口味很好。

廣場中央的舞場地上，敷有很大很大的椰子葉草蓆，草蓆上排滿了無數結實的玉米，玉米是曬乾的。全部落的土人男女們，手牽著手，排成大圓圈，腳踏在一支支結實的玉米上，和著大小木鼓聲，邊唱歌邊跳舞。土風舞步很簡單，只有幾樣變化的步子，循環而跳；踏在腳下的玉米，由於乾燥，一粒一粒很容易被踏就從主核心丟落下來。用跳舞舞步剝脫玉米粒，是玉米收穫後的慶祝舞會。跳舞，越跳越瘋狂，要跳到所有的玉米粒都脫離了主核心，才會停止。停止後，立刻撿起玉米粒，裝入椰子葉袋子，把玉米一袋一袋儲存起來，慶祝舞會算結束。

從觀台上，國王看望他的子民獻出歡樂的舞藝，高興地笑咪咪。林兵長不斷地感覺到王后的媚眼，集中在他的臉上，他卻若無其事地，仿著國王邊看跳舞邊啃雞肉邊喝酒。王后有時會向跳舞的子民，發出奇妙的喊聲而拍手，也送給樂隊熱烈的掌聲，國王當然也隨和著王后的興趣而拍手。此時王后會特別笑嘻嘻地望著林兵長，林兵長不得不也熱烈地拍手。土人們跳舞的歌聲，拖著抑揚的韻律，但很單調。像日本民歌單純的反覆，悠慢地旋轉不完。

吃飽了肉，酒也喝得差不多了，夜逐漸地深暗，舞會終於結束。各個角落的篝火會燃燒整個晚上不熄。

林兵長向國王和王后告別，回到賓館，羅曼尼仍然跟隨著。土人兵早在賓館房間，點燃了樹脂蠟燭，淡淡的火光照到屋外，造成了羅曼蒂克的氣氛。羅曼尼說：「是不是就要休息了？頭安。疲勞了嗎？」

「嗯！我要休息了。沒事，你可以回去。」

羅曼尼接近林兵長耳邊，小聲地囁語著。聲音快又過於小聲，林兵長聽不清楚他在講什麼。林兵長感到疲憊，只是點頭「嗯！嗯」地應付一下，卻邊脫衣服邊說：「我真的要睡了，你回去吧。」

林兵長送走羅曼尼，同時在門口看到兩個土人兵，手拿著標槍，蹲在小篝火邊守衛著。林兵長覺得有點奇怪，畢竟，土人兵是為了護衛我的安全？或者預防我逃跑的？林兵長想，澳洲的聯軍沒有來襲的可能，那麼，土人中是否有聯軍的間諜？國王才不放心派土人兵嚴密看守？算了，我是這裡的客人，讓土人兵去護衛吧。

林兵長脫掉軍服，爬上床，蓋軍毯躺下來。椰子葉房屋都沒設門窗，空氣流通好，夜晚了有點涼。蓋軍毯剛好，很舒服地，林兵長很快進入夢境，意識模糊起來了。

不知經過多久，沒有鐘錶，當然不知道時間，在林兵長模糊不清的耳朵，好像聽到羅曼尼細細的嘶啞聲：「快，快進去啊，頭安睡在裡面，進去好好服侍他——」

有人躊躇著不願進來的樣子。林兵長被吵醒了。正在調整逐漸清醒的聽覺，忽然有人衝進來，事實是羅曼尼把她推進來的，進入黑暗的屋子，腳碰到林兵長橫臥著的大腿，啊！不行，瘦小的身軀一搖晃，跌倒在林兵長身上，順著躺在林兵長的身邊不動了。女人？林兵長伸手摸到躺在身邊的女人，直感是羅曼尼召來的。羅曼尼真是多管閒事，林兵長並沒要求啊。

女人萎縮著身體，像被貓抓到的老鼠那麼害怕，不敢出聲，不敢擺動。不，或許她是為了害羞，期待著男人的愛撫？林兵長伸出右手，溫柔地撫摸女人裸著的肩膀和背脊。知道女人的肌膚，集中神經而抖著。林兵長不想刺激她的乳房，不觸及她的性感帶，只是讓右手在她的肩膀和背脊來回撫慰著。林兵長感到自己的手，比女人的皮膚還柔軟。女人全身的皮膚，正在脫皮似地，有如撫摸幼嫩的魚鱗般，太粗了。

「妳是，為甚麼來的？」

「……」

女人的肩膀隨著呼吸，微微顫抖在林兵長的右手下，講不出話來。

「妳叫甚麼名字？為甚麼來到我這裡？妳不必害怕，我不會害妳的！」

「……」

「我只是要妳回答我想知道的事情就好，妳回答，我也可以聽妳的要求……」

林兵長盡量把話溫和地講完。講完了感到女人的肩膀不再顫抖了，似乎解除了害怕和緊張。

林兵長的手，仍很溫柔地撫慰著女人的上身，從肩膀、背脊到紗籠褶結的地方，又摸回到肩膀、脖子，以及頭髮。把手的感觸，探索從前他所認知的女人的滋潤與和睦的美，確實很久沒有觸及過女人的肌膚了。現在有個女人柔順地躺在身邊，任你自由擺弄，你可以吸收飢餓已久的渴望，而吃掉她。雖然她的皮膚這麼粗，發散著太陽燒焦的味道，但她底野性的女人體臭很強。林兵長沒有把撫摸女人背脊的手停下來，很冷靜地發問：「妳叫什麼名字？我問妳。」

　　女人依稀把臉伏在林兵長的胸脯裡不敢動，但這一次她似乎很勉強地發出微弱的聲音說：

「我叫卡蘭娜。」

「卡蘭娜，是你們國王的祕書羅曼尼叫妳來的嗎？」

「是國王的命令……」

「妳喜歡來？」

「不，國王選擇我，我不得不——」

「那我要妳——妳不會拒絕？」

「……」女人的身軀又硬撐起來。

「妳有沒有丈夫？」

「有……。頭安，我請求你，請求你不要——讓我回家去，我的丈夫在等著……」

卡蘭娜使出全身的勇氣，抑壓著情緒，把話說得清楚。

「妳愛丈夫？」

「他很喜歡我——」

在黑暗中林兵長看不見女人的臉，不知道她漂亮不漂亮。那倒不是問題，若是明天，國王的祕書羅曼尼問他：「昨晚的那個，怎麼樣？」必定是指性愛的技巧。但是羅曼尼這個早老的傢伙一定會說：「她是我們小蕃王國的第一美人！」

第一美人的皮膚這麼粗，是不是指土人女人標準的體格，具備最性感的姿態，才是美人的條件？

「妳跟丈夫做愛，做得很好嗎？」

這是林兵長未知的愛慾圖，很想揭開未曾窺伺的神祕。

「哦！這，我怎麼知道，我只覺得他很行，不過，頭安，我已經告訴你這麼多啦，你應該讓我回去。」

林兵長不再撫摸女人的背脊，想起來洗手，把粗皮膚的感觸洗掉。

「好吧，妳回去吧。」

林兵長有點過於冷淡地把她推開。

「但是頭安，你不發出命令，蘇達兒他倆不會讓我走的……」

「噢，是嗎？蘇達兒，蘇達兒。」

林兵長向屋外大喊，土人兵馬上走近來說：「頭安，有什麼吩咐？」

「讓這個女人回去好啦。」

「怎麼這樣快？頭安，你不喜歡她嗎？她對你不好嗎？羅曼尼先生說，如果你不滿意，要再帶來一個……」

卡蘭娜聽了蘇達兒的話，馬上俯伏在林兵長的耳邊說：「假如你說不滿意，我會受國王的責罰，頭安，請你救救我……」

林兵長想到羅曼尼一定把這一件事交代得很周到，土人兵又很服從，一點都不敢怠慢。「蘇達兒，這個女人很好，我很滿意，但是現在我要睡，不喜歡有人打擾，你帶這個女人回家去。還有，拿水來，我要洗手……」

粗皮膚的女人高興地回去了。林兵長把手洗得特別乾淨，然後回到床上躺下來。林兵長感覺有點不安，不知道那個女人的粗皮膚，會傳染給自己什麼？皮膚病？或者性病？但不安歸不安，林兵長不到一刻就睡熟了。

吃過牛奶和玉米的早餐之後，國王的祕書羅曼尼又帶來五、六個土人兵，其中有一個是青年王子魯敏特，他們拿著竹竿和長繩子，結隊到稻田去。

插秧早已完成，綠翠的稻葉成長得很美。是肥沃的稻田，能預期這一期也必豐收。

林兵長用長繩子和畫有公尺指線的竹竿做度量具，由青年王子魯敏特和土人兵，跑遍稻田的各個角落，牽著長繩子，一一測量所有稻田的面積。羅曼尼隨在林兵長身邊，每次量過一筆田地，都會要求林兵長，把面積減少一至二成記錄下來。有些地區，羅曼尼更堅持說：「這一區土地不好，每年都減收，請特別記錄減三至四成。」林兵長說明軍政命令的要求，調查的方法，必須要遵守，但最後還是依照羅曼尼的要求，給阿羅哈布布亞小蕃王國國王也覺得很滿意的結果。

土人們是純潔、樸實、坦白、乾脆，做事不拖泥帶水的，說他們是「蕃」，他們都不蕃。真正「蕃」的是日本軍政的法令，搶占人家的土地、房屋、財產，並剝奪人民的權利，是極惡霸道的集團。林兵長是集團裡的嘍囉之一，只有甚深的無力感，做非自己意志的工作。吃、活、愛、死都受到看不見的權力支配著。由於他的行動快、辦事俐落、成績好，才有機會被派任部隊外的工作。也可以說，他代表那個看不見的權力，國王也聽從他。他能以自己的意志，做不違背人道的事情，只要看不見的權力不強迫他，他總是不忘記自己是一個流暢著熱血的人。不會像小林兵長那個台灣徵來的日本人補充兵，都要依靠權勢，更加惡毒地虐待弱小。

林兵長在阿羅哈布布亞住了十幾天，交到好多土人的朋友，受到他們誠懇厚情的招待，與日本殖民台灣的政策比較，得到了難得的經驗，被土人們認為是自己人呢。他完成了任務，回到巴奇亞城，把一大堆調查結果呈報松永准尉，就暫時閒下來了。

中隊的洗衣場，設在巴奇亞台地的水源附近。水源是葡萄牙人設計建造，有如一座優美的小公園；清淨涼冷的泉水，不斷地從神祕的陶雕獅子頭口流出來。洗衣場用竹片接引泉水，洗衣很方便。林兵長正在洗十多天的塵囂，想恢復乾淨的思念的時候，阿羅哈布布亞國的青年王子魯敏特，雙手抱著一隻大雄雞來找他。

「頭安，你記得我嗎？」

「當然，你是王子，來找我做什麼？」

林兵長把洗衣的手停下來。

「很幸運，我一來就找到了你。沒甚麼事，我是來玩的。」

「不是要去鬥雞嗎？」

「這不是鬥雞，是要送給你……」

「送給我？為什麼？」

「你是我們的朋友，送一隻雞給你表示敬意，同時，我要你交換給我這一條布。」

魯敏特手指著要洗的衣服堆上，一條十字丁褲，寬約七寸長約三尺的白布。

「好嗎，頭安，你忙，我把雞綁在竹柱下，你忙完了再帶回去。還有……」

青年王子伸手拿起還沒洗的十字丁褲，隨即綁在頭上，已占有了珍稀的一塊布，露出白牙高興地笑了。

「你既然那麼喜歡，就給你吧，你說還有什麼？」

「頭安，你到我們阿羅哈布布亞來的時候，睡覺用的軍毯，能不能給我？如果，你願意給我軍毯，我給你一個條件……」

「吥！你要軍毯？是什麼條件？」

青年王子魯敏特靠近林兵長細語說：「你可不要告訴別人，好嗎，你給我軍毯，我帶你去我妹妹公主的房子，你可以跟公主睡覺……」

林兵長感到驚訝，目瞪口呆地看著王子。

「是真的嗎，還是開玩笑？公主怎能聽你的話？」

魯敏特嚴肅而認真地說：「當然是真的，一切聽我的安排不會錯，我那個公主，她的丈夫死了，空閨愁難耐，你懂嗎？」

「我不懂。」

「不管你懂不懂，你給我軍毯，我就帶你去，去找我妹妹那兒睡！」

「不行，軍毯是軍隊的公物，不能隨便給人啊，你該知道軍隊的規則很嚴……」

說到軍隊的規則，青年王子魯敏特覺得無可奈何，想了一想，「那麼，頭安，你送給我妹妹兩個項圈好了。」

「項圈？……啊，可以，等一下我們回房舍去拿給你。」

項圈是夾紙張的迴形針，土人女孩子們都很喜歡迴形針，拿來用絲線吊在脖子胸前當項鍊用。褐色皮膚的女孩子們，裸露著上身，把銀色小小的迴形針，吊在胸前乳房之間，確實點綴了特異的美。因而她們視迴形針當寶石，像文明世界的女人，把鑽石項鍊掛在胸前那麼寶貴。

林兵長給與青年王子兩個迴形針，魯敏特很高興地，調整一下纏在頭上的白布，跳著舞步就下山回去了。

（發表於一九八三年十一月《文學界》第八期）

求生的慾望

一

利用黎利卡河流域肥沃的土地，由部隊直接計畫開墾和種植，是第三小隊的任務，在巴布亞地區設有聯絡站。

林兵長從阿羅哈布布亞國回來不久，又被派專屬於第三小隊，從事農耕工作。於是，攜帶日常用品，配備兵器、背囊等，騎馬來到第三小隊報到。

分配在第三小隊士兵不到十個人。西山小隊長是一位篤實的農業專家，很和藹，是領導農耕工作最適當的指揮者。

「你就先去督導竹林區那邊的開墾作業吧，那邊大約有八十多個工人，明天開始你就去。好嗎？林兵長。」

「是。」

小隊紮營在低矮的小山麓密林裡，不大的椰子葉營房之前面，有廣大的操練場，操練場的角隅有一棟小屋子當炊事室，炊事室後面約離十公尺的地方，有椰子葉當圍牆遮蓋的浴室，放著二、三個裝過機油的鐵桶，可以燒熱水，供士兵們洗澡。這一間浴室外圍是濃密的竹林，而竹叢的後面一片平地，正在動員土人工在那兒開墾。

土人們沒有鋤、沒有鎬，只有柴刀。柴刀跟牛是他們唯一貴重的財產。開墾農地無法使用鋤、鎬，便用柴刀砍下相思樹枝椏，選取適當於用手握住的大小，把枝頭削尖，分四、五個人一組，每人手拿一枝相思樹枝，排成半圓形站著，邊唱歌邊拿著樹枝把尖頭插進土裡，像是在搗米唱搗米歌一樣，搗了幾次，樹枝尖頭逐漸插進泥土裡，到有相當的深度，排成半圓形的工人便合力一、二、三，把半圓形的一塊泥土翻過來。這樣把一塊又一塊翻過來的泥土再加以弄平，就適於播種插苗。

土人們分十幾組，散開在平原草地上刨土，動作慢吞吞，而配合動作唱的歌聲，卻很響亮。像這種在原始的大自然中，悠哉悠哉工作與生活的土人們，應該會長壽。但恰恰相反，他們的壽命平均只有三十多歲而已。

參加農墾的工人們，也有七、八歲左右的男女孩子，摻雜在大人裡工作，是軍政總部分配小蕃王國徵工，為了湊足名額派來的。土人們的工作像遊戲，慢吞吞、不忙不急，不論男女老幼，都笑嘻嘻地唱歌而動作。

有個看起來三十歲左右的肥胖婦人，常自告奮勇，喜歡關照那些男女孩子，不僅工作上指東指西，也干涉他們的行動。那個婦人常常跑到林兵長面前來說這說那，林兵長都微笑著，而不太愛理的樣子。

婦人說：「頭安，你的夫人呢？」

林兵長搖了搖頭，表示還沒結婚。

「噢！你這麼大男孩，為什麼沒結婚？我知道有個女孩子，明天帶來給你看，你喜歡的話，可以結婚——」

果然第二天，她帶來了一個五、六歲大的女孩子，很謹嚴地說：「她叫莉蒙那，她答應願意嫁給你。」

那個小女孩臉上羞澀澀的，睜大了眸子一直望林兵長笑著。不錯，是可愛的小女孩，但是一個過了二十歲的大男孩，怎能娶一個五、六歲的小女孩？這叫林兵長不停地搖頭說：「我不是不喜歡，但是我們的軍隊不允許結婚，我們正在戰爭第一線，不能結婚……」

林兵長說話的表情澀硬了。他看得出婦人和小女孩都不是開玩笑，連其他眾多的土人們，都圍過來很認真地，向那小女孩說些祝福的話。林兵長不知道土人們的習俗，覺得這個場面不太對勁。他說軍隊不允許結婚，土人們都不相信而集中眼睛凝望他，越使他感到困窘。

突然，有個年輕婦人，推開人群走進來。她不像一般土人婦人那樣含著檳榔突出嘴唇。有點秀氣地在胸前雙乳之間，吊掛迴形針項鍊，挽著老婦人的手解釋說：「你們都不懂，他們日本軍的規律很嚴，不允許結婚就是不允許，連他們的將軍沒有一個人結婚的，我知道。」

聽到年輕婦人這麼一講，包圍的人群譁然騷動起來。他們的話吱吱吱吱，說得很快。

「開始工作！」

林兵長趁機叫通譯馬利諾發出命令，要土人們恢復到原工作崗位，繼續刨土。土人們不論男女口口不知嚷著什麼，慢條斯理地邊嚷著走回工作崗位去。

「剛才那個女人是誰？」

土人們散開了之後，林兵長便問通譯馬利諾。馬利諾傻笑著，認為林兵長會注意到那個女人，很有趣。

「她，她是鄰國的阿羅哈布布亞公主素珊，誰都知道她是像沒有轡的野馬，很活潑，又相當摩登的婦人。」

「噢！是不是死了丈夫的……」

「咦！你怎麼知道？」

「我只是聽說過，上個月我去過阿羅哈布布亞調查農耕地——」

馬利諾誇大地頻頻點頭，然後把右手用拇指和食指做個零，其餘手指翹起，給林兵長看，表示會有好運氣，而細語說：「看起來，她好喜歡你的樣子，剛才她那嫵媚的眼神，嘿！嘿！……」

「亂講——」

林兵長做著拳打的姿勢要打他，黑矮身子的馬利諾很敏捷地跳開，走入勞動的工人隊伍去了。

太陽一下山，天還沒黑，馬利諾就吹哨子，讓土人們下工。這附近看不到土人住的房屋，林兵長不知道他們回到哪裡去。土人們一下工就分散，各自走入密林或山坡的小路而消跡。土人的家，大都用椰子葉、樹枝、竹子等，綁搭在大樹上，有圓形或多角形的，像奇異的大鳥巢，從靠樹根安裝的樓梯攀上去。窩裡有裝糧食或水的各種器具，如椰子果實的內殼製造的碗，竹子造的儲水筒、陶壺等等，還有纏身的手織布、標鎗、柴刀，他們的生活很簡單樸素，屋子裡因長久在地上燒火，被煙燻得黑黑，且有難聞的土人體臭。當然也有些房屋是蓋在地上的，利用無數的石頭疊積起來做圍牆；圍牆裡狹窄而矮矮的屋子，適合供土人們睡覺和做愛之外，他們大都利用大自然的空間做活。譬如，起火取暖或燒吃的東西，摘天然樹木的果實充飢，捕魚、打獵等，都在屋外行動。林兵長來到帝汶島那麼久，只進過土人的樹上住窩一次而已，很難看到他們的家。難以看到他們的家，表示他們是難以親近的民族。他們的家，他們的行動，有點怪僻，又神祕地令人懷疑。也許，有些人根本就沒有固定的家呢。

「頭安，你在想什麼？」

公主素珊一直站在林兵長背後，微笑著。

「啊，是妳，妳怎麼不回家？」

「要啊，要回家才等著你一道回去麼……你想著什麼那樣發呆？」

「跟我一道回去？」

素珊公主不是在這裡做工的女人，今天忽然出現，藉故親近林兵長，使林兵長覺得莫名其妙。難道她家住在第三小隊營舍附近？

「頭安，在你們隊部廚房工作的艾連娜，你認識嗎？」

「不認識，為什麼？」

「她是我的好朋友，你一定看過她。她是從阿羅哈布布亞被徵來，在你們部隊廚房工作的，很乖很聽話的一個女人。」

林兵長只知道廚房有女人在幫忙炊事兵做事，但從來沒有注意過她們。或者林兵長天天看了她，也不知道艾連娜是其中的哪一個。

「你一定看過艾連娜，她是聽話又溫順的女人，我來看她，想陪她幾天，但她很憤慨地告訴我，說她被炊事兵田口上等兵強姦了……」

素珊公主為什麼突然告訴林兵長這些話？林兵長猜也猜不出她的話意。

「我聽到艾連娜被強姦了，才特別跑來告訴你。」

素珊公主引導林兵長走向上坡的小徑，她那胸部的隆起沒下垂，隨著走路的腳步搖動著，使林兵長感到異性強烈的誘惑。

「艾連娜昨天告訴我，說炊事兵田口帶她到黎利卡河邊去搬米，一個人帶一包，回程走到上坡處，田口上等兵說要抄近路，就進入叢林裡。在鬱蒼的叢林裡，田口說疲倦了要休息，就把米袋放下來坐……艾連娜當然跟著他坐下來，田口就撫摸她的胸部，又掀開她的紗籠，你知道嗎，你們的炊事兵強姦了艾連娜。」

「嗯！田口上等兵真不應該，強暴是犯法的。不過，那個時候，艾連娜怎麼樣？她反抗？激烈地反抗，反抗不過而哭了？」

「不，不，那個時候，艾連娜說，她好高興喲。」

林兵長被戲弄了，素珊公主拿一則極為平凡無聊的故事，戲弄林兵長。為什麼？林兵長有點不高興地看了看素珊公主，素珊公主卻很認真，看不出是開玩笑。她是一個寡婦，乳房高聳，一看就知道是成熟的婦人，但仔細觀察，只有十三、四歲的女孩子，有些事情還分不出好壞的年齡，這使林兵長搞不清如何應付她了。更且她是被稱為無韁的野馬……

走過竹叢就會到達洗澡場，素珊公主站停腳步，面對著林兵長，睜大的眸子濕潤著，帶有野性藍藍的瞳孔很誘人。她拿起吊在胸前的迴形針項鍊說：「頭安，這是你送給我的。我哥哥告訴過我，我要道謝你，你，你不……」

素珊公主靠近林兵長，林兵長聞到土人女人奇異的體臭，體臭反而刺激他清醒過來，林兵長實在不知道如何應付她。

「你，你不……不『喜歡』我？」

素珊公主看了林兵長迷惑困苦的神情，忽而把「強姦」的語意改為「喜歡」說出來。

「妳不調皮，我當然喜歡妳。走啊，隊裡快開飯了……」

林兵長以超然對待年少女孩子似地的風度，抓住素珊公主的手臂走上坡去。他腦子裡嚷著：

「我不是田口，我不是田口炊事兵。」

晚飯的時候，林兵長才仔細地觀察從廚房端飯來的女人。愛多管閒事的素珊公主也在幫忙她們的工作。跟素珊公主在一起比較身高的女人，必定就是艾連娜，她好像很聽從素珊公主，謹慎地服侍素珊公主，一點都不敢怠慢的樣子。

白天的工作糟蹋了士兵們的體力，使他們還沒到熄燈時間就睡熟了。

林兵長被叫醒時，剛好是十二點，輪值站衛兵是十二點到二點之間。自從來到第三小隊，差不多每晚都要輪值夜間衛兵，因為小隊的士兵少，除了西山隊長之外，全士兵都要輪流值班。

夜空並不很清朗，山林的陰翳覆蓋在整個營房區域，衛兵站在哪一個角度，都藏在陰影裡，從外面看不到，當然要提高警戒心，順著營房的周圍巡邏。上一個站衛兵的吉川上等兵把任務交代完，早已回床睡了。人和鳥獸一樣，沒入貪睡中，若無緊急情況，誰也搖不清醒。偶爾林子裡的貓頭鷹會叫一、二聲，增加了原始世界的神祕感。

林兵長以慢步子巡邏營房一周，再走出房外廣場。巨大的廣場一片黑暗，他蹲著身子觀察黑暗的廣場底邊的地平線，像貓般睜大眼睛，逐漸看清黑暗裡靜態的事物了，沒有一點動靜。林兵長雙手握緊三八式步兵鎗，一步步走向廚房，透過椰子葉牆壁，他看到廚房裡面的炊事兵寢室仍然有燭光亮著。走進去一看，原來就是樹脂蠟燭的火沒有吹熄，火光被風吹亂了正在發威要燒到椰子葉牆似的，多危險啊。然而，展現在眼前的光景，更使林兵長吃驚，狹窄的寢室房間隔三分之二全面鋪床，炊事兵田口熟睡在床的左邊，也許工作後太疲勞了，睡得很甜，遇到天地大動亂也不會覺醒似的，像這樣不省人事的時候被打死，該算是安息死，不會痛苦吧。床的裡面那個不知名的女人，縮著雙腿橫臥在田口上等兵的頭部上面。睡在靠近田口上等兵身邊的女人是艾連娜，離艾連娜一段距離，睡在大床邊緣的是素珊公主，把雙小腿垂在床邊，這樣的姿態能睡得著嗎？蠟燭就在素珊公主的頭上，插在椰子葉牆壁。

使林兵長吃驚的，不是田口上等兵和女人們紊亂的睡姿，卻是睡熟著不省人事的艾連娜，不知有意或無意，把短短的紗籠掀起到肚臍上，露出了全屁股，還有素珊公主的雙腿張開著，一進門就從半揭開的紗籠底襟，能窺見到女人的私處，一瞬使林兵長全身的血液逆流衝上，也因此，他那不懂異質腥羶的男性，忽然驚醒，突破十字丁褲帳起帷幕來。

樹脂蠟燭的火光，越燒短越會狂亂的搖動，油脂滴落在床上。乾燥的椰子葉最易燃燒，不能讓它觸及火星，而危險的火星必須吹熄。若要吹熄蠟燭的火，必須靠近睡著的素珊公主，必須半俯伏在露出私處的她身上，才能吹到火熄。林兵長躊躇了稍時，右手握緊三八式步兵鎗，看著火燭，已不能再猶豫了，敢然躍出上身，一氣把蠟燭火吹熄。微亮的世界一瞬被推進黑暗，甚麼也看不見，只是林兵長的記憶膜裡，艾連娜的屁股和素珊公主的私處，像走馬燈旋轉起來，但那只是一剎那。

「啊！」

林兵長短短地驚嘆一聲，不知怎麼搞的，上身被素珊公主黏住了，成為面對面擁抱的姿勢。

同時，素珊公主用右手掩住林兵長的嘴，不讓他發出聲音，又用左手臂環繞林兵長的背脊，緊緊抱住著不放。真是狡猾的小妖精。林兵長心裡慌張起來。要排脫她糾纏，只有強力地把她摔倒在上，但勢必會吵醒別人，不然，就不得不任她黏住著。她的身體很輕，抱著輕輕的女人軀體，很快，他想出了最好的辦法，乾脆抱著她走出屋外。屋外的星光模糊地照出一堆乾草，把她摔倒在草堆上，是不會受傷的。林兵長的想法正中了素珊公主的陷阱，她順著倒下的力量，強拉住林兵長一起深埋入草堆裡。毫不費力，素珊公主只敏捷地動一動手指，打開軍服褲子的鈕扣，一切就如願了……

然後，林兵長依著仍然握緊的三八式步兵鎗站起來。急忙跑到竹圍裡的洗澡室，把鎗托放於竹叢根處，脫光衣服，跳進鐵桶浴盆裡。還好，洗澡水還有點溫暖。林兵長拚命地洗淨下半身，意將性病的恐怖也洗掉。

不久，林兵長恢復威嚴的衛兵身分，站在營房門前守衛的崗位。他彷彿聽到廚房那邊，素珊公主和艾連娜兩個人在細訴私語的聲音。然而，「性」對於目前林兵長來說，正和「戰爭」一樣，是迷糊不明的東西，是不屬於自己的意欲為需求的東西。

二

隊部直接經營的農耕地，有水田和旱田各二十五甲左右。畫成棋盤形的田間小道，四通八達，站在小崗上，眺望一片廣闊的平面田地，才知道那真是壯觀的良田。

在就地求生的第二步驟，林兵長被派管理二十五甲的旱田，另有水田二十五甲是小野兵長管理的。聽說這一片良田，原來是葡萄牙總督驅使現地土人們，開墾出來的殖民成果。日本軍政僅派一個兵長，管理二十五甲那麼廣大的田地，實在可以說大膽而苛刻。

林兵長每天一大早，就從巴布亞的小隊隊部，走約四十分鐘的路到旱田去。受他指揮從事種植的五百個工人，是黎利卡河流域的五個小蕃王國，各徵召一百名派來的。為了協助林兵長能順利處理工作，由五個小蕃王推選巴布亞國的元老祕書耶洛達當助理，另有通譯員馬利諾，加以十名蘇達兒，跟隨林兵長身邊，聽從林兵長指揮。

「這位是祕書耶洛達先生。」

經過通譯馬利諾的介紹，林兵長瞭解耶洛達是一位忠厚篤實的老人。說老人，其實也只有三十多歲而已。

「頭安，有甚麼事情，請儘管吩咐……」

「哦！謝謝你，我很需要你幫忙，很多你們的風俗習慣，我都不知道，無論在工作上、私人生活上，你認為應該怎麼做，請你不要客氣地告訴我。」

耶洛達看林兵長不但不擺架子，且那麼謙虛誠懇，也表示誠實的笑容說：「頭安，你是好人，我相信你是不會欺負我們同胞的人，我一定會全力幫助你。」

耶洛達不愧為一個國家的元老，待人接物處理事務極為明快。

作業第一天，為了祈求工作效率而要分班，林兵長命令通譯馬利諾轉達，先以每一小蕃王國派來的一百個工人排成一排，一共五排工人都在旱田蹲下來。再命令十個土人兵分五組，每組兩個人管理一排算人數。

土人們只能從一算到十，十以上就不會算，因此每一排從一算到十，就叫第十個人站起來，然後再算站著的人數。第一天五百個人都到齊，土人們似乎很聽話。但是因為每一小蕃王國均為了湊足人數，工人裡老幼男女紛雜在一起，有些孩子年紀太幼小。

「耶洛達先生，這些工人，小孩占得不少，年紀那麼小，怎能做好工作，能不能通知國王調換大人來。」

祕書耶洛達聽了林兵長的話，感到迷惑，但還是笑嘻嘻地說：「頭安，日本軍的命令是要國王徵召一百個人，沒有男女老幼的限定，只是說一百個人，每一位國王都已經派來了一百個人，沒有理由要他們調換，不管年齡大小，他們會走動，應該算一個人，國王也找不到可以換的人，因為大部分年輕人都喜歡流浪在外，很難找回來，本來湊足一百個人實在也不容易……」

祕書耶洛達說得有道理，林兵長只好依他了。不過，至少他想知道小孩占多少比率；他叫通譯馬利諾通令，要小孩站起來。

馬利諾發口令，一看，聽口令站起來的只有八個人，都是五、六歲左右的女孩子，而很多八、九歲的男女孩子，仍然蹲著。

林兵長揮起祕書耶洛達送給他的藤條，指著一個八歲左右的男孩子，問他：「你為什麼不站起來？」

男孩子抬頭，做著莫名其妙的表情，仰望林兵長。男孩子的眼神伶俐而敏捷，如果，不是生在這樣不文明的原始島；如果，是生在文明的國土裡，像他這樣的男孩，必能得到適當的教育，培養出人類高度的才華出來吧。

「你是小孩子，為什麼不站起來？」

林兵長重複說一次，但是，男孩子仍然蹲著，他說：「我已經結婚了，我不是小孩。」很多土人「哇——」地笑出來。有些人搖著身體又拍手，諷刺頭安連這一點都不懂。土人們認為頭安才是小孩子，還沒結婚。以結婚來分成人與小孩，在土人們的社會是很有趣的道理。林兵長無法以個人的工作能力分配工作，不得不改為分區域由各小蕃王國的工人，負責耕種與管理。

依照軍部計畫，旱田二十五甲應種植玉米。從整地、播種、除草以至收穫，大約需四個月的時間，而徵召工人工作主要在整地、播種，之後就不必用那麼多工人了。

然而，在第二天上工點名的時候，卻有十分之一的工人曠工不知去向。不喜歡受拘束的土人們，竟不告一聲擅自流浪到別處去，根本就沒有法律能約束土人們的行動，只有國王的命令才是法律。

「耶洛達先生，今天曠工這麼多人，希望你趕快設法找回來。」

「哦！那些人奔放生性了，真不應該，我會馬上通知……」

祕書耶洛達命令土人兵蘇達兒發出通令，蘇達兒馬上面向天空，大聲喊出命令的主意。在安靜的山間盆地，蘇達兒的喊聲傳播到幾百公尺的遠方。而在聲音傳到的地方範圍圈內，聽了命令的人，都必須馬上站起來，同樣大聲地按原主意傳達出去。這樣幾百公尺一站的命令傳達方式，傳播得很快。不論任何人，聽到傳令的人必須馬上複誦傳達，這是這個地域土人們的規矩，成為原始社會的生活方式。祕書耶洛達的命令，這樣不到中午，就傳到黎利卡河流域的小蕃王國的人民都知道了。那些無故曠工的土人們應該會回來工作，但是，聽從命令回來的，卻沒有幾個人。

這是祕書耶洛達的權力與信用問題，他感到很頭痛。於是，叫蘇達兒天天發出通令，以期曠工的土人全部回復工作為止。但是，每次通令發出去，回來工作的，僅有幾個而已。終於祕書耶洛達發出最後的通令：「如再不回來工作者，要執行嚴重處罰。」

既然如此，仍不回來工作的土人，還有二十幾個。那些土人的牛勁性，真使耶洛達氣得發作了，即刻派五個蘇達兒到各區域去抓回來。

蘇達兒都知道土人們隱匿的地方，過了二天的早晨，便把牛勁性的二十三個土人抓回來了。

林兵長一上班，看到祕書耶洛達和通譯馬利諾，十個蘇達兒包圍著逃跑了多天，被抓回來的二十三個土人工，用麻繩綁著土人的手，怕他們再逃跑。林兵長算一算那二十三個人，女人比男人多出一倍。耶洛達生氣還沒消，不高興又不耐煩地說：「頭安，怎麼處罰他們？」

「先把綁手的繩子解開！」

林兵長不喜歡看他們像犯人被綁著手。

「頭安，你不怕他們再跑掉嗎？」

通譯馬利諾緊張地說。

「如果有人敢逃跑，我用鎗打死他——」

林兵長掏出腰帶的手鎗，指向被綁著的土人們，做著射擊的手勢。土人們知道鎗的威力，害怕地緊張起來，連祕書耶洛達也變了臉色。

林兵長把手鎗插回腰帶說：「把綁手的繩子解開。」

祕書耶洛達向二十三個土人們說：「你們看！頭安這麼好，要解開你們的繩子。但應該知道，再逃跑就會被打死啊！」說完又轉向林兵長說：「怎麼處罰他們？」

蹲在地上的土人們，都仰望林兵長，從他們的眼神，能察覺愚笨、頑劣、懶惰的本性。耶洛達應該瞭解這樣頑愚的劣根性，必須怎麼樣處罰。

「既然必須處罰，你認為該怎麼樣處罰才有效？」

林兵長反問祕書耶洛達。

「體罰最好，打痛身體，疼入心裡，就不敢再違背了。」

「那麼，你來打——」

「不行，我們同民族，由我打，他們會怨又不順從。必須請頭安打，頭安是外來的神，毆打痛心，他們才切身感到神的威力。」

耶洛達是道地的殖民為政者，他知道同民族的個人反抗是無濟於事。

「好吧，我來打，先叫他們咬緊牙根。」

林兵長拿起耶洛達送給他的藤條，命令蹲著的土人一個個依序站起來，向褐色的土人背脊揮起藤條鞭打下去，雖然林兵長不願用大力量鞭打，但藤條的彈性打在皮肉的背脊，造成一條條蚯蚓形的傷痕，忍不住痛疼的土人都尖叫痛哭。甚至有的女人禁不住洩尿而蹲跪下來。打、打，為了改正個人頑愚的劣根性，林兵長不停地一個個繼續打下去。一個人打三鞭，一共打了六十九鞭，他自己一直到打完的時候，卻感覺到血液逆流，差一點就昏倒。

「還敢不敢再逃跑？」

「不敢了，頭安——」

二十三個人跪在地上，有的垂頭喪氣，有的哭著，顯出劣等人的諂媚姿態和無可形容的可憐相。耶洛達和馬利諾和蘇達兒們，好像也厭惡自己的同胞持有頑愚的劣根性，很生氣地睥睨著他們。

「好了，蘇達兒，帶他們去工作。如果再有人逃跑，就打死——」

祕書耶洛達的主意不錯，被處罰過的那些土人們，從此不敢再曠工了。或許，曾經葡萄牙總督也是用這種手法，統治殖民地成功的吧？

林兵長在旱田督工期間，中午不能回去部隊吃飯。每天由八歲左右的女孩子拉莎娜，到部隊去拿飯盒來。祕書耶洛達和通譯馬利諾，是由他們部落送飯來的，每天三個人坐在田間小道邊香蕉樹下用餐。耶洛達吩咐他的女傭，每天多帶一客中食送給林兵長。最初林兵長不接受，但耶洛達說：「這是我們接待頭安必需的禮節，你不接受，表示不友善，有意成為我們的對敵。」

「那麼嚴重嗎？」

「這是我們的禮節，尤其敬酒不喝，更被認為懷有敵意——」

通譯馬利諾插嘴說：「這是我們的風俗，頭安不接受就是看不起我們，蔑視我們。」

「但是，我從部隊帶來的飯，不吃不行呀！」

「很簡單，把飯給我們的女傭，她會很高興。頭安就把空飯盒子帶回去，不是一樣嗎？」

耶洛達的中飯是用小嘴口的土壺燒的，土壺的腹部寬大，嘴口小，燒成的飯當然好吃，而且有魚有肉，豐盛的菜餚，附帶一節桂竹筒的椰子原汁酒，這與小蕃王一樣的享受，使林兵長不無覺得過於奢侈。想到亞比雅野戰醫院裡，每日平均有六個人餓死的情形，林兵長這樣的享受，實在太幸運了。

耶洛達是博學多識的人，講話幽默。中飯的時候，常講土人民間的故事，有一天他說：「我們的祖先原來是女人，住在樹上的窩裡；有一隻不知從哪裡來的豬公，會爬樹，爬到樹上跟窩裡的女人睡。第二天早晨，豬公由於一個晚上過分的享受，竟忘記身在樹上，搓著睡迷糊的眼，腳一踏出門口，便從空中跌落下來。你想，那麼肥胖胖的豬公，碰到地上的石頭怎能僥倖？吁吁一聲就死了。後來女人生孩子成為帝汶人。因而帝汶人不吃豬肉；而沒有阿拉神的許可，和女人通姦的人，都會意外慘死。所以頭安，我勸你，若非正式結婚，不要和這裡的女人通姦，不然，會遭受不幸……」

林兵長知道南洋一帶的褐色土人，信奉伊斯蘭教，不吃豬肉，原來帝汶島也不例外。而一個民族神話中的始祖是女人，這跟日本神話的天照大神，是異曲同工的故事麼。

——每天早晨，林兵長從部隊出發，來到山崗下坡處，看黎利卡盆地一帶，大都還被雲霞籠罩著，一片白茫茫。對面的黎利卡山峰，就浮現在白茫茫的雲霞上，相對的，自己好像成了雲上人，近似日本歷史書的天照大神，率領諸神從天上降臨的場面，正要降臨到原始人的凡俗世界去傳教。有時這樣的錯覺，或許因為原始自然的風景，未受太陽燒灼之前的光景太美了之故，原始土人的生活，又那麼純樸無邪。在這種純樸無邪的生活裡，不管耶洛達勸告不勸告，林兵長絕不會去找這裡蠢愚的女人。不，絕不會去找容易染給人家性毒玫瑰花的女人，當發洩的工具。

「耶洛達先生，你放心，我不會的，我們相處這麼多天，你該知道吧。不過，假如女人自動來糾纏你，這該怎麼辦？」

林兵長想起了素珊公主，那天晚上在廚房邊草堆上接觸過的，算不算罪惡？

「咳！被女人糾纏，真是豔福不淺啊，這不該算犯錯吧，既然有那種機會，但不要爬到樹上的窩裡做愛，就不會跌死……」

馬利諾聽完了耶洛達的話，突然哈哈大笑起來說：「耶洛達先生很有經驗，所以才不住在樹上的窩裡睡覺，是不是？」

「哈哈哈哈……」

由於祕書耶洛達和通譯馬利諾，跟林兵長十分合作，旱田種玉米的作業進行得比預定還順利，不久大體完成了，就把大多數的工人遣散，讓其回家去。只留蘇達兒和幾個工人，充任看管。玉米的成長很快，有適當的陽光，而且差不多每天從馬蹄比央山脈襲來的驟雨，給充足的水分，促進玉米的成長特別快。

逐漸接近玉米收穫期的時候，山豬和野牛、猴子等動物，盜食和擾亂玉米的事件頻頻發生。在黃昏時候，玉米的損失最厲害，蘇達兒帶著工人們，拿著標槍，分散在玉米田的周圍，或唱歌或叫喊，以聲音趕走野獸，或設下陷阱捕捉山豬，但從未曾抓到。

耶洛達指揮工人們，在旱田進口處，用竹子搭蓋一座高大、寬闊的玉米倉庫。把收穫搬來的玉米，十幾枝綁為一束，吊在屋頂下的竹架子；竹架子分三層，三層竹架子都吊滿了玉米。從二十五甲旱田收穫送來的玉米，都收容吊在一個倉庫的竹架子，可以想像這個倉庫多大多高了。不管這些玉米的用途如何，土人們看自己的手種植的玉米這麼豐收，都興高采烈地跳起舞來。倉庫裡的玉米，要用篝火燻乾。因而蘇達兒和十幾個工人，就住進倉庫，輪派到外面去收集枯枝，分二、三處地方不斷地在倉庫裡地面上篝火，用火煙燻玉米，一直燻到乾燥玉米粒容易剝落為止。土人們睡在地上看望屋頂下吊著那麼多的玉米，圍著篝火，聊天歌唱，舒舒服服懶睡在地上，很適合他們的性情與生活。

倉庫中央牆壁打開一道窗，窗邊架一睡床，是林兵長的個人房。自從玉米收成納入倉庫後，林兵長就住進倉庫。大約要一個月，離開小隊，一個人和那些土人們住在一起。最初林兵長感到不安，祕書耶洛達和通譯馬利諾都回家去了。看管倉庫由林兵長直接督導蘇達兒和土人們，假如晚上熟睡毫無設防的時候，土人有意殺你，會用標槍插進你的頸部或胸脯，一點保險都沒有。為了排解恐怖，林兵長於睡前召集蘇達兒和土人們訓詞了之後，說：「你們看看這個圓盤地雷和手榴彈……」

圓盤地雷和手榴彈是不離開身邊，經常佩在腰帶的武器。土人們知道手鎗和三八式步兵鎗的厲害，但對地雷和手榴彈就不懂，不知道那是甚麼。

「這兩個武器都有靈性，你們都知道我帶它一時都不離開，為什麼？知道嗎？」

「……」

「因為這兩個厲害的武器護衛著我，在睡著的時候，這兩個武器的靈性就發生作用。如果有人走近我，這兩個武器都會發出強烈的電，你們不知道電，電是像下雨的時候，天空會射出雷的閃光一樣，會電死人。我怕你們不知道，晚上我睡著的時候，絕對不要走近我身邊來，不然會被電死。」

一個蘇達兒奇異地指著地雷說：「這個東西真的那麼厲害嗎。現在離你這麼近，不會電死人嗎？」

「我醒著的時候，受我的控制，這兩個都很善良，不會傷害人。只是在我睡著，沒有控制的時候，這兩個東西就會發生威力。」

純樸憨直的土人們，最相信有神威般看不見的魔力，當然相信林兵長佩帶的兩個神祕的武器了。就這樣，林兵長嚇唬過了土人們，獨自住在玉米倉庫裡，和土人蘇達兒們相處得十分快樂。而林兵長的日常起居，仍有少女拉莎娜照顧他。拉莎娜每天三次去部隊帶飯盒來。林兵長要洗澡淋水，她就頭上頂著長長的麻竹筒，到山澗泉源去汲水來。她是服從命令輕快的女孩子，圓形的臉，烏黑的眸子，不吃檳榔，持有清爽可愛的女孩子氣。褐色的上半身，裸露著嫩柔的肌膚很純潔，胸部的乳房突起了一點。她說她結婚了，丈夫是小蕃王宮殿裡的小差。

林兵長問她：「妳結婚了，沒有跟丈夫住在一起？」

「沒有，但他常常來找我。」

「他來找妳，是為了跟妳做愛？」

拉莎娜羞紅著臉，但很率直地點頭。

土人們的流浪性，喜歡無拘無束地到野外去。出去時只帶了一件披肩，到處可以為家，對於家的觀念很淡薄。

「妳喜歡妳的丈夫？」

「喜歡，但是頭安，我也喜歡頭安。」

拉沙娜說話不是阿諛，林兵長知道。究竟，拉莎娜對於「喜歡」和「愛」有什麼不同，都還無法分辨。她的馴順、聽話，且把林兵長身邊的雜事做得那麼好，幾乎願意獻出她的一切，當然不只是喜歡而已吧。

三

早晨，黎利卡盆地總有薄霧，靉靉於山麓，等到太陽一上山，薄霧便無形中消散，顯出晴朗的天空。林兵長邊望窗外的景色，邊在擦拭鎗械，忽然聽到馬蹄聲，匆忙在倉庫門口停下來。出去一看，原來是素珊公主，帶一封西山小隊長的緊急命令信來。中隊長要林兵長就近渡過黎利卡河，到對岸的斯克娃小蕃王國去，通知松永准尉趕快回部隊，是中隊長傳來的命令。

素珊公主得來這一差事很高興，笑嘻嘻地從馬鞍跳下，把信提給林兵長。

「早安，頭安，這是部隊頭安要我帶來給你的。他要我帶你到斯克娃國去——」

「妳熟嗎？那個地方……」

「我去過，我知道那個地方。」

素珊公主早已聯絡祕書耶洛達，準備另一匹馬，由通譯馬利諾牽到倉庫來。等林兵長裝備完，騎馬就出發。

從旱田經過水田的大道，進入一片叢木密林，密林裡沒有路，只向著太陽一直走，走到有隔光燦爛的水流，就是黎利卡河。密林到河岸有很大一片石原，從石原走入河裡，河底不深，最深到膝蓋上，流水不急，可以渡涉過去。

「騎馬過去好了。」

由於水清，能看到水底的石頭，和很多在石頭間穿梭的小魚，渡涉也沒有危險。林兵長領先，渡過河就看到前方有一軒民房。經過民屋時，素珊公主向屋主問路，之後再走過很長一段路，大約中午時分，才看到斯克娃國王的宮殿。

國王不在。祕書說松永准尉來過，但是今天一早就和國王到亞沙卡地方去了。他們預定中午過後，就要回到巴奇亞城。松永准尉本預定出差五天才要回去的，昨天經過玉米倉庫看林兵長的時候，他說過。一個通譯和四個蘇達兒陪著他。或許，他為了偵察的事情改變，才趕早回營的吧。這使林兵長白跑了一趟，既然無事，該早一點回去。斯克娃國的祕書很客氣，誠懇地招待他倆吃一頓馬肉中餐，雖然頭一次吃馬肉，林兵長覺得並不難吃。

林兵長急得想早一點回倉庫，雖然倉庫的事情交代蘇達兒們，明知道不會有問題，但還是要趕回去。於是，餐後就向祕書告別。

「祕書說，抄左邊的路比較近……」

素珊公主大聲告訴走在前面的林兵長。有近路抄更好，他倆進入左邊的小徑，渡過黎利卡河。河岸那邊的石原，原有人走過的痕跡，順著路的痕跡，策馬躍上平淡的草原。

走過草原，卻碰到一片青白高大的芭茅林。

「要穿過芭茅林嗎？」林兵長問。

「祕書說一直走——但我沒走過這邊。」

素珊公主沒有把握。不過，按方向看，穿過芭茅林，必會到達黎利卡盆地的水田。林兵長領先策馬進去，這裡的芭茅林似乎長得好多年，未被割過，跟人騎馬的姿勢一樣高，茅莖粗大，必須閃開茅莖才能走過去。沒想到要突破芭茅林這麼困難，走不到五十公尺，馬不動了。鞭打也沒用，馬不走就是不走。馬的靈性似乎知道這樣走錯了。但林兵長卻不察覺，他跳下馬，牽著馬嘴繩子，自己用手撥開茅莖，一步步先走。素珊公主也學著林兵長，牽著馬，跟著林兵長走過的芭茅間走。本來以為很快就會穿過芭茅林，真是意料之外地，走過一百公尺多了，芭茅林仍然一樣密聚在眼前。

「頭安，是不是回頭重新找路走？」

「嗯！回頭會快一點嗎？說不定芭茅林快走盡，振作一點吧。」

林兵長鼓起勇氣，又繼續撥開茅莖向前走。他知道確實在密集芭茅林裡迷路了，只能從茅葉隙間看到天，但無法像鳥飛上，前後左右都是一樣粗大的茅莖，有如迷入台灣的甘蔗園裡那麼令人迷惑。馬跟著人後才敢走，顯然馬比人更膽小。不知走了多久，也許走過五百公尺，或一公里，時間、方向都迷糊了。

「頭安，休息一下吧，我走不動了。」

「妳是跟著我走，我還要撥開茅莖，費力得很，應該是妳帶路的，妳不振作一點嗎——」

「不行了，頭安，真的……」

素珊公主手牽著馬繩，屈膝兩腿蹲了下來。

「好吧，就休息一下吧。」

林兵長把馬繩捲在芭茅根頭，跑過去把素珊公主扶起來，幫忙她坐下。她的手臂和腳腿好多地方被茅葉割傷了，一定很痛疼。她不像林兵長穿長袖長褲軍服，只穿一件迷你紗籠，大腿和上半身裸露著任茅葉隨意割傷，柔美的褐色皮膚，染上了許多斑點。她的乳房，隨著心臟激烈的跳動，也激烈地上下蠕動著。林兵長不由得感到憐憫，從腰間拿出急救藥包，用藥布輕輕擦起她被割傷流出的血絲。

「好痛啊，頭安。」

素珊公主有點誇大地喊著，緊緊抱住林兵長。兩匹馬隨著叫喊了幾聲，並聽到風聲「颯！颯！」吹過芭茅林上方而過。素珊公主閉著眼睛，在林兵長懷裡似乎睡著了，讓她睡一下吧。林兵長聞聞她底頭髮發散的太陽味，想著，這芭茅林畢竟還有多長，一片寬闊的芭茅林，無人侵犯的芭茅林，不知含藏多少年的神祕。林兵長帶著素珊公主，無意中踏進了芭茅林，是否觸怒了阿拉？啊，請阿拉神保佑，保佑我們趕快突破神祕的叢林，早一點出去能看到風景的地方。

林兵長覺得很睏乏，抱著素珊公主互相偎倚著，瞬間，昏昏沉沉地失去了知覺——也許很長，或許是短短的時間，忽而醒過來，卻很清楚地聽到水流聲，確實有流水的聲音。林兵長趕緊搖醒了素珊公主說：「妳聽聽看，有流水的聲音。」

「沒有麼，聽不到啊，頭安。」

「有，我確實聽到了，在前面的方向，是不是我們空轉了一圈，回到黎利卡河來？」

「……」

「不管怎麼樣，我們得要走出芭茅林。」

林兵長拉著素珊公主站起來，又牽著馬繩繼續走。撥開芭茅莖的技術，比從前好多了，也快了。終於脫出了糾纏三個小時的芭茅林，在眼前展開著的，仍然是黎利卡河。真是一喜一憂，徒勞了半天。但仔細一看，咦，水流的方向不同，水顯然是流向跟上午的河水相反的方向。這是甚麼地方？河的對岸是懸高的山壁。河水是從狹窄的峽谷流下來，河岸的這邊仍然是一片石原。他倆在廣闊而沿著石原幾百公尺遠的山麓，看到一間茅屋。到茅屋去看看吧，必定能問出回程的路。先讓馬飲水，再騎上馬，他倆走向民屋去。

民屋前有一棵楓樹，還沒走近民屋，林兵長便看到有人躲入楓樹後面，舉起輕機鎗，指望著這邊瞄準著。不行，林兵長迅速跳下馬，短短喊一聲叫素珊公主也下馬。素珊公主不知道為什麼，但也下了馬，看林兵長伏身躲在石頭後，也跑到他的身邊來伏下。

「是怎麼啦？頭安。」

「有人在大楓樹下狙擊我們……」

「狙擊我們？為什麼？噢！不是吧，一定是狙擊你的，頭安。他不會狙擊我啊，我要出去看看，問他是誰，為什麼要狙擊頭安——」

「不，不要出去，還不知道他的意圖之前，最好不要出去。」

林兵長緊抓住素珊公主的手臂，抱住她安全地伏下來。

剛好這個時候，林兵長聽到屋子裡有嬰兒哭叫聲，接著有女人的聲音喊：「莫洛那！」似在叫男人的名字。

「嬰兒在哭，屋裡的女人又在叫那個男人的名字，頭安。」

素珊公主又想要跳出去，林兵長再把她拉回來。但是素珊公主卻抬頭，大聲喊起剛才屋裡的女人所叫的名字：「莫洛那、莫洛那——」

躲在楓樹後面的男人，終於大聲地說：「是誰，站出來，把雙手放在頭上走過來。」

林兵長聽他的聲音覺得熟悉。莫洛那，難道他是在老天港克西亞營地的兵補莫洛那嗎？未曾被打死？還活著，怎麼躲在這裡？如果真的是莫洛那，他必不會敵視林兵長。

「好吧，素珊公主，把雙手放在頭上，站起來走過去吧。如果他不狙擊我們，請妳把兩匹馬牽過來，沒有馬，我們回不去啊……」

林兵長把雙手放在頭上，一步步走近屋子去。他走到屋子附近，大楓樹後的男人看到來的人是林兵長，便從樹後跳出來，但仍然把鎗口指著林兵長的胸部說：「哦！原來是你，林上等兵——」

果然他是莫洛那。林兵長看見分離一年多、且以為已經死了的戰友，出現在眼前，覺得奇異又高興。還是把手放在頭上說：「你是莫洛那，怎麼在這個地方遇見你？」

「你是來抓我的？」

「我為什麼要抓你，你在部隊的兵籍，早已戰死被刪掉了，我還要抓你做什麼！」

「那你來這裡幹嗎？」

「我們到斯克娃國去找人，回營途中走入芭茅林裡迷路了，好不容易脫出芭茅林才到這裡來的，不知道這是什麼地方。」

莫洛那把鎗口放下來，伸手跟林兵長握手。他們都笑了，但聽到屋子裡的嬰兒哭得更厲害，又聽到女人的聲音：「莫洛那、莫洛那，你怎麼啦，是誰來啦？」

莫洛那應了一聲，又對林兵長說：「你沒帶鎗？」

「有，我帶著鎗，但這，還是原封不動，不會用到的。」

「嗯，老實說，我看到你太高興了。我想沒有人知道我還活著躲在這裡的。你來，我害怕極了。剛才，我的行動，要向你道歉，請你原諒。雖然我在山上遙望過你們在黎利卡盆地開墾，但從來沒見過任何人。你是我逃難，不，是我戰死了之後見到的第一個知己。你升為兵長了，該向你敬禮才對啊。」

莫洛那跑進屋裡，拖著屋裡的女人抱著嬰兒出來。到屋子外嬰兒不哭了。莫洛那說：「這是我的妻女，我們結婚一年多了。是她救了我。你記得嗎，那天事變發生了，是兵補隊長卡洛斯命令我帶四個兵補去，把安田曹長他們三個人打死。之後，卡洛斯解散了兵補隊，分一點糧食，讓各自攜帶武器自由逃難。我和康克土便攀山嶺，潛入山中無人走的路，一直害怕被日本軍找到。聽說，想逃回爪哇走向東方的兵補們，都被日本軍包圍剿滅了，死得很慘。在山中密林裡，我們躲避七天七夜，後來康克士說要到南海岸去。南海岸可能有船，如果運氣好，可能潛回爪哇，或逃到澳洲去。然而，因我開始發燒、頭昏，再沒力氣走路，康克士把我帶到這個空屋子來，看護我一個晚上。第二天我的燒退了，還無法走動，必須再休息一、二天，但又怕日本軍追到，或被當日本軍走狗的土人兵發現。我勸康克士不要顧慮我，我們應該各走自己的路。最初他不肯走，我告訴他，兩個人在一起，容易被發現，因為我堅持分開，他才沿著黎利卡河走向南方。我呢，自從康克士離開了之後，我又開始發高燒，昏迷了幾個小時。幸好，她經過這裡，發現我病倒在地上，她就留下來照顧我，給我水喝，燒蕃薯和玉米給我吃，晚上還用她自己的體溫溫暖我。我實在太衰弱了。她照顧我好幾天，我才活過來。從此，她又願意跟我一起在這裡生活。我們把屋子修繕得這個樣子，有點像一個家。這裡是山峽的缺口，從沒有人來過這裡。」

素珊公主早把兩匹馬繫在楓樹下，站在林兵長身邊，聽完了莫洛那的話，很感動的說：「太太是哪裡人？」

「啊，她是從阿涼巴達來的，因為父母都過世，原有丈夫被日本軍徵去做苦工，聽說被日本軍打死了。她不甘心，獨自出來找丈夫，從黎利卡河下游走上來的……她找不到原有的丈夫，卻找到另一個丈夫——我。」

「哦，原來如此，你們的奇遇，使你們建立了一個好家庭，但這種隱居的生活，會不會很寂寞？」林兵長表示同情。

「當然，有時候想家想得快發瘋，但戰爭沒完，回不去的。感到過分寂寞的時候，我就拚命地愛她，她也一樣……」

素珊公主也表示很同情地說：「你們可以搬到我們的國家來住啊，比這裡好多了，我們會保護你們——」

「謝謝素珊公主，戰爭還沒完，像林兵長的日本兵不會有第二個人。我知道，今天不是碰到林兵長，如果是別的日本兵，絕不會放過我。我不想拖累任何人，還是暫時留在這裡好。」

莫洛那拿了椰子汁，給他們喝。這是唯一能招待客人的東西，非常美味。

「我們該走了。」林兵長說：「必須要在吃飯以前回到倉庫。」

林兵長站起來，張開雙臂，抱住莫洛那說：「你能夠活著，太好了。不知道我們還有沒有機會再見，但我永不會忘記你……」

莫洛那感動地流淚了。一年多的逃避生活，才第一次看到林兵長，好像看到親人一樣。但他們談不到一個小時又要分離了，難怪，莫洛那會那麼傷心地流淚。

「我送你們到上路的地方——」

莫洛那給抱著嬰兒的妻子吻一下，便帶他倆繞過屋子，沿著峽谷的缺口，轉過芭茅林的外圍，走到能看得見黎利卡盆地水田的小丘。

「我就送你們到這裡，從這裡回去不遠，請你們保重，再見……」

莫洛那跳上大石頭頂上站著，頻頻向騎馬離開而去的兩個人揮手。林兵長覺得心酸酸的，他想日本軍永不會到這裡來找他吧。

「莫洛那，保重啊——」

四

在倉庫煙燻一個月，玉米乾了。林兵長寫報告，請隊部通令小蕃王國徵召大批工人。三日後，原班曾從事種植玉米的土人們，紛紛集合到倉庫來。祕書耶洛達又派工人送很多椰子葉織成的長形袋子，督導工人們剝脫玉米粒子，裝入椰子葉袋子裡。

從二十五甲收穫得來的玉米，是成為俘虜島的日本士兵暫時的主要糧食，可維持一段時期不飢餓。依照軍令，要從黎利卡玉米倉庫，搬運至拉卡野戰倉庫繳納。

五百多個搬運玉米的土人男女，不論老與幼，均在頭上頂著裝滿玉米的椰子葉袋子，每個袋子大約三、四十公斤左右。

土人們搬運東西不用扛，也不用背，習慣頂在頭上，應用平衡的力量，不用手扶助，東西也不會掉下來。看他們搬運東西的時候，頭部的力量很堅強，且直直地不搖動，挺著胸部很端正地向前走。

在南北橫貫公路走成二排隊伍，從黎利卡盆地走到巴奇亞，再沿著公路下山到拉卡野戰倉庫去。

日本軍好像要在拉卡野戰倉庫，儲蓄多年的糧食，計畫進入持久戰。一切勞力都是徵召當地土人工充任，也加以剝削小蕃王國私自種植的稻穀。因此，巴奇亞城到拉卡野戰倉庫之間的公路，時常可以看到成隊的幾百個土人。頭上頂著裝糧食的椰子葉袋子，上下山來往的隊伍，很熱鬧。

在隊伍中，策馬追趕土人們的是幾個日本士兵。「快走，快走，怎麼啦。怎麼不走快一點。」咻！咻！揮起藤條的聲音，使土人們害怕地躲避公路的邊緣。有的土人很頑固，忍耐著鞭打，而耐過鞭打之後，眼光炯炯睥睨日本士兵，表示恨透的怨言。

強迫土人們犧牲，奉獻給日本軍求生存，但換給土人們的報酬是什麼？沒有，什麼都沒有。土人們連自己求生的飲食，都得需要自己去尋找帶來。有些土人一餐只吃一個野生芒果，維持生命。還好，這裡的野生果實，還可以供應這些土生土人求生活下來。然而，每一個人都想脫離這種痛苦與桎梏而逃跑，但能夠逃到哪兒去？這裡是自己誕生之地，滾落在這樣甜甜的泥土上成長的土人，能夠逃到哪兒去？甚至被日本軍控制著的小蕃王們，仍然享受著他們的貴族生活，卻不知道人民的痛苦，反而幫助日本軍，酷使人民供日本軍宰割，難道這就是戰爭，為誰而戰？

全力攻擊菲律賓和婆羅洲，而天天飛過帝汶島天空的澳洲空軍，似乎得悉日本軍在巴奇亞地區，大力徵收糧食活動的消息，開始派偵察機來探索，偵察機來回於巴奇亞上空，一天比一天頻繁。

為了護衛巴奇亞台地避免蒙受空襲，大隊長發出命令，派重機鎗隊及一個小隊，駐守於通往馬蹄比央高原的山坡陣地。林兵長是重機鎗手，必須輪值在山坡陣地待機，按著重機鎗的射擊桿，等待敵機的來臨。這種防衛，不但要護衛日本軍，同時也要護衛土人們搬運糧食隊伍的安全。

澳洲空軍的偵察機，每日於不定時間飛來偵察，儼然以巡查管轄區的俘虜營姿態，旋迴於巴奇亞台地周圍的天空。日本部隊據於雷達感知敵機進入圈內，即刻發出緊急警報，通知全體軍官士兵，以及在巴奇亞台地區域走動的土人們，趕緊跑進密林蔭蔽處或防空洞躲避。

那天緊急空襲警報，繼續發出了幾次，駐衛山坡陣地的士兵們，各就戰鬥崗位，分別握緊鎗機，待機著聽從命令。一架澳洲空軍偵察機，從南方海岸飛進來，沿著黎利卡河飛上，速度很慢，飛入廣大的黎利卡盆地，靠近馬蹄比央高地而飛旋著。飛到林兵長他們駐衛的山坡陣地對面約三百公尺地方，機身和駕駛員都看得很清楚，透過重機鎗瞄準器看，駕駛員和機身都收在射擊圈內，如果按鈕打擊出去，機身和駕駛員必會被打中擊落。

偵察機在巴奇亞台地上空旋迴了三圈，林兵長把駕駛員收入瞄準器內，觀察飛機的行動，屏息著等待隊長的號令，心裡卻一直喊著：「不要打！不要打……」而偵察機在最後一圈旋迴之後，終於飛出瞄準器的射程外去了。林兵長放下了緊張的情緒，但聽到小鎗隊的老兵橫田上等兵憤慨地喊著：「隊長，那麼明顯的目標，為什麼不打？應該把它擊落下來！」

西山隊長笑著說：「你敢打嗎？那是偵察機，沒有危害你。假定你是隊長，你會發出命令射擊嗎？好了，算是你能容易把它打下來，澳洲空軍會捏著鼻子容忍你嗎？你暴露自己的基地，他們不組成轟炸機群來，把這個地方炸成焚焦才怪哩。」

橫田上等兵伸出舌頭，表示西山隊長說得很有道理，狗般地捲起尾巴不敢再說話。

偵察機繼續巡迴了十幾天，沒發現到日本軍在巴奇亞地區的動態，也沒發現到日本軍驅使土人們搬運糧食，在公路上踱來踱去的現狀。因為日本軍非常機警，警報與躲避的動作快，終於未被發現過。既然沒發現過甚麼，偵察機的巡查就鬆弛，過幾天就不再看到敵機的影子了。

軍隊直營農場生產的玉米和稻穀，以及徵收各小蕃王國獻出的糧食，全部運送繳納拉卡野戰倉庫之後，台灣步兵第二聯隊第三大隊在巴奇亞地區的任務，便告完成了。林兵長又得到一個「精神獎」，這個「精神獎」是玉米增產的結果，應該歸功於祕書耶洛達和通譯馬利諾，還有十個土人蘇達兒們和五百個土人工的光榮。不管戰爭不戰爭，玉米的增產還是給人活的糧食，農耕作業的一段期間，大家都感到很快樂。只是給逃跑多天不歸隊的二十三個工人，施行鞭打責罰了一次，仍使林兵長抹不掉心裡的一點歉疚。然而，林兵長始終未擺出統治者的權勢，未用威脅對待憨直的現地人民，卻教導他們許多較文明國家的農耕方法，同時盡量減輕他們獻出糧食的經濟負擔。阿羅哈布布亞的國王和祕書，感謝林兵長調查的稻穀，僅獻出了收穫的百分之十二而已，未致影響他們小蕃王國的糧食供需量，不像附近的其他小蕃王國，必須獻出軍令規定滿百分之三十，甚至有的超出百分之三十而叫苦連天，使阿羅哈布布亞成為巴奇亞地區十個小蕃王國中最富裕的國家。這是阿羅哈布布亞國王和祕書才知道的祕密，國王和祕書認為林兵長是他們的恩人。

昭和二十（一九四五）年七月十六日，台灣步兵第二聯隊的濠北地區防衛作戰結束，重新被派「勢第三號作戰」的任務。

前一天黎明，完整軍裝的部隊全體士兵，從巴奇亞城出發，開始時以行軍，走向台地下坡而去。林兵長在重機鎗隊殿後，扛著重機鎗身，因很久沒有這樣整備軍裝行軍了，腳步覺得笨重。正走到下坡轉彎處，進入通往拉卡的公路，看到很多老幼男女土人們站在路邊，默送著士兵們行軍。突然從土人群眾裡，跳出來兩個老年土人和兩個女人，一眨眼之間，跪在林兵長行路的前面說：「頭安，你也要離開我們嗎？請你留下來麼，不要遺棄我們走……」

一看，原來站在路邊的一百多個土人們，也都跟著兩個老人跪在地上。

「啊！是你們——」

林兵長不得不停止腳步，感到非常驚異。

兩個老人是祕書羅曼尼和耶洛達，兩個女人是素珊公主和拉莎娜，一群土人是曾經在農耕隊的通譯馬利諾和十個蘇達兒以及工人們，自從搬運糧食結束之後，就未曾再見過的土人們，怎能知道林兵長今朝要離開這裡？這是什麼軍事機密？難道他們是從駐在巴奇亞城堡裡的蘇達兒聽到了消息？部隊的移動是前天晚上才公布的，也沒有說要離開，只是公布演習。沒想到土人們這麼敏感，在他們自己的土地上會有什麼事情發生，他們原始的第六感會察覺出來，像有些動物會察覺天災那樣，令人感到奇異。

「我是部隊裡的一分子，不跟著他們一起走，是活不下去的，這是我的命運，你們回你們的部落去吧，我祝福你們健康和快樂……」

林兵長只能講這些。但他看到土人們幾乎都流了眼淚，想挽留他的意志那麼強，不無覺得心酸了。確實他是部隊的一分子，一部機械裡的一個小零件，必須跟著機器，離開這個未開化的殖民地，到別一個殖民地去。最後，他還是希望回到早被殖民著的故鄉，想繼續活下去。然而，戰爭的死神，還不放鬆他。

跪在地上的土人們，把雙臂向天舉起，開始鞠躬禮拜了，那是向最崇高的神的祈禱，祈禱要離去的一位恩人的平安。林兵長重新調整肩扛著的重機鎗身，趕緊追逐自己中隊的士兵們而去，腦裡烙印著跪在禮拜著的羅曼尼、耶洛達、素珊公主仍依依不捨地抱著他的右腿，哭著不讓他離去，而糾纏了一陣子的他們。

公路進入鬱蒼的密林，路邊樹的枝葉繁茂，覆蓋著公路，從天空看不見的山峽公路上，停有好多部軍用卡車，個別載上一隊士兵，駛向拉卡奔走。車輛沒有結隊，是隔開一段距離，預防敵軍的空襲，到拉卡也不停車，從拉卡轉入沿海公路，直駛帝力港而去。帝力是帝汶中部的大港口，那天晚上，部隊選定在港口附近的密林裡，住一個晚上沒有帳篷的露營。

十六日早晨，士兵們看到澳洲空軍偵察機，之後有轟炸機飛越密林上空而過。密林裡的日本軍未被發現。隨後，依照軍司令部的命令，士兵們脫掉其軍服，只穿著白色的內衣長褲，把軍服和軍械、彈藥，用軍毯捆包起來。摘取附近仙人掌的紅色果實，作為顏料，用白布畫上紅十字標誌，縫在所有軍服軍械的包裝上。等到傍晚，澳洲空軍的偵察機和轟炸機，完成任務回航了之後，用卡車把軍械一包一包載去港口，和全身穿著白衣服裝的士兵們，一起送進六千噸的小型紅十字醫院船，假裝傷病的士兵擠在狹窄的船艙，躺都不能躺，只屈坐著，在一片黑暗中，醫院船就出航。上峰命令，士兵們必須這樣屈就坐著忍受四天四夜，到達目的地為止，絕不允許出現上甲板散步。

帝汶天然俘虜島的日本士兵，只有傷病，搭乘紅十字醫院船，才能不受澳洲空軍和海軍的攻擊，而脫出帝汶島。

林兵長屈於伸腿也不允許的船艙裡，向著記憶在腦裡，彷徨過一年七個月的俘虜島山河，善良的男女土人們，頻頻搖手，說再見。

（發表於一九八四年二月《文學界》第九期。獲第三屆洪醒夫小說獎）

洩憤

駝背的昭和天皇，廣播日本無條件投降的電波，遙遠傳來，掠過雅加達上空。天皇悲壯的聲音，滿是皺紋似的，浸透入每個士兵的心肝。瞬間，以嚴格的規律，保持鋼鐵般不動搖的日本軍隊，有如整座山受到爆炸一樣，崩坍下來。誇大狂的妄想，夢破了。

林兵長是海一九二三部隊的重機鎗手，在部隊的成員裡，本是一粒異質的細胞。因為他是「奧郎·福爾摩沙（爪哇語：台灣人）」，能夠站在局外的高處，很冷靜地觀察著瘋狂而自傲的日本軍隊。他看到即將暴斃的軍國巨人，抽搐著支離破碎的神經系統，慌張起來。

部隊裡好多隨軍參戰過七年的老兵，北村、安田、西本、石井等，幾個油滑得不能再油的老兵們，所受的打擊最慘、最嚴重。他們聽到投降消息，便大夥兒圍攏過來，盤腿坐在大廚房的榻榻榻米上，一個個意氣消沉地呻吟嘆息著；稍後，不知誰拿來了大量的椰子酒，輪流開始喝了。酒一喝，情緒很快變化；他們邊喝強烈的酒，邊嚷著自己的勇武故事，借酒發洩無可奈何的鬱憤。

圍聚在廚房的人越來越多，叫嚷的聲音越來越喧譁。

林兵長從兵舍屋外走進來，偷偷地探望廚房，看到老兵們，有人在唱歌，有人在跳舞，也有人放聲大哭著，已經是一團糟。

「我還活著，充軍七年的奇蹟，真難相信自己還活著。但是，我們都還活著啊！」

留著長鬍鬚的北村兵長，以無法穩定的舞步，旋轉於榻榻米的周圍，咬文嚼字似地一句一句，講出他多年來的願望。抑壓過長時間的青春年代，跟社會隔離，被封鎖，被繫住在乾燥無味的部隊，思想早已麻木了，只是想活著，意欲活下去。抹殺了人性也好，成為只會戰爭的動物也好，唯一重要的是必須要活下去。士兵的願望，如今遇到戰敗，隨著軍閥權勢的瓦解，終於抓住了死裡逃生的機會。但不知是高興或悲哀，興奮的感情塞住胸部，覺得胸部的深處，慾望的火花在燃燒。

「喝呵，大量地喝呵……」

「還沒被俘虜之前，大量地喝呵。」

「看過嗎，一片廣大作業場的俘虜收容所，收容過紅毛藍眼睛的荷蘭兵，就要調換看管的主人啦，你我就是新的俘虜……」

「萬世一系的天皇，天皇陛下的赤子墮落了，墮落成為俘虜……」

說起墮落，其實老兵們早在未投降之前就墮落了，早已自暴自棄了。他們天天喝酒，天天吐出濃濃的酒腥味，今天是特別瘋狂一點而已。老炊事兵邊喝酒邊做菜餚，用竹筷穿上烤燒的牛肉或豬肝，炸蝦天婦羅等，特製的大菜出籠了。吃啊、喝啊、唱啊、跳啊，老兵們現在甚麼都不怕；年輕的軍官們已經失去權威，還怕甚麼？

「大大歡樂一場吧，我們需要一次強烈的刺激，有過最大刺激的歡樂之後，明天，被囚於戰犯的牢房，也不後悔……」

盤腿坐在榻榻米邊緣的安田說著，並拔出短劍狠狠地插在榻榻米上。

「哼，你說甚麼？最大刺激的歡樂，曾經占領瑪蘭市趁著忙亂的時候，不是已經陶醉過了嗎？當時占據一家百貨店的樓上，把很多商品，很多襯衫，拿來亂用天天換新，每晚強迫抱著女人喝洋酒，豪華又糜爛的生活，不是歡樂過了嗎？啊啊，好幾次，恣意歡樂過的罪惡，現在報應來了。」

思想早已麻木了的老兵們，失去了倫理、道德的觀念；在凝固了的腦裡，常會有野獸般的慾望抬頭，做自己高興的事。唯一能控制他們的是軍隊的規律，因為嚴格的規律是他們要活下去的軌道，他們知道脫出了軌道就活不下去；於是在惑亂的生活圈裡，服從成為最溫順的習慣。

林兵長是一個局外者，在即將瓦解的軍隊裡，不再與日本兵同感迷失或惑亂。他看到老上等兵古川炊事兵，搖晃著身軀站起來，由於魁梧的身軀，猜不出他醉到甚麼程度，可是聽他講話低濁的聲音慢吞吞，就知道他已經醉得失去理智了。

「小野曹長？畜生，誰說？小野曹長叫我去？誰說的？小野是借誰的膽子？畜生，我，我要去跟他算帳……」

炯炯的目光燃燒著憤怒，古川炊事兵抓起掛在牆上的短劍跳出廚房。顯然，他藉著酒勢要惹事了，但沒有人制止他。

「今天是甚麼日子？還敢對我這個七年老兵發號施令？軍官是職業的，士官是玩票的，專把愛國推給兵，藉權藉勢戲弄了兵，都不是好東西，今天我不再害怕，不再退縮了……」

平常寡言又很服從的古川，完全改變了態度，踉蹌地走，走向軍官臥室去。好像要把鬱悶的營內，鬧出一陣緊張的騷亂。

古川進入軍官室，站在小野曹長面前，雙手扠在腰部，看著小野曹長正要俯下身穿軍靴。

「小野，你這個沒落曹長，只會看不起我，只會侮辱我。總不會忘記吧，曾經幾次刁難過我，借題罰過我，都是私憤。今天我，已經忍無可忍了，站起來啊，小野！」

古川盛氣凌人的叫鬧，叫來了很多士兵，把軍官室包圍起來，站著看熱鬧。

古川的挑釁，使小野曹長的臉紅了之後又變蒼白，很衝動地要站起來。古川看小野一動，便揮起不穩定的右手，把短劍橫掃過來，短劍的尖端險些打到小野的和尚頭上。

剛好這個時候，跟古川同年兵的吉岡兵長踉蹌跑過來，抓住古川的肩膀說：

「古川，你怎麼喝得這麼爛醉，真出醜。你知道小野曹長這個傢伙，不值得你動這麼大的肝火來計較的。被戰爭衝昏了頭的軍官，根本不值得理他，回去吧，聽我說……」

「甚麼？這不關你的事，讓開，我要看看小野怎樣對付我……」

傲慢的小野曹長覺得事情不好，露出了他狡猾的本性，趁著吉岡糾纏古川的時候，鼠竄逃進人群裡去了。

古川知道小野逃掉了，很生氣地推開吉岡，用短劍狠狠地掃掉小野曹長桌子上的東西，玻璃杯和一些紙筆，都飛散在四周，一片狼藉，引起了老兵的激憤，開始鬧大，騷亂了起來。平常狂妄自大的下士官，被無法升級的老兵們，拖拉到兵舍的角落飽以老拳，卻不敢吭一聲。憤怒瀰漫了整個營房，中隊長和幾個軍官，只知躲在私室，不敢露面出來制止。

投降的電波，沖毀了軍律的城垣，消滅了假借虎威的權勢；俗世的實力和軍隊的權勢逆轉了。在軍隊當下級兵階的，有些是在社會上有頭銜和地位的人物，一旦軍政的體制改變，吃過幾年軍隊鋼盔硬飯的軍士們，歸鄉復員之後，必會受到難受的打擊吧。

古川引起的騷亂起因於激憤，並無其他企圖，顯然不會擴大到全體營房，上級軍官們束手無策，卻也覺得置諸不理較為妥當；因為日本帝國皇軍業已無條件投降，對於鬱積多年苦楚的老兵們悲痛的洩憤，也該無條件接受。

果然，老兵們把鬱積多年的不滿隨心所欲的發洩了之後，終於回到了大廚房裡面的榻榻米上，雜亂地，醉昏昏地，睡死了似地動也不動了。使幾個年輕的炊事兵大忙了一陣，總算把晚餐送出去。不然，雖被投降電波感應了的士兵們也會餓肚子呵。

林兵長覺得這頓晚餐又香又好吃，從進入軍隊以來沒有吃過這樣輕快的晚餐；因為霸占隊部的老兵們都癱瘓了，飯菜裡沒有摻雜著惡性權勢的油膩味道哩。

（發表於一九八一年十月《台灣日報》副刊）

夜街的誘惑

一

喝過酒，吃過南方特色的刺激性強烈的晚餐之後，士兵們爭先恐後的跑進簡陋的浴室去曼第（淋浴），洗淨一身的汗水，等候夜的來臨。這個時候，他們應該唱一些讚美歌之類的歌曲，但粗魯的日本兵沒有那種習慣，只會唱令人嘔吐的軍歌，而投降的消息，使他們對於軍歌也感到嫌惡。

世界的寶島爪哇，首都雅加達的夜燈，由於脫離了剛崩坍下來的日本軍的魔掌，忽而發出奇異的光彩，燈光照在南風微微的閒街上，挑動了它原始的熱情。加上玄妙的爪哇古典音樂——抑揚的韻律，響在彩色玻璃窗並排著的巷道。

巷道裡有畫著長眉毛的女人，穿著長長的紗籠裙，婀娜地搖晃著腰部，給年輕的士兵們看，是無限的誘惑。等到南國的夜幕一低垂，夜街便失去了理性的控制，人心都開始浮動。

部隊長收到投降的電訊後，雖然命令值班軍官，及時在營舍周圍加強幾個衛兵站崗，防備暴徒來襲，但這是自慰性的措施，投降的電波感應，已經鬆開了士兵們的心，也喪失了警戒心，不但無法預防萬一，反而變成了自願犧牲撲火的蛾，因此，快到熄燈的時刻，便一個、兩個，跳越過比身長還高的石磚圍牆而去。士兵們灰白的影子，像夢遊病患般，走向黑暗的營外。脫逃的這些士兵，你看我我看你，沒有一點畏懼。隨著時間的推移，一個個走向奢華的彩色玻璃窗並排的巷道，去找長眉毛的女人。

明知道鋼鐵般的軍規尚未鬆解，但慾望驅使他們嘗試觸犯軍紀，去尋求快感。反正晚間點名過了，熄燈時間也過了，士兵的寢室跟平日一樣，吊著八個人睡的長形軍用蚊帳，似乎全都睡著了。其實蚊帳裡是空空的，整個營舍裡，只有幾個軍官在軍官室皺著眉頭，圍坐在暗淡的燈光下沉思。他們所沉思的已經不是統御士兵作戰的策畫，卻是意想不到的投降、俘虜、戰犯等等未知的境遇；甚至沉思著是否遵循大和武士的範例切腹自盡？雖然投降的電訊指令不得自盡，但是率直的軍官們還是對於這個問題想得最多、最煩。

值衛巡邏的軍官回來了。軍官們互相看了一下，一句話都不講。他們都知道，在巡邏時看見跳牆出去的士兵的影子，一個個顯出抑壓不住的貪婪、慾望，向夜街奔去。昨天還嚴格告誡他們，要遵守軍律，今天已失去了約束力。雖然感到焦躁，但也無可奈何，只是在心裡祈禱著不要發生意外就好。

脫營出去的士兵們，因為是偷偷外出，當然都不敢穿軍服，只穿著灰白短袖的襯衫，揀較黑暗的小巷走。但看他們的步法和光禿的和尚頭，誰也看得出是從日本軍營裡逃出來逛街的。他們像飢餓的野狼，奔向奢華的夜街。

林兵長在部隊已兩年五個月，但還是新兵，因為他們進入部隊之後，一直沒有新兵進來，雖然階級已經是兵長，一切新兵應做的工作，還是要做的，這是老規矩。不過，經過兩年多的時間，也使這些已老的新兵油滑了，老兵們也不敢虐待他們；由於階級相差不多，看待自然不同，甚至，投降的消息，把軍中一些不平等的差別拉平了。剎那間林兵長不但覺得自己以及摻雜在部隊裡的台灣特別志願兵是局外者，由於原來在部隊裡就屬於異數的他們，似乎感到行動都應該超然起來，超然得不像日本士兵那樣狼狽。

今夜，是安田上等兵約好林兵長，於熄燈後跳越圍牆出去玩的。脫走、玩女人，林兵長做夢也沒想到過，在日本軍隊裡，竟會有這種事發生的一天！因此，他也像其他士兵一樣，能有公然犯規的機會，覺得好玩。

二

九點過了，天色深暗，林兵長走到炊事室後面的小倉庫邊，繞了一圈，卻看不到安田上等兵，本來相約在這裡等的。過了十分鐘左右，幾個士兵泰然自若地跳牆過去了，安田仍然沒有來。怎麼啦？是不是他一來就跳牆過去了？這麼一想，林兵長緊張起來。思索了一下，他很快穿過黑暗的樹蔭，一躍跳上圍牆，但手抓不住滑下來了。咦？怎麼圍牆比平常高出了很多？雖然投降的電訊收到以後再不可能以軍法處分威脅士兵，但還是不讓衛兵撞見為妙。林兵長趕緊再跳。這一次，他巧妙地抓到磚角，把腿一抬，爬到牆上，看到牆外的景色和燈光了。灰白的巷道，連一隻貓也沒有。林兵長看清了路面，跳下去，做個姿勢站好，隨即挺起胸脯走路。心裡湧上一種快感，他仿效印度尼西亞青年走路的模樣，吹起口哨來。

「誰？誰呵？站住！」

在走過營地磚牆轉彎的地方，忽然有一個抱著步鎗的衛兵，喝問著向林兵長走近來。一瞬，林兵長呆住了，怎麼辦？但仔細一聽那個衛兵的聲音，好像是志願兵陳家帶上等兵。不管是誰，不必理他，林兵長很機警地走進路旁樹蔭裡去。

「不准逃跑！喂！喂！」

但林兵長把喝問聲音丟在後面，很快地溜進製冰工廠的橫側小巷裡去。他不敢跑，怕一跑會惹起傻衛兵衝動地開鎗，那就麻煩了。

工廠的正門前面站著一名印度尼西亞警衛，拿著細長的木棍，睜著明亮的眸子，但他眼睜睜看著林兵長走了過去。兵營衛兵跑向那個印尼警衛，好像要求警衛幫他把林兵長抓回去。按照規定，衛兵不能離開勤哨區域三十步範圍，他不能再追過來了。

林兵長一直走進小巷裡，遠離衛兵勤哨的區域，不必擔心了。然而，多麼倒楣，是個死巷子，有一道堅牢而高的鐵絲網封閉著通道，這是一道新的鐵絲網，沒有一個漏洞可以鑽過去。

林兵長癡呆地站著，回頭一看，露出白牙齒的印尼警衛正一步步地走近來。

「冒，狽去，摩那？（到哪裡去？）頭安（大人）！」

印度尼西亞警衛的口氣很溫和，是被殖民習慣了的，一點都沒有骨氣。

「我要上街去。」林兵長也溫和地告訴他。

「上街？這麼晚？不過，我知道，我知道。可是這條巷子是不通的啊！」

「有沒有出口？」

「我帶你出去好了。」

印度尼西亞警衛說完，回頭走原來的路。林兵長跟在背後，真怕他帶他去交給衛兵，心裡打算著逃逸方法。但他的操心是多餘的，走不到十幾步，有一處放置空木箱的地方，向左邊一拐，便有一處空隙，可以閃身走出，這裡有另一條小巷通往大街。警衛自己先閃出去，說：

「頭安，現在沒有問題啦。你走出大街向右邊走。回來的時候不必走這裡。你從前面大街一直走過製冰工廠，可以從工廠東側沿著牆外那條路回到營部去，祝你玩得快樂……」

林兵長很感激地握緊了警衛的手，說：

「迭烈瑪卡希（謝謝）！」

印度尼西亞警衛用右手拉住他的手臂，偏著頭，伸出另一隻手，叫了一聲：「頭安！」

「噢！」林兵長知道這是印度尼西亞警衛向他索取酬勞。他掏出皮包，抽出一張鈔票，那是比較多一點的賞賜。

深夜的街上很安靜，林兵長終於脫離了拘束，完全自由了，他呼吸著甘美的空氣，輕快地踏上悠閒的街道。

三

電石燈照亮的水果攤周圍，聚著很多人，還保持著熱鬧的氣氛。鳳凰木的樹蔭下，幾部人力三輪車閒散地停著。

「背駕（三輪車）！」

聽到林兵長叫車的聲音，其中一部徐徐向這邊走來。年輕的車伕睜大了印度尼西亞獨特的黑眼珠，露出短褲子的黑大腿，推著腳踏三輪車，他把車子停在林兵長的面前。這種三輪車載客的座位是在車伕的前面的。

「去哪裡，頭安？」

等到林兵長跳上車座，車伕便踩起腳蹬子，從後面推。街道上很多小石頭，車輪轆轆在夜氣裡發響。

林兵長全身感受車輪的震動，回頭向車伕說：「隨便，找個比較高級的普浪綁（女人）的地方就好。」

「噢！我帶你去一個最好的地方……」車伕恭維地笑了。差不多所有的車伕，都跟彩色玻璃窗小巷裡的女人有默契。於是，他把三輪車的旋轉棒轉向路旁樹的河邊道。

一直駛進去，就是彩色濃郁的美麗房子排列著的巷子，每一家都擁有廣大的院子，植有很多南方特有的樹木花草，看得出那兒就是雅加達的高級住宅區。

涼快的河風，吹向三輪車，有河水的腥味，使林兵長忽然感到恐怖。日本軍的勢力瓦解了，會不會引起現住民的襲擊或動亂？林兵長回頭看看車伕黑色的臉，善良的印度尼西亞青年，似乎一點思想都沒有，癡呆的、輕鬆地踩著三輪車，吹著口哨。但是，林兵長懷疑這陌生的煙花巷裡，或許隱藏著甚麼危機，忽而覺得到這裡來尋樂也許是一種冒險的探索，日本投降，只是個消息，其實戰爭連貫著危機，還沒有終結呢。

「頭安，這一家很不錯啊，你在這裡等一下，我進去問問。」

透過低矮的圍牆，能看見彩色玻璃裡面的人影。車伕在彩色玻璃裡面和兩三個女人講話的樣子，看得很清楚。

有一個穿著西裝筆挺的印度尼西亞青年，很瀟灑地走向林兵長所乘的三輪車。塗上髮蠟的頭髮，照著街燈特別光亮，並且帶著一陣香水味。

林兵長看著這突然出現的青年有點膽怯，那褐色的臉上露出死白的牙齒，令人討厭。

「頭安，晚安！」

青年說「晚安」一句日語的音韻很正確，而這種毫無破綻的招呼，反而更使林兵長感到不安。於是，他機警地做著防衛的姿勢反問：

「有事嗎？」

印度尼西亞青年躊躇了一下之後，壓低了聲音溫柔地說：「我能介紹給你漂亮的普浪綁（女人）嗎，頭安？」

青年把手裡拿著女人照片簿翻開，提示在林兵長面前。

林兵長藉著路燈的微光，看到形形色色的女人照片。有褐色的印度尼西亞女郎，華僑模樣的女人，印度尼西亞和荷蘭的混血兒，和華僑的混血兒，華僑和荷蘭的混血兒。噢！那麼多混血女郎的世界，真叫人感到神祕。

印度尼西亞青年滔滔不絕地解說每個女郎的特點，卻不知這種解說使林兵長感到厭煩，還很得意地說：「頭安，你就選這個吧。我保證這個混血兒必定包君滿意……」

吸女人血的寄生蟲，露出他卑鄙的本性，越使林兵長覺得噁心。於是，林兵長急促地說：「我要的女人，早有了，對不起……」

「咦！看不出頭安真的有那麼大本領。」印度尼西亞青年嘲諷似地嘰哩咕嚕一下，好不甘心地走開了。

黑大腿車伕跑了出來，把頭靠近林兵長的耳邊說：「最裡面的房間有空。房裡的普浪綁在等著你，你進去吧，真巴克斯（頂好）啊，哈哈哈哈！」

林兵長從三輪車下來，抽出一張日本軍政府發行的鈔票付了車資。黑腿車伕看了加倍的車資，十分感激地叩頭說：「迭烈瑪卡希、迭烈瑪卡希、巴娘（真多謝）！」踏起車子走了。

林兵長看他那樣恭恭敬敬，覺得好笑，不知道日本軍政鈔票的價值，會維持到甚麼時候。

他大步子踏進低矮的圍牆。院子裡很多南洋特有的花樹，強烈地刺激了他敏感的鼻子，使他打了兩次噴嚏。

噴嚏聲音引來了四、五個男女孩子，從黑暗裡跑過來，一窩蜂地包圍著他，使他驀地嚇了一跳。

「頭安，買個衛生套啊，買一個……」

「頭安，買我的吧，頭安！」

「不，買我的，這是標準的，頭安，買這個吧！」

幼童們發出高興的聲音，搶著叫賣衛生套。南洋熱帶的幼童這麼早熟，早熟得使整個社會喪失了羞恥感。

幾年軍隊生活，粗魯不文，已磨擦掉羞恥感，對於性只是作為解除緊張的調劑，而感到麻木的林兵長，要到這種惑亂的巷子來，卻仍會躊躇，仍會逡巡在慾望、悔悟與自責的矛盾裡。可是，看到這些年幼的孩子們，公然搶著參與賣春的生意，又是怎樣解釋呢？由於無知，或認為性慾與食慾一樣，只是生活的一種形式？接觸到這種性開放的事實，使林兵長被棍棒打擊了頭部般那麼驚愕。

「我不用那種東西——」他輕輕推開了這群野孩子，聳肩走進屋子裡去。

四

踏進門，看見裡面的裝飾非常華麗，使林兵長退縮了一下；然後眨一眨眼，映入瞳膜裡的是，三個穿著日本海軍軍官白色制服的大漢，膝上各自抱著女人，坐在中央沙發裡高聲談笑。這種情景，跟昨天以前一樣，不因戰敗的消息而頹喪或被嫌惡，仍然散蕩著權勢的餘韻，陶醉在占領慾的夢幻裡未曾覺醒。

三個海軍軍官看到林兵長突然進來，隨即停止了談笑，一瞬間恢復了軍隊典型的嚴肅，個個睜大了眼睛直視著林兵長。他們一看就知道這個穿著便衣白襯衫的男人，是日本兵改裝來的，於是，其中較矮身的軍官擺起架子質問：「你是哪個部隊的？說啊！」

林兵長並不畏懼沒落軍官的威風，但是三個對一個，覺得苗頭不對，他故意裝著不順從的態度，用閩南語反問：「你對我講話嗎？有甚麼事？」

不同的語言，顯出異族的性格，三個日本海軍軍官聽不懂，啞然了。林兵長伸出右手，翹起拇指，再把拇指向下倒翻過來，示意為：你們已經失勢了。

林兵長的話和動作使他們莫名其妙，誤以為是土里土氣的華僑青年，而這個華僑青年也知道日本戰敗，道破了他們的鬱悶，但看不出有何惡意，只好放心地又坐下來。

日本海軍軍官與陸軍步兵的兵長，由於軍種不同，待遇有天淵之別。林兵長雖然是第一選拔升任兵長，與海軍軍官是不能比的。他早就對這種不公平差別不介意了。他是局外者，尤其現在，已經是完全的局外者。

他很輕鬆地離開了大廳，走進裡面。有五、六個房間，房門都密閉著，只有最裡面一個半開著門，就是車伕所說的那間吧。

林兵長從門隙隱約看見裡面一個長頭髮的女人，坐在梳妝檯前，梳著金黃色的頭髮。陰翳浮雕的蛋形臉，顯然是美麗的混血女郎。林兵長正想敲門，但瞬間他的手臂麻木了，抬不起來，一種決定性的嫌惡感流進他底全身血管，阻止了他敲門的慾望；同時慾望急促地退潮，在他的腦裡，浮現剛才那三個日本海軍軍官癡呆的臉，重疊在心之深處，激動地喊著：我不是，我不是戰敗的日本兵。哦！為甚麼，為甚麼我要跟日本兵一樣，瘋狂起來尋找刺激，麻醉自己？不必，不必，我是局外者，不必迷失自己呵！

投降的消息驅使各階級的士兵瘋狂地逃脫部隊，竄出營房，像夢遊病患般，夢遊到彩色玻璃的小巷子裡去迷醉。因為整個日本都垮了，沒有了依靠，也失去了信心。然而，林兵長一誕生就把生命構築在跟日本人不一樣的黑暗面，委屈了二十多年後的現在，遮蔽陽光的專制怪物垮了，明天以後，他就會天天看到太陽。他喊著：「不要腐蝕自己！」於是，他掉頭離開了房門。

金黃頭髮的混血女郎站起來，察覺有人在門外，很高興走過來開門，但門外卻看不見人影了。

林兵長大步走出走廊，經過大廳，看到剛才那三個日本海軍軍官，仍然跟女人擁抱著。林兵長急促走過他們的身旁，他們卻全身麻木了似地只瞇著眼睛瞟睨了他一下，繼續浸沉在享樂中。

林兵長走到出口處，忽然湧起了調皮的念頭，轉身過來，用命令的口吻發出口號：「立正！」這使昏昏迷迷的三個日本海軍軍官大吃一驚，跳起來立正。

「你們是甚麼？真不規矩。趕快歸隊去！免得引起住民的反抗，知道了嗎？」

三個軍官一起回應了一聲：「是！」好像這才知道林兵長的身分，以為是祕密來到民間稽查的便衣憲兵。確實，林兵長的口音聽起來是標準的日本國語，絕不會察覺他是台灣特別志願兵，尤其憲兵都經過了外語訓練，能跟現地住民接觸交談。三個軍官不疑有他，覺得這種時候這種場面碰到憲兵，這樣的訓斥算是便宜的，於是一齊向林兵長敬一次感激的舉手禮。

把所有的鬱憤發洩掉，心情暢快的林兵長跳出屋外，一直向街燈照射不到的黑暗奔去。在背後，他聽見女人尖銳的喊叫，和軍官們莫名其妙的吵嚷聲。

他一直奔向剛才坐三輪車來的河邊，看見細細的水流，才開始慢步走，正面迎接涼快的河風。

河風把鬱悶吹散，也把彩色玻璃窗巷子裡的奇異的脂香吹散了。林兵長很輕鬆地獨自散步著，邊散步邊想起台灣，想著不久便能歸去的台灣，不由得吹起口哨來。

（發表於一九八一年十一月十四日《台灣日報》副刊）

異地鄉情

一

日本宣布無條件投降後不久，駐軍在爪哇萬隆市郊外的乾大隊本部，為了應付進進出出的自暴自棄的官兵，又忙於指揮搬運糧貨的卡車，隊部內外天天騷鬧得很厲害。由於戰爭結束，以往的命令系統發生了阻礙，秩序更顯得凌亂。也因此，大隊長室的電話鈴一直響個不停，使年輕卻有點禿頭的乾大隊長應接不暇，終日皺著眉頭，不知該怎麼做才能把上級沒有命令也沒有規範的事務處理好。

「大和魂」的優越感，因投降的訊息被撕得亂七八糟，士兵們再不像往日那般溫馴地服從了。東條首相曾經有過「必須透視戰時體制而應變」的原則，但現在已經從自誇為一等國民的身分下降為四等國民的地步，還有甚麼好「應變」的？只有等待未知的命運決定一切。

身為大隊長，目前唯一必須負起的重要責任，就是怎樣把這一大隊所屬的官兵好好安頓下來，再設法遣送他們回到鄉里。但這一任務，比發號施令驅使士兵進軍打仗，還多幾倍的困難。難怪乾大隊長那閃亮的金色肩章開始腐鏽，光禿的額上也多了些皺紋。

「此時，士兵們必須深思事態之嚴重性，不得輕舉妄動，自暴自棄，或破壞、隱藏武器，更不准有自殺的行為。此時此地，若有擅自捨棄生命，不但對天皇陛下不忠，亦對父母忘恩負義，可謂罪孽重大……」

乾大隊長這一段訓話也出於一片婆心，不過在廣闊的爪哇地區，戰敗後，只聽說有個擔任印度尼西亞義勇軍教官的日本青年中尉，留下遺書說：「我曾經相信日本皇國精神，據於信念教導現地青年，發表過日本必勝的高論，如今都變成虛偽，自欺欺人罪不容誅。」便舉起手鎗射穿太陽穴自盡了。除了這一事件以外，再沒有第二個軍官遵循武士道精神切腹，而誰也不願談起這件事。戰爭期間鼓吹「敢死」為崇高武德精神的論調，一旦戰敗，「敢死」卻成了不忠不義的行為。乾大隊長自己也想不通，對死的信念為甚麼變得這麼快。

二

電話鈴又響了，乾大隊長趕緊拿起聽筒。

來。」

「喂！喂！我就是乾，喂！甚麼？喔！是台灣特別志願兵的林兵長，好，馬上派他到這裡

聽了班長說：「大隊長有事找你」，林兵長穿著外出軍服，很快來到大隊本部，正要進入大隊長室，剛好碰到已經等得不耐煩的大隊長正要踏出門外，兩個人險而相撞。還是乾大隊長先問：「你是林兵長？」

「是！」

「會講閩南話嗎？」

「會。」

「好，跟我來，我要你通譯。」

「是！」

林兵長跟隨乾大隊長乘上吉普車。吉普車前頭插有藍色小旗，表示佐階軍官的座車。衛兵看到藍色小旗，知道是大隊長，大聲的喊「敬禮！」把門打開讓吉普車駛出去。

當兵三年，從沒坐過佐階軍官專車的林兵長，坐在後座裡覺得怪怪的。回想當一個下級兵的生活真慘，遇到過數不清的心酸事啦。日本戰敗，解開了笨重的枷鎖，如今，前途可有希望了。

吉普車在陸橋處轉彎，不久便進入市街，在一處高樓建築物下停住。店鋪前面的招牌寫著「玉記企業公司」。駕駛兵跳下車來開門，乾大隊長命令林兵長：「在這裡等著！」便下車走向店鋪去。

大隊長還沒走到店鋪，有一位五十左右白皙瘦身的華僑紳士從店裡出來，謙虛而有禮貌的跟大隊長握手。然後一起乘上吉普車，向目的地駛去。

車上，大隊長把此行的目的告訴林兵長，是要做一次商談，讓他瞭解通譯的要點。大隊長說：

「目前的問題是我們部隊的去處，必須有一個暫時棲身的地方。在遣回祖國以前，我想租用這位先生在山上的土地。那塊土地目前是茶園，地面廣又有現成的工寮，可當營舍暫時住下來屯墾。雖然還不知道英軍來接收之後會怎麼樣，但預備一所暫時棲身的地方，免得到時流落街頭……」

林兵長知道大隊長的用心，但要找能容納一個大隊的士兵棲身，而又能生活的地方實在不容易。

大隊長又說：「我已經把這一事情透過律師去交涉，依照慣例，租用土地要付出相當的租金。但是這位華僑溫先生說，那麼廣大的土地租金非常貴，日本已經戰敗，他知道我們沒有能力付出租金，只要保證將來部隊遣返回國時，將土地與建築物璧還就同意借用，他願意不收任何費用。同時，不但免費借給部隊使用，且允許我們利用茶園外的土地種植做活。這真是格外的恩惠。不過，我們考慮到將來英軍來接收的時候，不要誤將我們借用的土地，認為是日本軍用地而接收入帳，這土地稍有一點破壞或麻煩，我們就對不起溫先生了。所以我們雖然實際上是免費租用，但名義上要以相當甚至超高一點的價格寫好租用契約書；有了契約書，相信不會讓他有所損失。這就是我所考慮的問題。林兵長，我要你把我的意思翻譯給他聽，讓他完全了解……」

「是！」

乾大隊長為了介紹林兵長與華僑溫先生認識，又用簡單幾句馬來語說：「溫先生，這位姓林，林兵長，因為他會講閩南語，所以帶他來通譯……」

三

華僑溫先生正如他的姓一樣溫和地笑著，邊點頭邊說：「咦啊，咦啊。」

用馬來語向大隊長表示知道了。然後對林兵長改用閩南語說：「林兵長，你府上是……？」

「我是從台灣來的。」沒想到當兵三年，還有機會講閩南語。閩南話在日本統治下是被禁止的語言，只能在自己家庭裡私下說的純粹的「母親的語言」，這使林兵長不由得興奮起來。

「哦！台灣？」溫先生高興地說：「我知道，我知道台灣，從小就聽說過台灣這麼一個地方。你就是台灣人？這真是奇遇啊！」

「是，我是台灣人，我底祖先是從唐山過台灣的，祖籍漳州，所以我在家裡都說閩南語。」

「我的祖籍也是漳州啊，那麼，你我是同鄉啦，真是奇遇奇遇！」

溫先生很高興，伸手緊緊握著這個年輕和尚頭的日本兵的手，眼光發亮著，有如見到久別的親兄弟那麼親熱。

乾大隊長看了他倆親密的情形，自然地微笑了，覺得今天帶林兵長來沒有錯，能夠建立了金錢買不到的情誼。

「林兵長。」溫先生很客氣地問：「你為甚麼當了日本兵？」

這一句話是誰都會發出的疑問吧。日本兵占領過中國大陸，留下了許多殘酷的痕跡，被人憎恨到沸點，實在無法寬容。林兵長知道溫先生的問話裡含有這一慘痛的記憶。身為台灣人，如果毫無自覺地參加日本侵略戰爭而當兵，不是最大的恥辱嗎？

「我們台灣人被日本管了五十年，傲慢的日本軍閥發動了中日戰爭和太平洋戰爭，不但侵吞中國大陸，也要建立什麼『大東亞共榮圈』，以便同化台灣人和朝鮮人，因此提倡皇民化運動。這一運動非常嚴酷，不擇手段。本來日本人的階級歧視，視我們台灣人是新平民，無資格當現役兵，後來由於戰火擴張，日本人本身的兵力缺乏了，才逼我們志願當兵。所以我是被編入台灣特別志願兵到戰地來的。其實，志願兵和徵召的現役兵並無不同，只是不另外給一個名稱加以區別，好像會失去日本人的尊嚴。這證明他們的皇民化，只不過是口號，表面上的懷柔政策而已……」

聽了林兵長的話，溫先生得到了一種醒悟似的十分慨嘆地說：「哦，你們在台灣，有點像童養媳般被虐待，真令人傷心。不過，中國已決定以德報怨，原諒日本的非行了。既然不再追究已往，從今以後，兩個國家就必須合作……」溫先生的臉上，顯出一種戰勝國民的自豪與欣悅。他寬大的胸襟，使林兵長感到敬佩。

林兵長每次想到自己誕生在被殖民的島上，島民有如失去了父母愛底孤兒的境遇，覺得無上的悲哀與寂寞感。沒有主權的一個小島的住民，很容易被出賣，還需要替逞強者犧牲生命，這是一種弱小民族的悲哀；而為了抵抗這種命運，就想更深固地扎根於自己的土地上，可是也因此越把根扎緊，越有強烈的壓迫與悲哀產生。林兵長似乎重新認清了自己持有這種先天性的無能感，但隨即又把這種軟弱的想法打消，他是持著異種族心理矛盾的抵抗，受到日本人的歧視生活過來的。也許他早已習慣了，但民族的精神沒有麻木。

林兵長向乾大隊長報告說：「溫先生表示，中國雖然站在戰勝國的立場，卻一點都不誇耀自己，認為今後在亞細亞地區，中日兩國必須密切的合作，突破戰後的許多難關。」

乾大隊長十分感動地說：「當然，當然，你轉告溫先生，我們日本人非常的感激……」

四

吉普車駛進綠色行道樹並列的柏油路，在住宅區域轉了幾個彎，到了一棟高級洋房前停下。駕駛兵依例先跳下去打開車門，並跑步去按門鈴。隨即玄關的門開了，從房子裡探出兩個日本人的臉。

「乾大隊長來了。」駕駛員說。

「咦啊，歡迎歡迎，我們都在等著呢，請、請進！」

兩個人做著同樣的姿勢，伸手和大隊長握手，再把眼神奇異地轉向溫先生和林兵長。大隊長隨即替溫先生和林兵長介紹了一下。

「哦，你就是溫先生，久仰久仰，請，請裡面坐。」日本人謙虛地說；但對林兵長就視若無睹了。

到客廳坐下來，大隊長便和房主兩個日本人聊了一陣子。巴布（印度尼西亞的下女）端茶出來，林兵長端詳地看了巴布端來的高級陶藝的茶杯，花紋十分雅緻，料想這家主人豪華的生活。

日本占領爪哇五年，曾經殖民印度尼西亞的荷蘭總督和荷蘭人的財產，大都被日本人接收代管。戰爭使日本人代替了荷蘭人，而印度尼西亞人仍然是印度尼西亞人，被壓迫過著他們原有的愚民生活。從這一洋房可以想像得到統治者的權勢與其豪華的生活。聽說駐爪哇的日本人政務官或高級軍官所占住的洋房，都僱傭印度尼西亞人當家政婦，以及幾個下女和下男，過著王公一般的生活，奢侈得沒有人會想到這是悲慘戰爭的另一面。如此的生活享受，他們根本就不會想到日本會戰敗，因而聽到投降的電訊，真如晴天霹靂。

大隊長跟那兩個日本人事先聯繫過，他們知道大隊長的心意，隨即與溫先生用馬來語開始商談。不太懂馬來語的林兵長，只能推測他們所談的梗概，但覺得十分無聊。而兩個日本人其中較瘦長的那個，懇切地用日語把所談的報告大隊長。林兵長聽著他的日語而感到奇異。那個瘦長的日本人所講的日語既不流利又不好聽，他的口音顯然就是台灣日語的音調嘛！一時林兵長斷定他是台灣人，在外地跟隨日本人工作的台灣人，有些早已改名換姓不願表明身分，意欲得到跟日本人同樣的權勢和利益，那種想法和作為，既無氣節又卑鄙。

乾大隊長聽過瘦長的人報告之後，要直接表示自己的想法給溫先生瞭解，便叫林兵長通譯。直接的通譯比經過雙方都用不太熟練的馬來語交談，不但方便又能得到親切的瞭解。結果溫先生同意乾大隊長的意見，根據日本人律師所寫的合約，簽字又蓋過章，使這一場無報酬的交易，得到了圓滿的結果。

溫先生說：「我認識很多日本人，但像乾大隊長這樣怕對方受到損失，各方面顧慮得這麼周到的人卻不多。在戰亂的大時代裡，明理知義的人還是有，只是這些善良的弱者，容易被暴虐成性的人欺壓而無法抬頭。能跟善良的人交友，實在是人生的快樂，還好，在戰時我所遇到的日本人大都對我還不錯，真是很幸運。」

林兵長很久沒有這樣暢心地講過閩南話了，現在忽然能夠講出在母親腹中就熟悉的語言，感到非常痛快。而那個瘦長的日本人也許是跟林兵長一樣同是被殖民的新平民，一直歪斜著臉，很嚴肅似地傾聽著林兵長和溫先生的談話。看他露出奇異的神情，完全聽不懂閩南話的樣子。或許，噢！對了，林兵長忽然想到，他是朝鮮人吧！果然，後來聽說他姓金，是從釜山來的。

五

乾大隊長送華僑溫先生回到玉記企業公司，分別的時候，他說：「作為日本軍官，我對於日本人傲慢的種種非常慚愧，我自己又不瞭解中國人，隨著軍隊盲從軍令，很可能做過很多違反人道的事。我們知道日本絕不只在表面的戰爭挫敗，事實上連精神上的一切都輸了。以道理講，中國人憎恨日本人，日本人只有忍受的份，但中國人卻到處施捨給我們恩惠，我代表大隊的全體士兵，謹向溫先生表示深切的謝意。」

乾大隊長講得很激動，連聲音都瘖瘂了。整個萬隆市的天空好像也感染了他的激動似地昏暗起來，快下雨了。林兵長興奮地翻譯乾大隊長的話。溫先生看了乾大隊長感激的神情，聽到林兵長的翻譯，謙虛地說：

「不、不，這沒甚麼，人總要互相幫助才有進步，能夠和平相處才會發展。這一次戰爭，大家都受到教訓了。把這一痛苦的教訓銘記在心，希望大家快一點回到故鄉再建家園。」

乾大隊長對溫先生真心誠意的話，更是感激地直點頭。

任務完了，林兵長和溫先生依依不捨地握手分離，跟著乾大隊長上了車，回到三角公園邊的部隊去。

乾大隊長安頓部隊士兵的計畫順利進行，才放心下來跟往日一樣，指揮官兵擔任萬隆地區的治安。

然而停戰後的爪哇島，由於印度尼西亞領袖蘇卡諾宣布獨立，各地印度尼西亞民軍紛紛加入獨立軍的行列，也有部分民軍不願加入獨立軍，私自組織游擊隊，發動無知的住民，結隊搶劫華僑的物資與日本戰敗軍的兵器。如有不順從交出物資或兵器，便被慘殺。這種游擊隊結合民軍的叛亂、搶劫、殺人事件，一日比一日嚴重。這樣一來，蘇卡諾指揮總部便不得不要求日本軍司令維持治安了。

過不幾天，命令下來，乾大隊被派往距離萬隆市約四、五小時車程的一個小鎮達西克馬拉亞去駐防，重編憲兵隊維持治安。

新的任務，使原預備借用華僑溫先生的山地作為暫時安頓部隊士兵復員前逗留的營地，也不得不擱置下來。向達西克馬拉亞出發之前，乾大隊長又帶著林兵長去萬隆華僑街，把這一改變詳情報告溫先生，請他諒解。溫先生還是很虔誠地像親兄弟一樣接待他們。

但是從此別後，由於戰後的紛亂，林兵長就沒有再見到溫先生了。

（發表於一九八一年十一月二十八日《台灣日報》副刊）

蠻橫與容忍

一

達西克馬拉亞憲兵隊是協助當地印度尼西亞警察署，維護該地治安的日本殘留部隊的一個中隊。日本投降後不久，防衛上需要雙方的合作，印度尼西亞獨立軍保安隊才承認日本憲兵隊的存在價值，保留原有的權責讓其繼續執行任務。林兵長是屬於這個中隊的臨時憲兵。

離憲兵隊一段距離的後街，有一間古老的中國理髮店，老闆姓顏，是河洛人，遷移來達西克馬拉亞已經二十多年了，溫和的性情令人好感。

林兵長常到理髮店去理髮，最初他聽到老闆和女兒都講閩南話，很自然地也用閩南話說：「請不要剪得太短……」

這使顏老闆呆了一會兒，端詳了林兵長之後說：「先生，你怎麼會講閩南話？」

「我不是日本鬼。」

「那麼你?……」

看老闆那麼驚訝,林兵長有點興奮地說:「我是台灣人,我的祖籍是福建漳州,當然也會講閩南話啊。」

「難怪……可是台灣是怎麼樣的一個地方?」

「台灣位於福建海邊的對岸,是一個寶島啊,嗯,有沒有台灣人來到這個地方?」

「沒有,聽說萬隆市才有台灣人住著,但人數不多……」

使用同一語言的親密感擁抱了他倆的心,在異鄉的天空下,有一種血統交流的感應。

這個城市也有很多華僑,跟其他城市一樣掌握著金融事業。而依靠理髮手藝生活的顏老闆,雖沒有厚實的經濟力量,但以他的誠實溫和的個性,在這個城市裡很受人歡迎,生活得很舒服。他對任何人都有點過分的客氣,因此看到日本軍人模樣的林兵長,有面對軍憲權力的自卑感,顯出處身於異鄉畏懼的脆弱心理。不過,跟林兵長談過閩南話之後,那種自卑感都消失了。日本軍管束爪哇五年,以一個老百姓一直對日本軍人抱持著害怕的心理,如今不無覺得可笑,日本鬼也像林兵長一樣沒甚麼好恐怖。

理完了髮,顏老闆進入房裡,拿了一瓶索啤(椰子酒)出來。太陽早沉落於西海,不分四季的夏夜很安靜,街燈微明,這又是一個和平的夜晚。林兵長看一看壁上寫著「理髮料三圓」的木牌,從口袋裡掏出五圓幣交給顏老闆。顏老闆卻攔住林兵長說:「你還客氣甚麼!我們是同鄉人，我要跟你喝一杯，這是這個地方釀造的好酒，來，不要客氣，邊喝邊談吧。」

顏老闆打開瓶蓋，把索啤倒進杯子，坐下來。林兵長找不到婉謝的理由，也坐下來。

「不要客氣，你我能夠相見，這是難得的緣分。」顏老闆舉起裝滿黃色液體的杯子，一氣喝乾了。

顏老闆似乎很海量。林兵長隨軍駐守帝汶島的時候，因防衛工作需要與當地酋長接觸，常喝醇美的椰子酒，強烈的酒味不使他討厭，於是很痛快地和顏老闆互敬了幾杯。

一個十七、八歲的少女從廚房出來，雙手端著幾樣菜排放在桌子上。林兵長看她所穿的家鄉式衣服，清潔的姿態，不由得想起故鄉的妹妹。離開家快三年了，穿台灣衣衫的少女使他有了回到家一樣的感覺。遠離故鄉，看到自己的同胞，很容易把感情拉得親近。這是人類的習性；血濃於水的情誼，有時會超越一切的條件結合起來。

林兵長有點醉了，讓他醉的，不完全是酒精的作用，顯然是濃烈的鄉愁促使他酣然。

「阿琴，你也來敬林先生一杯……」

顏老闆喝酒的時候才會多講話。阿琴看父親那麼高興，也快樂地向林兵長敬酒，並問起她未知的台灣的事情。她聽到台灣的民情風俗，覺得跟父親喝酒就喜歡講的唐山的情況很相似，而感到奇異。阿琴出生在達西克馬拉亞，母親是當地一個華僑的女兒，但前年因病死了。關於唐山的故事，只有父親會講，父親在唐山長大，二十三歲那年才跟著一批華僑航渡到此地來。來的時候，只帶著理髮的手藝與工具，沒有金條財寶，完全靠雙手努力流汗建立了這個家。

「阿琴也會喝？」林兵長問。

「喝一點點……」其實她已經喝過不少杯了，微紅著臉頰很美。

生在南洋的女孩子早熟，結婚也較早，像阿琴的年齡都被認為是待嫁的大小姐。果然不一會兒，穿著整齊青年裝的男孩子，挺胸闊步笑嘻嘻地踏進來。這個青年不像中國人也不像印度尼西亞人，臉龐清秀，一踏進門就叫：「阿琴，阿伯！」

經過顏老闆的介紹，他是華僑一家布莊的少爺，母親是印度尼西亞和荷蘭的混血兒。難怪他的舉止有混血兒的特徵，但跟荷蘭系統的混血兒氣質又有不同。他愛阿琴，是阿琴的男朋友，快要正式訂婚的男朋友，名叫胡之敏。

胡之敏很爽直，一坐下來就拿起酒杯敬林兵長和顏老闆，一連喝了幾杯每次都乾。喝乾了酒便轉頭看阿琴，兩個人頻頻互有意思地一笑。看他倆那麼親密的情愛，真是令人羨慕。

「我醉了，隊部的熄燈時間也到了，我必須回營去。」林兵長說著站起來，面對顏老闆和他倆告別。

胡之敏也趕緊站起來，手臂環在林兵長的肩膀說：「我陪你回去，這個時候在外面走很危險。」

林兵長想，阿琴還需要他陪，便婉拒地說：「不必了，我這個憲兵，還要你保護？」

胡之敏笑了，他說：「我知道你是憲兵，但是目前的治安情況很壞，日本人成為民眾的敵人。他們只知道你是日本人，分不清你和日本人不同，必會喊打，你是逃不了的。我是民眾這邊的人，有能力保護你安全回營……」

胡之敏用右手輕拍胸脯，表示自己有把握護送林兵長安全回營。胡之敏說的也對，如果把時光倒流一個月，胡之敏以及顏老闆父女有甚麼困難，林兵長也會保護他們的。現在一切改變了，時局造成權勢倒轉。林兵長終於接納胡之敏的好意。以後每次來訪顏老闆，大都由胡之敏陪著回到憲兵隊去。

二

憲兵隊裡僱有幾個印度尼西亞女人，從事炊事和洗濯等雜務。其中體格比一般印度尼西亞女人較高一點混有荷蘭血統的瑪亞，不知為甚麼看中了林兵長，吃飯時或遇有事情，林兵長來到炊事房或洗衣間，就走近來向他問長問短，甚至很大膽地偎倚著他，有時伸手撫摸他的頭髮和臉，表現她的愛意。

「不要這樣子，妳不怕人家批評妳輕佻？」林兵長不習慣在其他士兵面前接受妙麗女人對他那麼親密。但在熱帶的南洋，男女之間頗為開放，瑪亞那樣表現愛情的方式極為自然，一點也不過分。

「你討厭我？」瑪亞問。

林兵長雖不能說喜歡她，但也不討厭她。「只要妳不這樣一直靠近我，我就不討厭妳。」瑪亞笑著點頭，但一有機會仍然親近林兵長，想得到他的關心。

然而，憲兵隊裡的老兵德田伍長是九州大分縣出身的粗人，他對軍隊硬性的生活非常固執，行使標準的軍規。很奇怪的，他卻迷戀上了瑪亞，以強迫推銷愛情的方式時常糾纏瑪亞。但瑪亞非常討厭他，每次看到他就露出嫌惡的眼神。有一次，德田在洗衣室意圖擁抱她，瑪亞大聲喊叫「狼來了」，使德田無法得逞。以後瑪亞遇到德田就哼著「狼來了」的印度尼西亞歌曲，很明顯的排斥他。

德田的愛未被接納，極度的鬱憤，卻不敢對瑪亞發怒。他把嫉妒的火轉向林兵長，認為林兵長的存在，才使他吃了大虧。於是時時監視著林兵長，一旦林兵長跟瑪亞有他看不順眼的行為，就要採取報復。

在達西克馬拉亞最後的那個晚上，林兵長依例到顏老闆理髮店暢飲歡樂，忽然聽見外面從遠方傳來不尋常的叫喊聲，顯然是民軍發起暴動的聲音。

「不好啦，暴亂已經傳染到這個安靜的城市來了！」

乘著夜晚，保安隊的民軍煽動印度尼西亞民眾，以人海戰術襲擊荷蘭混血兒和華僑富豪，掠奪財物。蠻橫的民軍，也意圖拓展他們的勢力。最初他們用竹槍或木棍奪了日本人刀和短鎗，再掠奪了軍用車輛、步兵武器、機關鎗，很迅速地擴大了他們的民軍隊伍。知識極為貧乏的印度尼西亞民眾，成為失去理性的暴徒，從大都市打到鄉村的小鎮來，叫喊「默迪卡」的口號，龐大的聲勢，有如海嘯一般令人恐懼。

「我必須趕快回營房去，不然……」

林兵長向顏老闆父女告辭，匆匆走出門外，胡之敏仍然跟著他，陪他回營。

街上倒很安靜，遠方騷亂的聲音是在憲兵隊相反的大街上。胡之敏察看了外面的動靜，瞭解情勢。

「這個方向不會有問題，很可能是赤軍獨立隊發動的暴亂，不管它了，我們走吧。」

胡之敏選定南側的街旁人行道，同林兵長大步回營。路上碰到帶著武器的幾個印度尼西亞青年，向大街跑步直衝，但對於便服的林兵長和胡之敏卻未曾過問。他倆很快走到憲兵隊的後門，握手告別。

當林兵長推開鐵絲刺框的側門進入營內，覺得營內的氣氛過於沉靜有點怪異；也許大家都聽到大街上的暴亂的緣故吧！然而，當他向營房走不了幾步，在昏黑的倉庫旁邊，德田伍長忽然跳出來阻擋了他的去路。好像在那兒已經等了很久了。德田伍長目露兇光，好似全身都憤怒了，他以上官的威嚴，擺出一種難看的姿勢。

「林，你這個傢伙……跑到哪兒去做壞事了？說啊……」

「我去理髮店。」林兵長把雙腳稍微張開著站穩，下腹部用力撐著上身，預防德田突發性的襲擊。

「這個傢伙還要強辯說謊？我都知道了，強辯也沒用，把瑪亞帶到哪兒去？畜生！」

瑪亞？噢，為了單戀昏了頭的傢伙，真的開始發狂了。林兵長心中對德田那樣愚蠢的單戀覺得可憐而好笑。「我怎會帶瑪亞出去？我知道你愛她，我帶她出去幹嘛！」

果然，林兵長還沒把話講完，德田的右拳飛來了。假如林兵長事先毫無防備，這狠毒的一拳，必會打得林兵長的下頦脫臼的。幸好，林兵長站得很穩。上級長官打下級士兵，無論有無道理或正確的原因，基於日本軍隊的規矩絕對不能反抗。但是，現在日本無條件投降的消息傳遍了全爪哇島，許多受過上級士兵或老兵無理責備打罵的日本兵，決意放棄日本軍籍，脫逃投奔於印度尼西亞獨立軍，當軍官教練，指揮印度尼西亞民軍游擊作戰，不但對抗前來占領的英國軍與荷蘭軍，甚至也策畫對戰敗的日本軍掠奪兵器，由於建立功勞，他們在獨立軍裡也有相當的勢力。

林兵長受到德田的飛拳，立刻想到該反打他，把他打個半死之後脫走。憑林兵長的力氣，打起來，德田絕不是他的對手。但很快又有一個念頭閃過：他必須忍耐。自從當了特別志願兵以來，不知已經忍耐過多少老兵的虐待了。這一次也許是最後一次，就再忍耐一次吧！林兵長有被殖民養成下來的習慣性，容忍力很強，這是多麼不幸的命運啊。

但不管林兵長的腦裡閃爍著甚麼思想，德田卻用最大的蠻力握緊拳頭，左右交攻地打下來。林兵長咬緊牙根忍受著，接受像雨點般的飛拳，金星從右頰跳入從左眼飛出，從左頰跳入從右眼飛出，左右眼睛大約各閃亮了七、八次，兩頰都被打得熱烘烘，也打得唇破血流了。

正當林兵長被打得劇烈的時候，剛好瑪亞從憲兵隊長宿舍回來，穿進後門，看到了這場私自制裁的情景，很驚訝地喊叫了一聲：「停止！」

瑪亞不顧自己的危險，迅速跳進去擁抱住林兵長，用力把他推開。

「你為甚麼？為甚麼讓他打？打得這麼厲害？惡狼怎敢這樣打你……？」

瑪亞一邊扶著林兵長，一邊顯示恨透了的眼神瞪著德田。倉庫外面的燈雖然昏暗，但也使德田感覺她的憎恨已到極點。瑪亞基於女人的直感，知道德田這樣毒打林兵長，是由於嫉妒，她用馬來語罵了德田一句不知羞恥的話，德田一點都不敢回嘴。

林兵長的雙頰在發燒，燒得整個頭部很沉重，嘴唇疼痛，他自嘲自己為甚麼能容忍到這個地步。他現在不再躲避瑪亞，反而順著瑪亞的好意，偎倚著她，任她扶著到營房去。

站在營區側門外，胡之敏把日本軍人私自制裁的情況從頭到尾看了個清楚。他本是要過去干涉的，但被瑪亞搶先了一步。這樣也好，如果他插一腳進去，因為他是男人，說不定會把事情鬧大呢。他一直站在那裡，看著瑪亞帶林兵長走向營房，才離開回去。

三

瑪亞扶著林兵長回到營房，趕快讓他躺在床鋪上，拿著臉盆裝了水來，用冷水濕毛巾敷在林兵長的雙頰，並擦掉臉上的血。

「這樣會舒服一點。」

「謝謝你，瑪亞！」

「你不要道謝，這是我害了你，該請你原諒我。今天吃過晚飯後，德田那個惡狼又糾纏著我不放，我隨意說了一句要跟你約會去，德田當真了，沒想到這傢伙會這樣打你。我去憲兵隊長官舍，回來拿東西，恰好碰到，不然……」

「不然……？」

「德田會把你打死。」

「卑鄙的傢伙……」

林兵長用手輕輕撫摸臉頰，心裡覺得剛才應該反抗，打倒他，但又覺得忍耐還是對的，卻對自己猶豫不決的矛盾想法感到很生氣。

瑪亞俯下臉，把前額靠住林兵長的額上，溫柔地勸他不要生氣。

對！不必生氣，蠻橫是最令人討厭的行為，能夠容忍才是強者。林兵長想。

「先前德田伍長來房找過你好幾次，說你脫逃不見了。哈！原來是為了瑪亞……」睡在隔壁床鋪的福元一等兵說。他安慰林兵長，說些德田因單戀而嫉妒的醜態。福元的家鄉跟德田同為大分縣，但對德田的不義行為非常憤慨。

在這個憲兵隊裡，林兵長是唯一的台灣人。日本戰敗，加之印度尼西亞民軍的反抗，日本人所誇耀的大和魂已被糟蹋得一無價值，也沒有了統治者的威嚴。士官們都很暴躁，常找士兵的麻煩，發洩被抑壓的氣憤。林兵長該算是最軟弱的一個台灣特別志願兵，才是德田欺負的對象。

「瑪亞，你回去吧，我也要睡了。」

「你睡吧，今天我要看護你一個晚上。」

「這裡是男人的兵房，妳怎能……？」

「我不想睡嘛，只要這樣看著你一個晚上，不行嗎？」

「不行！」林兵長堅決地拒絕。但沒用，瑪亞連動都不動。

熄燈時間早已過去，夜街都安靜下來了。遙遠大街上的騷動也靜止了，似乎恢復了和平。達西克馬拉亞街的路燈罩著朦朧的霧，昏黑的街景過分寂靜得令人害怕。午夜過後，有一陣驟雨從遙遠的海濱彈琴般地掃過，一下子掃過熟睡了的屋頂和廣場，帶來凜凜的寒氣，侵入營房，而士兵們的鼾聲則從窗隙間流出，飄過走廊，飄到草坪上，讓警備兵們緊張的氣氛也歇息下來：誰都認為今夜會平安無事地度過。

瑪亞真的不回家，她坐在林兵長的床鋪邊緣，看著林兵長迷迷糊糊睡著了，才把背靠在床柱打瞌睡。

隊部辦公室的壁鐘敲打過兩點不久，警備大門的一個衛兵，忽然慌慌張張跑進來。

「報告守衛長！剛剛巡邏時，發現環繞營舍的鐵絲網被剪斷了一大片。」

「被剪斷了？多長？」

「大約有十米長。」

「噢！這真非同小可啊！加強戒備，趕快打電話聯絡警察署長……」

警察署長是印度尼西亞人，三天前還有日本人警察顧問駐在警察署。但日本軍政惟恐事態變化，顧慮日本人的生命安全，把分散駐在印度尼西亞各機構的警察，集中到萬隆市去了。雖然沒有日本人顧問，但警察署仍在憲兵隊的輔導下維持著治安，因而同為治安機關，負有聯繫保護的責任。然而，令人驚愕的是電話線被剪斷了，打不通。

「事態比想像的還嚴重……」守衛長用右手敲打著前額，大聲喊著：「安田，馬上跑去報告憲兵隊長！」

一個衛兵拿起步鎗，向憲兵隊北側的隊長官舍奔去。

然而，不到十分鐘，急激的引擎和輪胎爆音聲響了起來，十幾部軍用卡車和吉普車一齊駛了進來，在隊部廳舍前的廣場，車一停，接著：「哇——哇——」

「哇——哇——」

千餘名印度尼西亞的人歡呼聲湧起，打破了夜的沉靜。那是印度尼西亞民眾抑壓不住的怒吼，為民主獨立展開全面的示威。無數民軍的腳步聲從遠而近，又從近而遠跑來跑去，把沉溺於夢中的日本士兵們吵醒了，全都驚嚇地跳起來。

林兵長猛搖打瞌睡的瑪亞的肩膀，看她睜開了惺忪的眼，慌忙穿起軍服。

「發生了甚麼事嗎？」

瑪亞走到窗邊察看，窗外的廣場異常的喧騷，有人的喊聲、急促的銅鑼聲，也有揮著竹槍和刀劍的摩擦聲。奇異的叫喊混雜在汽車引擎的震動聲音裡，騷嚷不停。

「關掉電燈——」

士官室發出號令，隨即傳遍了全營各房，一霎時，營房內外一片黑暗。

為了防備意想外的襲擊，士兵們都緊閉了房門，迅速地全身武裝完畢，一個個蹲在玻璃窗的角落，窺視著昏暗的遠處，是否有暴民的動靜。

千餘印度尼西亞民眾的黑影，似乎越來越多，充滿了廣場，以各種各樣的姿態東跑西竄；但沒有人敢走近兵房。這是他們沒有經過訓練，毫無戰鬥經驗，暫時保持著暴風雨前的平靜。

憲兵隊長很快地趕來，跟印度尼西亞民軍保安隊的幹部和隨從民軍來的警察署長，在隊長辦公室開始緊急談判。

保安隊的態度十分頑強，他們向憲兵隊長提出的要求是：

一、日軍官兵的武器、彈藥應全部交出來給民軍。

二、達西克馬拉亞管區內的治安維持權，即刻歸還印度尼西亞警察署及保安隊掌管。

三、解除武裝的日本官兵限二日內離開達西克馬拉亞。

四、對於前三項條件如有不服抵抗者，保安隊得處罰射殺之。

民軍保安隊的幹部們手持短鎗，瞄準著憲兵隊長的腦袋。

憲兵隊長看完了條件，抬起了笨重的頭，面向以前直隸於自己現在已經變成敵人的警察署長，慢吞吞地說：「你們的要求，照第四條來說我已無考慮的餘地了，還要談甚麼呢？我們只有接受。不過，我們要接受這些條件也有困難，各位應該幫忙，才能達到你們所要的目的。」

「要我們幫忙甚麼？」鼻子下留一小撮鬍鬚的保安隊校官態度十分強硬，一點和祥的表情都沒有，眼睛閃露著勝利的光榮直視著憲兵隊長。

「你們的要求，第一點的兵器、彈藥，可以全部交給你們，但是軍火以外士兵的衣服和私有用品，請你們保證不讓民軍掠奪。第二點，即刻照辦。第三點，我們必須先把實際情況報告萬隆市的日本軍司令後才能行動，還要請警察署長幫忙派車護送我們回萬隆市，因為路上許多要道聽說早被保安隊封鎖了，請警察署長護送保證我們的安全，這一點友誼總是可以吧。」

保安隊的幹部們對憲兵隊長所提出的問題隨即開始討論。你一言我一語，毫無秩序。保安隊的校官好像是這一民軍的統領，他把各人的意見總括起來說：

「日本軍隊的規律很嚴，大家都知道。憲兵隊長必須請示上級，聽上級的命令行動是對的。今後，我們的獨立軍也要學著他們的樣子遵從軍規，所以我們同意憲兵隊長的請求，由警察署長幫忙他。但在離開本市以前，憲兵隊的官兵不准外出，維持現狀待機。」

這一場談判算很順利地結束。民軍和日本軍都分別發出談判後的命令。

「開亮電燈——」

士官室傳來第二次號令，營房內的燈光亮了，光線溢流到庭院。

四

日本兵透過玻璃窗，看著民眾擠滿在廣場，那麼多民眾從哪兒來的？真是烏合之眾。門窗被打開了，帶著閃亮軍刀的幾個民軍幹部，分別進入被指派的營房。被民眾包圍的日本官兵，安靜地看著民軍幹部的行動，站在窗戶邊或床鋪前遲鈍地笑著。

瑪亞偎倚著林兵長說：「我該出去了，我知道這一場騷亂割斷了你我，雖然無法再見，但我還會很想念你。再見！」她伸長脖子吻一下林兵長，便像脫兔般地跳出門外，剎那間不見了。

民軍的幹部開始檢查日本士兵持有的物品，每個人的背囊、物品櫥、蚊帳、毛毯等都被翻開了。他們沒收了步鎗、短鎗、刺刀、彈藥、小刀，甚至刮鬍刀。小刀、刮鬍刀不是武器，但民軍的幹部很喜愛這些東西，他們買不到。又把一些漂亮的衣服拿起來翻弄檢查，看起來他們很喜歡，但軍令不准沒收，他們沒有辦法；香煙也不敢拿。盡量裝著做個標準的軍官，丟開過去在日本人面前習慣表現的自卑感，要充當正規的軍人，如不維護軍規，怎麼能獨立？

每一間營房都檢查了，應該沒收的都沒收了，保安隊的校官才用懇切而和藹的日語說：

「日本軍的各位官兵，事情解決了，可以放心睡覺……」

校官巡迴全部營房，一一宣布了之後，回到隊長辦公室時，突然有一個保安隊幹部跑過來，不知向他說了些甚麼，校官便向憲兵隊長說：「你們隊裡有個德田伍長，請把他找來。」

「有甚麼事嗎？」憲兵隊長訝異地問。

「德田伍長侮辱過我們保安隊的軍官，保安隊軍官要詢問他。」

「詢問？是不是要報復？私自報復是犯規的啊。」

憲兵隊長愛護自己部屬表示異議。但保安隊校官冷靜地帶有一點揶揄的口吻說：「誰也知道日本兵的私自制裁最厲害，不是嗎？不過，我們保安隊不用私人制裁來報復，德田伍長既然侮辱了保安隊幹部，保安隊要以隊的法則制裁他。我的意思要拖他出來罰三十鞭打，如果你連這一點都不願意，我就不管了，但是保安隊的軍官們要採取怎麼樣的行動，我就不敢保證，後果由你負責，怎麼樣？」

憲兵隊長歪扭著臉，焦急卻無可奈何地說：「還是按你的意思辦吧！」

「還有……」保安隊校官說：「還有一位林兵長，也叫他出來。」

「為甚麼？」憲兵隊長又追問。

「保安隊的公開處罰要有兩位見證人，你和林兵長是最適當的見證人……」

「這……」憲兵隊長一時沉默著。事到這種地步，如果不讓保安隊的軍官們消消氣，是無法收拾的。日本官兵在投降後的苦楚，令人難以想像。

德田伍長和林兵長被叫出來了。

保安隊幹部押著德田站在校官面前，他看了辦公室裡的情景，知道自己成為臨時審判的被告，但不知道為甚麼保安隊只要詢問他，對待林兵長卻十分禮貌。

「德田伍長，你靠日本士官的權勢侮辱了保安隊的軍官，我宣告罰你三十鞭打。」

「我沒有呀！」德田辯解著。

「我們有證人，你敢說沒有。」

「證人？」德田覺得很奇怪，心裡想，我甚麼時候侮辱了保安隊的哪一個軍官？證人又是誰？然而，保安隊校官卻叫出來兩個證人——胡之敏和瑪亞，胡之敏穿著保安隊軍官的制服，階級是中尉。這使林兵長嚇了一跳，胡之敏怎麼沒跟他說過是保安隊的軍官？是不是他負責特務工作？現在為甚麼帶著瑪亞出來做德田犯罪的證人？

胡之敏踏前一步，看一看德田再向校官說：「昨天晚上我巡查憲兵隊營內到南側倉庫邊，德田伍長忽然從黑暗處跳出來襲擊我，不但口頭侮辱，又打了我好幾拳，因為太突然，我沒有反打他，幸好瑪亞經過那邊喊叫，德田才停止毆打，不然他會打死我，瑪亞在這裡可以作證。」

胡之敏報告時表情很冷靜，顯然不是自己遭遇侮辱被打的樣子。瑪亞不時把眼神投給林兵長，只是站著不講話。

林兵長和德田雖然立場不同，但兩個人瞬間恍然大悟，瞭解了這一幕制裁的來龍去脈，以為是瑪亞編出來的戲，卻不知道是胡之敏所編與導演的。

「你有話講，德田伍長？」

德田昨天晚上在倉庫邊黑暗處突襲打人是事實，不管打的是誰，證人瑪亞緊咬著證明這一事實，德田只有俯首認罪了。

「開始鞭打！」

保安隊校官發出命令，兩個幹部分為左右抓住德田伍長的手臂，剝開他的上衣露出赤背，壓住他俯身，另有一個力氣壯大的人拿著藤條，他先向空揮了幾次，終於一鞭又一鞭向德田的赤背打了下去。看來德田伍長似乎為了憲兵隊全體官兵而犧牲受罰的樣子。

德田伍長最初很倔強，但藤條的鞭打，使他的背脊一條條蚯蚓似的紅腫起來。那一條條紅腫，隨著被打的次數增加，重疊、交叉、又重疊、交叉的地方滲出血絲，三十鞭打還沒到一半，全背脊就模糊分不清線條了。那麼倔強的德田伍長，終於呻吟起來，而到打完了三十鞭的時候，支撐不住地昏了過去。

這是胡之敏替林兵長報復。一次歷史性的制裁完結，林兵長看德田伍長昏迷了，心裡應該喊著快哉，但相反的，他忍不住跑過去把德田伍長扶起來，跟憲兵隊長的隨兵把他帶回營房去。

投降的消息帶來的悲劇，在這過渡期將會繼續下去。一陣暴風雨過後，似乎還有暴風雨要來。然而，不管這些人為的動亂如何變化，黎明的陽光還是跟平日一樣，溫和而清朗地照著劫後的世界。

劫後，除了士兵們攜帶的私人物品以外，隊部裡的各種器具、倉庫的材料、汽車、腳踏車，連椅子和地毯都遭遇了跟兵器一樣的命運，被劫走了。這裡已不是日本軍駐留之地，憲兵隊長自動催促警察署長，用警察電話和萬隆市的日本軍司令部聯繫，得到了許可。第二天下午，便由警察署長派軍用車，親自護送日本士兵，趕向萬隆的俘虜營駛去。

（發表於一九八二年一月十日、十一日《台灣日報》副刊）

默契

一

爪哇萬隆市鬧區外，有一條廣大的長街道，道旁種有古老的木麻黃樹，繁茂的綠葉早已變黑了。這一帶有好大院子的歐式洋房，是荷蘭人住宅區，舒敞的環境，洋溢著優雅的氣氛。

打敗仗的日本軍一個大隊，不久前，被派到這個地區三角公園邊的營房來；隊裡士兵的裝備依舊，還沒有解繳。

「為甚麼，戰爭早已結束了，還要派我們來這裡駐衛？」

自從接到投降消息以來，一直精神鬱悶的士兵們，渴望早日把拖累的軍械繳庫，恢復平民的身分；但來接收日本軍投降的英國軍總部，卻還要日本軍繼續衛戍荷蘭人住宅區的治安，保護停戰後從集中營解放出來的荷蘭人，回到原住宅區重建家園。

這樣清閒優雅的高級住宅區，常遭印度尼西亞獨立軍的游擊鎗戰，驅逐游擊隊，直接與之交鋒的是日本軍的任務。

常在拂曉時候聽到鎗聲。一有鎗聲，日本士兵就紛紛跑去圍牆上的砲台各就崗位，以廣闊的公園當成戰地。林兵長的重機鎗是安在營房南側牆上的砲台，從台上透過公園林立的樹枝，能看到荷蘭人華美的住宅，住宅的那邊還有疏散擁來的荷蘭人集中營。早晨的公園很少看到人影，只有南國特有的樹木默默佇立著。

「裝彈！」

林兵長一喊，伏在他左側的金城上等兵，立刻打開彈藥箱，拿出一排三十發的彈藥裝入重機鎗。

「裝彈完畢！」

「好！」林兵長邊操作邊瞄準，瞄準的目標是公園裡隔開印度尼西亞與荷蘭區界大路旁一棵大樹頭。嗒嗒嗒嗒嗒……把重機鎗彈打入樹根，百發百中，一連三十發鎗彈分作三次，嗒嗒嗒嗒，打完了，熱鬧的一場游擊戰就算結束。

印度尼西亞獨立軍游擊荷蘭地區鎗戰的目的，主要為打擊英、荷聯軍無法占領此地。獨立軍意圖取代日本軍接管治安的實權，促使印度尼西亞獨立。其次還要求日本軍把所有軍械交獨立軍接收。戰敗的日本軍無意和印度尼西亞獨立軍鬧反，又不願被以統治者姿態出現的英、荷聯軍利用。尤其荷蘭軍曾被日本軍俘虜過，不但持有仇恨的心，且仍迷戀於過去三百年統治印度尼西亞的甜頭，處處唆使英軍強迫命令日本軍替他們與印度尼西亞獨立軍作戰，以期奪回主權。戰敗的日本軍無法違抗戰勝的英軍，不得已還是派兵在第一線對抗游擊隊。

游擊戰每天發生幾次，從沒有受傷戰亡的人。因為獨立軍與日本軍士兵之間有了奇異的默契，雙方都只向空中打遠距離的鎗，不然即以樹根當目標發射。由於停戰後受了打擊的許多日本士兵，偷偷脫出軍營，投入印度尼西亞獨立軍擔任教練；那些教練指揮獨立軍士兵採取游擊戰。但沒想到游擊的對手還是日本軍；終於互通暗約，游擊戰變成有趣的戰爭遊戲，比軍訓演習還輕鬆，一點勞苦與憂慮都沒有。

二

林兵長的重機鎗隊原在北角地區駐營時，隔壁住有一家荷蘭人。不是軍人，也不是官吏，好像是做生意或甚麼的，跟那家兩夫婦碰面雖不講話，但會和藹地點點頭。他們有兩個女孩子，妹妹二、三歲，姊姊十五、六歲，大小相差十幾歲，有點不尋常。很少看到妹妹出來，每天都是姊姊一個人，坐在廣大院子裡的鞦韆上閒盪著。因為林兵長的房間面對著他們的院子，一踏出門就看到姊姊坐在鞦韆上，睜著好大眼睛凝望這邊。金黃的長頭髮披在肩膀背後，鼻子高高的，下巴尖尖的，從遠方也看得出她臉上的雀斑。她那毫無羞澀地顯露著雀斑的臉好可愛，可是她的表情很冷淡，連微細的笑意都沒有。

戰亂使她無法正常上課，她才天天閒盪在鞦韆上。偶爾她會手拿圖書看著，但那不是學校的課本，是故事書之類的。每天她察覺林兵長從房間出來，都放下書本抬頭一直望著他不眨眼，似乎要探視不同人種的男人底細般，林兵長不知道自己哪一點使她感到稀奇，只覺得這個異國的少女雖不是白癡，但精神有點遲鈍，且十分孤獨而寂寞。她一點都沒有殖民地統治者家族的傲氣，也沒有印度尼西亞民族鄉愚的樂觀，顯然是戰亂環境害了她，使她耽溺於沉思中過日子，失去了笑容。

吃飯時間一到，大都由她父親叫她進去。「瑪沙！」瑪沙是她的名字，她很聽話，一聽到此聲就收回投給林兵長的視線，跳下鞦韆走進房裡去。

已經好幾天，瑪沙盪在鞦韆上看林兵長。林兵長一有空也倚靠牆邊看瑪沙，一直看著互相默默不講話。不管別的好多士兵圍繞過來談論瑪沙，戲言調弄，瑪沙也不害羞不看別人，只把視線投給林兵長，觀察林兵長的一舉一動和表情，這已經不像是好奇而已了。

林兵長很想看看瑪沙笑，有時做著鬼臉逗她笑，做日本式的鬼臉、台灣式的鬼臉或印度尼西亞式的鬼臉，但她都不笑。也許她早把笑臉遺落在戰爭發生當時的水溝裡撈不回來；不然，她的眼神毫無一點敵意，怎能表現著那麼冷冰冰？

不過瑪沙還只是個孩子，有一天早晨，林兵長從外面跑步回來時流了很多汗，脫去上衣，只穿著半裸汗衫濕濕的，一直站著不動地看她，許久冷風一吹他著涼了，連續打出幾個噴嚏，還打不夠似地繼續幾次還要打，咦！唷！卻打不成，便全身顫抖了幾下。林兵長這樣狼狽的樣子，驚動了瑪沙的興趣，她竟「哈哈哈」地笑起來。林兵長覺得從她的笑聲爆炸出被戰爭扭歪了的悲哀，而瑪沙卻笑得滿臉淚水，不知道在笑或在哭……

瑪沙的這一場笑，引起他倆久久的默契，更密切地握起手來。他倆雖然仍不講話，或許講出話也互相聽不懂，但各從互視的眼神活潑地閃亮著告訴對方說不出話的心思，而感到舒暢快樂。

不久，印度尼西亞游擊隊開始蠕動，以通行東西橫臥市區的鐵路軌道為界線，分印度尼西亞和荷蘭地區。印度尼西亞獨立軍占據於軌道邊，把所有通路封鎖起來，實行了戒嚴。於是接近於印度尼西亞地區的荷蘭人住家，隨時有被襲擊的可能。為了保護生命安全，很多荷蘭人都棄置產業家財，紛紛疏散到英荷聯軍管轄的安全地帶集中去。瑪沙一家並不例外，忽然在一夜之間，匿藏了行蹤而不知去向。

三

日本軍駐衛在荷蘭地區，隔開一條鐵路和印度尼西亞獨立軍對峙著。獨立軍霸據所有的通道十分森嚴，防守在鐵軌上陸橋一端，除了印度尼西亞人民和持有通行證的華僑准許通行之外，其他都不准進入印度尼西亞地區。偶爾隔著陸橋發生鎗戰，其開始到結束，未曾有過嚴重的後果；

好像在華僑鬧區燃放爆竹一樣，劈哩巴啦碰！碰！熱鬧一番便寂靜下來。

林兵長曾經在鎗戰之後，穿著便衣走過陸橋，走到印度尼西亞獨立軍駐衛站附近，一個穿著軍衣不很整齊的士官跳出來詢問：「誰？狽狼去摩那（去哪裡）？」

「我是奧郎．福爾摩沙！到街上買點東西，馬上回來。」林兵長回答。

「奧郎．福爾摩沙？我不知道福爾摩沙。不行，不准通行！」瘦削年輕的士官態度傲慢，顯示強硬的軍權威嚴。

林兵長以沉著泰然的口吻說：「士官長，在獨立軍之前你也當過日本兵嗎？我現在還是日本兵……」

印度尼西亞青年都以受過日本軍嚴格的訓練而獲得兵階為榮。曾任日本軍的兵進入獨立軍即封為士官，曾任士官封為高級軍官，都以發揮軍事統御經驗為國家獨立而效勞。戰中日本軍政當局極力促進印度尼西亞獨立，戰敗又暗中積極支援，放下好多武器給獨立軍奪走，確實受到印度尼西亞獨立軍格外的尊重，也因此印度尼西亞青年不以當過日本兵為羞恥。

「我當然當過日本兵──」傻呼呼的印度尼西亞士官得意地說：「但你是日本兵……」

「我是當日本兵，但不是日本人，我是奧郎．福爾摩沙。是台灣人，台灣，你知道嗎？」

「不，不知道……」傻呼呼的印度尼西亞士官甚麼都不知道。

林兵長故意誇大地說：「我住在台灣，是台灣人，和這裡的華僑一樣，不是日本人。台灣曾經是日本的殖民地，受過日本統治五十年；你知道嗎，你們印度尼西亞受過日本的統治五年，從被殖民的五十年和五年類似的情況來說，你我該稱兄道弟，而你是弟弟。你們國家要獨立，我以哥哥的立場，很高興聲援你們獨立。我要和你一起喊『默迪卡』，印度尼西亞默迪卡！蘇卡諾默迪卡！你覺得怎麼樣？」

印度尼西亞軍官聽了林兵長喊他們獨立、自由、萬歲的口號，很不自然地歪著嘴巴笑著，且莫名其妙地握緊了林兵長的手說：「我們是兄弟，我們是兄弟，你要去哪裡都可以，去吧！兄弟，印度尼西亞默迪卡！」

林兵長爽朗而得意地要越過崗站，傻呼呼的獨立軍士官卻挽著他的手臂說：「老兄！日本戰敗了，你們福爾摩沙是不是也要獨立？我也要喊你們國家默迪卡……」

「不，不！」林兵長一瞬躊躇了再說：「福爾摩沙被殖民五十年，神經都麻木了，不像你們這麼年輕鬧獨立。在我的故鄉，兄弟們都為了回歸祖國而興奮著呢……」

「祖國？是甚麼？在哪裡？」傻呼呼的士官甚麼都不知道。

「中國，你知道嗎。跟這裡的華僑一樣的祖國……」

曾經是日本兵的獨立軍士官一知半解地點了點頭，只是在傻笑。

不管士官懂不懂林兵長的身分是甚麼，但從此林兵長和獨立軍駐衛站的士兵們建立了奇異的默契，不但可以自由通過獨立軍防衛線，也跟獨立軍在游擊作戰上互相密切地合作起來。

自從印度尼西亞獨立軍政權採取荷蘭區域的經濟封鎖之後，荷蘭區內的物價一直上漲，與印度尼西亞區域的物價平均相差十倍，日常必需品更貴，大都要付出二十倍價錢才能買得到。因此，有一些不法商人投機取巧，逃避軍警的監視或賄賂衛兵，密輸日常用品或糧食，供應荷蘭地區賺了大錢。

很不幸的是，台灣特別志願兵也有一、二個敗類，暗地裡參與密輸集團，利用印度尼西亞士兵和奧郎．福爾摩沙之間的默契，欺辱愚直的異民族，以圖私利，為人所不齒。

四

自從林兵長的部隊遷至三角公園邊營房，每天必有例行的鎗戰。印度尼西亞游擊隊員埋伏在邊界鐵路旁戰壕裡，定時發鎗狙擊荷蘭地區。荷蘭人住宅與集中營距離戰壕地點很遠，游擊隊員不是不知道三八步兵鎗和重機鎗彈，都打不到那麼遠距離的敵人；他們只為了每天早晚打出喧鬧的鎗聲，可有威嚇的作用，會使荷蘭軍斷念了恢復殖民印度尼西亞的慾望；鎗戰不一定要打倒敵人。事實上荷蘭還是聯合軍之一，可惜留在印度尼西亞的荷蘭軍團，早被日本軍權驅散了力量，對於恢復統治印度尼西亞一點把握都沒有。因此荷蘭軍只有依靠英軍命令日本軍彈壓印度尼西亞游擊隊，而這樣依靠人家，正如借人家拳頭打石獅子一樣，不但毫無希望，更促使日本軍暗中支援印度尼西亞獨立軍，互相默契，採取固定時的交鋒，一陣又一陣湊湊熱鬧而已。

那天早晨，林兵長和金城上等兵起床之後洗完了臉，就聽到急烈的銅鑼聲警報，趕緊穿好軍服裝備，跳上南側牆砲台，安好七十二糎重機鎗，裝妥一連三十發的鎗彈，瞄準邊界線上的大樹頭待機著，一旦聽到印度尼西亞游擊隊打出鎗聲，就要同時把重機鎗彈打出去。但整整等了一刻鐘頭，卻聽不到鎗聲，毫無一點動靜。

「今朝怎麼啦，印度尼西亞的傻子們在做甚麼？要是不打，應該通知一下嘛……」

左右兩側砲台的鎗手們也前後站起來喊著：「喂！怎麼啦，不打就下去睡覺啊！」

「再等十五分鐘看看……」林兵長一邊告訴左右兩側的機鎗手，一邊叫金城上等兵：「你走下通道去看看，看那些傻游擊隊員是不是還在睡覺？……」

金城是沖繩人，自從入伍以來一直跟著林兵長，在同一班裡參加訓練作戰，從未分離過；由於林兵長是中隊成績最優的鎗擊手，金城十分敬佩他又服從。

金城上等兵立正喊一聲「是！」立刻跑步下去轉個彎，跑到營外圍牆對面的鐵路，穿過鐵軌下隧道到印度尼西亞游擊隊附近看了究竟，馬上又跑回來向林兵長報告：「游擊隊的那些傢伙，抓到一個荷蘭女人，正在嘰嘰咕咕鬧個不停。」

「荷蘭女人？怎麼被那些土匪抓到了？女人是做甚麼來的，怎麼不放她走？」

林兵長不忍心看到有人被傷害，戰場上看得過多了；在戰後，不論荷蘭人或印度尼西亞人，不應該由於戰爭的後遺症，惹起人類個別的仇恨。他急促問金城上等兵：「游擊隊長呢？」

「隊長不在，女人好像受傷的樣子……」

游擊隊長是好朋友，碰到任何事情，隊長都會出來公正處理的。

「金城，你跟我去看看，其他的人可以下去休息啦！」林兵長具信心去接游擊隊長，想排解一場無謂的糾紛。

五

林兵長和金城上等兵來到獨立軍駐衛站，五、六個游擊隊員還圍在混凝土電柱堆積處，監視著一個女孩子跪坐在泥土上。林兵長推開隊員探頭一看，咦！坐在地上的那個女孩，竟是一個多月以前住在北角隔壁的瑪沙。瑪沙深受恐懼，眼神混濁地只茫然望著林兵長，吭也不吭一聲，蒼白的臉比以前瘦削多了。雀斑更顯明地浮現在粉紅皮膚的雙頰。

「瑪沙！」林兵長走近去想把她扶起來，但看瑪沙混濁的眼神閃動一下，淚水像攔不住的河流漾溢出來。她似乎一直耐著不敢哭，看到熟人才放心哭出來。她的左腿膝蓋處流了很多血，有些部分的血已乾了。

有個游擊隊傻隊員說：「她是間諜，不然晨早怎麼偷偷地侵入禁區來……」

另一個傻隊員卻說：「這麼一個小小的女孩，怎麼會是間諜？」

此時，卡琳諾游擊隊長才匆匆跑到現場來，左手發響著佩劍威武地問：「怎麼啦？發生甚麼事？」

傻隊員們都立正，其中一個說：「報告隊長，這個荷蘭女人，晨早意圖侵犯過境，被我們發現了，我們叱問，她卻不回答就要逃跑，我們舉鎗包圍過去，她跌倒，滾進軌道邊的水溝裡，我們抓到了拉到這裡來詢問，她一句話都不講，或許有間諜嫌疑……」

「怎麼在這樣的地方詢問？不帶到隊部來……」卡琳諾隊長嚴厲地指斥，推開隊員，發現林兵長蹲在瑪沙身邊，有點奇異地問：「你認識她？」

「嗯！她是我的朋友。」林兵長站起來很正經地說。

「是女朋友？」不知是哪一個傻隊員尖銳的叫聲，引起了全隊員「哈哈哈」大笑起來。

卡琳諾隊長也禁不住笑了，但很快恢復隊長的威嚴說：「既然是你的朋友，你敢保證她不是間諜？」

「我當然保證，她的父親是做生意的，不是軍人也不是官吏，是善良的平民。」說完，林兵長拍一拍卡琳諾隊長的左肩，示意絕對沒有問題。卡琳諾的綠灰色帆布軍服肩膀高聳了一下，表示沒話說！

「帶她回荷蘭營區去，不要再溜出來，下一次真的會被……打死唷！」

「ＯＫ，印度尼西亞默迪卡，游擊隊默迪卡！你們這樣，是真正的榮譽軍人啊。」

「哈哈哈，蘇卡諾默迪卡！」

游擊隊的傻隊員們，只會把默迪卡喊得很漂亮。還沒有正統的軍規可循，軍令都由隊長任意決定，能臨機應變，可謂是游擊隊的特色。

林兵長帶瑪沙回到營部，金城上等兵馬上拿來急救箱，治療瑪沙膝蓋的擦傷。

「妳為甚麼要偷越邊界？」林兵長用馬來語問，瑪沙應該懂馬來語的，可是她癡呆地看著林兵長不講話。

「你們現在住在甚麼地方？」林兵長有點粗野地問。「妳不講話，我怎能送妳回家？自從你們一家疏散搬走了，我多麼想再見妳。」

林兵長沉下聲音嘆氣出棲身於異鄉的寂寞感有其共通的反應，反應使瑪沙混濁的眼神又發亮了一下，終於慢慢吞下唾液，遲鈍地開口說：「我，我爸爸病了，我買不到雞蛋……」隨之淚水又一滴滴脫眶流下來。

原來如此，疏散一個多月，在荷蘭區集中營的瑪沙一家，必也跟其他荷蘭人一樣過著痛苦的生活吧。

「我送妳回家……」林兵長站起來。

隨之瑪沙也站起來，因急促伸直了腿，擦傷的地方激痛地難耐，全身搖晃著倒入林兵長懷裡。林兵長扶著她，稍時，再慢慢送她走出營門，走過三角公園，走過木麻黃道旁樹的礫石街道。從街道隔了一片草原走過去，有一排排臨時搭蓋的簡陋房屋，是荷蘭人的集中營。矮矮的屋頂，狹窄的路口，看到從各地疏散過來的很多荷蘭人男女在那兒進進出出。

「妳家是哪一間？」

「第二排第三間。」

「我送妳到這裡，從這裡妳自己回去吧。妳父親要的雞蛋，等我下午買來給妳。」說完，林兵長轉身走向營房去，一路不回顧。

六

下午，林兵長和金城上等兵喊了幾聲「默迪卡！」越過印度尼西亞戒嚴線去華人街市場，買了二十幾個雞蛋，一掛香蕉，還有幾包餅干和牛奶糖，來到荷蘭集中營找第二排第三間房。沒想到瑪沙和她的媽媽、妹妹都站在家門口迎接他倆，林兵長和金城上等兵把帶來的禮物贈給她們。住在北角地區隔壁的時候，早已面熟的婦人，看起來臉上增多了皺紋，滿臉淚水的表示歡迎，一邊叩頭一邊道謝。雞蛋、香蕉、餅干都是在荷蘭營區買不到的東西，倘若買得到也必須花費十幾倍的錢；這使疏散中的瑪沙一家人，有如迎接節日那麼心花怒放。尤其瑪沙的父親，幾天躺在簡陋的木床上不能起身的父親，忽然下床來坐在木架椅子上，很高興地接待他倆。「沒有咖啡，只有開水，請喝開水吧！」

「不，口不渴，不必客氣，你該躺下來休息休息。」

雙方都以不太通順的馬來語交談，話雖不十分講得通，但從相互交換的眼神，心裡都領會了話意。瑪沙父母叫瑪沙好好陪林兵長，瑪沙天真地挽著林兵長的手臂帶進自己的小房間，讓他坐在木床上，拿出自己的相片簿給他看。大都是住在北角時候的照片，令人懷念的房子，清新廣大的院子，院子裡的鞦韆，坐在鞦韆上不笑的瑪沙，嚴肅的瑪沙的臉容，每一張照片都可愛的。瑪沙站在林兵長旁邊，只看著林兵長在翻，翻到相簿最後一頁，林兵長卻看到自己跟坐鞦韆的瑪沙照在一起的相片。

「怎麼有這一張？」他問瑪沙，瑪沙講不出話，始終不講話的瑪沙這一次想要講，卻講不出話來。林兵長只有猜想，一定是她的父親為瑪沙拍照的時候，林兵長偶然走進鏡頭被攝取的吧。瑪沙看了看林兵長在思索的臉，突然把相簿從林兵長手中搶回來，緊緊抱在胸脯，顯示這一本相簿是她所偏愛與珍重的，因為林兵長的影像留在她底最後一頁記憶裡。

該回營去！林兵長站起來，瑪沙迅速抱住林兵長頸部，向他的臉頰親熱地印上幾個吻。

回營的路上，金城上等兵一直嘰哩咕嚕說不完。他說，瑪沙的父母待他很好；他們告訴他如果不是戰爭，他們家會過著富裕豪華的生活。戰爭害了他們一家不但生意做不成，因她的父親不是投機分子，被抓去關了好久，她們母女也跟著過集中營的生活。瑪沙本是很聰明的孩子，戰爭使她受過日本兵的襲擊戲弄，封鎖了她的思想發達，精神遲鈍，使她不愛說話。很多年她都不講話，但是今天上午，她膝蓋受傷回來，竟自動地向父母親說了好多話。她報告家人被拿鎗的印度尼西亞兵包圍，很害怕要逃跑，終於跌進水溝裡左膝蓋受傷很痛，她自己沒想到叫了一聲爸爸和媽媽。然而被印度尼西亞兵拖拉起來，押到電柱堆積場邊，幾個印度尼西亞兵圍著，有人要強暴她，她掙扎反抗，使出最大的力量反抗暴力，不過她自覺一個女孩子反抗不過六個大男人，適時林兵長來救了她。她知道戰爭很壞，一直害怕戰爭，而遇到林兵長才認知有人會壓住戰爭維持和平。瑪沙很高興，一下子講了好多好多的話；顯然恢復了戰爭以前的天真活潑，使她的父母對她多年的憂慮解消了。說林兵長是她的恩人，噢！你真的是瑪沙的恩人？……金城上等兵一路上嘰哩咕嚕說不完，像是他自己的事一樣……

林兵長卻默默不語，或許被瑪沙的不愛講話傳染到了似的，他只想著，剛才瑪沙給他那麼激烈的吻的感觸；還有，離別瞬間含著一汪眼淚的她，那無限哀怨的神情。他只想著，她和他的默契是永恆的……

翌日，林兵長的部隊又轉移了。

（發表於一九八二年四月《台灣日報》副刊）

女軍囑

一

新加坡的港灣，被丘陵包圍著。海面靜寂得像個大水湖，而碇泊在海面的無數大小船隻，個個隱藏著無限的鄉愁。

日本降伏後，經過十個多月，曾被英軍俘虜過的「台灣特別志願兵」和各部門的軍伕、軍政囑託們，都被集中在椰林崗上的營地，等待著遣送的船隻，輸送他們回台灣。

由於瘋狂的戰爭落幕，林逸平收回了殘餘的生命，重又坐在曾經是日軍轉運站的崗上，眺望著港灣的自然景色。

風景的幽美與寧靜，使林逸平消除了多年充當兵奴的疲勞，同時預感新底人生的出發，有如強韌的壓迫感橫臥著的未來，覺得畏懼。然而，在集中營裡的空虛，心靈離脫了軀殼般的空虛，連一丁點感情的殘渣都沒有。

在爪哇的雅加達遇到停戰。之後，為英軍的俘虜，轉至萬隆又回到雅加達，牽涉印尼獨立戰爭，終究死不了的林逸平，被收容在這個椰林崗營，才常常夢見家鄉。自從跟家鄉中斷了音訊，已不知多久了，家鄉的回憶，令人忘我、癡想。

當林逸平在癡想的時候，忽然，有一雙柔軟的手掌，從背後蒙上他的眼睛，使他吃了一驚。但林逸平隨即壓抑著心跳，雙手抓住那柔軟的指掌。指掌上有個鑽石戒指，觸到林逸平的右手。

「莞如，不要這樣……」

林逸平的直覺猜她就是莞如，除了莞如，沒有第二個女人敢這樣親近他。

「甚麼事使你這樣發呆？我站在你後面很久了，你一點都不知道。」莞如說。而晃著嬌豔的軀體，坐下來，雙腳交叉在草坪上。

「我，正在看那盪漾在海上的船隻，鄉愁呵，很久沒感覺到的鄉愁，妳不戀想嗎？」

「你還那麼純情，我才不呢。我要樂觀地活下去……」

莞如是相當於尉官級的「軍囑」，被派在蘇門答臘日本軍司令部內勤工作。雖是內勤，但在南方戰地，她的女性早已變質了。她雖不屬於美女型，但有點令人感到可愛的知性的臉，留著溫柔的原型，卻變成超凡大膽的氣質，而具一般婦女不同的魅力，吸引著軍隊裡粗暴的男人。

最初，林逸平以為莞如是被補給在戰地的P（妓女）之類的女人。這種女人在戰地最多的是北朝鮮P，因為北朝鮮人的生活窮。其次是日本P、琉球P，聽說也有台灣P，但事實上林逸平從來沒見過，也因此對莞如有了誤會。後來才知道莞如是軍屬，論官階相當尉官，被稱為波茨坦伍長的林逸平實不能跟她比。

「我只知道台灣女人，被徵召很多助理護士到戰地來，但沒想到也有女軍屬。妳是怎麼混進來的？」

「混進來？說得多難聽！我本來是三井物產會社的職員，派在西貢服務的。到了西貢不久，部隊就在現地徵召我充為軍屬。」

日本戰時的最大財閥三井、三菱會社是供應軍屬用品而配合軍事行動的經濟機構。隨著軍事侵略在海外主要地區，設立了許多分支店。莞如經過三井物產而轉入軍屬，很可能是據於她的自願吧。不然，駐在分支店，多安全而舒服，何必跑到蘇門答臘那樣邊遠地區去曝曬生命。

莞如說：「在台灣，我的家很富有，可讓我年輕的繼母，過著浮華的生活，而父親卻很嚴格地管束我，使我活得不耐煩。加之，日本『皇民奉公會』組織的『婦女會』、『桔梗俱樂部』，事事都找我擔任幹部，催我積極辦理各種活動。那些活動，真是吃力不討好，都要得罪人，討厭極了。所以我才逃避到海外來。怎麼樣？」

莞如做著撒野似的表情，暗示著「怎麼樣？不對嗎？」的含義。

「為了這樣平凡的故事，為了一點蹊蹺，妳就離家出走？而且到現在還不會想家？」

「這，你不懂……」

說完，莞如好像不喜歡回想往事，便緊閉了嘴，只凝望著林逸平。

二

一九四六年六月三十日，從馬來西亞、印尼、蘇門答臘、婆羅洲等各地，被遣回到新加坡這個椰林崗集中營來的台胞，人數已經超過了一千名。這些台灣人，原籍分布於台灣全省各地，原來的職業包括士農工商，也有政務官、醫生，使這個約三公頃廣闊的崗山營地，成為一張台灣縮圖。

正值年輕血氣旺盛的台籍青年，被囿於美麗風景底山崗的鐵絲網內，日日只待機著不知甚麼時候才有的船隻遣送他們回台灣。集中營的四周，雖有英軍派來的印度兵守衛，但那些衛兵對於台灣人在營內的行動毫不干涉。因為台灣人已經不是日本的殖民，而是戰爭勝利國之一的中華民國國民，行動應該自主、自由。

有一天，營內的幾個知識分子，策畫舉辦演藝會，利用營內的木料，搭建露天舞台，在廣場演出。營內無事可做的一千多人當中，也有演戲專業人員和業餘演員，他們都很高興參與演出。於是，演藝會很順利又很快的開演了。

演藝會上，莞如也插上跳一幕蘇門答臘舞。這個舞跟爪哇各地方的舞蹈一樣，左右雙手的手指間各挾著兩個小酒杯，依據舞步的韻律，把酒杯口合又開地發出的聲音，作為舞步的伴奏。莞如美麗的舞姿，吸引了觀眾頻頻拍手喝采，被再三地要求再來一次。莞如穿著印尼少女歌劇模樣的衣裳，顏色單調樸素的上衣，長到腳跟底柔軟的紗籠，踏著旋律的舞步，露出長長白白的手臂，和著小酒杯的喀喀聲音，讓游泳似的女體，搖晃在舞台上。而露天的舞台上空，奇異的南十字星默默閃爍著，舞台背景的靜與舞台上的動，互相呼應，造成了椰林崗營美妙的一刻。

幕落了。莞如便從布幕邊緣探出潮紅了的臉，看到站在舞台邊的林逸平伸出手說：

「幫我跳下來……」

命令似的口吻，使林逸平有點心頭火起，但還是扶著她的手，讓她跳下來。或許她跳得不準確，腳步打晃了，倒入林逸平的懷裡，瞬時，林逸平抱著她，再支撐她站穩。莞如睜大了眸子，奇異的眼光看著林逸平，笑了。由於這一機會他倆才認識，開始接近。

有一次莞如和林逸平在閒聊中，莞如說：「我在蘇門答臘停留一年多的長時間，接觸最多最長的是矢野中尉。」像想起了甚麼似的，邊說邊笑。

林逸平覺得奇怪，她為甚麼忽然講起這些。於是他問：

「那個中尉，是不是妳愛過的……」

「我沒愛過任何人。」莞如很認真地說。

「那，妳想甚麼那樣好笑？」

「我想起矢野中尉，曾經毛手毛腳，想調戲我。」

「調戲妳？」

「我的辦公桌在綠蔭下的窗邊，正在傍晚時候，中尉躡足進來，從後面擁抱我，使我嚇了一跳。頓時，我靈機一動，喊著有人進來了，趁著他鬆手，我便逃走——他那個抓到了野鴨子卻被飛走了似的一種傻呆的神情，我一想起來就覺得好笑。」

「妳真像隻野鴨子，可是，妳既然嚇了一跳，還能那麼沉著應付和觀察？」

「矢野中尉是個書呆子，我的第六感知道是他的時候，我當然會應付……」

「那時，妳有沒有狠狠地揍了他？」

「沒有，那時我還沒有勇氣打人，不過，現在的我，就不同了。」

「現在的妳？……」

林逸平不相信似地，抓住莞如的肩膀，把她拉近來。此時，女人的理智的眸子，像沉溺於情感的深淵，含藏著潤澤的祕密閃爍著。林逸平想揭開那扇潤澤的祕密，一直凝視著她。剎那間，啪的一聲，被柔軟的手掌打了個嘴巴而吃驚。

「你，我也不饒你呵，真的……」莞如自己也不知道在說甚麼，但她的聲音激動的嘶啞著，莞如推開了林逸平，站起來，向營舍的巷子，閃過薄暮的椰子樹而去。

三

一九四六年七月十四日，美海軍輸送船V三六九號，載著千餘名台灣人和千餘名日本傷患兵，離開了新加坡港，駛入南中國海北上。暖和的陽光，直射船首，引導黑灰的輸送船前進。耐心等待了一個多月，時來運轉，被遺棄的戰爭孤兒，終於踏上離別已久的故鄉的旅途了。

七月的天氣很悶，人人為躲避船艙底下的熱氣，都上甲板來乘涼。各個露出被南洋的太陽燒過的黃褐色皮膚，任潮風吹打。

莞如跟著林逸平，在甲板上一圈又一圈，已經走了好幾圈。為了解脫鬱悶，想走得疲倦後，回到船艙，好容易入睡。

令人懷念的故鄉，不知變成了怎麼樣。脫離了日本的殖民地，照理說，日本戰敗，台灣歸於戰勝國的中國*，台灣人仍然持有一等國民的榮譽感；不像日本人，由於戰敗，顛落為劣等國民而感到自卑。但不知道台灣變成了怎麼樣。然則，不管台灣變成了怎麼樣，正要回歸故鄉的船上的台灣人，都有一致的願望和信念，他們既被驅使為日本軍犧牲一切參與戰爭，竟未死去，現在可把延續下來的生命，為自己的國家民族而犧牲效勞。這種熱情氣概，可從紅潮了的歡欣的他們臉上，看得出來。

林逸平和莞如慢步繞過大水槽的時候，林逸平無意中把抽過三分之一的煙蒂丟在地板上。忽然，看見一個穿白衣的男人，從大水槽邊跳出來，迅速地搶去了那個煙蒂，之後又回到大水槽邊，靠背坐下來，急促開始抽起煙，吸一口噴出濃郁的白煙，又吸一口，覺得很舒適的樣子。

莞如好奇的看著，那個撿人家煙蒂來抽的人，一看就知道是個日本人。鬍鬚長長的，無聊的行動，不無令人感到厭惡。莞如本想走開，但忽然想到這個人的行動，多熟悉呵。仔細一看，雖然留著長鬍鬚，但那稍微瘦小的臉，明明就是矢野中尉。不錯呀，莞如走近，站在他的旁邊，無言的俯視他。顯然，莞如的影子，打驚了他，那個穿白色病患衣服的日本人，才抬頭看了看莞如。

「咦！妳！妳不是莞如嗎？」說著，很不好意思似地，用手指頻頻搔著鼻子。

人的相遇，真是不可思議。落魄了的日本軍官，碰到昔日的部屬，被看到撿拾人家丟下的煙蒂來抽，這種窮困潦倒的窘態，是由於時勢的轉變，連人格也變質了。

矢野中尉頓時想保持昔日的威嚴似的，起身挺立著，但他那臉上的表情，卻皺歪得很難看。

「矢野中尉，你怎麼也搭在這艘船？」

「是啊，是啊，一切都改變了。從蘇門答臘分離以來，如今也快一年啦。妳好像過得很好，比從前更漂亮了。」

走在前面的林逸平發覺莞如沒來，回頭，看到莞如和日本人在講話，便獨自走近船舷看海，看文瑤魚群在海面上跳躍著。

「自從妳離開了部隊，我們吃了很多苦頭，當俘虜做苦工啦，受難堪的侮辱啦！真是沒臉見人。不過，因為我患了病，才能夠提早遣送，不然，應該還是在做苦工呢，沒想到會再見妳，想念得很……」

早喪失中尉階級的矢野，仍懷念著昔日依戀過的香味，想從莞如的身上找回甚麼似地，眨一眨淫亂的眼光。

莞如避開他的眼神，說一聲：「你等一下吧！」隨即走向林逸平這邊來。

「逸平，你給我幾支香煙好嗎？」

林逸平看莞如有點興奮的臉，但十分冷淡地問：「做甚麼？」

「我想送給矢野中尉……剛才，從水槽邊跳出來撿你丟的煙蒂的那個日本人。」

「噢，那個傷痍兵，就是妳說過以前部隊裡的中尉情人？」

「人家很認真拜託你，你還要講挖苦話。從前那麼揚眉吐氣的日本軍官，落魄得現在連買煙的錢都沒有，真可憐……」

「那跟我有甚麼關係？」

林逸平忽然感到嘔吐，對莞如這樣無聊的慈悲心感到嘔吐。瞬間，又懷疑莞如曾經跟那個中尉做同事期間的潔白性，有了猜忌。這是一種嫉妒嗎？不，不。

林逸平從口袋裡掏出剩下半包的香煙，給莞如說：「拿去給他吧，回到船艙，我還有幾包。他在等著妳呢，快去吧！」

說完，便向船橋那邊走去。他保持著一種知性的冷靜，而在其冷漠的背後，潮風旋渦著。莞如不知該說甚麼，一句道謝也說不出來，悄然，走向矢野中尉那邊去。

四

V三六九號輸送船闊綽地搖晃了一陣子之後，才慢慢地停下來。以黑色山脈為背景的基隆港，只看得見街上的燈光，而縱橫的街巷似乎早已靜靜地睡了。燈光照射港灣油膩的水面，拖著無數金黃的游絲。

比南洋更青藍的天空，有閃閃的星星點綴著，使深夜的情景清又冷。離開美麗的故鄉四年後回到島上的港口，已經是深夜，迎接他們的，只有昏暗的燈光和星星而已。然而，從四年前離開這個港口到今天歸來，雖是同一個人，卻是不同身分的一個人，對於個人是一種十分奇異的經驗。

上岸必須等到天亮以後了。誰也不想睡，誰都願意站到黎明，慾望看著故鄉的島嶼，從多年的昏迷中清醒過來。

天明，這一批復員的男女，就要跟同船的日本傷痍兵分離，完全與過去的枷鎖分離，離船、上岸，各赴前程去。

不知是誰領唱的，從甲板的一隅，有人開始唱驪歌。低沉的合唱聲音，很快傳染到全船的各個角落，不分台灣人或日本兵，沒有一個人不在唱，也有人邊唱邊流淚。

不知是甚麼時候，莞如走來在林逸平背後，站了很久，才悄悄地說：「逸平，我要向你道別……」

自從前天傍晚碰到矢野中尉以後，逸平就沒見過莞如，好像是逸平有意逃避她似的。

「道別？妳不上岸？……」林逸平有點驚訝的表情，回頭看了莞如。

莞如卻十分冷靜，毫不在乎似的說：「誰說我不上岸？」

「妳不是說？……」

「我不會留在船裡去日本的——雖然矢野中尉邀我跟他去日本。他是日本德島大地主的獨生子，向我求婚。他說他相信日本人的統治比中國人的統治好，雖然日本人戰敗了，但五年後還會站起來。說我回到家鄉，必會在複雜的大家庭環境裡，耐不住封建的壓迫而痛苦。他說他很同情我的遭遇，因為他喜歡我，說我有大和撫子的氣質——」

莞如一口氣，把前天跟矢野中尉談過的話，吐露出來。而覺得鬆開了心思似的，做了一次深呼吸。

「大和撫子？妳還陶醉於這種欺詐的名稱？」

「不，不是我，是他們日本兵還在陶醉，那些傀儡軍官，都好像還不相信日本真正的戰敗了呢。我怎麼會呢？我是台灣人，你不應該對我這樣兇嘛！」

被莞如這麼一提，林逸平不由得笑出來了。其實，林逸平的本意，只是討厭曾經以統治者的姿態，對待殖民地人民極為傲慢的那些日本人而已。

「那麼，妳不去日本？」

「當然麼，我怎會有那種念頭？多年不見的、曾經覺得討厭而跳出來的家，現在，我想一定也改變得讓我有新的喜愛就好，不論如何，度過死的邊緣，我已變了很多，我會適應我家的一切的。」

「時代都變了，我相信我們的家鄉，必會歡迎我們，過著快樂的生活……」

「謝謝！逸平，謝謝你從集中營以來，使我過得很快樂。」莞如伸手要求和林逸平握手。

「再見！」

林逸平緊緊握著她的手，久久兩個人互相透過手的熱量，感受對方的生命躍動。

一九四六年七月二十日清晨，曾經被日本軍帶去南洋充當特別志願兵、軍伕、軍囑的一千多名台灣青年，在沒有人迎接的基隆碼頭，鴉雀無聲地上岸了，好像服刑期滿的囚犯，從龐大的「雞籠」裡放出來一樣，一個影子接著一個影子，徒步向傾斜了的陋舊的基隆火車站走去。

（發表於一九八一年二月二十七日《台灣日報》副刊）

——

編註：

＊「日本戰敗，台灣歸於戰勝國的中國」為一九九九年版的寫法，一九八四年版作「台灣光復回歸於戰勝國的祖國」。

遺像

她發現恨和愛住在鄰居，已經感到很驚訝。怎能還要自己來體驗，看到恨和愛像夫婦般住在一棟房子似地深藏在欽的一顆心裡；這使她非常懊惱，悲傷又迷茫，甚至後悔而自責痛苦，逼她跪蹲下來。

她拿來放在欽靈前的鮮花，很香。鮮花的香味，和引導靈魂的線香，混雜在一起，刺激著她的淚腺；但她忍著，不想哭。負心的人死了，覺得毫無理由哭泣。

她不相信欽會沒給她辯白的機會，就死去；總期望著有一天，將有一天，欽會回心轉意，接受她的道歉。

然而，如今呢。

她看見掛有黑色布條的遺像，不相信也得相信欽的死訊。她的期望斷了，一切都變成模糊。

她抱怨著似地，凝視黑色布條的遺像，遺像裡的眼眸，仍然那麼柔潤而可親。就是欽那可親又帶著憐憫的眼眸，魅惑了她，才叫她陷入癡戀的泥沼麼。

——當時，在日本軍國主義發動戰爭激烈的情況下，年輕的男女相愛，似乎沒人由於嫉妒，而來破壞他們相愛的感情，發生阻礙。因為很多男人，都逐次被徵召，參加了所謂「聖戰」，事實卻是侵略的暴動。

對於出征的男人，政府有很多不讓他們畏懼或怯懦的措施，給與優待。唆使所愛的女人，鼓勵男人踴躍當兵，出征戰場；這是最好不過的，優待男人的方法啊。

充當軍人是榮譽的，因而稱讚軍人都是英雄。而且能為國家犧牲自己，才被視為最高的榮譽；戰死了稱為英靈，奉祀在靖國神社。這是日本政府，欺詐國民感情的手段。

欽不是被徵召的常備兵，他是台灣特別志願兵。

戰爭需要龐大的人力。但是這種人力，必須自己人，才不會有背叛者。因此侵略戰爭中的日本軍，沒有台灣兵或韓國兵參戰。殖民地的人民，只能做軍伕，不適於當兵。尚未獲得純粹皇民的資格，便無服兵役的義務。沒有義務，亦即沒有權利。殖民地的人民，必須首先爭取服兵役的義務，才能和日本人，具有同等的權利與待遇。

日本政府在昭和十六（一九四一）年，頒布台灣特別志願兵的制度，勸誘台灣青年志願當兵。

據報導說：「志願兵制度一開始，台灣二十萬青年，非常踴躍。除了殘廢和精神異常者外，幾乎全都提出志願書，誓要當兵盡忠報國。」

從二十萬青年，第一期選拔了最優秀的一千名，再分為前、後二期各徵召五百名，受訓六個月後正式編入部隊。前期五百名於昭和十七年七月，在台北六張犁的「台灣特別志願兵訓練所」受訓。

十月一個例假日，她去訓練所會見欽。順著欽來信所指示的路圖，進入拇指山下，那嚴峻的訓練所大門，就感到一種不可抗力的鋼質氣氛，威壓了她；幾十棟黑色牆壁的木造營舍，以及廣大的練兵場，跟軍隊一樣充滿著嚴格的規律。只是受訓的學員都是台灣的同胞，有不同的親切感。

欽變黑又瘦了，但他的胸脯和肩膀，都比從前更堅強；穿著卡其的軍服，覺得很不調和，顯然表露著他不習慣軍式訓練的生活。

過著幾個月的軍隊生活，有一位所愛的小姐來探望，是多麼令人安慰啊。欽握著她的手，在草坪上找一個樹蔭，坐下來。欽就掩不住湧上來的喜悅，很開心地，跟她講了很多話。一邊吃著她帶來的肉粽，一邊說：

「這裡五百個志願兵，大都默默地服從命令，過著無為的日子；但是有幾個人卻很愛出鋒頭，一天到晚阿諛區隊長，不然就諂媚教官。更有些卑鄙的傢伙，就喜歡檢舉同伴的不合作態度，看人家被體罰制裁，自已想占優勢的成績。那種人實在沒有自覺，腦筋簡單，一意想做英雄，想實現『志願』兵的『榮譽』。竟不知我們這一志願，是軍國政府首腦的『志』，而由操縱戰時體制社會的部分士紳的『願』；絕非個人自『願』的『志』而來當兵的。有口難言的苦情，他們都不加以思考，以為社會和報界這麼一捧，志願兵就是了不起的日本皇軍。」

欽這些話好久在她的腦裡繚繞著。

她瞭解欽的想法；在極權的一個社會裡所標榜的許多事情，幾乎都跟自然的情理相背而走，像「國語之家」啦、「皇民化」啦、「改姓名」啦、等等運動之後，接著徵召軍伕以及志願兵，甚至連女人都要驅出去當護士，這種政策，都是只為了滿足日本軍閥統治者的野心，而轉變出來的花樣。以他們的眼光看來，台灣六百萬島民，是泥土塑造的，任統治者要怎樣雕塑，就怎樣雕塑；他們所雕塑的型態，就是他們的理想。把他們的理想，吹成釣魚的誘餌般，投給島民，擁持閃閃的幻想。那個時候異於信仰媽祖的日本神話式的幻想，相當吸引人心；尤其配合高明的愚民政策的魔術，連一些無自覺的年輕人，也被擄得緊緊不放。

欽沒有那種幻想，因此從欽的談話中，她常常接觸到眼光看不到的另一個世界。她們的愛，便是在這種別世界的理想中，萌芽又成長。

從志願兵訓練所結訓，到正式入營當現役兵之間，約有三個月時間，欽回到原服務機關「鐵路貨運服務所」去上班。

由於在同一個地點，除了上班時間看到欽以外，差不多每天，他們都相約在柳川橋畔會晤。從橫跨在樂舞台前面的橋，到省立醫院後面的橋，就是他倆散步歡談的區間。淺綠的柳枝，垂在川岸，而對岸的水銀燈，映影在清晰的流水面，距離繁華街的這一帶夜景，很安靜又迷人。

有一次，欽以很沉重的語氣說：「我出征以後，不久，就會被送到戰場；在戰場，有的是莫名其妙的榮譽，他們所吹噓的戰功，就是陣亡的榮譽；戰爭越來越激烈，我們會碰到很多那種榮譽的機會呢。但不必掛念我的未來，尤其女人不比男人，我出征以後，如果妳遇到好的對象，就應該結婚。」

這一句話使她驚訝，而癡呆了許久，使她險而哭出來。但她耐著，稍後，她才瞭解欽的話意，和體會到欽的胸懷，便很激動地擁抱他，吻了他。

「不，不要這樣講。我有預感，你一定會無恙回來的，等你凱旋回來之後……在此以前，我絕不嫁給任何人，我要等，等三年、五年，一直等著你回來。」

她相信欽會平安回來。她的信念，雖然不是據於她縫製的那些「防彈背心」，或者「千人針」，可以保佑軍人「武運長久」的那些東西，屬於迷信之類的信念，但她的預感十分正確。

戰後，欽果然從南洋的帝汶島復員回來了。然而，事情一變，回台後的欽不但不去看她，反而避不見面。

為甚麼？她知道欽離開台灣到南洋戰地之後，對她的愛，由於誤會和固執，招來了恨，於是恨和愛，有如夫婦般，棲息在欽的一顆心裡，終究無法把「恨」剔開。

為甚麼？是否欽的純情，在戰地經過戰爭而變質？不、不，她仍然相信欽的愛不變質，只是另有一種「恨」，不容許欽恢復原有的感情，保持純潔而已。她瞭解欽，雖然欽避不見面，但她仍會諒解他，從當時她所感受的，欽對她的愛，那麼堅定而深刻，她便無論事情怎樣變卦，都會諒解他啊。

「欽，你應該相信我，我的心只有你，我永遠，永遠等著你……」

「我當然相信妳，不過，為了妳未來的幸福，我不喜歡因為我，而來束縛妳，叫妳犧牲妳的一切。我寧願妳有自由取決自己的終身大事，大可不必背負著感情的債，而陷入悲劇裡不能自拔。將來，我從戰地回來，如果妳還沒結婚，我將成為妳的丈夫，假使妳結婚了，我是妳和妳先生的好朋友，但是有一件事……」

「有一件甚麼事？」

「有一件事我要妳遵守約束，那是我不喜歡妳志願看護助手，我要妳發誓絕不提出看護助手的志願書，因為我自己，已經賭著生命，要去犧牲，不應該再有妳，去遭遇比男人更殘酷的虐待。」

誰都知道看護助手，就是日軍侵略戰爭中，配在野戰病院裡的女人。當局有意使她們以助理護士的工作，兼做懷柔士兵或軍醫的工具，服侍那些餓狼似的男人。在表面上，他們稱讚參戰的婦女，給與崇高的榮譽，但是在戰地，那些餓狼的男人們，卻暗地裡叫她們為「P」，意指猶如妓女之類，那麼下賤。

「說女奴或叫P，當然有些過分，但這些總有其事實的一面，而誇耀甚麼榮譽的頭銜，就完全屬於虛假的手段。在這種社會環境之下，男人既免不了，但女人總不會被迫去戰地。儘管他們怎樣宣導利誘，切不要受騙。絕沒有當士兵的情婦，就成為愛國者之理，妳能瞭解我的意思嗎？」

「欽，我發誓，我絕不會去志願看護助手……」

淺春的季節，仍有朔風，沿著柳川的溝渠，吹上一陣又一陣的寒氣。遇到寒冷，他倆的心情卻覺得特別溫暖。欽撫摸著她的臉、頭髮和手，那麼溫柔。熱吻的嘴唇，又那麼芬芳。此時的她深深陶醉在幸福的頂峰。

然而，像尖刀削骨的離別，十分痛苦。欽的出征那天，在千群萬眾高唱著「替天討伐不義」的戰歌聲中，她的眼神，只望著欽不斷地舉手敬禮和無精打采的臉。不然，就凝視著冷徹光滑的兩條火車的鐵軌。終於，她的心胸也冷徹了，而不斷的抖索。火車載走了欽之後的紅色尾燈，映著從左肩掛到右臂下的紅布條的欽的臉，像被拖去屠宰場的羔羊那樣，影印在她的眼裡，久久未消逝。

戰爭越來越激烈。欽到達帝汶島戰地，從戰地寄來的信，輾轉到她的手裡，那已經是離別了好幾個月的時候呢。

欽的信，只寫著他個人在戰地的生活，健康狀況，以及南洋島嶼有如詩畫的風光而已。必須經過嚴密的檢查，才能寄出來的信，除了那些無關緊要的事情外，還能寫什麼？連一個「愛」字都不好意思寫啊。

然而，日軍侵略戰正開始崩毀當初，一般人心也隨著開始狼狽，而逐漸趨向墮落。這是她所預想不到的事實，一切就在這種情況下變卦的。

同在后里鄉，一個大地主的獃兒子私自戀慕著她，並藉「州協議員」的權勢，迫她父親談嫁娶。她的父親好高興了。她對頑固的父親怎麼求情都不肯，感到很焦急。雖然她的母親知道她相思在戰場，有個處於生死邊緣的情人；但是，在男主人絕對權勢的亂世時代，女人怎麼能提出反對的主張呢。

不但那個地主的獃兒子，還有更屬於戲劇性的事情發生了。就是矮巡查葉山茂，也偷偷地戀慕了她。跟很多通俗小說和戲劇裡的故事的演變一樣，葉山茂也利用職權，糾纏她不放。最後看她始終不理，便採取卑劣的手段，告她家裡囤積糧食，違反非常時期的取締，要她的父親犯罪坐牢。這是個甚麼世界啊，起初，她不相信通俗小說裡的故事，會延伸到她的身上來。但是亂世裡的人心麻木了，在一種絕望的感覺裡，生的不妥，驅使人人只顧私慾，而殃及她遭遇了走投無路的災難。

就這樣，面對著那些惡德的恨，她發現「恨」住進了她底愛的隔壁，成為鄰居。

她要擺脫那些掌握權勢的瘋狗們，不斷的兇惡的糾纏，就只有一條路可走，那是志願「看護助手」。藉著軍國政治賦與的假設的榮譽，來嚇唬鼠輩之徒，是最有效的。

皇民奉公會勸誘女孩子，志願看護助手的飭令，也越來越緊，本來她可以不理那些，不管她的同學或者同事，已有幾個人志願，而她是可以不去理會的。可是，她知道由於自己的問題，連累了父親被陷害的時候，她不得不接受了奉公會和桔梗俱樂部的勸誘，藉著虛偽的愛國榮譽，來反擊那些惡悍的奸智。而這一招真顯靈，她的父親成為「大和撫子」的父親，不但未受到任何制裁，反而得到無上的榮耀，接受地方長官的表揚和社會的尊重，誰也不敢去惹他了。

但是一幕悲劇結束之後，另一種更嚴重而人家看不見的悲劇，卻襲擊著她的心來了。

——欽，我明知道這樣做，便違背了曾經跟你誓約的諾言。但我希望你能瞭解我的處境，並原諒我的盲動。

——欽，我會被派出國外，去香港，可能在香港的野戰病院服務。我也要離開故鄉了，到那個陌生的地方，會不會接近你一點？我喜歡接近你一點。

——欽，我會帶著心靈的武器，不讓那些你所講的餓狼侵犯，預防比男人更殘酷的虐待，遭遇到我的身上。

她給欽的信，雖然有如此堅決的覺悟，但她真的能在戰爭中預防萬全，而逃過厄運嗎？

欽沒有回信。

她繼續不斷地寫了好幾封信，寄給帝汶島的欽，可是經過了一年多的時間，欽也仍然沒有回信。

——「欽，我發誓，我絕不會去志願看護助手……」在欽的面前，說過這一句話的時候，她是很認真的，但欽卻比她更認真。如今，她卻自己毀廢了誓約，這怎麼能怪欽生氣，而不原諒她。不過欽的沉默，不是有點過分嗎。不，不會的，她最瞭解欽的個性，她知道欽在生氣，甚至，哦！甚至欽的愛，已經變成了恨？

不，她相信欽對她的愛，永不會變。然而，為什麼欽不回信而不理她？也許，也許，愛不會變成恨，但是一種難能詮釋的恨，必定緊黏著愛，像夫婦般頑強地，棲息在欽的同一顆心裡啊。

不久，戰爭結束。她似乎被釋放似地，從香港被遣回來。回到故鄉，去公司，或在柳川溪畔徬徨了幾次，均得不到欽的消息。

戰後經過一年＊，她才聽到欽從南洋復員回來。可是，欽不但不去看她，儘管她去找他幾次，都見不到他，家人說：他到南部去了。好像欽已不是從前的欽，欽已經跟著終戰而不存在了嗎？

從欽的哥哥聽到，欽在嘉義附近一個糖廠任職。她決意去看他，她期待著和欽見面，而能訴說一切，欽也許會諒解；她相信著這麼一天的來臨。

然而，她正要去南部的時候，她卻接到了欽亡故的訃音——那是在一次很短的動亂中＊＊，欽被治安的步兵誤殺了。欽的死是冤枉的，絕不是他有所預料的吧。

她抬頭，看著黑框裡的遺像，欽的遺容，那柔潤的眼眸，仍然占有對她的愛似地，那麼可親。可是，嚴肅的臉容，把嘴唇閉得緊緊，似乎含有難以釋明的恨，而頑強的恨交叉著難能融化的愛，使她愕然！

現在甚麼都無可訴說了。

她覺得一切已清醒，似有所悟。

正想離開靈前，她睜大了眸子，忽然看到靈桌上一張粗劣的信紙，上面寫著一首詩。顯然就是欽的筆跡：

夢脫落

擯棄我　繚繞的綺夢
擯棄我於午夜的柵外

月　滲透著東半球的寧靜
路燈睽睽　瞪我和池塘
施展其階級性的照耀
而夜　彫塑許多影子
煽惑不可思議的蠕動

於午夜的柵外
又一天昇入古廟的香壇
康乃馨凋落　夜冥冥
月光　照不清黑影的罪惡
無動於衷的存在　風酣眠

池塘亦酣眠於我徬徨的週邊
於沉醉的一瓢幽靜
季節繽紛的夢
脫落啊！夢　脫落

哦！自從跟他離別之後，她就沒再看過欽所寫的詩。如今看到的詩，卻是欽唯一的遺作；欽的夢，早就脫落了的，而她的夢呢？

她帶著那張信紙，走出靈堂，覺得終於這樣見面，已經得到了互相的諒解。

於是，她的腳步，輕鬆起來了。

（發表於一九七六年一月《台灣文藝》第五十期）

——
編註：
＊「戰後經過一年」為一九九九年版的寫法，在一九八四年版為「台灣光復一年後」。
＊＊「那是在一次很短的動亂中」為一九八四年版的寫法，一九九九年版改為「那是在二二八事變的動亂中」。考量小說中主角當下的視角及認知，本書採用一九八四年版。

縮圖（代後記）

林逸平不喜歡出鋒頭，更不喜歡多管閒事。但遇到原屬同一部隊的弟兄們一致推選，就無法拒絕風紀委員會委員的任務了。

風紀委員要維持同鄉會內部的紀律；假如有人不遵守規約，當以眾人的意見，警告違規者認清錯誤，期使維護同鄉會自立自主的制度。

被徵召來到戰地的台灣人，都備嘗過日本軍猛烈的訓練，對於服從嚴格的軍律早已習慣了。如今，要遵守自立的同鄉會規約，當然毫無一點苦楚與困難，可以很有秩序地，把同鄉會造成烏托邦的快樂生活呢。

日本投降了，台灣回歸祖國。爪哇萬隆的台灣同鄉會，請求日本部隊釋放台灣兵，免使台灣兵被英荷軍俘虜做苦工。由於同鄉會會長的愛心，各方奔走的結果，終於在萬隆一帶的日本軍，都准許台灣人脫離軍隊派到同鄉會來。

三百多個從台灣各地來的同鄉會會員，占據萬隆城的一角，形成了台灣的縮圖，分居於南北地區兩處會館，暫時安定下來。

日本軍司令對台灣人的遣回問題十分負責，一切聽從同鄉會的安排，也把會員所需的糧食，用大卡車送來儲存於同鄉會的倉庫，發給遣散費，可使那麼多會員坐吃二年以上不會飢餓。如此，台灣人處於印度尼西亞、荷蘭、英國和日本軍，以及很多華僑之間，算是最富裕的異人集團了。

戰後勃然興起的印度尼西亞獨立軍，意圖打退聯合軍的接收，奪回荷蘭三百年的殖民政權而發動戰爭，遂以東西縱貫鐵路為界，分南北地區封鎖了交通，禁止物資流入荷蘭地區。

不管獨立戰爭的發展怎樣，安居在同鄉會的台灣人，以局外的立場要求獨立軍，特別允許會員自由通過封鎖線，往來於南北地區的同鄉會本館與分館之間。台灣人只要向站崗的衛兵喊一句：「印度尼西亞默迪卡（自由、獨立）！我是奧郎．福爾摩沙……」就可以過關了。受過日本軍恩惠的獨立軍，知道台灣人是跟著日本軍隊來的一群特殊民族，不得不另眼相看。而台灣人只抱著早日返家鄉見家人的一個夢，夢會一天比一天膨脹而健美。

然而，同鄉會裡極少數的會員，沒事做就開始賭博了。初是遊戲，慢慢地卻賭起大錢；惡習的泥沼越陷越深，日以繼夜沉醉於賭，輸光了生活費之後，竟敢偷竊儲倉的糧食罐頭，搬去變賣換錢又賭，塗黑了同鄉會的羞恥。

盜糧之事被發覺了，風紀委員調查盜竊嫌犯，但貪賭者死也不承認，反而遷怒於風紀委員們多管閒事。

葉大龍為首的一班人，盜不到糧食，便轉向對外搞起走私來。從印度尼西亞地區買進便宜貨，利用獨立軍對台灣人的特別寬厚，欺騙是同鄉會的糧食，用大卡車一部部闖封鎖線，載往荷蘭地區去拍賣十倍高的價錢，獲取牟利，顯然影響同鄉會的外交問題來了。

印度尼西亞警察署長來找同鄉會會長，要求會長自行處罰走私的壞蛋，必須制止不再有人犯法，不然抓到走私當以軍法鎗殺，還要派軍封鎖同鄉會，甚至消滅了台灣的縮圖。

會長緊急召開風紀委員會研商對策。蕭委員發言說：「大家都知道這是誰惹的禍，把那些人交給警察署去，不就得了嗎。」

李委員說：「那不行，署長要我們自行處罰，怎能把自己人交給異國人去處理？」

楊委員說：「我們有甚麼權利處罰走私的人？那些人既然敢走私，絕不會聽從我們的警告而悔悟的；我收到一封投書，說：『你們要替日本仔管我們嗎，不管是誰主張處罰，他就該死！』這不是寫得很清楚嗎，你們看……」

林逸平站起來說：「台灣人怎不能自己管自己？既然這樣子，我們只有各自拿著退伍卡，去找無人的綠地求生罷了，沒有討論的餘地，聽其自然發展下去吧！」

台灣的縮圖是真的，委員會是形式的。林逸平決意從形式退席，離開會議桌一步，剎那間，葉大龍從門扇後面跳出來，手拿著尖銳的匕首，一閃向林逸平的左胸心臟部刺進去。受了突然的襲擊，林逸平的左上膊湧出大量的熱血來。他搖晃著身軀倒下了，日本兵要死瞬間都喊一聲「天皇陛下萬歲！」但此時的林逸平，在腦裡閃出的是母親的臉。他記得很清楚自己叫了一聲「母親！」，便在血染的台灣縮圖裡昏了過去。

（發表於一九八三年十一月《台灣文藝》第八十五期）

我的兵歷表

陳千武

昭和十七（一九四二）年

七月二十日入台北市六張犁「台灣特別志願兵訓練所」，接受第一屆前期兵受訓。

十二月二十日「台灣特別志願兵訓練所」結訓。回鄉任豐原街青年團教官三個月。

昭和十八（一九四三）年

四月一日入台南市「台灣第四部隊」，為二等兵。接受新兵訓練。

九月二十七日轉屬「台灣步兵第二聯隊（野戰部隊）」升一等兵。

九月二十八日從台南屯營出發。

九月三十日從高雄港出發。

十月十六日到昭南港（新加坡）登陸。

十月二十六日從昭南港出發。

十月二十九日到爪哇島雅加達登陸。
十月三十日從爪哇島雅加達出發。到溫魯斯島登陸。
十一月七日從溫魯斯島出發。
十一月八日到爪哇島泗拉巴亞登陸。
十二月八日從爪哇島泗拉巴亞出發。
十二月十五日十六日參加帝力、老天海上戰鬥。
十二月十七日到帝汶島老天登陸。編入台灣步兵第二聯隊第三機關鎗中隊。參加濠北地區防衛作戰。

昭和十九（一九四四）年
三月一日升上等兵。繼續參加濠北地區防衛作戰。
十二月一日升兵長。駐巴奇亞繼續參加濠北地區防衛作戰。

昭和二十（一九四五）年
七月十五日退出濠北地區防衛作戰。
七月十六日從帝汶島帝力出發。參加「勢第三號」作戰。
七月十九日到爪哇島普羅波林哥登陸。
八月十五日日本無條件投降。部隊受英軍之指揮，參加印度尼西亞獨立軍作戰。
十一月七日派台灣同鄉會萬隆支部服務。

昭和二十一（一九四六）年

二月十二日因左上膊內部神經切斷，進萬隆南方第五陸軍病院住院。

二月五日從澎特喀陸軍病院出院。派台灣同鄉會雅加達總會服務。

四月二十五日進雅加達集中營。

六月十日轉入新加坡集中營。

七月十四日從新加坡出發。

七月二十日到基隆登陸返鄉。

陳千武（左二）參加一九四二年的台灣陸軍特別志願兵訓練，於台北六張犁。

附錄

卡滅校長

日本昭和十五年，一九四〇年，是中日戰爭最激烈的時候。由台灣名士創設，而以專收台灣人子弟為主的台中第一中學，校長是徹底忠於帝國主義的，有名的卡滅（日語カメ，烏龜之意）。他本名廣松良臣，是個老矮子，駝背，脖子短短的，走起路來像烏龜。於是學生們就取個綽號，叫他卡滅校長。他忠於執行奴化台灣的毒辣政策「皇民化教育」。常說甚麼天皇陛下的「御威」啦，天皇關懷台灣人准許台灣人皇民化啦，而常常謾罵台灣人。他說教的第一句話就是：

「你們台灣人學生，第一志願做醫生，第二志願做律師，都是想賺大錢。錢是最汙穢的東西，你們愛錢至上的錯誤觀念如不改善，永無法脫離最討厭的支那人根性……」

事實上卡滅校長的這種訓話，只有令全校七百左右的學生唾棄；且更加對於日人侮視台人的反抗。每一個學生，似乎對於「皇民化運動」的提倡，都聽膩了，就馬耳東風。自然，對於日本政府最積極推行的台灣人改日本式姓名運動，也都採取不理的態度了。

有一天早晨升旗後，卡滅校長照例的訓話說：

「政府推行改姓名運動，是天皇陛下的恩德，是給本島人歸化皇民的良好機會，你們都該了解。但改姓名運動，推行至今已近半年，我還沒有接到你們家長提出改姓名的申請。你們到底是喜歡當『非國民』嗎？本校學生的家庭，都是台灣人中流階級以上的好家庭；你們不率先示範來改姓名做良好的日本國民，那麼誰能保證你們是忠良的皇國臣民呢？我廣松校長覺得很遺憾。回家勸告你們的家長，趕快申請改姓名，表示你們敬仰天皇的忠誠吧。當然，率先申請改姓名的學生，將受到學校優厚的獎勵……」

這一次的訓話，特別長而嚴肅，因學生們改不改姓名的事，與卡滅校長歷年來的教育成效和他的榮譽有密切關聯。但這種強迫性的指示，只有使全體學生憤慨。那時，我當柔道部的主將，我最討厭日本人這種驕傲和欺騙壓迫人家的作法；因此就去找劍道部的主將陳加風，和幾位較有毅力的同學，來商量一個對策。終於制定一公約：

（一）台灣人是黃帝的子孫，繼承優異血統的民族，絕不能放棄民族的榮譽而更改姓名。改姓名是悖逆祖先、違反民族精神的行為，應該舉校反對。

（二）我們台灣人是人，日本仔是狗。狗仔四隻腳，二隻腳的台灣人改了姓名，也不會變成四隻腳的。可能變成為三隻腳，三隻腳怎麼會走路？日本人還是會看你不起的。又有何面目見祖先？所以宣誓絕不改姓名。

（三）姓林的改為竹下或小林，姓李的改為安田或近藤，那樣太不像話了。所以決定，全校學生回家勸告家長，反對改姓名，如有提出改姓名的家庭，我們即視該學生為不明大義，勸告不力；即由柔、劍道部同學，予以暴力制裁。

如上公約制定了後，迅速祕密地公布了。學生們無一不贊同這個公約。雖然暴力制裁一項，是極為野蠻的行動；但當時是日本軍國主義最鼎盛的時代，中學生也效仿日本兵隊老兵與新兵間的規律，常常半被公認的採用暴力制裁方法使下級生服從於上級生。這是絕對的英雄主義的方法，被制裁的學生是無理由可伸冤的。於是，這個地下公約，像是成功地被實行了。經過一個多月的時間，都很安靜，沒有一個人提出改姓名的事。當然，卡滅校長以及全校教職員（都是日本人），是不會曉得有這種祕密公約的宣布的。可是自那天卡滅校長的訓話以後，全校學生仍然沒有一個人申請更改姓名；這種冷靜的情形，使卡滅校長焦急了，於是每天早會的訓話，就從溫柔的訓誡，變成險惡的忿言。但不管卡滅校長謾罵得怎樣厲害，學生們還是馬耳東風，心裡冷嘲不已……

然而，這種寧靜並未經維持多久，終於大事爆發了。記得在五月底的一個下午，上課鐘還沒響以前，遽然地，全體教員匆匆地跑到各人擔任的學級教室，叫喊學生集合，趕進教室裡坐定，隨即把教室的門窗都關閉起來。教師們的這種緊張氣氛，是很不平常的。我從玻璃窗探望對面，二樓和樓下所有一年級到五年級的教室，也都一樣把門窗關緊，好像有甚麼緊急的事態發生似地。學生們都覺得莫名其妙。一會兒，我們比較溫和的學級主任，在每一個學生的面前桌上，分配一張小小的白紙，嚴重的宣告說：

「——把煽動制止改姓名運動的主腦的人，用無記名投票的方式寫出來，並坦白地寫出自己對於政府推行改姓名運動的意見……」

這一來，才使我覺悟到事態的嚴重。在這種威嚇和無記名的檢舉下，一定會有很多學生失去自主，把公約的實情洩漏出來的。我假裝沉靜，目瞪著學級主任；他卻眼光從我的頭上，移到別的學生去，好像還不知道我是所謂主腦者之一的樣子。

我不知這種投票的時間怎樣過去。一個鐘頭以後，禿頭的教務主任，親自來叫我，帶我到校長室去，卡滅校長看到我，似乎很勉強地抑壓著即將發火的憤怒，而以溫和的口吻，叫我在應接客人的沙發上坐。我默默坐了很久，卡滅校長卻一言不發，只是埋頭寫他自己的字。這是暴風雨前的寧靜，一分一秒時間過得很慢。我好像坐在滿是針刺的沙發椅上，又好像有千萬隻螞蟻爬在肌膚上……

「你在這裡坐著，等我回來，不要離開。」

過了很久，卡滅校長才留了一句話，而出去了。我抬頭看著壁上掛著一張日本富士山的名畫，想著這裡並不是監禁室，但事實上我已被監禁起來了。下課回家的同學，一個一個都很關心地來到校長的窗邊窺探我；有個同學看到卡滅校長不在，就很大膽地告訴我：

「喂，陳加風也被監禁在教務主任室呢。黃旗東那個笨蛋，改姓名了呀，他改姓『廣田』，卡滅校長的『廣』字啊……」

噢！原來就是這個原因。我才想起，黃旗東今天不是請假了嗎？對啦，他不敢上學，由他的家長來告訴卡滅校長，把公約的事洩漏了；而為著避免暴力制裁，才採取這種卑劣的作為。畜生！冒瀆祖先的走狗！……

監禁室裡，依然沒有人進來，天已黃昏了，而逐漸黑暗。終於，入晚以後，約七點半左右，乘著人力車從外面回來的卡滅校長，帶著我的爸爸進來了。爸爸被召來學校，是我事先預料的事。卡滅校長一定照例寫了一張「學生陳世雄之問題……」的通知單，召他來的啦。隨著，禿頭的教務主任也匆匆鑽進來。他們坐定了以後，卡滅校長隨即開口說：

「陳世雄，你不是再過半年就畢業了嗎？現在我們認為你的思想太有問題啦。你做出非國民所做的事情，你不感到天皇陛下的宏恩嗎？……」等等。

卡滅校長講了道理一大篇，我都沒有聽入耳。我瞧瞧身邊的爸爸的沉痛表情，他默默不時給我無上安慰的眼光……到了很晚以後，我才隨著爸爸回家；卡滅校長交代我的爸爸，要在家裡好好監視我，並在家等候學校處分的通知。我在家等了四天，第五天才接到學校的處分通知書，在未打開通知以前，我是猜想一定被開除學籍的；但竟出乎意想之外，那張通知寫的是：「照常上學，在校監禁處分」。

翌日開始，我帶了書包，照常上學；並與陳加風二人，被監禁於教員圖書室。每一上課時間，受一位教師輪流的監視，休息時間亦不准與其他同學接觸。每天讀著精神訓話的書籍。到後來，我才知道因這事而被處分的同學，不但是我和陳加風二人，還有五、六個人，都受到記過或記大過處分呢。受處分的罪名，都是「不遵校規，無端滋事」。我和陳加風二人，本應開除學籍，至少也應停學處分的；但依據學級主任祕密告訴爸爸說：校長為了這事，受了很大的打擊。事因關係「民族思想」的問題，如果被他的上峰或社會一般知道了，不但學校「不名譽」且將在社會上引起「不良」影響，所以校長不敢採取正式的開除學籍或停學的處罰，乃用學校監禁來示懲我，這是史無前例的處分方法啊——而我所受這種學校監禁處分，是無限期的。

我被監禁了一個月零八天，那專制主義的卡滅校長，終於被上峰命令退職了。他要離開學校的前一天，叫我到校長室去，以嚴肅的口吻說：

「陳世雄，在這一個月的監視期裡，你對於我日本國體的精華，該瞭解了吧？我們忠良的臣民，都應該遵奉『教育敕語』的所示，知道嗎？」

「是。」我立正回答。

他綻開了笑容說：「從現在起，解除你的學校監禁。以後要好好用功，忠誠於國家社會，孝敬父母。知道嗎？」

「是。」

「好，可以回去……」我退了三步，轉身要出去，忽又聽到卡滅校長叫道：「啊，陳世雄，還有……我以私人的立場，給你一句話。」他吞了一吞唾液說：「我已經奉令退職了。明天就要離開學校。你說我這個校長，對你很壞嗎？我回想自己四十年的教育生涯，所遇到的給我印象最深刻的學生，你就是最初而最後的一個了。我希望你將來做一個有用於社會國家的人。希望你以後也來看我……」

這算是我聽到卡滅校長最初也是最後一次含有人情味的訓話了。從此，我沒有再次見過卡滅校長了。聽說台灣光復了以後，卡滅校長也回到日本去了。而我呢，因這一反對改姓名的事發生，致使學校軍訓一課不及格，在當時軍國主義的學校圈裡，終於得不到升學的機會了。說這種姓名之累，影響了我一生發展的前途，也不會太過分吧。

京子的愛

第二次世界大戰正激烈的時候，日本軍國主義實施台灣志願兵制度，鋪蓋一條悲壯的道路，使每一個台灣青年不得不攀跟上來。日本當局表示：這是天皇陛下「一視同仁」的宏恩，你們不應該放過這「最高榮譽」的機會。今天不是一位警察部長向你勸說，就是明天一位巡佐帶著「街役場」的書記來到你家，以盛氣凌人的口吻問道：「你志願了沒有？」

「志願甚麼？」

「馬鹿野郎，志願兵啊！你的體格這麼好，怎麼放過這崇高的榮譽。來，印章拿來，在這兒蓋一個章就好。如果你選中了，馬上就成為台灣第一英雄啊。」

就這樣，一九四二年五月，我戴著志願兵的頭銜，接受了六個月的軍訓，從結訓到正式入伍服役，尚有三個月時間，奉派回原鄉鎮服務。於是，在這個期間——

有一天早晨，突然接到同事秀玲遞給我松田京子的一封信，使我驚悸。京子是小學時的下級生，圓圓的臉龐、中等身材、惹人喜愛。可是她的左頰，留有一條顯明的傷痕，阻滅了人家對她的好感。也許因此她成為一位憂愁多感的少女。我為她那無盡寂寞的神態，感到不知原因的同情。她沒有像一般日本女孩，在台灣人面前，表現一種莫名其妙的輕視。常投給我溫柔親暱的眼神，使我難以忘懷。今天，她給我信，一定是她知道我參加了志願兵，不然……我翻開粉紅色信箋一看，裡面只寫著一首「和歌」。

冬天過了，少女的心思，真難受
忽而想起你，淚水湧上來……

少女思慕之情，短短幾句就迷住了我一整天——次日，我寫了一首新詩回覆京子，並追伸一句：「不知道妳為什麼給我一首慕情之歌，真不敢想像……」

立即又接到京子的回信。這一次是一首新詩，並有附言：「我不會寫詩，這是習作，請不要笑。不過，我愛看詩，一直是你發表在報紙雜誌上的愛讀者。透過你的詩，我自信很瞭解你。早就想請教你，但一直都不敢。秀玲告訴我，你回來在同一單位服務，鼓勵我，我才敢寫信給你，請你將優美的詩情也分給我。」

京子沒有提到我被選中志願兵的事。原來她喜愛詩，不像別人善於附和雷同愛諂媚英雄，喜愛一個社會賦與榮譽的傀儡志願兵。這使我感到意外，又覺得安慰。地方上那些追緊狗尾巴的偽紳士或輕浮的女人，都會向我將要出征的志願兵，表示假情假義的恭維。京子卻是清純地給我無上的溫暖和勇氣，在這差別觀念濃厚的殖民地，愛仍然超越一切。於是，我們之間，詩篇為主的書信往來也頻繁了。

那是一個清靜的下午，京子終於忍不住，來我的服務單位找我。她左頰上的傷痕，被成熟的女人豔澤掩飾了，天真的臉上浮泛無限的愉悅。她好像有很多話，要向我訴說，可是，她只是說：「謝謝你，這短短的期間，給我學習了很多。今天我特地來邀請你到我家去玩。禮拜天，我媽媽會很歡迎你的。」

這是意想外的邀請，我心裡覺得高興，卻又迷惑。到日本家庭去作客，我並不是沒有經驗，但是我，過不了一個月，就要出征，去深入迷濛的戰地賭生死的關頭，不應該再增加了甜蜜難忘的回憶，在殺氣騰騰的生活裡惦念或後悔。

我拒絕了京子的邀請。京子對我的拒絕，感到驚愕。她說：「我知道你要入營，才想起在入營以前……我想你來。你……」

「真對不起，我真的不能……」

京子猛然轉過身，以踉蹌的小步子，抱怨似地向大門走去。我直感惹出她生氣的一切錯誤，慌忙追逐，喊一聲：「京子小姐！」但是她，頭也不回，留下嬌美的背姿，消逝於繁雜的街衢，不見了。

經過一個多禮拜，我沒有收過京子的信，卻聽到秀玲告訴我：「京子小姐上星期五，在她銀行的辦公廳昏倒，病得很厲害，還沒上班。」

我從來沒有為了一個女孩子心裡這麼難過。我應該去看她，但是我拒絕過她的邀請，怎能又自動地去？……只好寫信，我寫了一封信，附一首熱愛且謙虛的詩給她。她沒有回信。

入營的日子越近，我越忙於應付親戚朋友給我難卸的關愛餞別。但是我心裡，念念不忘的還是京子，卻一直得不到她的消息。

後天就要離開家鄉了。早上，秀玲才交給我一個厚厚的大信封。拆開一看，是一張優美的綿紙包著一方手帕。照風俗，手帕是表示分離時送的。京子的意思，就是從此永別？我把摺好的手帕掀開，剎那，驚嚇地跳起來。血！

白色的手帕染了一大片紅血。像日本的國旗，京子送給我染血的手帕，這該表示什麼？京子的便條寫著：「想了很久很久，我終於想通了你為什麼不願到我家來。你不願表示愛情，不願留下沒有前途的牽連。但是現在我要說『我愛你』，說一千遍一萬遍的『我愛你』。我把無名指割破，取出聖淨的鮮血，沾染手帕獻給你。我想這樣子永遠和你同在。我愛你，祝你武運長久。」

血誓告愛，除了流血之外，不知流過多少眼淚。我想到京子柔軟的情愛，感動地也流淚了。拿起染血的手帕，掩觸心胸，忽然，京子的血似乎沸騰起來，浸入我的心臟，循環到身體的各部門去。

下午，我情不自禁地一個人乘上小火車，跑到離十公里遠的糖廠去。京子的父親在糖廠當主管。廠裡的門衛，很親切地告訴我去京子家的路，同時打電話告訴京子。京子穿著優雅的和服，很高興地跑到半路來接我。她張開雙臂緊緊地擁抱我，我捧起她的臉，親吻了幾次。然後沿著田間小路，到她家去。京子的母親也很高興地招待我。她說：「京子為了你要出征，這幾天，每天出去縫了千人針，要送給你呢。」哦！千人針，是請一千人每人縫一針，以千人的熱情禱告出征者武運長久的一條圍肚子的白布條。京子在母親的面前，把千人針交給我。我接收了京子最崇高的愛，坐在榻榻米上，行了日本式的敬禮道謝了。京子看了我笨拙的動作，快樂地笑了。京子的母親讓我們兩個人相處了一陣子。我要回家的時候，京子說要送我到小火車站。其實，她的身體還那麼軟弱，但她一定親自要送我。我們約定在火車站離別時不哭不流淚。她答應，而且也做到了。因而我跟京子分離時，卻毫無感到難過。因為，她沒有給我看到哭喪的臉……

（發表於一九六四年八月十七日《台灣新生報》副刊。
於一九九〇年五月改撰，列入一九九〇年七月派色文化叢書《他的最初》）

丈夫的權利

一九四五年十月，參加太平洋戰爭，駐在爪哇的台灣特別志願兵，於日本軍投降後，被聯合軍俘虜，派與印度尼西亞獨立軍作戰；表面上與印度尼西亞獨立軍敵對，實際卻暗中協助獨立軍擴張軍力，受到印度尼西亞軍民的歡迎。後來，爪哇的台灣同鄉會，要求日本軍將台灣人歸入同鄉會，正式脫離了軍部，免接受俘虜的工作，在同鄉會度過一段復員前的自由生活，始與民眾接觸，得到當地習俗的體驗。

一

懦怯的青年，諾可馬尼是印度尼西亞標準的美男子，又是可憐的膽小鬼。他來同鄉會找連城，站在廂房門口，羞怯地搓揉著雙手說：「頭安（大人），連先生在家嗎？」

他的日語發音不錯。我放下手裡的書，瞟睨他一眼；他便解釋似地說：「我是連先生的好朋友，是他約我來的，頭安（大人）！」

諾可馬尼把「好」字講得特別重音。有點蒼白的褐色皮膚，理智又溫和的眼神，顯出印尼知識青年的特徵，給人印象還不錯。

連城在隔壁臥室，聽到諾可馬尼的聲音，自動跑過來。喊一聲：「諾可馬尼！」就伸出右臂絆住諾可馬尼的肩膀，帶他出去外院子，站在草坪上講話。

台灣同鄉會萬隆支會，占據了被印尼軍趕走的荷蘭人住宅，曾經可能是官方宅邸，面積廣大，房間多，家具齊全，讓二十多個脫離軍籍的台灣人住得相當舒適。

「逸平，諾可馬尼帶來一個手錶要賣。你不是說過需要一個手錶嗎？」

在戰後物資缺乏之時，手錶仍屬貴重品。從連城替諾可馬尼推銷物品的情形看，我便察覺他倆交情的實質了。接過連城手裡的黑皮帶手錶，一看，是日本精工製。我問：「這不是高級錶，價錢呢？」

「不貴，諾可馬尼要求二百印尼幣。」

「他怎麼會有這個錶？」

我怕買到來路不明的貨，會自找麻煩。諾可馬尼搶前恭雅地說：「這是我用新的襯衫，跟日本兵換來的。」

「不錯吧，我相信諾可馬尼不敢騙人……」

連城他倆事先在外院子談妥了。騙與不騙，我並不在意。只是一個常見的舊手錶，有問題，頂多也不過二百印尼幣的損失而已。而諾可馬尼那種急需要錢的神情，我感覺得出來。有時也需要讓他那種被殖民過的弱小性格的依賴性得到滿足感。不過，我習慣性地討價說：「算一百五，我買下，怎麼樣？」

急需用錢的諾可馬尼，實在沒有考慮的餘地——就這樣，我擁有一個手錶，同時交了一位印度尼西亞朋友。

二

戰後，民間缺乏物資。民眾垂涎日本軍儲存在野戰倉庫的日常用品。既然有人垂涎，就有人偷竊，放水出來變賣。戰敗的日本軍士兵，很不甘心，要把長久囤積下來的戰爭必需品，白白等待英、荷聯軍來接收，寧可先來看守自盜。盡量找機會把物資外放市面，可賺不少零用金，也供應民眾所需，一舉兩得，而發洩了一點富者的慈悲，真過癮。偷竊流放的物資，不只是布疋、罐頭、皮革、乾糧、油類，甚至刀鎗、彈藥等武器也有。把日常用品供給民眾，把武器賣給印尼獨立軍。反正戰敗了的軍司令部，早已無心追究物資消耗量多寡了。

這種十分吃香的，軍糧外流黑市生意，大都曾經跟隨日本軍，當過兵補的印尼青年，從中介紹交易。交易的行為，都非常機密。

「我沒有，我不喜歡做那種違法的黑市生意，只是介紹士兵個人持有的東西，幫忙舊屬部隊裡的士兵……」

諾可馬尼這麼強辯，承認跟同部隊的日本兵保持聯繫，做剩餘物資疏散的掮客。據於他懦怯的個性，我知道他不敢大做買賣，因此賺不到可儲蓄的錢。我買下來的手錶，就可以證明這一點。

手錶還算八分新。可是，當我拿在手裡欣賞；當兵多年，從來沒有擁有過手錶的我，稀罕地把它翻來翻去，調整時間，旋轉發條，卻轉發條的小螺絲忽而跳出來了。是我轉錯弄壞了？或是用漿糊黏上的螺絲？

「連城，你看這個錶壞了。被騙了似的，怎麼辦？」

「咦！真的。好吧，我們去找諾可馬尼。」

由於外面獨立戰爭的游擊隊很活躍。晚上不出門，成為同鄉會不成文法的例規。但是，急性的我，被欺騙的感覺真難受。不管三七二十一，向鄰室的同仁講一聲，兩個人就溜出去了。

走過很長的尤加利路邊樹街道，從細窄的華人街，繞過一棟現代建築的事務所，我們就進入彩色玻璃裝飾的公寓。院子的樹木，放自然長得很雜亂，玄關的布置也簡陋，從應接室轉彎，就是通往各個房間的走廊。

「你常常來這裡嗎？」我問連城。

「來過幾次。」

每個房間的門扇都緊閉著。走到折彎的角落，連城才輕輕敲門。

「誰？」

房裡立刻有人反應，同時門扇開了。諾可馬尼睜大眼睛，吃驚地說：「沒想到你們會晚上出來，請進，請進！」

房間中央有顯眼的雙人床，淨白的蚊帳，輕搖著清涼感。床邊的書桌上有幾本馬來語書籍，插有一朵康乃馨。書桌前和床邊各有一張不同形的椅子。還沒坐下，連城就說：「逸平，你在這兒跟他談，我去找一個人。等我，我會回來這裡一起回家。」

連城對這個地方已經很熟，他那外向的性格，不像我怕麻煩而保守。等諾可馬尼送出連城，把門關好；我便向一直採取低姿勢、有點自卑的他，不客氣地說：「你賣給我的錶，是這樣的壞錶，我拿來還給你……」

我把手錶和跳出來的螺絲，放在書桌上。諾可馬尼窺伺一看，眨了幾次眼睛，快要哭出來似地說：「頭安，我相信那個日本人才交換過來的，沒想到是這麼粗劣的東西，真對不起！」看起來是膽小鬼，事實是心地善良的諾可馬尼遇到這種委屈，自己也不知如何才好。

「頭安，我，已經沒有錢還給你啦，手裡只剩下三十盾，你要我怎麼賠償你？」

我不回答他，轉了個話題說：「你住這樣一個公寓，房租不是很高嗎？」

「房租？不，不很貴。這個地方原來是荷蘭人的公司，日本軍占領了。日本戰敗，交給市政府，但市政府還管不到這個地方，由我們從日本軍退役下來的人暫住，還沒有人會來收房租……」

原來如此。這麼豪華的房間，要等到市政府整頓市產，訂定規則徵房租，不知要等多久呢。尤其，在獨立戰爭還沒有安定期間……不必憂慮房租了。

「我正在準備明春要進大學。」

諾可馬尼突然睜大眸子，現示有抱負的神情說。確實的，他不是一個醉生夢死的遊閒者。

「進大學不是要錢嗎？」

「當然要，我才要拚命賺錢，儲蓄起來。」

我喜歡諾可馬尼的天真，無矯飾。

「好吧，這個手錶還給你，錢既然用掉了，就算借給你好了。」

對一個持有抱負的知識青年，若有幫助，我是不計較的。諾可馬尼高興地站起來，行一鞠躬。他那想笑又不敢笑的臉，真是滑稽。

三

房間門悄悄被推開，有人進來。我回頭，看見一位清純的少女，站在門邊。穿著粉紅色半透明的絹絲上衣，交雜的七彩花紋紗籠，包裹著圓滑纖細的腰部下垂到腳尖，像名人雕塑的巧小臉龐，睜大眼睛凝視著這邊，毫不害羞地微笑著。隨即彎腰行四十五度的鞠躬禮，說：「連城頭安說，這兒有客人，果然就是你。」

我直感這位女孩子吸引力頗強。沒有顧慮的話意，有趣而好感。

「連城頭安在慕丹姊房間，我剛從那兒回來，好讓他倆在一起……」

她那褐色皮膚的肩膀，跟著她講話會輕微搖動，給人一種開放性的親近感。

「你來找諾可馬尼，是甚麼事?頭安。」

發散著南國女人獨特的體臭，她一邊發問，一邊走到諾可馬尼旁邊的床緣坐下來。

「這位是跟連城頭安住在一起的頭安林。這、這、這是我妹妹……」

諾可馬尼有點結巴的介紹了，很不自然。

「我叫依吉。」

她伸手要握手。我握著她柔軟的小手，學著貴族式的禮節，給她的手背一個輕吻。我的動作有點笨拙，引起她哈哈笑了。

不知道諾可馬尼想起了什麼，他忽然站起來說：「我有一件事必須要出去一下，請頭安不要見怪。由依吉陪你，我很快會帶連城頭安回來這裡……」

這好像要騰出機會，讓我和依吉閒聊似的。他宣布退場，匆匆走出房間。依吉可能早已知道他有事要出去，毫不介意地，移到諾可馬尼坐的椅子上來。

「你是向諾可馬尼買手錶的頭安？諾可馬尼說，你是一位好人。」

「不，我不是好人，我買的手錶壞了，才拿來還他。」

「都是諾可馬尼不好，他做事隨便，不細心，不考慮後果……」

依吉的個子小，看起來像是天真的少女。但聽她講話，才覺得她不是一個不懂事的小女孩。她的微笑，是從成熟了的女人姿態發散出來的，含有一種捉摸不定的雌性的魅力。

「諾可馬尼不是有意欺騙人，我想他可能也是受害人。」我說。

依吉又笑了。她手指指著我說：「所以諾可馬尼才會說你是好人。我接觸過很多男人，但沒有看過像你這樣率直純情的人。」

「我？率直純情？」

這個小女孩真會開玩笑，敢戲弄大男人。我真摸不透她是一個怎麼樣的小女孩，怎麼樣接觸過很多男人？

我正要追問她，諾可馬尼急忙衝進來說：「頭安，連先生要我帶你去他那兒喝白蘭地。」

這個公寓的社會、住民似乎不單純，使我感到好奇。到另一個房間去觀察，真不錯。

「莎喲那拉！」

依吉緊抓住我的手說：「如果，你不怕我，歡迎你再來。斯拉馬特（祝平安）。」她把甜蜜的笑容，刻印在我的印象裡，站在門邊目送我。

在爪哇能嘗到歐洲各地的名牌白蘭地，是因為曾經屬於荷蘭殖民地的緣故吧。連城在名叫慕丹的混血兒女人房間，一進門，白蘭地的香味就嗆鼻子，發酵異樣的氣氛。單身的年輕女人，好多占住了這個公寓的房間，過著特種的生活。難怪，連城會時常到這個地方來。

四

說台灣同鄉會，實質是讓曾經當過日本兵或軍屬的台灣人逗留的轉運站。住在同鄉會，只是等待遣回故鄉的日子，沒有事做。等待等得不耐煩，有些人便浸於賭博，有些人就遊色情場所，也有人為了要錢而參加走私的勾當。

而我，自從那天晚上看到依吉，依吉的笑容就常在腦裡顯現。但是沒有理由去看她。過了好幾天，我才又看到諾可馬尼來找連城。目的是邀請我和連城去他的公寓玩。這正是我所期待的。

跟上次一樣，一踏進公寓，連城就找慕丹去了。依吉很誠懇地跑出門外歡迎我。

依吉的房間有一個長形的木框窗。上一次是晚上來的，沒有留意到。窗外的石榴樹上，有小鳥啼叫著。這是在繁華的萬隆大城市裡，被遺落了的寧靜的小地方。

「你們兩兄妹，就同住在這一個房間？」

妹妹，是諾可馬尼上次介紹時說的。我對他說的妹妹，毫無疑問。而對兄妹住同一個房間，也沒有懷疑。但諾可馬尼卻對我的問話，支支吾吾，回答不出來。

「不對！不對！」

依吉搶奪諾可馬尼的回答似地，以高聲音說著，搖動上身笑起來。也搖動諾可馬尼皺起的眉頭，很難為情。

「我們不是兄妹。」她說。

「那麼是……」

「我們只是同居而已。諾可馬尼發誓過，只要他找到固定的工作，我們就結婚——」

情人、同居、在戰後的爪哇十分普遍。有情的一對男女，一起住在一個豪華且雜亂的公寓，也沒有甚麼稀奇。不過，他們曾經發誓過要結婚，而諾可馬尼為什麼對我介紹她是妹妹呢？

「頭安，我不是有意要騙你，可是我……」

「不，你們之間的事，我不懂，也不會怪你說謊，不必掛意。」

「那麼，頭安，我要出去一下。依吉很喜歡你來陪她，你們就慢慢閒聊……」

我不知道諾可馬尼的真意，為什麼要造成機會，讓我和自己的同居人單獨在一起？是為了錢？不是吧，如果是為了錢要推情人當神女，他會透過連城告訴我。他在介紹時說是妹妹，是不是潛意識裡，有意歡迎我親近她，當作抵銷手銬的代價，他才要故意躲開？

依吉是可愛的女孩子，屬於我喜歡的女孩子形。可是，我最禁忌的是騷擾人家的情感。而依吉，卻是十分單純，好像對男女的愛、感情都沒有任何顧忌。她站起來，目送諾可馬尼走出玄關，順手把門關上。就靠近我坐下來。

「頭安是邪巴尼斯？」

「不，我當日本兵，但不是邪巴尼斯。跟連城一樣，是福爾摩沙，台灣人。」

依吉皺起眉頭，滑稽地偏歪了臉，表示沒有聽過除了邪巴尼斯以外的地方。

「我不懂，但看你跟邪巴尼斯沒有兩樣。我一看，就喜歡你。我告訴諾可馬尼，要他想辦法使你愛我，今天他做到了。」

說完，依吉悠然站起來，改坐我的雙腿上，扭轉上身，雙臂繞在我的肩膀，把臉貼近，欲求親吻。這一剎那發生的舉動，對於我是一種驚愕；對於依吉，卻是預期的結果，她底巧妙的舌尖，戲弄了我的驚喜一陣子，讓我陶醉在溫柔的擁抱裡。

「妳，這樣子，妳的未婚夫，不，同居的丈夫，諾可馬尼不嫉妒嗎？」

「諾可馬尼？噢，他，當然會嫉妒。」

「那，妳不怕？」

「嗯，諾可馬尼是可怕的人，他不允許我交別的男人。假如，我移情別戀，被他知道了，他說，他會想辦法害死對方，而在愛情上虐待我。看他外表那麼溫柔，可是他有性虐待狂的一面，平常不會看得出來。」

依吉說話毫無憂慮，好像說些與自己無關的風涼話似的，沉著而冷靜。

「我真不懂，依吉。我喜歡妳，但是我無意介入你們兩個人之間的感情。請妳到那邊坐好，諾可馬尼快要回來了。」

「噢，你害怕？本來……」

依吉乖乖坐回原位置，而繼續說：「本來，諾可馬尼打算帶我回鄉下去舉行婚禮，但我不喜歡舊式風俗，又討厭住在鄉下。戰後的鄉下，不像從前那樣純樸。尤其現在，印度尼西亞人民喊默迪卡（自由、獨立），擾亂鄉村無智的民眾，抓不住正確的思想，有點瘋狂。還是都市的生活比較有制度，不紊亂……」

我不瞭解印度尼西亞的風俗習慣、生活方式或想法，只察覺熱帶地區人民的熱情、早熟、性的開放，具有濃厚的異國情緒和浪漫。於是對依吉的成熟，羨慕都市較文明的生活，都料想得到。

然而，依吉是諾可馬尼的同居人，說是未婚妻，卻是實質的太太。我對異性原有的潔癖感，討厭戀慕有夫之婦的畸形心態，強烈地繚繞在腦裡。這，是不是害怕諾可馬尼？對！應該說害怕才對。我跟著忽然感到冷清寂寞的感情，站起來說：「我要先回去。請妳告訴連城，並向諾可馬尼道謝。」

依吉的想法十分矛盾，是不是印度尼西亞女人，對愛情都有這種矛盾的想法？比如說，一個女人擁有愛她的男人，越來越偉大。她這種矛盾好像傳染到我來。我抱著未曾有的矛盾心理，衝出走廊，把對我突然改變態度而覺得莫名其妙的依吉，關在房裡走了。

五

我把自己關在屋子裡，整整一個星期，沒有出門。諾可馬尼和手錶的事都忘了，只是依吉那甜蜜的笑容和親吻的滋味，無法沖淡。

星期天早上，意外地，諾可馬尼又來了。

「頭安，因為那支錶，還沒有補償你，我心不安。」

「有甚麼事嗎？」

他恭敬地搓揉著雙手，現出懦怯的姿勢。

「算了，等你有錢再還，我不會計較。」

「謝謝你，頭安。不過，我今天來，不是為了手錶，是因為依吉……」

「哦，跟你同居的那個……」

「她很想念你，她說，那天不知道為什麼，你不高興地走了。她很傷心，天天吵著要見你，吵得快生病了！」

「？……」

「我來拜託你，頭安，請你到我家來安慰她，讓她心安下來。」

對愛情矛盾的心理，不只是女人而已，印度尼西亞男人對我提出這種要求，不也更矛盾嗎？畢竟，諾可馬尼是不是真正可怕的男人？或另有企圖？外表懦弱卻隱藏著虐待性的男人，真的會順從所愛的女人欲求，而不顯出殘忍的面貌？

「諾可馬尼，你這是正當的要求嗎！真的我去你家，你不嫉妒？」

我這麼說，預期諾可馬尼會改變主意。卻很意外地，他說：「頭安，我知道依吉很喜歡你。雖然我和她相愛，但我愛她是因為可憐她。她從帝汶島的日本軍部隊遣返回來，沒有地方住，我才一直照顧她。可是她，在帝汶島的日本軍慰安所遭遇的經驗，愛的創傷還沒有醫好。她需要一次真正的愛，取回被凌虐過的創傷。看到你，她便直感對你產生了真正的愛。」哦！依吉原來就是跟我一樣在帝汶島待過，被日本軍使役過的女孩。帝汶島的每一部隊，都設有慰安所，我去過幾次，知道慰安所裡的當地女孩子，過著沒有愛的性生活，忍受強暴與凌虐的苦楚。然而，那些女孩退役回來，獲得同民族男人的愛，應該能把過去的惡夢遺忘……

「真正的愛，你和她不是已經擁有了嗎？」

「頭安，我和她，是正常的同民族的愛。她遭遇過的異民族的暴虐，是無比慘痛的經驗。所以自從她發現了對你產生的愛，她很想得到它，來彌補那段經驗裡的缺失，她說這種不尋常的慾望，我好像會瞭解。我可憐她，很想幫忙她醫好心靈的創傷。」

「你那公寓裡的幾位女孩子，都像依吉那樣，從帝汶島回來的嗎？」

「是的，頭安。慕丹，還有其他女孩子都是一樣，被社會歧視的一群……」

我沒有推諉的理由了。

「好吧，我去看看她。」

「謝謝你，頭安，請你現在就去，她一直在等著你，會很高興的。我要帶連城頭安去大街買皮鞋，請原諒我不陪你去。」

奇怪的緣分。依吉這個女孩子，也該算是帝汶島的戰友了。連城常到這個公寓來，必定熟悉她們的許多背景，但他都沒告訴過我。

站在諾可馬尼的房前，輕輕敲門，門扇開了。依吉探出苦澀的臉，立刻變成驚喜的笑，伸手拉我進入房裡，跳起來擁抱我。

「我以為再看不到你……」

依吉激動得不像從前那麼冷靜。房間收拾得乾淨，桌上的玫瑰花也新鮮。依吉想把封閉了幾天來鬱結的愛，使其盛放，把門鎖上了。她還是坐在我的雙腿上，右臂纏繞脖子，靠近臉，很大膽地來一次長吻。

「我這樣子，值得妳愛嗎？妳不是說過，諾可馬尼會嫉妒殺人？他愛妳，誓約結婚，我怎能介入你倆之間，妨礙你們的感情？」

依吉笑嘻嘻的，嘴巴靠在我耳邊說：「你們當過日本兵的，還會愛情的道理？真可笑。那些日子，你們不是好多男人搶一個女人？我們住在這裡的慕丹、瑪嘉烈、艾哇、尤里、莉娜……還有我，都被你們日本兵單方的慾望虐待，而從來沒有擁有過自己的愛。諾可馬尼是我頭一次感到愛的男人。可是我……」

「妳還不滿足？」

「不，我告訴過諾可馬尼，我要推翻那個時候被強迫的、被虐待過的惡夢。我需要嘗嘗自動求愛的滋味。不過，這是我那天晚上遇到你之後，才開始有了這個念頭。」

在陽光直射的熱帶南國，男女之間錯綜的愛的共享，似乎被默認。或許，那是沿襲戰地的畸形的愛的觀念。從依吉的話意，我似乎領略了她們所想的一些。

依吉抑壓不住的情慾，一直挑撥我的慾火升高。那是過去在慰安所燃燒不起的火，此時卻很自然地冒煙而旋渦起來，促使兩個軟體翻滾在床上，搓揉甜美的時間，形成鋸齒形的皺紋，十分燙熱。燙熱得竟然叫我昏迷了。

不知經過多久，床上的草蓆涼爽的感覺，恢復了我的知覺。我發現自己光裸著身軀，被包裹在依吉的花紋紗籠裡；而依吉潤柔的肌膚，靠近我睡著，睡得很熟。給她當枕頭的我的右臂麻木得難耐，我試著轉動肩膀。一動，依吉驚醒似的睜開眼睛，卻又把臉伏在我的胸脯，一會兒才說：「頭安，我幫你穿衣服……」

對，我該穿好衣服。好像還在軍隊裡過假日的一種錯覺，全身舒適的鬆弛感，使我不想立刻起身，再一次把依吉緊緊擁抱著……

六

從此，我跟連城一樣，時常到諾可馬尼的公寓去找依吉。每次去，我都掏出鈔票給諾可馬尼買白蘭地和食物，帶回來在房裡共餐。依吉的酒量比諾可馬尼好。喝了酒，依吉就愛講故事，常常喝醉了酒，三個人躺在一個床上，依吉夾在中間，繼續講她的故事。故事大都屬於她個人現實的經驗。例如：

諾可馬尼逃跑最快。依吉和諾可馬尼是在帝汶島古邦的部隊裡認識的。由於同鄉，一見如故，又是一見鍾情。有一天晚上，依吉被某隊長召至其住所過夜，剛好隊長開會及應酬必須半夜才能回家。諾可馬尼兵補便搶先光臨，潛入隊長住所和依吉幽會。外表懦弱的諾可馬尼，卻有意想外的膽量。然而兩個人正在擁抱著最熱烈的時候，隊長趕回來了。他吼了一聲，把軍刀揮到剛穿上短褲、來不及穿上衣的諾可馬尼頭上來。此時諾可馬尼的動作，快得神速，把依吉推倒在地上，自己一跳，跳出椰子房窗外，脫兔般地跑了。隊長追也追不到。依吉告訴隊長，說他是未婚夫，在兵補隊服役。既然是未婚夫，隊長就不再追究。嗣後，諾可馬尼還是常去找依吉，是篤實的有情人。

有時依吉回憶被強迫徵召去帝汶島，當慰安婦的苦楚。她說：「那個時候，我們那些女孩子，都是籠中鳥，無可奈何的犧牲者，被日本兵玩賞用的娃娃，不是嗎。娃娃，或說籠中鳥，都無心的。」

不過，依吉說：「諾可馬尼照顧我；我們那班女孩子，差不多每個人都有兵補隊的男士來關照，才得到生活下去的勇氣。當然啦，諾可馬尼，還有其他男士，偶爾也會馬他卡蘭孃（風流、移情），但我們互相都不嫉妒，好像我們都沒有嫉妒的權利。」

「不嫉妒？一般認為，沒有愛才不會嫉妒。」

對於這一點，依吉強辯說：「不，在我們這裡，女人是愛的統治者，對愛有選擇的權利。據於自己的選擇而依順，互相尊重不爭吵，得到愛的男人都必須寬容。得不到愛，原因就是自己的條件不夠，怎能埋怨別人？可是你要知道，這種愛的觀念，不是我們當日本兵的玩賞用商品之後才得到的觀念。」

印度尼西亞女人對愛的想法，不無使我感到驚奇。諾可馬尼不會放棄對依吉的愛，但並不反對依吉也愛我。也因此，諾可馬尼促使依吉，僱用馬車，帶我到鄉下，依吉的嬸母家去玩。

那天，依吉穿了一件豔麗的紗籠，繡有金絲，在陽光下會閃閃發光。特卡爾馬車搖響著鈴聲，在椰子林中間的鄉道跑。依吉緊靠著我，說明印度尼西亞鄉村的特色事物、土著建築、閒散雅俗的店鋪、穿著傳統服裝的村民。在小小的部落，馬車一停，就有老少男女圍繞來看，對於漂亮的印度尼西亞女人，帶一個外國男人，感到稀奇。

依吉的嬸母是四十多歲的寡婦，住在全是竹片編造的家，標準的熱帶地區的家屋。她以為依吉會嫁給外國人的我。他們鄉下人都認為外國人能享受豐裕的物質生活。受過荷蘭三百年殖民的印度尼西亞住民，對外來的統治者和經濟侵略者，還持有相當濃厚的自卑感。但是依吉的嬸母，看不出有自卑感，反而持有優雅的氣質。

依吉的嬸母留我們吃中餐，是道地的印度尼西亞菜，也喝了一點椰子酒。聽了依吉談起嬸母的故事。

叔叔是荷蘭留學醫生，三年前因病逝世。曾經為了反抗荷蘭殖民，利用醫學社團組織救濟會，暗地宣導民族自決思想，一方面在鄉村行醫，受鄉民崇敬的偉大人物。他有兩個兒子，都被日本軍徵召去當兵補，戰後便參加蘇卡諾的獨立軍，為印度尼西亞的獨立，和英、荷聯軍作戰。當時，默迪卡（獨立）的氣勢旺盛，英、荷聯軍無法對付獨立軍，便推出殘留的日本軍為先鋒打擊獨立軍，日本軍和獨立軍卻有默契，不直接交鋒，迄今未有獨立軍被打敗的事實，因而印度尼西亞獨立，只存時間的問題而已。依吉的嬸母和兒子，都繼承叔叔的意志，為自己的國家、民族而奮鬥。

「鄉村很不錯，空氣很好，會長壽吧！」

我讚美，說出真實的感受。依吉卻半開玩笑地說：「如果你喜歡這個地方永久住下來，我願意跟你結婚一起住。」

「咦？你不是討厭鄉村，喜歡住在城市裡的嗎？諾可馬尼要怎麼辦？」

「不，這，我是說，要看你的意思，我是願意跟著你，和諾可馬尼無關……」

「謝謝，我知道妳的意思，但是我必須回國去，我們的家鄉，需要我回去……」

「我知道我留不著你的。雖然有些日本兵，娶了印度尼西亞女人，參加游擊隊獨立軍，決意做印度尼西亞人，但我知道你不會願意留下來的。我只要跟著你，愛你愛到你離開爪哇為止。」

依吉的恣情，特有性愛的自由，不受任何觀念的束縛。這，是不是就是畸形的軍隊式的愛情遊戲觀？無論如何，她對愛都有正當的理由了。

我倆乘上原來的特卡爾馬車，回到萬隆市，已經快要傍晚了。

七

戰爭刺激弱小民族的自由民主覺醒，獨立思潮反抗殖民，獲取民權站起來。獨立軍的力量增強了，便驅除了荷蘭軍掌握的地域，成立自治民主政府開始施政。

女子青年軍也主張女權，要實踐掃蕩殖民地愚民政策帶來的鄉愚，首先要排除對異民族的好奇和諂媚依賴。因為女孩子們容易因感情，墮落於性的泥沼，當然會損傷民族的尊嚴。這些思潮促使印度尼西亞獨立軍，在施政區域開始檢查各地公共場所，取締色情氾濫。

諾可馬尼他們所住的公寓，也是被取締的範圍，必須搬家了。因為趁這個機會，市政府要收回公寓。

「要搬去哪裡？」

「諾可馬尼有位伯母住在郊外，伯母已經答應我們暫時搬去住一段時間，再做打算。」

上午我聽依吉這麼說。到了下午，急性子的諾可馬尼便借來了一部手拉車，開始要搬了。我剛好幫得上忙。其實也沒有多大的東西，衣服、皮箱、拉雜的傢伙，放進一部手拉車，並未盡載滿。諾可馬尼在前面拖拉，我跟依吉便隨在後面推。

走了一個多小時，離市街不遠，便到達一座豪農的家。後面有一片廣闊的田園，側面看得到濃綠景色的牧場。房子也舒適，這個環境，使依吉高興極了。相反地，我卻有了被疏外的感覺。不能像以往那樣自由來找依吉了。

「頭安，我和依吉，還是希望你，常到這裡來玩。這兒是我們的新天地。」

諾可馬尼的伯母借給他倆別棟的房間，沒有人騷擾，確實是名副其實的新天地。可是，離同鄉會的克澎卡溫街太遠了，不容易來。

離別時，依吉追逐來，挽住我說：「明天下午我去公寓等你，請你一定來。」

我想這是跟依吉的最後一次幽會，所以第二天，我又去了公寓。

走進玄關，我沒想到竟被四、五個獨立軍的青年軍官包圍了。

「你有甚麼事嗎？」

突然間，我想起了曾在帝汶島同一部隊的兵補班長卡琳諾，現任這裡游擊隊長的卡琳諾。

「我有個朋友住在這裡，我是來看他的，因為他要搬走。我是你們卡琳諾游擊隊長的老同事，你們隊長有沒有來？」

聽了卡琳諾隊長的名字，青年軍官們立刻站正敬禮。卡琳諾隊長暗中受了日本軍的協助，擊退了英、荷聯軍，確保了萬隆幾個重要地區而有名，年輕軍官們當然很尊敬他。

就這樣，我通過警戒線，進入依吉的房間。

「你怎麼進來？玄關的軍官沒有阻止你？」

依吉表示十分驚喜。她說：「我進來的時候，他們都詰問我，我說我住在這裡，正在搬家，要把東西搬走，才讓我進來。可是，他們幾個軍官，眼光都很下流。」

「因為妳美麗的關係吧。他們的下流，是不是跟日本兵一樣？」

「完全一樣。」

「嗯！就是男人的本性，不必見怪。」

「咦！你真……」

依吉把全身倒向我，發散出女人情熱的感性，許久，神經開始抽搐了一陣子，然後鬆弛，然後麻木，緊緊擁抱著而不動了。自己做了幾次深呼吸。卻不准我的身體搖動。

安靜了之後，她才要求：「頭安，你送我回去——」

我們走出玄關的時候，軍官們的視線都集中在依吉的腰部，計量著搖擺的紗籠裙的曲線。依吉卻顯示著女人是愛的統治者的姿勢，走過警戒線。我便叫來馬車，送她到農場去。

市街嚴格的戒嚴，證明以往的游擊戰，已經進入關鍵的獨立戰爭了。晚上，分南北區的印度尼西亞獨立軍和英、荷聯合軍，互相攻打的砲彈，常常飛越同鄉會房舍上空而過。

「終於正式開火了。」

在人家睡靜的深夜，常被砲聲吵醒，我便想起——「性慾與戰爭」，像是生命躍動的對照，一種無可言喻的煩人的慾望。然而，我對印度尼西亞的獨立戰爭，要打倒三百年的殖民政治，甚覺快心。天天跟印度尼西亞青年們，互喚「默迪卡！」，預祝獨立成功。

戰爭越來越激烈。我已經好久沒有見過依吉和諾可馬尼了，連一點消息也沒有。而我們要回台灣的機會，仍然很渺茫。耐不住的無奈，使我開始躁急。跑去大街看熱鬧嗎？必須衝過戒嚴線，多無聊。看書也看不下去了。我應該彈鋼琴。荷蘭人留下來的兩部鋼琴，很少有人彈。可是，我只能彈出單聲音，彈一些幼稚的日本童謠而已。

每天下午到晚飯之後，是沒有鎗聲的時刻，像是例行的停戰時間。意外地，在餘暉映照著很美的傍晚，我接到了一位印度尼西亞特卡爾馬車伕的來訪。

「你是頭安林？」

「是，我姓林。」

「我從郊外農場送客人到市街來，農場那位女士，託我帶這個要給你。」

馬車車伕把報紙包裝的東西交給我，匆匆就走了。打開一看，是牛奶瓶，裝滿著新鮮的牛奶，瓶子外貼著一張紙條，發散出濃郁的人情味。

長久的、每天的市街戰，真令人心煩。還好，農場有很多事要我做。我天天幫忙撿雞蛋，擠牛奶。適好今天有機會送這一瓶給你。很想念，祝你斯拉馬特（平安）。

依吉

八

獨立戰爭進入最高潮。最激烈的鎗聲，連續響了整個晚上，到了天亮才停下來。

吃過早餐，我毫無考慮地跳出大街，向戒嚴線走去。一隊隊警備兵，駐屯在縱貫鐵道的南側，正在辦理站崗交替。我向衛兵舉手喊一聲：「默迪卡！」他們也喊了比我更大聲的「默迪卡！」，真是充滿了活氣。通過戒嚴的陸橋，我便沿著商店的亭仔腳走。到處都有持鎗的獨立軍士兵，穿梭在街道的交叉處。

我進入萬隆市最繁榮的街道，很多商店都緊緊關閉著門扇。在戰爭中，他們的營業時間可能很短。一天只有一、二個小時而已吧。門可羅雀，整條大街都很寂靜，只有幾個人，匆匆忙忙走過。

不知走了多久，走盡大街，繞過家畜市場，忽而看到對面街角，跑出五、六個獨立軍士兵，一溜煙似地跳進路邊的戰壕裡，同時聽到碰！碰！碰！碰！幾聲步兵鎗聲。探頭一看，市街外遠方的路邊樹下，有一隊英國軍的印度兵，俯伏在那兒。大路邊的戰壕到前面路邊樹下，大約一百多公尺的距離，形成空虛地帶，半隻貓也不敢走過。有被流彈射中的可能性，人都躲避不露臉。我回想臨入敵前的經驗，像飛鳥般跳入前面的凹地，再爬到最近的戰壕裡去。好像我這一行動，引導了幾個印度尼西亞兵，也跟著我從家畜市場奔跑，跳入凹地，爬到戰壕裡來。戰壕挖得相當深站著，剛好露出了臉部，好瞄準鎗械目標，容易射擊對方，是個很理想的戰壕。

我習慣性地站著做射擊的姿勢，從這個地點守衛著，英軍和印度兵是無法侵犯過來的。幾個印度尼西亞兵跑來，也跟我站著。我回頭一看，沒想到站在我正後面的士兵，竟是諾可馬尼。穿著正規的軍服，嚴肅地凝視我。

「噢！你從軍了？」

「頭安，要去哪兒？」

「沒有目的，只是跑出來散散心……好久沒見了。你這麼健康、偉大。」

諾可馬尼改變了。比從前略瘦了一點。變成目光炯炯，顯出一絲冷漠的安靜。

「你怎麼跑了這麼遠來？你知道家畜市場右邊轉過大彎，就是我伯母的農場？」

「不知道，我不知道路。但是，似乎有意走近農場……覺得可笑吧！能夠看到你這麼堅強，很高興。」

一種榮耀，閃爍在諾可馬尼的眼神深處，使他現出威嚴的姿容。持有信念，他已經不是懦怯的美男子了。

「頭安，你繞過去，去看依吉吧。可是，不要粗心，這裡是戰場，到處都有生命的危險，真的要小心。我不能陪你，我要跟著他們繞到敵方右側去。」

說完，諾可馬尼敏捷地跑去戰壕的右邊，瞬即看不見了。

沿著戰壕，我走向相反的方向，在路的盡頭跳出戰壕，繞過家畜市場南方的邊緣，來到柵欄外側，便看到熟悉的郊外牧場。

我抑壓著跳動的心，大步跑過去。

「啊！」

正在香蕉樹邊小溪流洗東西的依吉，看到我喘著氣跑過來，嚇了一跳，立刻站起來。

「頭安，你，你怎麼來的？剛剛不是有一陣子鎗聲？好危險！」

依吉慌張抓住我的手，迅速拉進屋子裡。她跟我一樣，無為地喘息著，講不出話，拚命地求取長長的擁吻。吻後，窺探窗外一下，解開了工作服的短紗籠，把我壓倒在床上……

「我，渴望好久了，給我生命中的驚喜。你，你……」依吉邊吻邊說：「還好，你沒有碰到獨立軍紅牛黨的兵。他們採取恐怖手段，掃蕩跟外國人調情的女人。不分現地女人或混血兒，被他們發現抓到了，都會遇到最殘忍的凌辱。他們說，要建立獨立國家的尊嚴，廢棄被殖民的劣根性，從糾正女人與外國人『性』的紛亂開始，作法非常苛酷。你知道嗎？諾可馬尼從軍去了。這幾天，他回來就說，他看到紅牛黨的兵凌辱女人或殺人的場面，好可怕……他們口喊默迪卡，獨立、自由、正義，可是凌辱女人或殺人，是屬於甚麼？戰爭的黑暗面真黑，我不敢再想你了。然而，今天你給我從天降下來的安慰，我的人生得到最大的滿足……」

「依吉，世情都變了，妳還這麼善良，我會永遠銘記著妳的愛、妳的善良。」

「啊！你必須趕快回去，雖然我不想離開你，但是戰爭把一切都擾亂了。我要你平安、斯拉馬特。平安才有再見的機會。我不送你出去，你一個人出去，一直回家。避免碰到紅牛黨的兵……」

依吉又緊抱著我，吻了一陣子，悄悄把我推出門外。

「再見！」

「斯拉馬特！」

踏出門外，我走向香蕉園邊道，望著左邊廣大的牧場，忽又聽到幾聲急躁的鎗聲。鎗聲是聽習慣了，心裡不動彈，感到十分的空虛。我想到，我好像一隻不容易咬到一塊肉的狗，來到河川橋上，看水面映照著一隻狗也咬著一塊肉，很神氣地「汪！」了一聲，結果肉塊掉落河水裡不見了。因為我肖狗，無心地回想著兒時看過的這個故事，影射著現在的心情，不是很可笑嗎？我苦笑，想跑步回去。剎那，險而撞到早就站在路中的一個士兵，一看，是諾可馬尼。他是甚麼時候站在這裡的，我竟沒察覺。好像是先前分離時就跟隨著我來的……

諾可馬尼手拿著三八式步兵鎗，像站衛兵般地端正站著。澀硬的表情，現出威嚴不欺的口氣說：「頭安，不，林先生！我，我勸你，希望你不要再到我家來。我現在，現在是印度尼西亞獨立軍的軍人。我們獨立了。我有義務，也有權利，保衛我的國家，保護我的妻子——不准任何人來侵略。頭安，不，林先生，你瞭解我的意思？」

我從來沒有想到諾可馬尼也有這麼認真、嚴肅的一面。我點了點頭，贊同他的決意。何況，我「汪！」了一聲，那塊肉已經被河水流走了。一點都沒有後悔，不掙扎。我贊同，也讚美諾可馬尼能如此堅毅起來。讚美諾可馬尼銳利的眼神，主張丈夫的權利。為了民族的反抗，炯炯發光。

（一九九〇年一月《台灣春秋》雜誌）

跨越岔道

1

「哈耶希，今後你打算怎麼樣？」

坂井兵長走過來，右臂摟住林信忠的肩膀。

「退役回家啊！」林信忠毫無遲疑地回答。

「回家？回哪裡的家？」

「我家在台灣。」

「台灣？你不知道日本已經放棄台灣了嗎？讓蔣介石的軍隊去接收。」

「嗯！這個消息大家都知道。」

「那，你還要回去台灣，做支那人？」

「命運啊，日本已經戰敗了。戰敗，才救了這條命，也才有回鄉的希望，聽天由命吧。」

一九四五年八月十五日下午，乾大隊長下令召集全體官兵，排隊在營前廣場，聆聽昨天裕仁天皇宣告「向盟軍投降」的電台重播，所有官兵都興奮地嗚咽流淚了。

流淚的理由因素很多而複雜。同樣獻出唯一的生命來到戰地，那麼多士兵每一個人的心情想法都不一樣。因為有的士兵愚忠愚愛國家，不願相信會戰敗而哭。有的士兵本來就不相信戰爭的正義性，從被迫服從的不滿而得到解放，覺得高興。感情都激昂才流下不同意思的淚水。只有一點共通的，是戰爭結束立刻從死的威脅解脫，即將能恢復自由與自主的身；這種欣喜閃爍在每一個士兵的腦裡，卻沒有人把它講出來。

以台灣特別志願兵參與現役陸軍軍人的林信忠，當兵以後在部隊裡都叫他「哈耶希」；把「林」用日語發音，名字也一樣，把「信忠」叫「諾布它達」。坂井兵長是比林信忠早二屆入伍的老兵，配屬大隊部車輛班駕駛軍用拖拉克，不受一般中隊步兵的生活規矩，行動比較自由。因而時常到重機關鎗中隊找林信忠聊天。他倆講話很投機，談話的內容大都不離青年人的理想人生觀，或文學藝術之類的創作。

「告訴你，哈耶希，不要回去台灣。」

「不回鄉要去哪兒？」

「跟我去日本。日本雖然戰敗，但是每一個人都相信再過五年，最遲十年，就會挽回頹勢，恢復世界先進國家中的大國之一。你放心，跟我回去日本四國德島平野裡的農家。我家是大地主。你我是兄弟之交，家裡的人必會歡迎你，跟我一起晴耕雨讀與寫作，符合你的志趣多好。尤其我家那雙胞胎妹妹一定會很高興。」

「坂井兵長，聽你這麼說，我是應該跟你去才對。可是我，現在不想做甚麼日本人或支那人，只是想留在故鄉的父母和妻子。還有，應該快滿兩歲的兒子，會走路也會叫爸爸了吧，那是我唯一關心想要一起生活的親人。坂井兵長，很抱歉，請你原諒我自私。我說過命運，這就是我無可抗拒的命運。不管將來如何，我還是要追求自己的理想，建立自己的家園。」

站在命運的岔道，林信忠要踏上的步子原已決定的，坂井兵長看到他堅強的決意。

「嗯！既然決定了，我不再勸你。你遺棄哈耶希恢復林信忠，我只有真誠地祝你未來的生活順利幸福而已。」

「我也誠懇地祝福你……」

林信忠與坂井兵長在同一部隊一年十個多月的戰友情誼，從此分離了。那是一九四五年十一月七日，日本無條件投降後第三個月，在印度尼西亞爪哇萬隆，日本軍台灣步兵第二聯隊第三大隊臨時營舍內的一鏡頭。

2

爪哇萬隆有台灣人組織的台灣同鄉會。會長蕭先生是台中潭子人，在萬隆開一家機器工場。戰爭結束，蕭先生便到處打聽駐萬隆以及附近的日本部隊，如有被徵來服役的台灣人，不管是正規軍人、軍囑或軍伕，或軍醫院的看護助手，都親自向部隊長直接交涉，聲請台灣人提前退役轉入台灣同鄉會，以免繼續受苦過著英國聯軍管制的俘虜生活。

林信忠所屬的部隊乾大隊長，接到蕭會長的申請，立刻批准隊裡二十多名台灣兵，提早退出部隊。十一月七日下午，召集全體官兵列隊，舉行簡單隆重的送別儀式。台灣兵從各中隊被喊出名字，便跑到隊伍面前，由林信忠發號施令橫排一列，面對著隊長及全體官兵，做了一次舉手禮。乾大隊長走過來，對每一位台灣兵懇切地握手，然後說：

「各位都知道，已經癱瘓的日本軍，完全失去保護你們的能力了。很懺悔，能帶你們來到這裡，竟沒有能力帶你們回鄉，真對不起。請你們原諒我，原諒瘋狂失去自我的日本……」

乾大隊長的講話聲音到後段變成嗚咽，被眼淚塞住了。打敗仗的將軍不談兵，乾大隊長的話才那麼簡單不囉唆。講完又嚴肅地立正，向台灣兵再做一次舉手禮。指揮的值日軍官也跟著大隊長的行動，發號施令，讓全體官兵向要離隊的台灣兵敬禮。禮畢，部隊指派的軍用卡車徐徐開過來，卡車上滿載著米糧罐頭。那是準備給與二十幾位台灣兵離隊後，在台灣同鄉會度過至少一年份的糧食，是大隊長慈祥的離別禮物。沒想到軍令嚴格的隊長，能有這麼無微不至的慈愛，使每一位台灣兵都感動；抱著難以解釋的心情，跳上軍用卡車，順著卡車駛動，搖手離開部隊。就不會有再見的機會了。

軍用卡車到達萬隆西街的台灣同鄉會門前，司機坂井兵長便從駕駛台跳下來，走進同鄉會，把台灣兵的兵籍簿移交給同鄉會的管理員。管理員通知先前住進來的海軍退伍兵，幫忙把卡車上的糧食罐頭搬進會館後面的倉庫。然後依據兵籍簿點名剛進來的陸軍退役兵，並分配二樓大房間每一個人一個床位。把新入會員安置妥善，駕駛軍用卡車來的坂井兵長，就要開車回去部隊。

「坂井兵長殿，謝謝長久的照顧，以後不知道有沒有機會再見面，但是祈望你保重。」

林信忠與坂井兵長互為擁抱肩膀，抑鬱的酸味湧上心頭。

「哈耶希，你也要保重。也要記得，假如回到台灣，覺得生活或思想不習慣不適應，感到不如意，要乾脆跑來日本四國找我，我給你的地址不要丟掉……」

坂井兵長再三地叮嚀。

「是，我這一生永不會忘記你的……莎喲那拉。」

處於同一境遇裡生活結交的友情，渡過了生死關頭之後，誠情難消；但必須跳越命運改變的溝渠，分別到不同氣候的土地去尋找新的生活。如何選擇命運的歧路，踏出新生的路本身也就是命運吧。

3

在異國的萬隆，同鄉會形成台灣的縮圖，集中了台灣各地不同生活習慣的人。而台灣人的生活習慣，經過五十年的殖民統治，從以往滲透入身的「清國」式老化習俗，被強迫改變皇民目標的日本式生活方式。尤其日本警察喜歡發洩優越感，常用侮蔑的語言，謾罵不守規矩或愚直看不順眼的台灣人為「清國奴」，引起有心的台灣人不滿而自覺，突破以往封建的陋習，經過像文化協會等台灣人知識分子舉辦的啟蒙運動，改變相當現代化的理智生活行為。較顯著的是女人的纏足、男人留辮子；或者放肆成性的隨地吐痰、吃檳榔，為利己隨便說謊，迷信神佛亂燒冥紙汙染環境，甚至人與人之間，不和諧只顧利益競爭等等壞習慣，差不多改觀了。可是日本戰敗，曾經教育強調做人生活規矩的約束，以及日本式一切習俗規矩也同時崩潰了。很多台灣人便為反抗擺脫殖民的枷鎖，盲目而頑強地把日本人灌輸的生活規矩，不管是好或壞毫無選擇地全都排除掉；恢復以往台灣傳統的生活習慣，要做不再受任何拘束的自由人。於是，收容在台灣同鄉會的元軍伕、軍囑或正規軍人一百多個人，摻雜在一起，當然不像軍隊過嚴肅的軍規生活，而各人採取個人自由的生活方式；隨其即興上街遊樂玩妓、賭博、吃檳榔、隨地吐痰，甚至做走私買賣等；所謂「清國奴」式的陋習重現在不知自重的人身上，令人感到噁心。顯然是長久被外來政權統治，未曾受過自主自律的教訓，自甘墮落於無人格的愚昧行為，暴露出一種無知的悲哀。

寄宿在同鄉會是期望被遣返回鄉的待機生活，日日無事可做。也不知道要待機多久，才有船隻來接送。乾大隊長贈與的一年份糧，當然供與一百多個人會員分享，能否維持到船隻來接送也很難預料。其實在同鄉會，沒有人為了目前的生活而煩惱。還有對將來返鄉之後的生活職業等朦朧不清的未知數，毫無辦法去思考。只有噎在心裡感到難過的是，像滾雪球般增強的鄉愁而已。

「信忠，要不要出去走一走？」

從外街跑回來的黃石城，看林信忠一個人無聊地在看書，便自動過來邀請。

「去哪兒？」

同一部隊退役出來的兩個人，經常比較接近協力也採同一行動。

「去郊外的牧場，看看風景。」

「牧場？」

「是啊，我認識了一位開布莊的華僑游先生。他邀我到他的牧場，也就是牛乳場，到那兒去透透新鮮的空氣。他知道我從台灣來，能跟他講河洛話才特別親切。也要我多帶幾位朋友一起去，可是我只想到你可以一起去，怎麼樣？」

4

華僑、河洛人、跟台灣人的祖先一樣，從唐山的惡環境被擇出來，流浪移住海外的孤兒種子。去瞭解一下他們的生活也不錯啊。

林信忠和黃石城，坐上車伕在座位後腳踏推進的三輪車，跑過很長的椰子樹林道，大約四、五十分鐘才看到廣闊的綠色牧場。

六十歲左右，肥白的手拿著煙管的華僑富翁，滿臉笑嘻嘻地走來歡迎兩位年輕人。

「游老先生，這位是我的同年兵林信忠。」

經過一番介紹，主人便帶兩位客人，到牧場草原與乳牛欄棚去巡視。清朗的下午，洋溢在草原上的空氣確實很甜。在草原角落，叢叢的美人蕉開著淡黃的花。游先生邊走邊談他年輕血氣旺盛的時候，離開家鄉「漳州」流浪到異鄉來求生的故事。那可以說是每一個華僑共通的移民吏。像林信忠七代前的祖先，離開惡劣環境的家鄉出走，必有不得不遺棄出生地的重大原因，才決意渡海流轉好多陌生的土地。而在異鄉被夾在異民族之間，拚命尋覓自己生存的空間，以健康的身體與保衛本身的智能本性，大都白手起家奮鬥，才能築起萬貫家財在異鄉。當然不是每一個人都能成功；終究，失敗而埋沒在異鄉的下層雜亂裡掙扎的人也不少。游老先生就是攀上成功頂點的幸運人。

太陽偏向牧場西邊的椰子林。他們走進布置黑檀木製傢俱的美麗大客廳，是典型的漢人家宅。不過，豪華的室內似乎缺乏了一種溫暖氣氛，也許是高貴的黑檀木傢俱硬冷的關係吧！

主人頤使印度尼西亞女傭端來茶點，之後，又在桌子上排放豐盛的餚酒，都是招待貴賓最美、最上等的料理。對於當過幾年日本兵的兩位客人來，沒有比這種物質享受更奢侈的啦。這使林信忠想到，如果這種享受在台灣，居住在日本人諸事都干涉的社會，必會受到「暴發戶」格調的批評以及嘲笑吧。這好像跟剛進入這個客廳時所感受的，缺乏溫暖氣氛互有相關吧。

老華僑游先生說：

「你們從台灣來，跟我一樣講河洛話，我們有漢民族同根的親。不過，你們為什麼要當日本兵？俗語說，好鐵不打釘，好人不當兵，看你們兩位都是一表人才，是不是因為家裡很窮？」

林信忠不知道要怎麼回答這種人生觀的差距與環境歷史的不同。黃石城卻搶先說：

「不，游老先生，我們台灣是日本的殖民地。你也知道，清國打敗仗就把台灣做賠償品讓給日本。我們家裡沒有您這麼富有，但也不是窮得必須賣身。我們當兵是依據日本的國法命令，被徵召派遣來的……」

「噢！真是傻瓜。日本發動戰爭，這一次戰敗了，真是傻瓜。我勸你們，你們還年輕，千萬不要學習日本人……」

年輕的兩個人，卻不理解他所說「不要學習日本人」，指的是什麼。不過，因為他是一位商人，也許是指做事需要考慮自己的利益為先，才不會當傻瓜的意思吧。

傍晚，回同鄉會的時候，游老先生又很親切地送兩位年輕人，從牧場走到馬路來。不寬的馬路，往來的人和車輛稀疏而閒靜。照亮木麻黃路邊樹梢的白光也轉弱了。游先生站在馬路較顯現的地。等著馬車或人力三輪車來時叫車比較方便。

「特卡爾（馬車）、特卡爾。」

剛好有一部馬車駛向這邊來。

「到賈喋街要多少錢？」

游老先生問褐色皮膚的印度尼西亞車伕。

「頭安（大人），是五十元。」

「暴利啦，應該算二十元。」

「二十元？哪有那麼便宜，太離譜了。」

「什麼離譜，我每次坐都是二十元。」

「開玩笑了吧，頭安，算四十元好啦。」

「太貴，我每次坐都是二十元。」

「哎啊，頭安，你是有錢人的老先生，好會計較喲。好了好了，算三十五元。」

兩位年輕人，以為五十元減價到三十五元，已經夠便宜了，便要踏上馬車踏板而去坐。可是游老先生雙手挽住兩位的衣袖，以嚴肅的口吻責備似的說：

「不，不行。怎能坐這麼高價的車子？你們年輕人花錢還會這麼大方。我才勸你們不要學習日本人。」

然後，把臉轉向車伕。

「二十元可以吧？反正你是送客去的回頭車。二十元是多賺的喲。」

「頭安，請您體念我們的勞苦吧，就算三十元好了，三十元。」

「二十元，我每次都坐二十元。不肯的話，我們再等別的車……」

車伕有點氣憤地揮起馬鞭策馬走動。兩位年輕人開始焦急了。如果讓這部車駛走了，以後不知道還要等多久，再會有車子駛到這兒來？

「喂！喂！二十元也不少啊，總比駛空車賺不到錢好多了。」

馬車駛走前方一百多步了，游先生又大聲向車伕背後嘶力地喊。

「畜生，支那人的錢真難賺。」

車伕拉緊韁繩停下了馬車，轉過頭問：

「坐幾個人？」

「兩個人。」

「來啦，來啦！」

游老先生這才得意地笑了，督促兩位年輕人趕快跑過去上車。

「再見，再見！」

特卡爾發出輕快的鈴聲開始走——兩個人從馬車上，向站著目送他倆的游先生搖手，表示道謝。車伕開口說：

「頭安，支那人就是這樣，越有錢越吝嗇；又不是他要出錢，真沒辦法。啊，您們兩位是日本人吧？」

「不，我倆跟他一樣，不是日本人。」

車伕表示不相信的臉色沉默了一陣子，又開口說：

「頭安，你們騙不過我的，我做這工作十多年，不會看錯的。你們是日本人，哈哈哈。」

兩個年輕人只有苦笑。從不同民族客觀的感覺，自幼小就浸透在全身裡的日本味，似乎會很容易嗅得出來。確實，人的生活習慣動作是難以改變的，需要經過很長時間才有可能改變其以往的體臭，不過經過長時間仍然矯正不過來的習癖也有。然而，歷史的大齒輪竟要把曾經是日本人的台灣人，改變成為支那人了。而變成支那人的台灣人，會過著怎樣的生活？

馬車到達賈喋街的同鄉會門前，兩個人下了車，黃石城掏出二十元給車伕，同時林信忠也掏出二十元給他。車伕顯出詫異的神色說：

「頭安，車費講過了是二十元，這樣，變成四十元了？」

「沒有關係，算是小費好了。」

「哦！謝謝，謝謝，您們是日本人，我還是沒有看錯啊。謝謝！」

車伕感激地點頭點了幾次，依依不捨似地揮起馬鞭高興地吹著口哨，把車子開走——車伕高興的神情，與先前游老先生說過「不要學習日本人」那句話，突然重疊在林信忠腦裡閃爍，卻也使他感覺一種助人為快樂之本的快樂。

5

一九四六年一月四日上午，林信忠參加同鄉會風紀委員會自律會議，發言主張台灣人應有自立自主的觀念。他建議每一個人都應該約束自己的行為，不要貪婪，自利，而損害團體的秩序與名譽。因而引起專搞走私牟利、原屬軍伕的無賴葉大龍怨恨，以為林信忠的言論影射他做公開的指責，在暗中拿匕首刺殺林信忠。還好匕首沒有刺中心臟，而割傷左上膊出血嚴重，上膊內部神經切斷了。同鄉會的幹部們緊急送他到萬隆市立醫院住院治療。可是留學荷蘭學醫的王道先生，是華裔與印度尼西亞混血的外科主治醫師，將創傷裂開的傷口縫合醫好，卻無法把切斷的神經接通。退院之後，左手臂上膊內部神經仍然抽痛，痛得很厲害。不得不於二月十二日，又以陸軍兵長哈耶希．諾布它達的名字，進入在萬隆的日本南方第五陸軍醫院，接受神經專科醫師開刀綁接神經。雖然手術不是很成功，手指的麻木無法恢復，但是左上膊神經不再抽痛了。不像未開刀前，每天睡到半夜就必須跳起來，跑出屋外，獨自坐在暑氣冷卻了的石頭上，撫摩左手臂，忍住神經抽痛到天亮。

然而，神經接續手術後要使其復元不單純。住院十天，主治軍醫便設法把林信忠跟一批傷病士兵，轉送到爪哇西部的澎特喀陸軍總醫院去。在廣大的總醫院，林信忠住進神經外科病床，在那兒傷病患者之多，令人驚愕。還好，林信忠受傷的內部神經不再抽痛，自以為繼續住院也無法解消手臂的麻木症狀，便自行提出申請出院。

「為甚麼？為甚麼要出院？你的手臂麻木病狀，要治療復元，還需一段時間麼。人家都想盡辦法要逗留在總醫院，期待能優先被遣回日本，你卻要自請出院？」

日本福岡籍的神經外科女護士安田友子，極力挽留他。自從林信忠轉來總醫院，就受她的照顧指導治療。有一次安田友子告訴他說：

「哈耶希桑，你的神經麻木必須長期住院療養。像你這種病狀，最有機會優先遣回日本，所以我，或許有可能跟你同一批得到遣回。如果，真的能夠一起回到日本，我要帶你去溫泉治療。溫泉是這種病狀最好的療養方法。我感覺你在這麼多病患士兵當中，最守規矩又不找麻煩的人，我喜歡……」

自從受傷住院，轉換三處醫院，林信忠遇到一位印度尼西亞、兩位日本女護士，都很親切照顧過他，也率直地表示過喜歡他。印度尼西亞女護士嘉迪那，積極熱情地表示過幾次，請林信忠放棄遣回台灣的意念，留在印度尼西亞跟她結婚。兩位日本女護士都勸他一起遣回去日本，而能繼續照顧他。可是站在命運的岔道，林信忠看到的前途，只是在地圖上顯出番薯形的台灣命運而已。當然，要留在印度尼西亞，或被遣返去日本，或回台灣，未來的運途發展，都有不同的結果等待著。而在林信忠腦裡，出生地家鄉的魅力牽引著不放，根本就沒有讓他選擇的餘地。

「我必須回去台灣……」

對十分溫柔體貼在照顧過他的安田友子女護士，林信忠也只能講了一句話，便莎喲那拉不再見了。

申請自動退院，戰敗的日本軍隊，沒有不准的道理。哈耶希遂於二月五日搭乘陸軍總醫院軍用便車，再次恢復「林信忠」身分，就近投入雅加達的台灣同鄉會。

6

雅加達同鄉會是爪哇台灣同鄉總會，收容會員四百多人，受日本軍部援助撥出來的糧食、經費也多。而借用原日本軍部指定的溫泉旅社為會館。設備一流的大小房間，使收容在這裡的原日本軍人、軍囑、軍伕的台灣人，遇著未曾有的最高享受。而這些台灣人，每日自由自在住宿在會館內，吃飽逛街之外沒有事可做。

林信忠在這會館內，也有幾位正規軍人退役下來的戰友：蕭榕、李宏道、尤清福等幾位，早已住在這兒有三、四個月之久。自從林信忠進來一個多月時間，他們常在一起聊天，一起研究學習華僑所講的普通話或漢文白話；不然就是談論未來台灣的期望。回到台灣之後，如何糾合曾參與戰爭的青年團結、聯繫，為台灣做些建設事業；為日本天皇犧牲生命來到戰地，卻未曾死去，留下這一條命，怎能不為台灣自己的國家奮鬥、犧牲？這可以說是同鄉會內，一些知識青年共通的感受。

「我們不應該在這裡磨滅時間，虛度歲月。蔣介石軍隊已經接收台灣了，我們還在異國，連國內的情況都不清楚。不能只是看印度尼西亞獨立成功而高興，應該早一天回鄉，實際參與國內的建設……」

林信忠提起心內鬱結的感慨，立刻引起了戰友們的共鳴。

「對！我們來到同鄉會快半年了，遣返的船隻，怎麼還輪不到我們？」

蕭榕年紀比較大，天天惦念著生活家鄉埔里的妻兒，不知怎麼過活，才如此嘆氣地說。

「我們為甚麼不去找日本軍承辦遣返工作的隊長？」尤清福提議。

「是啊！」李宏道表示贊同。但立刻改口說：「可是指派船隻是英軍，日本軍只是聽其命令才行動而已。我們是不是去找英軍？」

「不行，英軍是不會聽我們的。我們是台灣人，台灣既然由聯合軍之一的蔣介石軍隊接管，我們應該去這裡的中國領事館，請總領事幫忙。對台灣回歸祖國，總領事應該表示親切感，樂意幫忙才對。」

年紀最大的蕭榕，果然想到了新觀點，而沒有人提出異議。便匆匆決定第二天去雅加達中國領事館，求見領事。

四個人搭乘一部馬車，來到城市西北方的中國領事館，時間剛過了上午九點。領事館的正門已經開著，好像事先預知他們要來似的，四個人很規矩地踏進玄關，進入前廳。心裡想著一定會有好的結果。

可是，從前廳側門，一位守衛模樣的老男人走過來，制止他們前進。

「停步！你們要做甚麼？不能進去。」

「我們想見領事……」

「你們有許可證嗎？沒有許可不准進去。」

高壓手段的口氣，比軍隊還嚴格。決定要四個年輕人吃閉門羹。

「我們是台灣人。聽說，台灣已經回歸祖國，所以我們來請總領事幫忙。在爪哇一群被日本軍帶來的一千多台灣人，在這裡同鄉會待機了四個多月，仍然沒有消息要遣送我們回台灣；才要請總領事幫忙向英軍建議，早日遣返……」

「那，你們等一下。」

守衛走向正面的房間，推開門扇進去。不一會兒，跟著一位年輕館員出來。館員的容貌看起來年輕，但是說話卻很老練。他站在四個人的面前，皺著眉頭，神色冷淡無情，先發制人地說：

「你們的來意知道了。可是，你們既然由敵方日本軍帶來的，應該去找他們帶你們回去，這種事跟我們無關。」

「那……」

蕭榕的嘴巴開了一半，卻看年輕的館員，轉頭筆直上身，向剛走出來的房間那扇門消失了。沒有論情的餘地。來時抱著格外希望的四個人，愕然失色，像垂捲尾巴的狗，悄悄走出感到可惡的中國領事館。

7

「怎麼辦？就這樣回去嗎？」李宏道問。

「不，我們到日本軍司令部去！」

氣憤未消的蕭榕毫不死心地再次提議。於是四個人又喊來一部馬車坐上了。馬車奔駛的鈴響特別刺耳。

位於反方向的日本軍司令部，已無昔日的嚴密緊張。四個人向守崗的衛兵，舉手敬禮，告訴來意。衛兵仍然以直立不動的姿勢，告訴他們到前右邊的軍官候客室去找值日軍官。

四個人來到候客室向值日官說：「我們是原台灣步兵第二聯隊的台灣志願兵，目前退伍在台灣同鄉會。為了遣返回國的問題，來拜訪主辦的軍官。」

值日軍官直立站著，聽過林信忠說他們來司令部的目的，很客氣又親切的點頭說：

「是，請等一下，讓我進去轉達……」

值日官進去裡面的房間，等不到五分鐘就出來說：「本間將軍請你們進來。」

將軍？軍司令要親自見我們？這又是意想不到的遭遇。值日官引導他們來到司令室門口，筆挺站著說：「請——」而讓他們進去。

本間軍司令像迎接多年老友一般的態度，以無限慈善的眼神跟四個人一一握手。

「歡迎，歡迎！」

「對不起，我個人以及代表南方派遣軍，先向各位表示道歉。為了日本犧牲來到這麼遠方，應該優先遣回你們歸鄉，但是戰敗的日本軍要受英軍的指揮控制。所以請各位原諒……」

本間將軍站立著，做日本式彎腰四十五度的鞠躬禮。他這樣格外的謙虛，又使林信忠等四個人呆然不知所措。

值班兵倒茶進來，那是日本的綠茶。依順本間將軍邀請，四個人坐下來，邊喝茶邊談他們退伍後，在台灣同鄉會四個多月的生活情況，而要求本間將軍幫忙，能夠早日遣返回鄉。

本間將軍答應，必會在最近期間，讓日本軍帶來的台灣人回鄉。不過，將軍說：「為了派遣事務順利與方便，目前住在同鄉會館的台灣人，都要再進入集中營待機，依據能以排隊的順序遣返。所以越早進入集中營越好。」

「進集中營沒有問題，無論明天或後天，命令一到，我們必定會遵辦。」

蕭榕右手拍拍胸部約定了。他們由於達到了目的，向本間軍司令道謝，立刻回到同鄉會，把消息傳播，讓全體會員都高興了。

果然，沒經過三天，日本軍司令部來了傳令，要同鄉會的全體台灣人，於第二天上午搭乘司令部派來的軍用車，進入雅加達郊外的集中營。那是一九四六年四月二十五日。從此，站在日本敗戰後的人生岔道彷徨、躊躇、迷茫過八個多月，曾為日本軍人、軍屬、軍伕或看護助手的台灣人，決心要回台灣的希望，期許的前途，撥雲轉晴而明朗起來，使他們確信感到真正跨越了命運的岔道。

（一九九五年四月十七日馬關條約一百年日改寫，
一九九五年五月二十一日發表於《民眾日報》）

罔市含羞草

1

林春河是林泰山家登錄於戶籍上唯一的兒子。但不是親生兒，鄰居的人都知道，林泰山不太喜歡這位養子。

不喜歡，為甚麼要養？這，誰也不願意詮索人家的私事，不願意多管閒事。風聲，大都從右耳穿過左耳溜出散逸了，就沒有痕跡。只因為林泰山經營中台灣最大擁有二十五部馬達碾米機器的工場，專責供應日本軍部的糧米。自從太平洋戰爭發生擴大了戰場之後，日本軍司令部便發給林泰山為「軍囑」一名譽職，賜與佩帶長軍刀，自由進出軍部。於是在地方算是有錢有勢，自然會有人注目，也關心到他家的瑣事了。

其實，林泰山並不倚靠權勢，反而待人誠懇，是一位很有修養的紳士。加之林夫人秀珍是女子中學畢業的才女，性情慈善，受人敬慕的婦人。十全十美的夫妻所經營的碾米工場，僱用三十名的男工和五位女工，都盡心協助碾米作業幫助供應糧食，營業順利獲得社會好風評。

然而，人生無論多麼十全十美，仍會有缺陷是難免的。秀珍夫人不育，多年心願無法達成，才不聽丈夫的意見，強硬抱來一個繼承香火的養子，也就是林春河，兩歲，還算嬰兒的時候，由秀珍夫人一位表姊作媒抱來林家的。不肥胖但是身體相當健康的春河，得到夫人的寵愛而成長。雖然跟著嬰兒送過來的戶籍謄本，只有生母的名字，父親那一欄寫著「父不詳」，但是秀珍夫人並不介意，以自己親生兒子般十分疼惜照顧春河長大，也督促他認真讀書。還好，春河竟能考進工業學校，成績也相當不錯。夫人時常向丈夫泰山誇耀說：「春河這個孩子真聰明」，蓄意引起丈夫多關心春河。

「哦，是嗎，聰明才好！」林泰山總會如此說，而應付應付夫人。可是，泰山心裡只會想：春河這個孩子的聰明，畢竟是繼承他母親，或接受他那所謂「父不詳」的血統遺傳的？卻也會回想過來，不管那是繼承的遺傳性質如何，泰山總有一種預感，春河是不應該繼承泰山白手舉家蓄積的所有家產。因春河這一條流水，或許會把所有的產業財物沖散流失似的。自己的名字雖然叫泰山，可是感覺對河水有不吉利與一種莫名的不安。

2

一九四一年，台灣被捲入太平洋戰爭。翌年四月一日，日本為了補充兵力發布台灣特別志願兵制度。以「特別」志願名義，原來不必服兵役的次等國民台灣青年去當兵。說台灣青年能跟日本男人同等參與皇軍入伍，是皇威的特別恩典。當時，適宜當兵年齡的台灣青年有二十萬人之多。從鄉鎮到縣市各階層的訓練與檢查，被宣布合格的第一屆陸軍特別志願兵一千名，並分前後期各五百名，先行派至台北六張犁的志願兵訓練所受訓六個月，然後再能跟日本青年同等進入部隊為現役兵。被殖民的青年未被信任的策略是相當嚴格的。

黃宏彥經過了鄉鎮與縣市的身體檢查與思想智識檢驗，接到縣兵役科送來「第一屆前期特別志願兵」合格通知，決定三個月以後必須接受訓練所受訓。而進訓練所之前約近四個月的空閒時間，應遠親林泰山的特別要求，進駐碾米工場擔任工人實施軍事訓練的教練。因供應軍部糧米的指定工場員工，依照軍部規定必須接受軍訓而以防萬一。

黃宏彥到碾米工場報到那天，林泰山老闆親自接待他。

「你就住在工場旁邊的房間，起居出入方便而自由。三餐以及生活瑣事，我已經交代女事務員兼家政的罔市照顧你。因我外面接洽的事情多，需要中南北部奔走，接洽公務，在家的時間不多。工場內的很多業務，需要你來處理。我內人和女兒罔市都會幫助你，互相合作不必客氣。」

戰時物資統制的時代，配發主要糧食的碾米工場，精選的米穀全部供應日本軍「糧食部」。被聘為軍囑職務的林泰山場長，確實很忙而必須奔波南北部接洽配米的實情。他都要穿軍服佩帶長日本軍刀。不過，由於他不願模仿日本軍官的傲氣，而日常行動、講話姿態，外表實質，均表現純粹的台灣生意人。但也不像一般御用商人諂媚日本軍官，不行賄也不「錢錢叫」，確實是一位闊達風度的紳士。

3

黃宏彥服勤於碾米工場三個多月的期間，相當自由而快樂。雖然配合戰爭非常時期的慣例，把一個星期「日月火水木金土」，改成「月月火水木金金」，取消星期六與星期日的休假，必須不眠不休地工作，但是碾米工場的生產量，只能碾出軍糧食部所需的軍糧，便能配合工場營運自行作業。因此，每星期一到星期五，下午二時到四時兩個小時，是黃宏彥召集全體職工在工場外廣場，教授軍事訓練的時間。他發號令：「立正！敬注目禮，跑步！前進後退！」以及教導緊急救火或救人動作等，訓練全體員工到滿身大汗。除了軍訓演練之外，其他時間便很自由地，巡視工場內外察看工人們操作碾米機器，或女工們精選米粒作業有無遺漏等，輕鬆地過日子。

休假日，黃宏彥都很少外出，大部分時間花費在看書，或幫忙罔市整理工場日記、帳簿等。

只是工場的事務、會計並不複雜，做得很輕鬆。

「妳在這裡服務多久了，罔市？」

「四年多了，我，公學校畢業就來。因為我有一位阿姨，跟頭家娘說起來是親戚，是阿姨介紹我來這裡幫忙打掃內外……」

罔市，從她的名字可以察覺，她的誕生是不受親生父母歡迎而看重的女孩。在封建愚昧的時代，不人道的觀念、習俗，相當根深柢固。那種重男輕女的膚淺思想，不知貽害了多少人的不幸。看誕生的是女嬰，竟能像間樹苗或間蘿蔔苗那樣，覆死女嬰的殘忍性是難以想像的。還好，具有人性的父母都會想：既然親生了，就罔市（養育看看）吧，便取名為「罔市」。這比較那些給親生的孩子取名為「乞食」或「阿狗」等，以卑賤的名字希求不觸犯厄運，而期望長壽富貴的愚昧，還好。

罔市，已經是十八姑娘了。看在眼前，五官端正的臉不抹粉、不塗口紅有酒窩的雙頰，滿面堆笑出濃郁的情感，對黃宏彥十分溫柔。溫柔得讓他感受有如面對著「含羞草」般的可愛印象。

「妳這麼會記帳，算術又準確；家務事也整頓得有條不紊，真不簡單。」

「你誇獎了，這都是我來到這裡以後，頭家娘教我做這做那，才學會的。」

「嗯！頭家娘是女子中學畢業的才女麼。」

「是啊，她做事認真嚴格而有秩序，不會馬馬虎虎。其實我來這兒當初也常受挨罵，覺得很痛苦，自認是沒有人愛的童養媳。但是現在已經都過去而習慣了。頭家娘真的也很照顧我，也肯採納我的建議，只是……」

「只是甚麼？」

「對那個養子林春河，過分寵愛了一點！」

「春河嗎？我都很少看到他。當然啦，他生長做有錢人的少爺，不會關心別的，只顧自己而冷眼看別人。尤其看工場裡的人認為都是自己的傭人！」

不生孩子的秀珍夫人就當自己親生兒子般養育春河。照顧春河逐漸長大也瞭解他的智慧相當高感到高興。果然春河念公學校畢業，便考上了中部唯一大都市的農工職業學校。每天搭火車去上學，傍晚下課回家。踏進家門必定把書包放下，而選擇一兩本書裝進攜帶皮包裡，就出門跑向大街去。他在家的時間算起來比父親在家的時間還少。

「他那樣天天在街上混，頭家娘為甚麼不嚴格管教？」

「嗯，他很聰明，在學校成績不錯，會對媽媽撒嬌，說在家裡工人多、書念不下去，到街上同學家念書可以互相研究討論解答問題。而他那位同學又是街上最大石油商行的少爺，聽說在學校成績也不錯。頭家娘才高興兒子跟他們來往。還有那個同學有個妹妹念家政女學校，也跟春河感情很好。」

「所以喜歡逗留在那位同學家？」

「不，還有個原因，他是在躲避我——」

罔市含有嘆氣的口音，短短講一句便沉默著。臉上浮現出毫不介意的神情，凝視黃宏彥。

「為甚麼？他為甚麼要躲避妳？」

黃宏彥覺得好奇而追問。罔市卻冷漠地凝視著他，不喜歡講下去似地沉默著。

4

罔市在親生父母家有四個姊妹之中，年紀最小又最不被重視的女孩，才被命名為罔市。可是罔市越長大臉蛋兒越漂亮越清秀，做事認真，自己做自己的事不煩別人，又有禮貌，經常笑嘻嘻地受人喜愛。

秀珍夫人有意將來把罔市跟養子春河送做堆做媳婦。而她這種打算自然會走漏，春河和罔市也都意會在心裡。不過這一打算對於罔市來說，像是吹肥皂泡遊戲一樣飛出去就會散開破滅的。她不敢奢望，尤其在同一工場家庭裡頭生活的林春河，他那傲慢缺乏人性的態度，更使罔市自覺薄命的自己礙難配合。因而對「送做堆」的封建性婚姻毫無奢望，連做夢也不敢。

沉默了一會兒，罔市想起了甚麼似地開口：

「黃先生，你要來這裡的前一天晚上，頭家夫婦外出不在家。我在頭家房間整理洗晾過的衣服，不知道春河回家，卻毫無聲無息地闖進房裡，突然從背後擁抱我，使我嚇了一跳，我不得不用右肘大力推開了他。他沒有想到我會反抗，躊躇著，臉紅紅很生氣地雙手勒住我的脖子，意圖把我壓倒在床上……」

「他力氣很大？」

「不，我在鄉下從小時候就做過勞力工作，他的腕力不會贏我多少。我屈膝激撞他的股間，他哎唷一聲跳開了。」

「然後呢？」

「他哭喪著臉，說要向媽媽控告我，說，我進入他房間盜了他十塊錢。我知道他敢誣告。十塊錢是我的半個月薪水。他好像知道那天傍晚，頭家他倆要出門之前發給我薪水，才要勒索，想欺負我又要錢。我曾經也被他糾纏勒索過幾次，每次給他一塊錢，頂多兩塊錢。但是這一次要十塊錢，一定為了還賭債……」

「妳給他了？」

「是，我給他十塊錢，到第二天，我把事情告訴頭家娘。頭家娘不但信任我，還高興說我能把春河的行為告訴她瞭解，而還給我十塊錢，同時嚴格地責備春河。春河知道養父泰山不喜歡他，只有母親疼愛他，都不敢違背母親的責備與期待。」

5

因罔市性情善良做事認真勤慎，才沒有讓自私而「錢錢叫」的春河乘虛而入。這是黃宏彥十分欣賞讚美她，甚至喜歡她的原因。看她每天先要打掃整理妥善，再到工場事務室去經辦庶務記帳，尤其轉達頭家的命令對工人交代清楚，當為工廠家庭的「石磨心」，毫無粗忽，溫柔又嚴肅的態度，確實令人佩服。

下班吃過晚飯之後，工場的男女勞工以及廚房內，偶爾會聽到老鼠玩跳的吱吱叫聲而已。而自宅這邊，如果頭家夫妻有應酬外出，即只有客座教練的黃宏彥和罔市兩個人看家。春河在家的時間可以說很少，平常都要過下午十點以後才會悄悄潛入自己房間，他的存在除了頭家娘切實關心之外，其他人連林泰山本身都很難關照到他。其實他不在家才會無事，誰也不願意他靠勢來身邊要這要那，才敬而遠之。

這座碾米工場連結住家位於市鎮郊外，晚間十分寂靜，能聽見水田間的青蛙叫和蟋蟀的鳴聲。而忍不住過分寂靜的時候，罔市便來探訪黃宏彥的房間。

「宏彥兄，你在看書嗎？可以進去嗎？」

「請，請進來，我正在等著妳來呢。」

「等我？」

「是啊，我要妳欣賞我寫的一首詩，我來這裡三個月，只寫了這一首詩，卻也快要離開這裡了……」

罔市拿了椅子靠近黃宏彥坐下來，便接下他手裡的原稿紙，從她搖動的頭髮散出一陣女人的香味。

「咦！這就是詩？是新詩，題目『春色』？」

罔市細聲開始唸：

罩手看太陽／看到掌紋的血紅／我停下來……站著／擁抱微風旋律的春／把春滿滿吸進胸脯

隨著慾望向薄紗煙霧的台灣海峽／伸長手臂的我

今朝的平野／卻像蝴蝶結緞帶般那麼明朗——

罔市唸完前段，把稿紙還給黃宏彥，說：「唸起來很有詩意，你真會寫。不過，從這裡怎能看得到台灣海峽？」

「嗯，詩的思考，是可以依靠想像或聯想寫的，現實看不到的台灣海峽，用心聯想就可以看得到……我來住這裡已經三個月了。有時候早晨出去散步，從工場前面的公路向西方一直走下去，感覺到很遠的那邊就是台灣海峽。早晨的太陽遍照著平野無邊際的田園風景，而很遠那邊竟在引誘我必須一直走下去，不能回頭，穿過海峽那邊的戰場是我避不開的路，未知數的生命，在戰場會怎樣開花？我早已經不考慮那些了。請妳看完，看到詩的最後。」

罔市又拿起稿紙唸：

埤圳的水緩慢地流著／美人蕉花開了

黃紅的花粒在水湄整齊美麗地羅列著
輕輕匿藏影子的蘆葦根／在處女般澄清的空氣裡很香
而我的靈魂裡／有棕櫚的葉柄在搖晃
以閃耀的田園情緒／磨擦稻田的細葉
使綠色的小浪波流著
只是在無止境的大道上／拍達拍達踐踏著草露的
我底思念深處／似乎聽到黎明的密林裡
行軍的士兵們濕透了的赤色靴響……
遙遠的那邊／斑鳩顏色的小塔亮著的周圍
戰爭把霓虹掛在明一時的生之上
朝陽豐盈的光／正氣的額上有神在……
就這樣我要向這條無止境的直線大道
一直走進去——

罔市慢慢把詩一句一句唸完，聲音有點嘶啞了。一種無可言喻的情緒衝上來塞住胸口，眼睛濕潤亮著。她說：

「最後一段更美！」而仰望黃宏彥。

黃宏彥沉默著凝視罔市。兩個人心裡都明白，再過三個晚上就要分離的事實，黃宏彥要當日本兵去了——

「戰爭徵召人去當兵，是無法躲避的。給男人敷設了無止境的直線大道，不得不走下去！現在，只等待著要上路的時間而已——」黃宏彥說出對人生看得開的話。

「……想到你要去當兵的事……你，是不是會被派遣去戰場？」罔市憂慮地把上身倚偎他。

「那，還要問！」

「不，不要……」剎那間，罔市歇斯底里的全身倒向黃宏彥，把臉埋在他胸脯像撒嬌的孩子，呻吟似地繼續說：「不，我不要，不要你去當兵……」

頭髮散發出女人香味嗆入鼻子，黃宏彥緊抱著罔市的肩膀。罔市一轉身，手臂環繞住黃宏彥的脖子，仰臉，把嘴唇靠近他的嘴唇黏住……時間停止不動了一刻，這是他倆頭一次毫無預測、毫無掛念的親密感情的融合——

6

明天上午，黃宏彥就要離開礪米工場了。

林泰山贈送一個手錶給黃宏彥，頭家娘也贈給他一件毛線衣。林泰山有點傷感地說：

「宏彥，明晨你要離開這裡，我可能無法送你去火車站，就請罔市送你去。謝謝你這幾個月的幫忙，讓我很放心工場內務的事。祈望你當兵順利，必須小心，一舉一動都不能大意衝動。你的理智，做事必定會有成就……」

林泰山說話的聲音有點嘶啞了。

「多謝頭家和頭家娘這幾個月，給我十分溫暖快樂的生活。當兵，我會小心謹慎服務，請放心，只祈望頭家頭家娘保重身體，工場業務順利發展……」

面對戰爭不得不離別的心情，總是十分嚴肅的。黃宏彥回自己房間收拾私物，只有些衣服日常用品，塞進手提包，很快就準備完竣。罔市拿了新的毛巾香皂牙刷進來，也塞進他的手提包裡說：「這些東西，你可以用到……」便轉身緊緊擁抱黃宏彥，而啜泣起來。

「為甚麼要哭？」

罔市不擦拭眼淚、凝望著黃宏彥，像是捨棄了含羞草的含蓄，異於平常理智的神情，帶著含淚的細微聲音說：

「我要，要你儘管如意地擁抱我愛我；讓我忘記，忘掉所有一切……」

罔市投擲全身激烈的愛意，說「要忘掉所有一切！」這句話應該是將要當兵赴戰場的黃宏彥說的，卻由於離別的情緒衝激罔市湧起熱烈的愛情表現，促使黃宏彥禁不住緊抱起罔市擁吻，撫摸她的肩膀和背脊，也用手指梳她的頭髮。慢慢而溫柔的愛撫，逐漸沖淡了她「要」的慾望，終於安詳地依靠在黃宏彥懷裡，寧靜下來。

不知道將來會變成如何。戰爭籠罩著未知數的命運，黃宏彥經過剛剛罔市激烈求愛的表現留在心裡，似乎得到了對明天以後的日子，已有達觀的安慰而不懼一切。可是對於罔市不久將來應有的婚姻，是否能獲得幸福？在腦際忽然閃亮了那個春河「錢錢叫」的彆扭狀。頭家娘意圖把罔市和春河送做堆的願望會不會成事實？罔市說過討厭春河只要錢財不懂得愛的性格。如果兩個人被送做堆了，罔市便要賭氣過不幸的一生。

「罔市，我走了以後，妳還要繼續在這裡生活工作，將來有一天頭家娘要妳跟春河結婚，妳要怎麼辦？」

「我，死也不要依順春河。最壞打算，我要回鄉下去，我不怕苦。反過來說，春河也看不起我啊，雖然是頭家娘的養子，他好驕傲喲！」

罔市不但不怕苦，她連將來能繼承頭家娘掌握之龐大財富的春河，也看得一文不值。

「我瞭解妳，不過，明天我入營去了，跟其他日本兵一樣不敢想有回來的希望。只祈望妳遇到好的對象結婚。妳是這麼純潔的，必定會遇到理想的對象，過著幸福的生活，妳能瞭解我的意思吧，好嗎？」

黃宏彥說話的語氣鈍重而嚴肅，表示了愛的真情。罔市像含羞草般的點了點頭，把本想要講「我要等你，等你退伍回來！」的一句話，勉強吞回去。

窗外傳來青蛙呱呱叫的聲音，感到悽楚……

7

黃宏彥在陸軍「特別志願兵」訓練所受訓期間，罔市請求頭家娘允許，攜帶地方特產的「菜頭粿」，到北部的訓練所去探望黃宏彥一次。那是禮拜天，軍部允許親朋家眷前往探訪的日子。從離別進入訓練所兩個月多，重逢的罔市親情無上的甜蜜，讓黃宏彥能呼吸俗世心情，渡過難忘的一個上午。

兩人牽著手，在廣闊的練兵場邊緣散步。仲秋的藍天，只有淡薄的綿絲雲飄流著，晴朗的光線溫暖了深情的愛。遠離了兵舍的練兵草場邊緣，兩個人才坐下來享受罔市特意帶來的菜頭粿，並喝了特產烏龍茶。

「宏彥兄，祝你武運長久……」

罔市輕輕偎倚黃宏彥的胸脯擁抱著，交換了最後一次深長的接吻……之後，站起來依依不捨地，為了搭乘火車而離開「陸軍特別志願兵訓練所」。

黃宏彥站在訓練所大門衛兵室旁邊，目送罔市遠離而去的背影，只深刻在心裡留下的罔市孤獨的影像反芻著。

從此，黃宏彥就沒有再見過罔市，也沒有聽說過她的消息。只是在心裡會不斷地感受含羞草般溫順的回憶而已。

（一九六〇年所寫草稿，未發表。於二〇〇七年春，發現舊案卷裡的草稿予以謄寫完稿，發表於二〇〇七年七月《文學台灣》第六十三期）

國家圖書館出版品預行編目（CIP）資料

獵女犯：台灣特別志願兵的回憶 / 陳千武 作 . -- 初版 .
-- 臺北市 : 大塊文化出版股份有限公司 , 2023.05
面；　公分 . -- (to ; 135)
ISBN 978-626-7317-01-3 (平裝)

863.57　　112004292

LOCUS

LOCUS

LOCUS

LOCUS